クッキーと名推理②

野菜クッキーの意外な宿敵

ヴァージニア・ローウェル　上條ひろみ 訳

A Cookie Before Dying

by Virginia Lowell

コージーブックス

A COOKIE BEFORE DYING
by
Virginia Lowell

This edition published by arrangement with
The Berkley Publishing Group,
a member of Penguin Group (USA) Inc.
through Tuttle-Mori Agency, Inc.,Tokyo

挿画／河村ふうこ

姉妹に、クッキーと笑いの年月に

謝辞

年を追うごとに、わたしの人生に関わってくれるすばらしい人たちへの感謝は増すばかりです。いつものように、作家グループの仲間のK・J・エリクソン、エレン・ハート、メアリー・ローグ、ピート・ハウトマンに、変わらぬ感謝をささげます。鋭い眼識を持ち、つらいときに理解を示してくれた編集者のミシェル・ヴェガには、ほんとうにお世話になりました。バークレー・プライム・クライムのスタッフは最高の仲間です。長年にわたって友情と楽しみを分かち合ってきた、第三土曜日の持ち寄りパーティグループにもお礼を言いたいと思います。そしてもちろん、父と姉妹のマリリン、夫にも愛と感謝を。

野菜クッキーの意外な宿敵

主要登場人物

オリヴィア(リヴィー)・グレイソン……〈ジンジャーブレッドハウス〉オーナー
マデリーン(マディー)・ブリッグズ……オリヴィアの親友で共同経営者
スパンキー……オリヴィアの愛犬。オスのヨークシャーテリア
エリー・グレイソン・マイヤーズ……オリヴィアの母
アラン・マイヤーズ……エリーの夫。オリヴィアの継父
ジェイソン・グレイソン……オリヴィアの弟。自動車修理工
ライアン……オリヴィアの元夫。外科医
シャーリーン・クリッチ……〈ベジタブル・プレート〉オーナー
チャーリー・クリッチ……シャーリーンの弟。自動車修理工
ジェフリー(ジェフ)・キング……シャーリーンの元夫
ヘザー・アーウィン……図書館司書
ラウル……ダンサー
デルロイ(デル)・ジェンキンズ……保安官
コーディ・ファーロウ……保安官助手
サム・パーネル……郵便集配人

1

オリヴィア・グレイソンは、眉に流れこもうとする額の汗をふるい落とした。すでに気温三十一度の朝六時に、まさかベッドルームの窓から見た前庭が、白いものでおおわれているとは思わなかった。茶色く枯れた草ならわかるが、くしゃくしゃにまるめた白いものでおおわれているとは。

前夜が土曜日だろうとなかろうと、夜更かしするべきではなかったのかもしれない。オリヴィアとマディーは、〈ジンジャーブレッドハウス〉でおこなうクッキーカッター・イベントのこの先数カ月ぶんのテーマについて、ブレインストーミングをしていたのだった。幼いころからの親友で、今はオリヴィアのビジネスパートナーでもあるマディー・ブリッグズの創造力は絶好調で、赤毛の活火山のようにいくつものアイディアを噴出させた。おかげで、アイシングでデコレーションしたクッキー一皿と、大量のメルローワインを消費することになった。オリヴィアがゆすいでリサイクル用回収容器に入れたボトルの数からすると、かなり大量のワインを。言い訳をさせてもらうなら、そのうちの一本は料理とサラダのドレッシングに使うために、すでに開いていたのだが。

自宅の前庭を見つめていると、高校時代のある記憶がよみがえった。オリヴィアとマディーが男子ふたりといっしょに、ある友人の家をトイレットペーパーだらけにした夜の記憶だ。友人の両親はそれをおもしろく思わず、男子たちはオリヴィアとマディーを置いて帰ってしまい、ふたりは大量のトイレットペーパーを何時間もかけて片づけるはめになったのだ。〈ジンジャーブレッドハウス〉の前庭にあるのがトイレットペーパーなら、こんなことをした犯人を絶対に見つけて、片づけさせなければ。

オリヴィアは窓を開けて網戸をはずし、熱い湿った空気がベッドルームに流れこむにまかせた。エアコンの効果は薄れるかもしれないが、少なくとも湿気は取り除いてくれるだろう。窓の外に頭を突き出した。だが、木の枝からだらりとぶらさがる細長いペーパーは見当たらず、芝生の上のものはくしゃっとまるめたような形状で、トイレットペーパーのロールのようななめらかさはなかった。

外に出て調べてみなければ。夏の普段着のなかで洗濯してある最後のアイテム、赤いショートパンツとピンクのタンクトップを身につけた。鏡をひと目見て、赤褐色の髪と中間色の肌の色に合わない色使いだとわかった。服装にこだわらないことは、オリヴィアの欠点のひとつだったが、この服はチャタレーハイツの中古品店行きだ。洗濯が追いついたらすぐにでも。

乱れたままのベッドの端をぽんとたたくと、毛布のあいだからやわらかい毛の生えたふたつの耳がのぞいた。

「おいで、毛むくじゃらのぐうたらさん」

保護施設からもらわれてきたヨークシャーテリアのスパンキーがあくびをした。

「そうね、まだ早いわよね。でも、外にあるものを見にいかなくちゃならないの」

〝外〟と聞くと、スパンキーは身をくねらせて寝具から出て床に飛びおり、飼い主のあとを追って廊下を進んだ。キッチンのタイルの床に爪音を響かせながら、からっぽのえさ用ボウルに向かう。

「こっちが先よ」

オリヴィアはイタリアンローストのコーヒーの粉を量ってミスター・コーヒー社製のコーヒーメーカーにセットし、水を注いでスイッチを入れた。スパンキーにえさを与えてから、廊下を歩いてバスルームに向かった。戻ってくるころには、コーヒーメーカーが最後のしずくを落としており、スパンキーはボウルをぴかぴかになるまでなめていた。くーんと鳴いて首をかしげ、大きな茶色の目でオリヴィアを見あげる。

「きみはたいした役者ね。たった今ボウルにごはんを入れたばかりなのに、わたしが忘れると思うの？」オリヴィアは壁のフックから散歩ひもを取って振った。「さあ、スパンキー。冒険がお待ちかねよ」

オリヴィアが住んでいるのは〈ジンジャーブレッドハウス〉の上、ローンで買った自慢のクィーンアン様式の家の二階部分だ。少なくともローン返済は少し楽になった。親しい友人だったクラリス・チェンバレンが遺《のこ》してくれたお金の一部で繰りあげ返済をし、かなり低い金利でローンを借り換えたからだ。生前クラリスは、町で唯一のクッキーの抜き型《クッキーカッター》専門店〈ジンジャーブレッドハウス〉を開くというオリヴィアの夢を後押ししてくれた。事業の安泰のために遺産の一部を使うという決断を、クラリスがよろこんでくれると思いたかった。

さて、八月に庭が白くなった謎を解かなければならない。悲劇ではなく喜劇であればいいのだが。

スパンキーとともに階段をおりて玄関ホールに着くと、オリヴィアは〈ジンジャーブレッドハウス〉につづくドアが施錠されているかどうかたしかめた。鍵はかかっていた。玄関ドアの鍵と安全錠もかかっている。前庭に散らばっているものがなんであれ、不法侵入をともなうものではなかったようだ。

玄関ドアをわずかに開けたとたん、スパンキーがその隙間をすり抜けた。二・三キロの全体重で散歩ひもを引っぱり、オリヴィアの手がひもから離れた。

「スパンキー！　今すぐそのむくむくのお尻をこっちに戻しなさい」

スパンキーはいかにもテリアらしく、命令を無視した。オリヴィアはさらに大声で叫ぼうとしたが、〈ジンジャーブレッドハウス〉の前庭を散らかした人物が、ひょっとしたらカメラとテープレコーダーを携えて、まだそのへんにひそんでいるかもしれないと思い、叫ぶのを思いとどまった。ＹｏｕＴｕｂｅで自分を見ることになるのは願いさげだ。

芝生を見わたして、なんだこれはと思った。だれかが大量の紙をまるめて、〈ジンジャーブレッドハウス〉の前庭じゅうに投げ散らかしたようだ。まるめた紙だということは、見てすぐにわかったし、いま目にしているそれは大量にあった。オリヴィアの見たかぎり、タウンスクエアの店舗でこの攻撃を受けている店はほかにないようだった。午前二時以降の犯行にちがいない。そうでなければ、マディーが家に帰るときに気づいたはずだ。

スパンキーが近くにあった紙玉のにおいをかいだ。不意に熱風が吹いてきて紙玉が動いたので、跳びのいてキャンキャン吠えた。

「スパンキー、静かに。日曜日の朝なのよ。まともな人たちはもう少し眠りたいはずよ」

スパンキーは紙玉に飛びかかった。かみついてうなりながら、左右に首を振っている。オリヴィアは芝生を歩いて彼のそばに行き、かがんで紙玉のひとつを拾いあげた。そして地面に落ちていたスパンキーの散歩ひもの端をつかみ、両手が使えるように手首に巻きつけた。紙は湿気でしんなりしていて、腿の上で伸ばしてもカサコソ音がすることはなかった。

「いったいなんなのよ、これ？」

相変わらずじっとりと重い空気のなかに、オリヴィアのことばがただよった。スパンキーがクンクン鳴きながら、彼女の足の周囲を走りまわるなか、オリヴィアは書面のいちばん上に記された、巨大な大文字をまじまじと見つめた。

砂糖に殺される！

・肥満、心臓病、糖尿病のいちばんの要因は砂糖？
・砂糖の摂取はガンのもと？
・妊娠中に砂糖を摂ると、胎児に影響が？
・クッキー一枚のカロリーを消費するには八キロ走る必要がある？
アイシングつきクッキーなら十六キロ？

砂糖を摂取する習慣を今すぐやめましょう！！！

火曜日の夜七時から八時、〈ベジタブル・プレート〉で、砂糖という悪魔からあなたの命を取り返す方法を学びましょう。砂糖の束縛から逃れ、永遠に砂糖とおさらばする方法についてお教えします。砂糖依存症の苦しみと脅威に立ち向かいましょう。レシピも手に入りますよ。
軽食をご用意しています。ハーブティーと新鮮なオーガニックの野菜です。

オリヴィアはショートパンツのポケットに手をつっこんで、携帯電話を取り出し、マディー・ブリッグズの短縮番号を押した。マディーは二回目の呼び出し音で電話に出ると、いつものようにすぐさましゃべりだした。「ねえ、考えてたんだけど、早朝にイベントをやって、クッキーの朝食を出すっておもしろいと思わない？」

「朝食って……」

「そう、クッキーの朝食よ。卵とか、波形のベーコンスライスとか、トーストとか、甘いロールパンとか、つながったソーセージとか、コーヒーカップとかの形のクッキーで――」

「はいはい。冷たくなったピザも忘れないで」オリヴィアは最近ピザにはまっていて、朝食にも昼食にも夕食にも夜食にも食べていた。だが、今のところはまだ、なんらかの対策が必要だとは思っていなかった。「それと、空《から》のメルローのボトル。今朝それがキッチンじゅうにあったわ」

「うわ、思い出させないでよ」マディーが言った。「で、今日そのクッキーを作らない？すてきな新しいフリーザーがあるから冷凍しておけるし、そろそろ麺棒を使いたくなってきたし」

「そのまえにまず、今すぐここに来て、〈ジンジャーブレッドハウス〉を見てもらわなきゃ。麺棒を別の用途に使いたくなるかもしれないわよ」

「意味深ね。何があったの？」

「奇妙で腹の立つことがね。ここに来て自分で読むといいわ」

「読む？　芝生にスプレーペイントで、罰当たりなことでも書かれたの？　読んで聞かせてよ。恥ずかしいなら短縮版でもいいから」オリヴィアがためらっていると、マディーはさらに言った。「早く、リヴィー。とっとと読みなさい。こっちは知りたくてうずうずしてるんだから」

オリヴィアは朝露で湿った髪を、手の甲で額から払った。

「スプレーペイントじゃないわ。チラシよ。前庭がまるめたチラシでいっぱいなの。今そのひとつを手にしてる。表題は〝砂糖に殺される《シュガー・キル》〟の二語で、それだけで言いたいことはだいたい伝わるわ。だれが書いたのかもわかる気がする」

「シャーリーン・クリッチ、韻を踏むなら――」突然スパンキーがけたたましく吠え、マディーの声が聞こえなくなった。

「スパンキーもあなたと同じ意見よ。隣の店のほうに向かって吠えてる。といっても、〈ハイツ・ハードウェア〉のほうの隣じゃないわよ」

「〈ベジタブル・プレート〉ね。スパンキーはほんとに頭のいいおちびさんだわ。その先を読んで」

「え？」

「シャーリーンのたわごとよ、リヴィー。その先はなんて書いてあるの？」

「スパンキーが何か見つけたみたい」

「はいはい、わかりました。いいからお願い、読んでよ」

「〈ベジタブル・プレート〉の二階で今、明かりがついて消えたのを見た気がするんだけど」オリヴィアが言った。「シャーリーンは二階を倉庫として使ってるんじゃなかった？」

「今は朝の六時半よ。シャーリーンはきっと、生のルタバガ（別名スウェーデンカブ）の朝食に備えて牙を研いでるのよ。それか、そこにこっそりチョコレートを隠してるのかもしれないし、プリンターがあるのかもしれないし、でなければ――」

「それはないと思う。静かにしなさい、スパンキー」

オリヴィアはスパンキーを抱きあげ、片腕で脇に抱えながら命じた。〈ジンジャーブレッドハウス〉のドアを解錠し、もがく犬を玄関ロビーに押し入れる。スパンキーは向きを変え、ドアのほうに飛びかかってきたが、オリヴィアがすかさずドアを閉めた。

「ごめんね、ちびちゃん。すぐに戻るから」湿った芝生を歩いて〈ベジタブル・プレート〉に向かいながら、オリヴィアは携帯電話からキーキー声が聞こえていることに気づいた。

「マディー？」

「ほかにだれがいるって言うのよ？　いったい何が起こってるの？」

「たぶんあなたの言うとおり、なんでもないと思うわ」オリヴィアは言った。「でも、ディスプレーウィンドウからなかをのぞいて、何も問題がないかたしかめてみる」

〈ベジタブル・プレート〉の二階を見あげたところ、明かりはついていなかった。店の正面のウィンドウまで行って、両手で眼鏡を作ってガラスに鼻をくっつけた。ヴィクトリア朝様式の質素な夏用別荘を改装した〈ベジタブル・プレート〉は、客間だったところが売り場になっていた。〈ジンジャーブレッドハウス〉とちがって、シャーリーン・クリッチの店はほかに窓がないので、オリヴィアに見えたのは、会計カウンターといくつかのディスプレーテーブルの大まかな形だけだった。

「マディー？　聞いてる？」

「じりじりしながら待ってるわよ」

「〈ベジタブル・プレート〉のなかはあんまりよく見えないわ。二階の明かりはわたしの気のせいかも。それか、朝日がガラスに反射しただけとか。念のために入口のドアを……」オリヴィアの手のなかで、ドアノブがくるりと回った。「うそ」

「〝うそ〟って何よ、リヴィー。リヴィー？」

オリヴィアはドアを軽く押して、数センチほど開けた。

「リヴィー、なんとか言ってよ。早く」マディーの声は携帯電話から飛び出さんばかりだ。

「落ちついて、マディー。シャーリーンはドアに鍵をかけ忘れたみたい。ちょっと頭をつっこんでなかを見てみるわ。何も問題がないか確認するだけだから、騒ぐことないわよ。出るときにドアはロックするし」

「リヴィー、ひとりでそこにはいっていったりしちゃだめよ。なかに泥棒か、頭のおかしい殺人鬼がいたらどうするの？　せめてわたしが行くまで待って。すぐに行くから」

「心配しないで。大丈夫だから」

「すぐに家を出るわ、リヴィー。電話を切らないで」

「んもう」オリヴィアは電話を切った。そっとドアを開けて耳を澄ます。古い家につきものの木がきしむ音以外は何も聞こえない。なかにはいってドアを閉めた。店内は真っ暗だった。入口の左手に明かりのスイッチがあったのを思い出し、壁を手さぐりして天井の明かりをつけた。そして、携帯電話をにぎりしめながら、〈ベジタブル・プレート〉内部の様子をうかがった。

シャーリーン・クリッチは、自身の身だしなみから店の品ぞろえにいたるまで、きれい好きできちょうめんだった。〈ベジタブル・プレート〉は、あるべきものがそろい、場ちがいなものはひとつもない場所の好例だった。だが、今はちがった。入口のドアをはいったとたん、オリヴィアは床に投げ出されたビタミンサプリメントのボトルを踏みそうになった。レジのうしろの壁の、シャーリーンのお気に入りのポスター――〝お母さんの言うとおりです。野菜を食べましょう！〟と書かれている――は一カ所しか鋲《びょう》が残っておらず、テーブルクロスのようにだらりとたれ下がっている。いつも健康料理の本が並んでいる壁の本棚はからっぽで、中身は背表紙が折れ、カバーがゆがんだ状態で床に投げ出されていた。

冷蔵ケースのドアは開け放たれていた。オーガニックのチーズと豆腐のサンドイッチが、まとめて放り出されたように、床の上で重なり合っている。冷気は暑い部屋のなかにどんどん散っていた。オリヴィアは冷蔵ケースの扉を閉めようと手を伸ばしたが、思い直した。気の短い侵入者が性急に家捜しをしたということなら、指紋が遺されているかもしれない。

手をつけられていないように見えるものはただひとつ、レジだけだった。侵入者は、現金が夜のあいだ金庫に保管されていると思ったのだろうか？　あるいは現金が侵入の目的ではなかったのかもしれない。それともこれは侵入者のしわざではないのだろうか？　オリヴィアは入口のドアの錠前を調べてみたが、こじ開けられた形跡はなかった。侵入者が鍵を持っていたか、シャーリーンが土曜日の夜に店に鍵をかけなかったかのどちらかだ。こんな大事な必要事項を――それを言うならどんな必要事項でも――忘れるシャーリーンを想像しようとしてみたが、できなかった。シャーリーンは〈ベジタブル・プレート〉を愛している。オリヴィアは自分がある朝〈ジンジャーブレッドハウス〉に足を踏み入れて、愛するクッキーカッターたちが床に放り出されて踏みつけられ、大切な料理本やお菓子作りの道具がずたずたの粉々になっているのを見たら、どんな気持ちになるだろうと考えてみた。そんなことになったら胸がつぶれてしまうだろう。シャーリーンに感情移入するなどありえないことだが、一瞬同情した。

チャタレーハイツの保安官、デル・ジェンキンズに電話しようと携帯を開いたところでためらい、店内の音に耳を澄ました。厨房につづく廊下のほうから足音が聞こえなかった？〈ベジタブル・プレート〉は〈ジンジャーブレッドハウス〉よりせまく、階下《した》にはいくつか部屋があるものの、階上《うえ》には屋根裏部屋しかない。店の奥にある厨房からは、草の生い茂る小さな裏庭に出られるようになっていた。

また音がした。戸棚のドアを開閉するときのマグネットの音のような、かすかなかちりという音が。オリヴィアは携帯電話を閉じた。厨房も売り場と同じような惨憺たる状態だとすると、シャーリーンはそこで片づけをしているのかもしれない。もしかしたらもう保安官に連絡したのかも。

念のためできるだけ音をたてないように、〝野菜を飲もう!〟と書かれていたらしいマグの残骸をよけながら厨房に向かった。幸いジョギングシューズを履いていた。もっとも、八月にはたいして走らない。蒸し暑いので、小さなヨークシャーテリアをつかまえるときでさえ、走る気にはなれなかった。

厨房のドアは、熱くて重いキャセロールをダイニングルームに運んだり、汚れた皿を重ねて厨房の流しに運ぶのに楽な、スイングタイプだった。オリヴィアはドアを押して、厨房のなかがのぞける程度に開けた。細く見える部屋の向こうに開けっ放しの裏口のドアが見えた。最初は何も聞こえなかった。動物が迷いこんできて、食べ物をさがすうちに家のなかが荒されてしまったのだろうか。いや、人間の背丈と器用さがなければ、ポスターを壁からはがしたり、冷蔵ケースを開けたりできないはずだ。それに、お腹をすかせた動物は、チーズをきちんと包装されたまま床の上に残しておいたりしないだろう。

厨房のドアをゆっくりとさらに開くと、壁に並んだ戸棚が見えた。人影はなかったが、かすかに足を引きずるような音が聞こえた。オリヴィアは一ミリずつじりじりとドアを開けていった。

「くそっ」とささやくように悪態をつく声がしたが、あまりにも小さくて、男性の声なのか女性の声なのかわからなかった。足か肩でもちらりと見えさえすれば……。

「彼女を殺してやる」今度は男性の声だとわかったが、だれの声だかオリヴィアにはわからなかった。

ガチャンとガラスが割れる音がして、びっくりしたオリヴィアは厨房のドアから急いで跳びのいた。ドアは彼女のほうに跳ね返り、また厨房のなかに戻っていった。今度はオリヴィアが自分に悪態をついていた。侵入者に自分がいることを知られてしまった。相手は逃げるか、そうでなければドアを抜けてこちらに向かってくるだろう。すぐにでも。

オリヴィアはスイングドアからあとずさりながら、携帯電話を開いた。警察署の短縮ダイヤルを登録してあるので、911にかける必要はない。厨房のドアが動かないところをみると、侵入者は裏口から逃げたのだろう。最初の呼び出し音を聞きながら、ガラスを踏んで無人の厨房を横切った。開いたままの裏口から走り出ると、男性の背中がニオイヒバの木立のなかに消えるのがかろうじて見えた。

「チャタレーハイツ警察署。ジェンキンズ保安官です」

オリヴィアが聞きたかった声だ。

「デル、わたしよ。〈ベジタブル・プレート〉に泥棒がはいったの。たった今、男が裏庭を抜けて、北のほうに逃げていくのを見たわ」

「すぐに行く」デルは言った。「男の特徴を説明できるか？」

「遠くから背中を見ただけだけど、見た感じと動きからするとかなり若い男みたい。背が高かったのはたしか。細身で筋肉質。ダークヘア。ジーンズに青いTシャツ」

「黒に近いダークヘア、それとも茶色に近いダークヘア？　髪の長さは？　ぼさぼさだった？　きちんとカットしてあった？」

　オリヴィアは目を閉じ、走りながらひるがえっていた男の髪を思い出そうとした。

「ダークブラウンだった。つまり、黒じゃないわ。美容院でカットしてる髪よ。それほど短くはないけど、長くもぼさぼさでもなかった」

「ほかには？」

「残念ながら、それぐらいね」

「わかった。緊急配備の連絡を流したら、できるだけ早くそっちに向かう。〈ジンジャーブレッドハウス〉にいてくれ。あとで話をききにいくよ」

「デル、わたし——」

「たのむよ、リヴィー。手出しはしないでくれ、いいね？」保安官は電話を切った。

　もう遅いわ。オリヴィアが〈ジンジャーブレッドハウス〉にいたなら——そこからシャーリーンの店の裏庭は見えないのだから——侵入者が逃げていくのを見ることはできなかったはずだと、デルが気づくまで数分とかからないだろう。デルは怒るだろうが、放っておこう。この春、親しい友人だったクラリスが死んで、その事件にオリヴィアが巻きこまれて以来、ふたりの関係は友だち以上恋人未満の状態のまま進展していなかった。デルが本気で心配してくれているのはわかったが、すぐ隣で事件が起こったのだから、しかたないではないか？

　開いたままの戸棚の扉にはさわらず、割れたガラスを避けながら、〈ベジタブル・プレート〉の厨房に戻った。すでに現場を歩きまわってしまっていたが、よかれと思ってしたことだ。荒らされた部屋を片づけなければならないシャーリーンに同情した。マディーとふたりで手を貸してもいいだろう。シャーリーンとの関係がましになるかもしれない。

「まあ。なんて。こと」最高に機嫌のいいときでもいらいらしているように聞こえるシャーリーンの声が、オリヴィアがあとずさるほどの力で空気を殴打した。オリヴィアは閉じた厨房のドア越しにも聞こえるほどの音をたてて、ガラスの破片の山を踏んでしまった。

「今のは何？」シャーリーンの金切り声がした。「まあたいへん、まだここにいるんだわ」

「落ちついて、シャーリーン。たぶんリヴィーよ」スイングドアが開いて、マディーが現れた。「うわ」からっぽの戸棚と割れたガラスを見てとる。「どっちが勝ったの？」

シャーリーンがマディーを押しのけた。

「ひどいわ、あなたがこんなにしたの？」

「そんなわけないでしょ」オリヴィアは足元を見おろした。その足は、高価なゴブレットだったらしいもののまんなかに置かれていた。「あなたの店のなかに侵入者がいるような気がして、調べにきたのよ。彼は戸棚を荒らしてる最中だったわ。あなたのガラス器を床に投げたのも彼だと思う」自分の声にいらだちを感じ取り、片づけを手伝おうという考えは消えうせた。

「でも、何も守ろうとはしてくれなかったみたいね。わたしの〝ガラス器〟はクリスタルなのよ。そのゴブレットがいくらしたかわかる？　わかるわけないわよね」

オリヴィアが最近、人もうらやむ大金――少なくとも一般の人にとってはかなりの額だ

――と、それ以上に羨望の的であるヴィンテージのクッキーカッターコレクションを相続したことは周知の事実だったので、シャーリーンの家はかなり裕福ということらしい。おそらく〈ベジタブル・プレート〉を襲った人物はそれを知っていたのだろう。

「ねえ、リヴィーにそんな口のきき方をすることないでしょ。彼女はあんたを助けようとしたのよ、気づいてないみたいだけど」マディーが言った。

「実際、保安官に電話して、侵入者の特徴と、どっちの方角に逃げていったかも話したわ。ダークブラウンの髪をした、背の高いやせ形の男だった。そういう人に心当たりはある？」

シャーリーンはいつものように細部まで手を抜かない巧みなメイクをしていたが、突然の感情の動きを隠すことはできなかった。細い体を両腕で抱きかかえ、マニキュアの施された指先をむき出しの上腕に食いこませた。

「シャーリーン？　だれがやったかわかってるのね？」オリヴィアは天井からの明かりにきらめいているガラスの山を指し示した。「その人は何かをさがしていたの？　それならあなたの持ち物を壊す必要はなかったはずよね。これは怒りの行動だわ。個人的な」オリヴィアはシャーリーンの肩に手を伸ばした。

シャーリーンは身を引いた。「わたしにこんなことをする人なんて知らないわ」彼女はあごを上げた。「少なくとも、男性ではね。嫉妬深い女ならいるかもしれないけど、男はいない。だいたい、あなたがだれかを見たなんて信じないわ。幻覚でも見たんじゃないの。砂糖でハイになるとそうなるでしょ」

マディーがあざ笑うように鼻を鳴らして言った。

「ふん！　じゃあ、うちの芝生にあのろくでもないチラシをばらまいたとき、あんたは何をキメてたの？」

「耳が聞こえないの？　ここに来るあいだ何回も言ったでしょ、おたくのろくでもない芝生にチラシをばらまいたりしてないって。それをやった人は勲章をもらうに値するけど」

そばかすの散ったマディーの頰が赤くなった。「それっていったいどういう意味よ？」

「そんなこと言わなくたってわかってるでしょ。あなたたちは何も知らない人たちののどに、砂糖をたんまり詰めこんで殺してるのよ。逮捕されるべきだわ」

「あら、少なくともうちのお客さんたちは、あたしたちが提供するものを心から楽しんでるわ。あんたはみんなを恐怖と罪悪感で操ってるだけじゃない」

「人殺し！」

「狂信者！」

「ふたりとも、離れなさい！」マディーとシャーリーンは、そう叫んだことを自分自身で驚いているオリヴィアを見た。

「リヴィー、きみなのか？」売り場のほうからデル・ジェンキンズ保安官の声がした。すぐに厨房のドアのところにやってきたが、口論を聞いてはいなかったようだ。オリヴィアににやりと笑いかけて、デルは言った。「きみがここにいるのを見て、どうしてぼくは驚かないんだろうな」だれも口をきかないので、彼はさらに言った。「シャーリーン、マディー、厨房にはいって仕事をしたいんで、ちょっとどいてくれるかな」

「ごめんなさい」マディーが言った。「どうぞ仕事をしてちょうだい。そろそろ休戦して、コーヒーでも飲もうと思ってたところなの」

「お茶がいいわ。コーヒーは血圧に悪いのよ。あなたもいかが？」

わたしはハーブティーしか飲まないの。もちろん、お砂糖はなしでね」シャーリーンが言った。

オリヴィアは警告のまなざしでマディーのほうを見た。マディーはひそかに目をぐるりとまわしたものの、砂糖なしのお茶に固執するシャーリーンについては何も言わなかった。

口論をしたせいで、シャーリーンは精根尽き果てていた。めちゃくちゃになった厨房を見て肩を落としている。

「お茶を淹れるなら、店に置いてある小さな電子レンジを使うしかないみたいね。バスルームから水をくんでくるわ」

シャーリーンが見えなくなると、マディーが言った。

「〈ジンジャーブレッドハウス〉に行って、あたしたち用のコーヒーを持ってくる。すぐに戻るわ。クッキーも持ってこようかな」

店に向かうマディーを見ながら、オリヴィアはデルに言った。

「侵入者を追いかけて厨房のなかを走っちゃったけど、それ以外は何もさわってないと思う。裏口のドアは最初から開いてたわ」

「きみのところの芝生に散らばってるあの紙はなんなんだ？」デルはシャーリーンの厨房の

惨状を見わたしながら尋ねた。「実は、ひとつ拾って読んでみたよ。ミズ・クリッチが書いたもののようだな」

「シャーリーンはあれを書いたことは否定しなかったけど、うちの敷地に大量にばらまいたのは自分じゃないと言い張ってる。言っとくけど、頭にきてここに駆けこんで、仕返しにシャーリーンの店を破壊してなんかいませんからね」

「そんなことほのめかしてもいないよ」デルはやっとわかる程度の笑みを浮かべて言った。「激怒していないのはきみだけのようだったしね」


マディーは転がしてきたごみ缶を芝生に置き、紙の玉でバスケットボールをはじめた。

「この紙は全部リサイクルに回したほうがいいわよね」オリヴィアが言った。

「それか、金物店で巨大扇風機を借りて、シャーリーンのところの芝生に飛ばすのもいいわね。この湿気でかなり重くなってるから。こんな機会を逃すのはもったいないわ」マディーはオーバーヘッドパスで紙の玉をごみ缶に入れた。「やった。ところで、あたしが出ていったあと、デルは不法侵入のこと、何か言ってた？　容疑者はいるの？」

「何も言ってなかった。少なくとも、わたしたちは疑われてないみたい。でも、これからはシャーリーンへの怒りをコントロールしないとね、せめて人前では。あなたってば、五キロ入りの砂糖の袋で、彼女を殴りかねない口ぶりだったわよ」

「ああ、あれね」マディーは尊大に笑って言った。「デルならあたしは無害だってわかってるわよ」

オリヴィアはショートパンツのポケットのなかにティッシュペーパーを見つけ、それで額の汗を押さえた。

「エアロビクスぐらいの効果があるわ。こう暑くちゃね。熊手が必要よ」

「ランチにルーカスと会うから、金物店でひとつ買ってくる」比較的新しいマディーの恋人、ルーカス・アシュフォードは〈ハイツ・ハードウェア〉のオーナーで、もの静かな、そしてマディーの表現を借りれば、いけてる《ヤミー》男性だった。「つぎにシャーリーンが特別な方法でうちの芝生を装飾しようと思うときまでは、それほど使わないだろうけどね。どうしてあたしたちが〈ベジタブル・パイル《野菜の山》〉を荒らしたとデルに疑われることを心配するの？」

「〈ベジタブル・プレート〉よ。知ってるくせに」

「口がすべったのよ」

オリヴィアは紙の玉を拾いあげた。「このチラシが動機だと思う人もいるでしょ」

「たしかにそうね。シャーリーンがこれを書いたのはまちがいないようだし、あたしはよろこんで彼女ののどにこれを詰めこんでやるわ」形のいいヒップにこぶしを当て、カーリーへアをワイルドに弾ませるマディーは、さながら復讐の女神だった。「もしそういう乱暴な人だったらね」と付け加える。「あたしはそうじゃないけど」

オリヴィアは集めた紙の玉をごみ缶に入れ、ショートパンツで腕をぬぐった。

「わたしたち、シャーリーンのことをほんとに知ってると言える？」

「あたしはあんまり知らない。クリッチ家のことで何か覚えてるか、サディーおばさんにきいてみたの。何年もまえにチャタレーハイツの近くに住んでたらしいけど、シャーリーンが小さいころ引っ越していったみたいよ。おばさんが別の家族と勘ちがいしてるのかもしれないけどね。シャーリーンのことは全然記憶にないけど、あたしたちより少し年下よね。だからあんな子供っぽい態度なのよ」マディーが言った。

「二十五歳ぐらいでしょうね。とすると、わたしたちより六歳か七歳下で、ジェイソンより二歳ぐらい下だわ」オリヴィアが言った。

「あなたの弟のほうがシャーリーンより大人ね、言うまでもないけど。怒りっぽくないもの」マディーが言った。

「そうでもないわよ」

「ひとつわからないことがあるの。どうしてシャーリーンはトラック一台ぶんのまるめたチラシを、〈ジンジャーブレッドハウス〉の濡れた芝生の上に捨てるのがいい考えだなんて思うわけ？　それでどんないいことがあるっていうのよ？」

「シャーリーンがやったんじゃないと思う。彼女の店から逃げていくのをわたしが見た男と、何か関係があるんじゃないかしら」

「シャーリーンに言わせると、砂糖で混乱したあなたの想像の産物だっていう男？」

「それがやけに気になるのよね」オリヴィアは言った。湿った赤褐色の髪がひと房額に落ちてきて、息で目から払いのける。「どうしてシャーリーンは、愛する店を荒らした人物の存在を否定するの？　わたしたちを責めようとしてたけど、それじゃ解決にならないでしょ。自分でもそう思ってないんじゃないかしら」

マディーの緑色の目に好奇心がきらめいた。「ストーカーがいるんじゃない？　そうとわかってるなら、どうしてそう言わないのかしら？」

「ストーカーうんぬんはわからないけど、厨房から逃げていった男の特徴をわたしが説明したとき、シャーリーンが黙りこんだのはたしかよ。人形《ひとがた》のジンジャーブレッドクッキーひと家族ぶんのカッターを賭けてもいいけど、彼女はそれがだれだかわかってて、正体を明かされたくないのよ。もしかしたら大切な人なのかもしれない。だからシャーリーン・クリッチのことをもっとよく知る必要があるの」

「あたしはごまかされないわよ、リヴィー・グレイソン。あなたは重度のミステリ中毒でしょ。図書館からせっせとアガサ・クリスティーを借りてくることに、あたしが気づいてないと思うの？　見くびらないでほしいわね。あたしは少女探偵ナンシー・ドルーを読んで大きくなったんだから。でも、シャーリーンの秘密はひとりで発掘してよ。彼女について知ってることが少なければ、それだけあたしは幸せになれるんだから」

「たしかに彼女にはいらいらさせられるけど、どうしてそんなに嫌うわけ？」

マディーは何枚か紙を拾ってひとつのボールにすると、すでにいっぱいのごみ缶のなかに投げつけた。「シャーリーンはやせてて、ブロンドで、どんなに湿気が多くても、いつもきちんとした髪をしてるからよ」

オリヴィアは解せないというように眉をひそめて言った。

「でも、赤いカーリーヘアはあなたの個性よ。何が問題なの？」

マディーは残っている紙くずのひとつを蹴った。

「先週、司書のヘザー・アーウィンに言われたことのせいかな。グウェンとハービーのベビーシャワー（出産まえの母親を祝う風習）用クッキーの相談をするために、図書館に行ったの――ヘザーが幹事なのよ、知ってた？　で、ヘザーはあたしをオフィスに引っぱりこんで、シャーリーンが本を何冊か借りたときに言ってたことを教えてくれたの。ヘザーはあたしと同じくらいシャーリーンが好きじゃないみたいよ。もしかしたらあたし以上に」

「シャーリーンは図書館の本を読んでるの？」オリヴィアの皮肉めいた質問に、マディーはにやりとした。シャーリーンは高価な服を大量に持っているのに、どうして本は自分で買わないのだろう。

「いい質問ね」マディーは言った。「ヘザーによると、シャーリーンが借りるのは、たいていロマンス小説と、食物に含まれる毒についてのいんちきな参考図書なんだって。で、先をつづけさせてもらうと、シャーリーンはルーカスとあたしについて、ヘザーに山ほど個人的な質問をしたそうよ。あのふたりはほんとうに、うそいつわりなくカップルなのかとか。どうしてルーカスは結婚していないのかとか。彼はとっても魅力的なのに、身を固めるのがいやなのかとか。彼女は子供を産むにはもう遅いんじゃないかとか。別にあたし、自信がないわけじゃないわよ」

「十歳のときからそれはわかってるって」オリヴィアは言った。「でもシャーリーンはそう自信がないみたいね」

マディーの顔がぱっと明るくなった。「あなたはいつも言うべきことを心得てるわ。でも、シャーリーンがルーカスに取り入ろうとするのを見るのは楽しいかも。どうせ彼には何を言っても通じないし。あたしだって、彼の心を動かそうとして何年無駄にしたことか。それであきらめて、隣のお兄さんとして見ることにしたんだから。だって、そのとおりだもの。そしたらようやくあたしに気づいてくれた」

「彼の金物店まで流れていく、あなたがクッキーを焼いているにおいにもね。デコレーションクッキーの力を甘く見ちゃだめよ」ひとたびルーカスに興味を持たれると、マディーが少しのあいだ中学生のような状態になってしまったことは口にしなかった。あの時期のことは忘れるのが得策だ。

マディーは横にぴょんと跳んで、最後の紙玉を捨てた。

「シャーリーンのことはもうたくさん。フリーザーのなかのクッキー生地があたしを呼んでるわ」

ふたりでごみ缶を、〈ジンジャーブレッドハウス〉の裏の小路に戻した。

「正面側からはいりましょ。かわいそうなスパンキーを玄関ロビーに置きざりにしたままなの」オリヴィアが言った。

建物の角を曲がっておもて側に出ると、デルが玄関のまえに立って、激しく吠えるスパンキーの声を聞きながら顔をしかめていた。彼はふたりを見るとほっとして言った。

「心配になってきたところだったよ。〈ベジタブル・プレート〉から戻ったきみたちが、だれかに頭を殴られたんじゃないかと」

オリヴィアはにやりとした。「どこのうちに行っても犯罪を疑うの？」

「職業柄ね。きみがいるところではとくに」

「いたた」

「芝生は元どおりになったようだね。ところで、シャーリーンはあのチラシについて、断固として自分に責任はないと言っている。すべてきみたちふたりが仕組んだことだとね。不法侵入も、彼女を怖がらせるためだったんだろうと」

マディーは鼻を鳴らした。「正直、あんなやつかかずらう価値もないわ」

オリヴィアが玄関の鍵を開けると、なかからむきになったような吠え声が襲ってきた。

「静かに、スパンキー、わたしよ。コーヒーはいかが、デル？　わたしたち、クッキー作りをしながら、片づけ作業をした自分たちをねぎらおうとしてたの。いくつかあなたにききたいこともあるし」

「そんなことだろうと思ったよ。ありがたいけど、署に戻らなくちゃならない。不法侵入の容疑者がわかったと知らせるために寄っただけだから。その男のアリバイを調べてから、きみに確認してもらうためにまた連絡するよ」

「でも、わたしが見たのは彼の――」

「逃げていく背中しか見ていないんだろ、わかってるよ。でも、調べてみる価値はある。これからいくつかの情報を追うつもりだから、明日にはきみに連絡できるはずだ。今も月曜は休みだよね？　よかった。そのあいだ出入口には鍵をかけておくんだよ」

容疑者はだれなのかとオリヴィアにきかれるまえにデルは姿を消した。

2

オリヴィアがクラリスの遺産を相続してから、〈ジンジャーブレッドハウス〉の奥の小さな厨房には、ふたつのものが増えた。エアコンと新しいフリーザーだ。最先端の機能をもつフリーザーは、傷だらけの古い冷蔵庫の横でうなりをあげていた。いいエアコンがないと、八月のメリーランド州東部では、長時間快適にクッキーを焼き、デコレーションすることができない。ほんとうは開いた窓から外気を感じるのが好きなのだが、暑さと湿気でゆでたポテトのような気分にさせられるときはそのかぎりではなかった。それにクッキーの品質を保つには湿度を管理する必要があるのだからと、自分に言い聞かせていた。

オリヴィアは定休日の月曜日が好きだった。マディーとふたりで、やり残していた仕事を片づけ、この先一週間で必要になるさまざまなクッキーの準備に、えいやっととりかかることができるからだ。今では店にアルバイトを雇う余裕もあるので、個人的なパーティのための特別注文のクッキーを焼いたり、テーマを決めて店でおこなうイベントの準備もできる。

「さあ、はじめるわよ。あたしのたよりになる麺棒が見つかればだけど」マディーが言った。

オリヴィアは事務仕事から顔を上げた。「流しの横の戸棚の、上から二段目よ」

「なんでそんなところに？　ねえ、リヴィー、あたしをいじめるためにわざと隠してるでしょ」

オリヴィアは引き出しのなかに手を入れて、手についた生地を拭くようにと、洗濯ずみのタオルをマディーに投げた。「何言ってんの。あなたはうちの天才菓子職人なのよ。わたしはすぐものを忘れちゃうあなたの代わりに記憶してるだけ」

「小麦粉は買い足してあったっけ？　この生地、ちょっとべたついてて」

「いちばん上の段の砂糖の隣。今週のタッカー家のベビーシャワー用クッキーの準備？」

「ええと、うん、それも予定にはいってる」

マディーの言い方には、どこか引っかかるものがあった。「タッカー家のベビーシャワーはわたしにとって特別なイベントなのよ。グウェンとハービーが動物保護団体に問い合わせてくれなかったら、わたしはスパンキーと出会えてなかったんだから」自分の名前を聞いて、小さなヨークシャーテリアは毛布から数センチ顔を上げたあと、すぐにまた眠りこんだ。

「このねぼすけさんを」

マディーは初めて見るかのように、メレンゲパウダーのパッケージを調べている。

「ついでにちょっと新しいアイディアを試そうと思って。とにかく、生地は昨日二回ぶん作っておいたし、それをこれから伸ばしてフリーザーで冷やさなくちゃならないんだから、やることはたっぷりあるわ。やきもきしなさんなって、リヴィー、全部うまくいくから。出かける用事かなんかないの？」

「ええ、実は――」小路に面した裏口のドアをノックする音にじゃまされた。「ルーカスが来ることになってたの？」

「なってないけど」マディーはそう言うと、ドアを開けた。「あら、デル。どうしたの？」

保安官は制帽をカウンターに置き、シャツの袖で額をぬぐった。

「ここのエアコンは町でいちばんだな」

「もう、冷気を小路に逃がさないでよ」マディーが言った。

「エアコンだけが目的で来たの？」オリヴィアがきいた。

「とりあえずはね」デルはゆがんだ笑みを浮かべて言った。

マディーがあきれたという顔をした。「あのね、おふたりさん。そういうことはふたりっきりのときにやってくれる？　あたしはクッキーを型抜きしなくちゃならないんだから」

「怒られちゃった」

デルといちゃつくと、なんだかちょっとうれしい気分になるのだが、この六月からそんなことも珍しくなっていた。元夫のライアンが、低所得の患者でも利用できる外科クリニックを開くという壮大な計画を胸に、呼んでもいないのに現れたのだ。アイディアはよかったが、オリヴィアはライアンを知り尽くしていた。彼が心から楽しんでできることといえば外科治療だけだ。クリニックを経営するうえで必要な雑事に飽き、いらいらをつのらせることになるだろう。彼がほんとうに心を入れ替えるつもりだとはとても思えなかった。

オリヴィアは冷蔵庫からアイスティーのピッチャーを出してグラスに注ぎ、角氷とくさび形に切ったレモンを添えて、デルにわたした。

「お隣の不法侵入のことで新しい情報は？」

「ありがとう」デルはごくごくとアイスティーを飲んだ。「容疑者はいるが、確証がない。シャーリーンが顧問弁護士に電話したから、釈放するしかなかった」

「シャーリーンが顧問弁護士に電話した？　じゃあその容疑者っていうのは――」

「チャーリー・クリッチ、シャーリーンの弟だ」デルは言った。「きみが逃げた男をもっとちゃんと見ていてくれればな、リヴィー。チャーリーは自動車整備工場で、修理工として働いている。きみの弟もまだあそこで働いてるのか？」

「うわ、なかなか込み入ってきたじゃない」マディーは広げたオープンペーパーの上に、型抜きしたクッキー生地をそっと置いた。「リヴィー、シャーリーンに弟がいたって知ってた？」

「いいえ」オリヴィアが言った。「どうして知らなかったのかしら？　うちの弟は彼の同僚ってことになるのに」

「チャーリーは二カ月まえにこの町に越してきて、ひとりでなかなか立派に暮らしているよ。グウエン・タッカーのおばさんのアグネスから部屋を借りてる。町の東側にある家だ。これまでのところ、彼の経歴はあまりわかっていない。前科があるというわけでもなさそうだが、コーディがインターネットで調べている」デルが言った。「見つけるべきものがあれば、熱心な保安官助手のコーディ・ファーロウが見つけ出すだろう。

オリヴィアは片方の眉を上げた。「整備工場にクッキーを持っていって、ちょっと彼を見てくるわ——名前はなんだっけ？　チャーリー？　シャーリーンとチャーリー……双子なの？」

「いや、チャーリーのほうが少なくとも五歳は下だ。犯罪歴はない。成人してからのはね。シャーリーンは告訴したくないのかもしれないが、器物損壊だって犯罪だからね。あの若者のことが妙に気になるんだよ。姉弟は二日まえ、〈チャタレーカフェ〉で、人前にもかかわらずけんかをしている。目撃者によると、金のことで言い合いをしていたらしい。シャーリーンは金持ちだが、チャーリーはそうじゃない。ふたりの家庭の状況を調べるつもりだ」デルはアイスティーを飲み干して、制帽を取った。「あの若者に会って印象を教えてくれ。判断に役立つなら、ことばを交わしてもいい」彼が裏口のドアを開けると、涼しい厨房にむっとする熱気が流れこんだ。

「おやすいご用よ」オリヴィアは彼の背中に言った。

デルは立ち止まって体をひねった。「ありがとう」片方の口角がくいっと上がる。「市民としての義務を果たしてくれて」

オリヴィアは彼にペンを投げつけたが、閉じたドアに当たって跳ね返った。

チャタレーハイツ唯一の自動車整備工場〈ストラッツ&ボルツ・ガレージ〉に到着したオリヴィアの武装は完璧だった。手にしている〈ジンジャーブレッドハウス〉の箱には、動物から機械まで、あらゆる乗り物をかたどったデコレーションクッキー二ダースがはいっている。クッキーのほかに、〈チャタレーカフェ〉に寄って、修理工たちと自分のためにラテも買った。オーナーのストラッツ・マリンスキーのためには、チョコミントスプリンクルを散らしたミント入りカフェモカを奮発した。

「あなたは人間の姿をした女神ね」ストラッツがオリヴィアからカップを受け取って言った。「でも、チョコミントスプリンクルの力をもってしても、あなたのヴァリアントにかつての栄光を取り戻させることはできないわよ。わたしは自動車修理の天才だけど、さすがのわたしでもそこまでは無理。でもジェイソンはあきらめないの。あのぽんこつにずっと取り組んでる」

「悲しいけど仕方ないわね」オリヴィアはストラッツが勧める客用の椅子にドスンと座って言った。「クッキーを持ってきたの」ストラッツのデスクに散らばっている、ノートや注文票や汚れた古い道具類のあいだにクッキーの箱を置いた。

ストラッツは箱に目をやった。箱の表面を飾るのは凝った作りのジンジャーブレッドハウスで、側面に向かって転げ落ちる色とりどりのジンジャーブレッドマンとウーマンが描かれている。

「何をたくらんでるの？　第一子が生まれる予定はないし、作る気もないから、そっち系じゃないわよね。わたしの本名を聞き出そうっていうの？」

「もう知ってるわよ」オリヴィアは得意げににやりとして言った。「アンジェリカでしょ。

母さんに聞いたわ」

「告げ口屋め」

「かわいらしい名前じゃない」

「嫌いなのよ。わたしがアンジェリカってタイプに見える？」

オリヴィアはストラッツの油の筋がついたTシャツと、ほころびのあるジーンズ、デスクの上にのせられたコンバットブーツをしげしげと見て、なるほどと思いかけた。だが、ポニーテールからほつれて顔のまわりにたれているストラッツの髪は、豊かなダークブロンドで、赤褐色の筋がはいり、根元がグレーになりかけてもいない。ストラッツは四十代なかばで、身長は平均より高く、長距離走者のような引き締まった脚をしていた。

「実際は、ストラッツの身なりをしたアンジェリカという感じだけど、あなたの言いたいことはわかるわ。それに、そのニックネームはあなたによく似合う。どうしてそう呼ばれるようになったのか、教えてくれる？」

「エリーに教えてもらってないの？　それは妙ね」ストラッツは細いのに筋肉質な肩をすくめた。「わたしは農場で育ったの。農場にはわたしにとって特別な、気むずかし屋の古いトラクターがあった。それを直せるのはわたしだけだった。六人の兄弟たちはそれがおもしろくなくて、わたしを気取り屋《ストラッツ》と名づけ、捨て子扱いした」

ジェイソンが六人もいる生活を想像し、オリヴィアはたじろいだ。

「それはつらかったでしょうね」

「いいえ、兄弟たちがわたしの才能に嫉妬してると思うとうれしかったわ。わたしには機械に対して直感的才能があるの。あなたの弟はわたしを〝エンジンにささやきかける人《エンジン・ウィスパラー》〟と呼んでるのよ」ストラッツはデスクから足をおろし、オリヴィアから受けとった箱のふたを開けた。「うわあ、これは壮観ね」彼女は昔ながらの蒸気機関車を選んだ。濃淡のピンクでキャンディストライプが施されたクッキーだ。「みんなで分けなきゃだめ?」

「ご自由に」

ストラッツは椅子の背にもたれて目を閉じ、煙突をかじって小さくうめいた。機関車がすっかりなくなると、紫色のT型フォード《ティン・リジー》に手を伸ばした。

「T型フォードがずっとほしかったのよ」ボンネットを口に運びながら言った。「ところで、リヴィー、わたしはお返しに何をすればいいの?」

「ゆうべ、シャーリーン・クリッチの店で不法侵入があったのを知ってる? 逃げていく侵入者をわたしが見たことも?」

ストラッツはT型フォードのタイヤをかじりながらうなずいた。

「ここだけの話、チャーリリー・クリッチの背中をさりげなく確認したいの」ストラッツの濃いハシバミ色の目がまるくなったので、オリヴィアは説明した。「チャーリリーはわたしが見た男より若いと思うけど、デル保安官にたしかめてほしいと言われたのよ」

ストラッツはカフェモカをごくりと飲んで、上唇についたスプリンクルをなめとった。

「それでこのクッキーをえさに使おうってわけね。あなたの見た男がチャーリリーじゃないことを願ってるわ。わたしは彼が好きなの。いい子だし、エンジンの扱いもうまい。今はジェイソンもシフトにはいってるから、彼も呼ばないとね。あの子はほんとに大食いなんだから」

「たしかに」オリヴィアは言った。「あとで食べられるように、クッキーをふたつばかり確保しておいたほうがいいわよ」

「言われるまでもないわ」ストラッツはスミレ色と黄色の乳母車と、赤いスプリンクルつきの蛍光オレンジの自転車を選んだ。そして、清潔だけどぼろきれのように見えるものに包んで、デスクの引き出しにしまった。「早めに食べたほうがいいわね。ネズミがいるから。じゃあここにふたりを呼ぶわ」

「そのまえに、チャーリーとお姉さんについて何を知ってる？」

はらりと落ちた髪を片方の耳のうしろになでつけて、ストラッツは言った。

「ここではみんな、個人的なことはあんまり話さないのよ。少なくともわたしのいるまえではね。でも、ひとつふたつ耳にしたことならあるわ。チャーリーはお姉さんを崇拝してるみたい。なんでかは知らないけど。シャーリーンの店を荒らしたのがチャーリーなら、何かあったってことよね。あのふたりは裕福なうちの子なの。それもかなりのね。両親がどちらも亡くなったってことはチャーリーから聞いてるわ。どんな人たちだったかも、どんなふうに亡くなったかもなしに、ただ〝死んだ〟とだけ。それで終わり。ジェイソンならもっと知ってるかもしれない。チャーリーと仲がいいから」

「母さんの話だと、チャーリーの父親は形成外科医だったそうね」

「ええ、そうみたいね。この町に住んでいたころ、お父さんのチャールズ・クリッチはワシントンDC郊外のどこかにあるクリニックまで、毎日車で通っていたの。そうとう稼いでたって話よ。チャーリーが問題を抱えてるって言ったのはそのせい。お父さんはふたりの子供たちのために信託財産を設定したの。どうして知ってるかっていうと、当時つきあってた銀行の役付きの人が教えてくれたから。絶対だれにも言うなって念を押して」

ストラッツはふたの隙間からクッキーの箱に手を入れて、もうひとつクッキーをかすめ取った。しゃれた車の形の蛍光グリーンのクッキーで、先端がつぶれたフロント部分には、リーフグリーンの文字で〝ヴァリアント〟と書かれている。

「なかなかの腕前ね」彼女は言った。「これは取っておく価値があるわ」そして、デスクの引き出しにしまいこんだ。

「信託財産のことでチャーリーが問題を抱えてるって言ったわよね？」オリヴィアがきいた。

「ああ、ごめん。気をそらされるなんてわたしらしくないわね。でも、あなたのクッキーが……とにかく、その銀行員はわたしを捨てたんだから、守秘義務なんて知ったこっちゃないわ。彼によると、父親のチャールズ・クリッチ・シニアは、シャーリーンとチャーリーのために、それぞれ信託財産を設定したそうなの。ふたりはそこから毎月かなりの手当をもらっていて、二十五歳になるとまとまった額の資産を相続することになっていた。それでシャーリーンはあのろくでもない店を開いたのよ。ちょうど二十五歳になったから。チャーリーは二十歳だから、もうしばらく待たなきゃならないけど、わたしはそれなりの給料を払ってるわ。それに、月々の手当があるから、働かなくてもいいほどなのよ。きっと彼はぜいたくな暮らしをして、いい部屋に住んで、とか思うでしょ。でも彼の部屋はワンルームで、先月もそのまえも給料の前借りをたのんできたの」

「大金を使う生活に慣れてしまっていて、手当の範囲内で生活するのが困難だとか」オリヴィアが言った。

「かもね」ストラッツは肩をすくめた。「クレジットカードの請求のせいでどれだけの人たちが窮地に陥るか、わかったもんじゃないわ。あなただって人ごとじゃないわよ」乱雑に置かれた書類の山を押しやって、ヘアブラシをさがし出した。ポニーテールを整えながら言う。「二カ月ほどまえにチャーリーを雇ったとき、彼はいい服を着て現れ、男子トイレで作業着に着替えた。今じゃ同じ服を繰り返し着てる。服はどんどん薄汚れていく。休みの日に洗濯するしかないんでしょうね。わたしは気にしないわよ、油汚れは勲章だと思ってるから。でも、変だと思うでしょ」ストラッツは力強い両手を広げてデスクに置いた。その手はぴかぴかだった。「この仕事は爪を傷めるの。週に一度は手入れしてる」

そう言うと、左手を見おろして眉をひそめた。デスクの引き出しから、ダイヤモンド粒子入りの爪やすりを出して、親指の爪のわずかにとがったところをけずった。

「シャーリーンについては何か知ってる？」オリヴィアはきいた。

ストラッツは肩をすくめた。「彼女を賞賛する人は多いわ」

「あなたはそのひとりじゃないみたいね」

ストラッツは鼻を鳴らした。「あなたのお母さんは、高校時代のシャーリーンが内気だったって言うけど、わたしは流行を追いかける頭の軽い女の子のイメージなのよね。ああいうタイプは好きじゃない」

「わたしもよ」オリヴィアは言った。「大人なんだから、人を見た目で判断しちゃいけないって、いつも母に言われるけど」

「めんどくさいわね」

「ところで、クリッチ姉弟のお父さんがどうして亡くなったか知ってる?」

「もちろん」ストラッツは唇をゆがめて邪悪な半笑いを浮かべた。「チャールズは妻のパティに離婚届を突きつけて、つぎの奥さんになる予定だった二十五歳の看護師と気の早いハネムーンに出かけたの」ストラッツの笑みが広がった。「聞いたところによると、かわいそうにチャールズはひと晩ももたなかったみたいよ。興奮しすぎたのね。心臓発作を起こして、ラスヴェガスの高級ホテルで亡くなったの」

「興味深いわね」オリヴィアは言った。「母親はどうして亡くなったの?」

ストラッツはため息をついた。

「それが悲しい話なのよ。パティはサイズ五のちっちゃな極上の足をチャールズにすくわれるまえに、わたしのいちばん上の兄とつきあってたから、そのころからわたしは彼女を知ってたの。うちの兄貴と結婚するべきだったのよ。そうすれば、ガリガリの魔女みたいにならならなくてすんだのに。とにかく、チャールズが彼女のもとを去って、そのあげく死んだあと、パティはシャーリーンとチャーリーの信託財産をのぞくすべてを相続した。チャールズは当然の報いを受け、パティはすべてを手に入れたってわけ。でも彼女が幸せだったと思う？」

「幸せじゃなかったのね？」

「そうみたい。パティはハンドルをとられたあげく、操縦もやめてしまった。お酒を飲むようになり、自分は太りすぎだと思いこんで――せいぜい四十キロほどしかなかったのに――ダイエットピルにはまり、やがてそれが睡眠薬へと移行した。食事は相変わらずお酒だけ。そして夫の死から一年もたたずに亡くなった。どんな死に方をしたのかはだれも口にしないけど、想像はつくわ」

「子供たちもかわいそうにね」オリヴィアが言った。

「そうね」ストラッツは食べかけだった紫色のT型フォードクッキーを手に取った。「薬、お酒、絶食。悲しい死に方よね。わたしならマセラッティで崖から飛ぶわ」ストラッツはT型フォードのリア部分をかじり、食べながら欠けた部分を眺めた。「T型フォードはほとんどが黒だったって知ってた？」

「知らなかった」

「紫色はいいわね。すごくおいしいし」ストラッツはデスクのむこうに手を伸ばし、インターコムのボタンを押した。「休憩時間よ、きみたち。カフェインと糖分がわたしのオフィスにあるわ」エアコンのうなり越しに、よろこびの叫びが聞こえた。

若者たちが来るまえに、ストラッツは壁のフックから古いボルティモア・オハイオ鉄道の食堂車のプレートを取った。それにペーパータオルを敷いて、クッキーをいくつかのせた。

「制限を設けないと、あの子たちはクッキーを全部食べちゃうからね」

オリヴィアは言った。「なんとかしてチャーリーのうしろ姿をよく見たいんだけど」

「大丈夫、わたしにまかせといて」ストラッツは爪やすりとヘアブラシをデスクの引き出しにしまった。タフな女性修理工としての評判を保つためだろう。

チャーリー・クリッチとオリヴィアの弟のジェイソンが、騒々しくせまいオフィスになだれこんできた。ガソリンのにおいをただよわせている。ふたりは何日も食べていなかったように、皿のクッキーをがつがつ食べた。出来映えに対する賞賛がつぶやかれることもなく、黒で縁取りをしたターコイズ色のレーシングカーと、チューリップレッドの車輪がついたロイヤルブルーの乳母車が、ふたりの口のなかに消えた。

「ねえ、姉貴、このラテ冷めてるよ」ジェイソンが言った。

「どういたしまして」

チャーリー・クリッチははにかんだような笑みを浮かべて、ラテをオリヴィアに掲げてみせた。

「コーヒーとクッキーをありがとうございます、グレイソンさん」

「リヴィーと呼んで」

オリヴィアは怒りにまかせて姉の店を破壊した人物としてチャーリーを見ようとしたが、

静かな礼儀正しい声を聞くと、それはむずかしかった。二十歳の彼は、ようやく成長が止まった十代の少年のようにひょろりと背が高く、オリヴィアは百八十五センチと見積もった。どちらの若者も茶色の髪をきちんと刈りこみ、体型はほっそりしている。こうして見ると、どちらもシャーリーンの店から逃げていくのをオリヴィアが目撃した男に似ていた。

ジェイソンは皿に残った最後のクッキー、シナモンキャンディの窓がついた、赤みがかったオレンジ色の飛行機を取った。飛行機を口に向かって飛ばしながら、チャーリーのやせた顔をちらりと見てためらう。ジェイソンは無言で飛行機を半分に割り、片方を自分より若い、そして明らかに腹をすかせた青年にわたした。

「あなたはシャーリーンの弟よね？」オリヴィアがチャーリーにきいた。「チャタレーハイツでの暮らしはどう？」

「最高です」チャーリーは微笑み、まえの門歯のあいだにオレンジのアイシングのかけらがついた、手入れが行き届いて完璧にまっすぐな歯を見せた。「車の仕事は気に入ってますし」と横目でストラッツを見て付け加える。

「シャーリーンのお店のことは、ほんとうにたいへんだったわね」オリヴィアは言った。

チャーリーは少年っぽい顔をこわばらせたが、何も言わなかった。

「お姉さんにあんなことをした人物に、心当たりはある？　ほら、あなたたちはまだチャタレーハイツに越してきたばかりだから、だれかがお姉さんにそれほどの恨みを持ってるとは思えなくて」やりすぎでないことを願いながら、オリヴィアは息を詰めた。

驚いたことに、反応したのはチャーリーではなかった。ストラッツのデスクの角にだらりと腰かけていたジェイソンが、体を起こしてデスクからおり、オリヴィアがブルドッグの顔と呼ぶ表情であごを突き出したのだ。

「恨み？　だれが恨みを買ったなんて言ったんだよ？　シャーリーンはいい子だ。彼女を傷つけたいと思うやつがいるわけがない」ジェイソンは両手をポケットに入れて、窓敷居のほうに後退した。

ストラッツはオリヴィアに片目をつぶってみせた。

「そうなの、チャーリー？　あなたはここにいるだれよりもよくお姉さんのことを知ってるはずよね。彼女に悪意を抱いているかもしれない人に、心当たりはある？」

チャーリーは、胸が体から逃げていくとでも思っているかのようにきつく腕を組んだ。

「ありません。最初は姉に反感を持つ人もいるかもしれないけど、いつもぼくがそばにいますから。ひどい目にあうはずはありません」

チャーリーが語った情報、語らなかった情報を、オリヴィアが整理するあいだ、ストラッツはクッキーの箱をふたりの若者のほうに押しやった。

「これでエネルギーを補給してちょうだい。男の子は毎日砂糖とバターをとらないとね」

ジェイソンのほうが近くにいたので、箱のなかに手を入れて、バーガンディ色に淡いピンクの水玉模様の宇宙船を選び、自分用に確保した。そして、チャーリーには、ブドウ色の縁取りがあるミントグリーンのサンタクロースの橇《そり》をわたした。

「ねえ、チャーリー」いかにも意味ありげな目つきでオリヴィアを見ながら、ストラッツが言った。「ここにいるついでにきくけど、通りにとめてあるあのトヨタ、タイヤがパンクしてない？」デスクの向こうの窓のほうにあごをしゃくる。チャーリーは窓のほうに歩いていった。オリヴィアにはっきりと背中を見せながら。

「どのトヨタです？」チャーリーは頭を左右に動かしながらきいた。「トヨタは五台ありますよ。赤のカローラが二台、うち一台は今年のモデル。あとは運転席側のドアにへこみがあるブルーのカムリと、発売後十年ほどたっているグリーンのカムリ、それに赤のトラック」

「赤のカローラの片方だと思う。もしかしたらトラックかも」ストラッツは言った。

ジェイソンも窓のところに来てチャーリーと並んだ。ふたりの青年が頭を左右に動かして、タイヤがパンクした車をさがすあいだ、ストラッツはオリヴィアににやにや笑いを向けた。

「視力が落ちてるんじゃないですか、ボス」ジェイソンはストラッツを振り返って言った。「タイヤはすべて問題ないように見えますけど」

「ぼくにもそう見えます」チャーリーが言った。「外に出てよく見てみましょうか？」

「いいえ、いいわ。わたしったら、飛びこみの仕事がはいったと早合点してたみたいね」ストラッツは言った。「さあ、ふたりとも、クッキーを食べおわったんなら、仕事に戻って」

そして、ふたりが出ていってドアが閉まると、オリヴィアのほうを見た。「どう？」

「正直、よくわからない。チャーリーは店を荒らすようなタイプに見えないわ。それにお姉さんと仲がいいみたいだし。でも……」オリヴィアは肩をすくめ、空になったラテのカップをごみ箱に投げ入れて立ちあがった。

「修理工としても優秀よ」ストラッツが言った。「チャーリーが頭のおかしい犯罪者じゃないことを願うわ。彼を失いたくないから。それに、シャーリーンを傷つけたりしたら、ジェイソンに殺されるだろうし」

「それってつまり……？」オリヴィアは驚いてストラッツを見た。

ストラッツは笑った。「最後に知るのは母親ってわけね。この場合は姉だけど。ジェイソンは特別な感情を持ってるわ。言うまでもなく、シャーリーンに対してね。蓼喰《たでく》う虫も好きずきって言うけど、ジェイソンも男だし、まあわかるでしょ」

「ジェイソンとシャーリーンがねえ」オリヴィアは言った。シャーリーン・クリッチが義理の妹になるのかと思うと、とてもではないが心おだやかではいられなかった。「真剣につきあってるの？　母さんはそれを知ってるの？」

「ええ、エリーは知ってるわ。真剣かどうかといえば、ジェイソンのほうは明らかに真剣よ。シャーリーンのほうはどうだか。なんせ彼女、ズボンさえ穿いていれば消火栓にでも色目を使う人だから」

「あの女がわたしのかわいい弟を傷つけたら、わたし……」オリヴィアはすんでのところで口を閉じた。殺してやるなどと軽々しく口走ってはならない。心のなかではそう思っていても。

ストラッツはデスクの引き出しを開けて、なかをかきまわした。足で引き出しを閉め、オリヴィアに手を差し出す。

「ほら」彼女が手にしているのは、フロントト部分がつぶれた蛍光グリーンのヴァリアントだった。「クッキーが必要でしょ」

3

〈ジンジャーブレッドハウス〉に戻ると、厨房のエアコンが超過労働気味のオーブンと戦っていた。マディーは忙しかったようだ。三つのラックの上で焼きあがった型抜きクッキーが冷まされ、四枚のオーブンペーパーの上には、これから焼く型抜きクッキーが置かれていた。

「このにおいはライムゼスト（ライムの皮のすりおろし）？」オリヴィアがきいた。

マディーは耳からｉＰｏｄのイヤホンを抜いた。「悪の巣窟《クライム・ネスト》を見つけたって？」

「おしい。ライムゼストよ。クッキーの生地にライムゼストを入れた？」

「合いそうだったから」マディーは言った。「自動車整備工場で何かわかった？」

「デルに電話しなくちゃ。盗み聞きしていいわよ」オリヴィアは、留守電にメッセージを残すことにならなければいいがと思いながら、デルの携帯電話にかけた。

デルは一回目の呼び出し音で電話に出た。少なくともデルの声のように聞こえた。

「もしもうし」

「デル、あなたなの？　なんか苦しそうだけど」

「パトカーのなかで卵サラダサンドを食べてるんだ。で、チャーリー・クリッチを見たんだね？」

「自動車整備工場でチャーリーに会って、ストラッツ・マリンスキーから彼の経歴を少し聞いたわ。背中もよく見せてもらった。でも、わたしの見た男かどうかはまだはっきりしないの。たしかに体格は同じくらいだし、髪も短くて茶色だけど……シャーリーンの店に侵入した男はもう少し年上に見えたのよ。なぜだかわからないけど。声のせいかもしれない」

「どんな声だった？」デルがきいた。

「怒っていて荒っぽい声だった。チャーリーは内気で物静かな少年のような声よ。お姉さんの店が不法侵入にあってたいへんだったわね、と声をかけてみたの。彼はかなり身がまえてる感じだった。隠そうとしてたけど、とても動揺していた。お姉さんのことが心配なのよ」

マディーのほうから小さなつぶやきが聞こえてきた。「あんなやつ、心配しなくても……」

「もうひとつあるの」オリヴィアは言った。「彼は何かを隠してると思う。シャーリーンに恨みを持ってる人をだれか知ってるかってきいたら、はぐらかそうとしたわ。彼女を傷つけようとする人なんているわけないと言ってたけど、〝ひどい目にあうはずはない〟とも言ってた。とにかく、なんだか変だなと思ったの。それに、チャーリーはお金の問題を抱えていると、ストラッツは考えてるみたい」

「わかった、こっちでもう少し調べてみる。これからも聞き耳を立てていてくれると助かるけど、きみの義務はそこまでだからね」デルが言った。

「そっちはこれまでに何かわかったの？　チャーリーの過去については？　チャーリーには

秘密の生活があったの？」

「ちょっと待ってくれよ、リヴィー。捜査中の事件について詳しく話せないことになってるのは知ってるだろう」

「あら、わたしはあなたのために容疑者を確認しにいったのよ――そのためにデコレーションクッキーを二ダースも使ったんだから」

デルはくすっと笑った。「そうだね、クッキー代は払うよ。その代わりと言ってはなんだけど――」

「何、ジェリードーナツ一ダースとか？」

「今夜夕食でも。新しいレストランの〈ボン・ヴィヴァン〉で。ぼくのおごりだ」

「あら」オリヴィアはマディーが、オーブンのなかのあらたなクッキーの天板に集中しているにもかかわらず、不意に興味を示したのを感じ取った。「それは無理だわ」オリヴィアはひとり言を装って言った。「七時に母さんとルンバのレッスンに行くことになってるし」

「それは大金を払ってでも見たいね」デルが言った。「早めのディナーならどう？　それならあんまり混んでないだろう。あの店は最近評判なんだ」

「そうねえ……」

「よし、五時に迎えにいくよ。それとリヴィー、きみには無事でいてもらいたい。だから、力になってくれるのはありがたいけど、勝手に調査をはじめないでくれ。いいね？」

「現地集合にしましょう。車が必要なの」オリヴィアはそう言って、携帯電話を閉じた。デルには半ば待ちぼうけをくわせるつもりでいた。その一方で、早めのディナーといってもワインをグラスに一、二杯はたのむことになるので、デルのプロとしての境界線もゆるむかもしれないと期待してもいた。オリヴィアの興味は好奇心を超えていた。〈ベジタブル・プレート〉の不法侵入は、あまりにも身近すぎて心おだやかでいられない。

マディーはオーブンの扉を開けて、完璧な焼きかげんのクッキーの天板を取り出した。甘いバターとぴりっとしたかんきつ系の香りの熱い空気がふわりと流れ出て、厨房にただよう。

「ところで、ルンバって、なんの話？　あなたらしくないわね。堅物のあたしの友だちに何があったのかしら？」マディーは戸棚の扉を開け、アイシング用の食用着色料の小さなボトルを取り出しはじめた。「もしかして……」蛍光紫のボトルを胸に押しつけて、くるりと振り向く。「デルといっしょにダンスに行けるように、レッスンを受けるつもりとか？　ルンバはいい選択だわ」

紫の食用着色料のボトルをパートナーにして、マディーは踊りながら厨房の作業台をまわりはじめた。官能的なヒップの動きを見て、母のルンバのレッスンにつきあうのではなく、明日の朝食につきあうことにすればよかった、とオリヴィアは思った。

マディーは体を揺らしながら戸棚に戻り、基本のロイヤルアイシングの材料、粉砂糖とメレンゲパウダーとレモンエッセンスを取り出した。それに計量カップ各種を加え、腕に抱えたものをテーブルのミキサーの横に置いた。「で」メレンゲのパッケージを開けながら言う。「デルとはどうなってるの？　全部話してよ」

オリヴィアはまだデコレーションされていない冷めたクッキーのひとつに近づいた。

「これ、すごく気になる。今すぐ試食させてもらうわよ」茎のように見える出っ張った部分をかじり、「うーん」と言って目を閉じた。もうひと口かじろうとしてやめ、手にしたクッキーに眉をひそめた。クッキーを冷ましている最中のラックに目をやり、デコレーションまえのクッキーの形をひとつひとつ見ていく。「たしかグウェンとハービーのベビーシャワーの準備をしてるのよね。これ、乳母車にもガラガラにもロンパースにも見えないけど」

マディーは無関心を装いながら計量カップを巧みに使い、ボウルに粉砂糖を振り入れた。

「これはリンゴでしょ？」オリヴィアは食べかけのクッキーを掲げた。そして、オーブンペーパーの上の焼きたてのクッキーのほうを指さす。「あれはニンジンみたいだし、そっちはサツマイモよね」湾曲した細長いクッキーを持ちあげる。「これは……エンドウマメ？　マディー、果物や野菜ばっかりじゃないの。あなたがそのひねくれた頭で何かたくらんでることに、わたしが気づかないと思うの？　まさかあなた――」

厨房の電話がけたたましく鳴り、オリヴィアは発信者識別番号を確認せずに電話に出た。

「リヴィーか？」

低い声はオリヴィアの元夫ライアンのものだ。ためらいがちで、彼らしくない。

「リヴィー、半年間電話しないと約束したけど、新しいクリニックの進捗状況をきみに知らせたかったんだ。誘いをかけた外科医たちからの返答がふるってるんだよ」

「それはよかったわね、ライアン、でも今は――」

「五分だけならいいだろ？　ぴったりの建物を見つけたんだ。景気が悪くなりはじめたころに倒産したクリニックが、抵当流れになっていたのをただ同然で手に入れてね。バス路線に近いから、車を持たない家族も利用できる」

ライアンの口調は、オリヴィアが恋に落ちたときのやる気満々で希望に満ちた男のそれだったが、この人の気分はすぐに変わっちゃうのよ、とオリヴィアは自分に思い出させた。

「それはすてきね。でも――」

「それに、三人の外科医にそれぞれ月二日ずつ勤務してもらえることになった。といっても、そのうちのひとりはぼくで、最初のうちはぼくが診療時間の半分を受け持つことになるんだけどね。あと、助成金を引き出すために、ジョーニーが一日じゅう申請書を書いてくれてる」

「ジョーニーが？」オリヴィアがマディーを見やると、新しいクッキーの生地を手で混ぜ合わせていた。ミキサーを使うとリヴィーの会話が聞こえなくなるからだろう。

「ジョーニーのことは覚えてるだろう？」たいして重要でないかのようにごまかすときに使う、甘ったるい声でライアンは言った。「ジョーニーは医学部時代の仲間だけど、彼女は医者にならずに、医療助成金申請の手続きを請け負う仕事をしている。もう確実な認可をふたつもらえたよ」

ジョーニーのことなら覚えていた。ライアンの大学の教授が開いたパーティで一度、三分ほど話をしただけだったが。ジョーニーというどこにでもいそうな名前とは裏腹に、ランウエイから抜け出してきたモデルのような女性で、体に貼りつくサテンのミニドレスを着て、美しい肩と長い脚をさらしていた。オリヴィアに言わせれば、長すぎる脚だった。そして髪は、歩くたびに揺れる、筋のはいった長いブロンド。オリヴィアと中身のない社交辞令を交わすあいだ、ジョーニーの目はパーティの出席者たちをじっと観察していた。ジョーニーなら助成金を搾り取ることなどお茶の子さいさいだろう。

一瞬、嫉妬の記憶がよみがえって、オリヴィアは驚いた。気にすることないわ、と自分に言い聞かせる。嫉妬はなかなか忘れられないものだし。でも今は、ライアンがジョーニーとつきあっているのだと思うとほっとした。当然でしょ？

「近況報告をありがとう、ライアン。もう切らなきゃ」オリヴィアは言った。

電話を切ったあと、オリヴィアは落ちつくために、しばらく無言で座っていた。マディーはそっとしておくべきだと理解しているようだった。すぐにオリヴィアは〈ジンジャーブレッドハウス〉の裏口の外で足を擦る音がしているのに気づいた。猫だろうか。それともコーディ保安官助手の黒いラブラドールレトリーバー、バディがまた逃げてきたのか。いや、バディということはないだろう。ドアノブの回し方を習得したのでないかぎり。オリヴィアは安全錠を見たあと、ドアノブのロックを確認した。どちらも施錠されていなかった。暑くて湿度が高い気候のせいで、ドアは敷居に貼りつきがちになり、施錠されていると勘ちがいしてしまう。

「今度は殿下はなんだって？」マディーはライアンのファンではない。それは口調からも明らかだった。「リヴィー？」オリヴィアが答えないので、マディーは呼びかけた。

オリヴィアは唇のまえに指を立て、ドアに向かってうなずいた。ノブがまた揺れ、彼女はテーブルの上の麺棒を指さした。マディーはそれをつかんでオリヴィアにわたした。必要なら侵入者を殴れるよう麺棒を掲げた状態で、オリヴィアはノブを回してドアを開けた。つばの広い帽子の下の、見覚えのあるびっくりした顔に気づいたのは、マディーのほうが先だった。

「スヌーピー？」

ドアロに立っているのがサム・パーネルだとわかって、オリヴィアは麺棒を体の脇におろした。サムは荷物を脇に抱えて顔を赤くしていた。いつものように上から下まで合衆国郵政公社の制服――もちろん季節にあったもの――で決めている。サムがノックしないで厨房にはいろうとしたのはこれが初めてではなかった。学ぶということをしないのだ。サムは首までまだサムを詮索屋《スヌーピー》とあだ名で呼ぶ人はいない。少なくとも面と向かっては。サムは首までまださらに赤くなりはじめていた。

オリヴィアはドアを広く開けた。「サム、いったいどういうつもり？　死ぬほどびっくりしたじゃないの。〈ベジタブル・プレート〉に押し入った不審者かと思ったわ」

サムはさらに赤くなった。やせた体は戦闘態勢のまま固まってしまったように見える。

「おれは別に……平日は裏口に鍵をかけない人もいるし、これは直接わたさなくちゃならない特別郵便だから……」彼は郵便物を差し出した。差出人の住所を見たオリヴィアは、それがかわいいクッキーカッターを作っている通販会社のものだとわかった。これからやってくるホリデーイベント用にいくつか注文したのだ。

「ありがとう、これを待っていたのよ」オリヴィアは荷物を受け取って言った。「裏口からはいるのはいいけど、ノックしてもらえるとありがたいわ。いつもは鍵をかけているのよ、厨房で作業してるときもね」

「わかったよ」サムは言った。「あんたがボルティモアに住んでいたころの習慣をつづけているのをつい忘れちまうんだ。たいへんだろうね、玄関のすぐ外でしょっちゅう犯罪が起こるようなところで暮らすのは」

マディーがくすくす笑った。「そうよ、リヴィーは悪人たちの頭をかち合わせて、近所の安全を守らなくちゃならなかったんだから」

サムの小さな目がオリヴィアからマディーへ、そしてまたオリヴィアへと移った。

「さて、一日じゅうここでだべってるわけにもいかないな」すごい勢いできびすを返したので、郵便袋が背中に当たり、彼はバランスをくずした。背後でマディーがくすくす笑うのを聞いて、オリヴィアはいやな気分になった。

「ドアを開けてあげる。ずいぶん袋が重そうだから」オリヴィアが言った。

「なんのこれしき」サムは威厳をもって言うと、ドアを開けてくれたオリヴィアにうなずいた。そして、小路に出るまえに立ち止まって言った。「ところで、ビニーのブログをチェックしたほうがいいぜ。あんたたちのことがいろいろと書かれてるよ」しのび笑いをして付け加える。「なんにしろ、宣伝にはなるよな」

オリヴィアがドアをロックして安全錠をかけるころには、マディーがすでに厨房に置いてあるノートパソコンを立ちあげて、ビニー・スローンのブログを開いていた。チャタレーハイツ唯一の新聞〈ザ・ウィークリー・チャター〉の最新版のこぼれ話が載っているブログだ。ブログのほとんどはビニーの若い姪であるネドラが管理していた。ネッドと呼ばれるのを好むその姪は写真家で、めったにしゃべることがなく、コンテンツのほとんどは写真だった。それもチャタレーハイツの住人が見たら驚き、不快に思い、怒りを覚えるような写真ばかりだ。たいていはその順だった。

マディーはブログの写真を見ていきながら言った。「うわ」

「ひどいの?」

マディーは低いうなり声で答えた。「ミスター・ウィラードに電話するべきね」

「うそでしょ? 弁護士が必要なほどひどいってこと?」

「もしビニーとネッドを殺すつもりなら、弁護士が必要になるでしょ」マディーはノートパソコンをオリヴィアのほうに向けた。「ちょっと見て」

オリヴィアは小さなデスクに椅子を引いてきて、マディーの横に据えた。マディーはフォトライブラリーのトップに画面を戻し、復讐に燃えるおどし文句を口にしながら、ネッドが撮った、〈ジンジャーブレッドハウス〉の前庭でくしゃくしゃの紙を片づけるふたりのスナップ写真をスクロールしていった。

「これからはもっとまめに洗濯すると誓うわ」

オリヴィアは赤いショートパンツとピンクのタンクトップ姿の自分を見て言った。

「そんなのどうってことないじゃない」マディーが言った。「あたしの髪を見てよ。干し草の梱《こり》が頭の上で爆発したみたい。これを撮ったカメラでネッドを殴ってやりたいわ」

「殺人に発展させるほどのことじゃないわよ」オリヴィアは最後まで写真を見て言った。

「恥ずかしいし、のぞき見趣味だけど、それはビニーとネッドが得意とするところだし」彼女は目をすがめて画面に身を寄せた。「あれは何？」

「えっ？」

「ほら、そこ、〈ベジタブル・プレート〉の二階の窓のとこ」オリヴィアは写真の右上のぼやけた部分を指さした。

マディーはオリヴィアの肩越しにのぞきこんだ。「何か見えるけど……」オリヴィアの指がキーボードをたたいた。写真が大きくなり、さらにぼやけたが、〈ベジタブル・プレート〉の二階の窓に、人の肩から上が黒く浮きあがっていた。「このリンクをデルとコーディにメールで送りましょう。彼らならオリジナルを入手できるかもしれない。ネッドのカメラが押収されるのを見たいものだわ。これ、男か女かわかる？」

「髪の毛は見分けがつかないわね」オリヴィアは言った。「逆光で顔が暗くなってるのは、部屋に明かりがついてないからよ。これが店を襲った犯人なら納得がいくわ。店を荒らしているところを見られたくないだろうから。もしシャーリーンなら、髪の色の明るさでわかると思う。すごく明るいブロンドだから」

「生まれつきとは思えないほど明るいブロンドだものね」マディーが言った。「ネッドはいつこの写真を撮ったのかしら」

オリヴィアは写真のトップページに戻った。「このへんの写真はあなたが写ってなくて、わたしか芝生だけだし、こっちの写真では光のかげんがちがってる。ネッドは二回に分けて写真を撮ったのよ。〈ベジタブル・プレート〉にはいっていくところを撮られなくてラッキーだったわ」

「ビニーのことだから、切り札として確保してあるんじゃないの。あなたにインタビューするつもりなのかも」マディーが言った。

「ちょっと待って、何か見えた」

オリヴィアは鉛筆を取って、スクリーン上の灰色の顔にそっと触れた。明るい部分から浮き出している、ぼんやりと暗い曲線の輪郭をたどる。

「これは歯だわ。これは店から逃げていった男よ。わたしたちを見て笑ってる」

4

　オリヴィアが〈ボン・ヴィヴァン〉に着いたのは午後五時少しまえで、早くも席は埋まりはじめていた。このレストランがオープンして、まだ一カ月もたっていない。チャタレーハイツの住人がいち早くその魅力を発見し、絶賛するレビューが最近〈ボルティモア・サン〉に載ったせいで、周辺地域から多くの客を呼び寄せていた。オリヴィアが店のなかを見るのはこれが初めてだった。

　デルはまだ来ていなかった。案内係の女性――輝くばかりの笑みを浮かべた、長身のエレガントな赤毛――は、満席に近いテーブルをかすめながら、オリヴィアを窓際にあるふたり掛けのテーブルに案内した。彼女はオリヴィアのために椅子を引いて言った。

「保安官は静かで眺めのいいテーブルをとくにご希望でしたので。お待ちになるあいだ、当店のメルローをグラスでお持ちしましょうか？」

「コーヒーでいいわ、ありがとう。クリームと砂糖入りで」

　案内係は真っ白な門歯を見せると、姿を消した。すぐに給仕係が、オリヴィアのコーヒーと分厚いメニューをふたつ持って、テーブルに現れた。オリヴィアはコーヒーを飲みながら、窓の外のピンクと赤のティーローズで仕切られたレンガ敷きの中庭を眺めた。その向こうには、遠く緑の丘陵地帯が見える。残暑のきびしさにもかかわらず、メリーランドにとどまっているのはこれがあるからだ。クッキーのせいもあるが。

「あれ？　メルローじゃないの？」デルの声に、オリヴィアは飛びあがった。「ごめん、こっそり人に近づくのが癖になってて」

「わたしがメルロー好きだって、町じゅうのみんなに話してるの？」

デルはにやりとした。「もうみんな知ってるよ。言っとくけど、きみがピザに目がないことも知られてるからね」

「ピザはあなたもよく食べてるじゃない。ハムとチーズのサンドイッチもしょっちゅう食べてるけど」メニューをざっと読んで、オリヴィアは言った。「ねえ、見て、ここにもピザがあるわよ。ヘルシーだし、ローストしたアーティチョークの花芯とプロシュートのピザ。アーティチョークはヘルシーだし、プロシュートはハムみたいなものよね。これをシェアする？　アーティチョーク

「いいね」デルはウェイターと目を合わせた。「メルローはどうする？」

「キアンティにするわ。イタリア風のメニューを尊重して。あなたがいっしょに飲んでくれるなら」オリヴィアはワインが、〈ベジタブル・プレート〉の侵入者についてデルから聞き出す計画の決め手になることを忘れていなかった。

「よし」デルはメニューを返し、テーブルに肘をついてまえのめりになった。「すてきだよ。その髪を留めてるやつ、いいね」

「ありがとう」オリヴィアはうれしさと安堵を同時に覚えて言った。三着持っているドレスのうちの一着を着てくるべきだったのはわかっているが、ディナーのあと直接、母とルンバ教室に行く予定だった。「髪を留めてるやつはバレッタというの。専門用語よ」

「武器と関係がなければ、覚えていられないだろうな」デルは言った。「約束どおり、ここはぼくのおごりだからね。シャーリーンの店から逃げた男の確認作業を手伝うために、時間とクッキーを提供してもらったお礼だ」ワインが来て、ふたりはグラスを合わせた。「うまい」デルはひと口飲んで言った。彼の微笑みは、オリヴィアを内側から温めた。ここしばらく目にしていなかった微笑みだ。彼から情報を引き出すのがためらわれるほどだった。でも、そうも言っていられない。

「チャーリリー・クリッチが侵入者だと確認できなくて申し訳なかったわ。彼のことが気に入ったからほっとしてるけど。彼とジェイソンはいい仲間みたい。もちろんジェイソンはシャーリーンのことが好きだったりもするから、ちゃんと人柄を評価してるわけではないのかもしれないけど」オリヴィアはワインを飲み、ラベルを記憶しておこうと心に誓った。ふだんからキアンティのファンというわけではないが、これはいい味だ。「チャーリリーが侵入者かもしれないと思ったのには、何かわけでもあるの？」

デルの微笑みが消えたが、少なくとも捜査に首をつっこむなと命令する様子はない。

「まだたいしたことはわかっていない。ふたりの両親については大量のゴシップを耳にしたけど、シャーリーンとチャーリリーについては奇妙なほど調べるのがむずかしいんだ」

「奇妙なほど？」

「最近はインターネットで調べるだけでずいぶんたくさんのことがわかる。でもこのふたりはちがうんだ。調べたかぎりでは、ふたりともフェイスブックもツイッターもやってないし、他人のサイトにコメントさえしていない」

「どちらかに前科があるなんて、都合のいいことはない？　ねえ、デル、そんな顔しないでよ。ただの好奇心できいてるわけじゃないのよ。ゴシップがほしいわけでもないわ。〈ベジタブル・プレート〉は〈ジンジャーブレッドハウス〉のお隣さんだし、わたしはシャーリーンの店を荒らした犯人が、うちの前庭にもあんなことをしたんじゃないかと思ってる。だから、知る必要があるのよ」

デルはゆっくりとワインを飲み、レストラン内に視線をさまよわせ、目をすがめて窓の外を眺め、またワインを飲んだ。オリヴィアはピザをキャンセルして、彼の頭からワインをかけ、この場をあとにしたい衝動にかられた。だがそうはせずに言った。「努力は認めるわ。そんなことしても無駄だけど」

デルは首を振って笑った。「きみを尋問するとなったら、神の助けが必要になるな」

「だれか別の人にたのまなくちゃならないでしょうね。それか、署員全員に」

「全員ひき肉《ミンスミート》にされる」

「もう、やめてよ。でもミンスミート（ドライフルーツに砂糖やスパイスを加えたもの）ならクッキーのデコレーションにできるかも」オリヴィアはテーブル越しに手を伸ばして、指先でデルの手に触れた。

「わたしの身の安全を気にしてくれてるのはわかってるし、うれしいと思ってるけど、わたしにも分別はあるんだから信頼してほしいわ。べつに危険なことが好きなわけじゃないんだから。自分や大事な人たちの身によくないことが降りかかるんじゃなければ、よろこんですべてあなたにまかせるわよ」

「きみは会う人すべての面倒をみたくなるようだね」デルは言った。「シャーリーン・クリッチのことまで心配しているんだから。それともただの好奇心なのか？」

オリヴィアは手を引っこめた。「どちらも少しずつあるわね。たしかにシャーリーンには心底いらいらさせられるけど、何か見落としているような気がするのよ。母さんの話だと、シャーリーンは短いあいだ結婚していたけど、父親が婚姻を無効にしたそうなの」

デルは眉をひそめた。「元夫がいるかどうか調べてみたが、シャーリーンは結婚していたことなどないと言うし、婚姻の記録は見つからなかった。無効になっていても普通は調べがつくんだが、書類上のことだから、あったとしても紛失したんだろう。クリッチ家は裕福で権力もあった。父親のチャールズは政治力を使って人をいいように操っていた。だが、もし元夫がいるなら、知り合いや親族にききこみをすればわかることだ」

「弟のチャーリーの過去は調べてるわよね？　正式な手続きとしてだけど」

デルはオリヴィアを信じることにしたらしい。少なくとも現時点では。なぜなら、ためらいもなく答えたからだ。「ワシントンDC警察の知り合いに問い合わせた。記録はなかったよ。でも、未成年犯罪の記録がひとつあるはずだと友人のひとりが言っていた。それも封印されたんだろう。掘り出せるはずなんだが、どういうわけかこれまでのところ何もあがってこない。ジェイソンはチャーリーのことで何か言ってたかい？」

「いいえ、でもあぶり出してやるわ。調理の話になったところで、わたしたちのピザが来るみたい」

ピザとハウスサラダが来ると、デルがまた口を開いた。

「ところで、ビニー・スローンのブログのリンクを送ってくれてありがとう。オリジナルの写真を提出させて、ボルティモアの鑑識に送ったよ。写真の専門家が、窓の男の顔の画像解析をしてくれるだろう」

「やるじゃない。令状も法廷でだらだら闘うこともなしに、どうやってビニーからオリジナルをぶんどったの？」オリヴィアはアーティチョークの花芯がたくさんのった、ピザの大きなひと切れを選び、くずれないうちに細いほうの先を口に押しこんだ。

「簡単だよ。連絡も許可もなくきみの写真を撮りつづけるとどういうことになるか指摘しただけさ。〈ジンジャーブレッドハウス〉は私有地で、きみの家と敷地も同様だから、きみにはビニーとその姪がそのどちらにも足を踏み入れることを禁じる法的権利があるとね。もちろん、それでも歩道から写真を撮られるかもしれないが、店に入ることも、窓のそばに立つことも禁じれば、そうそう好き勝手にはできないだろう」

「すごい、ありがとう」オリヴィアは言った。

「業務の一環だよ」

ともにふた切れ目のピザに手を伸ばしながら、オリヴィアはきいた。

「じゃあ、わたしたちはまた友だちに戻ったってこと？」

デルは伸ばしかけた手を止め、驚いた顔をした。「ぼくたちは友だちじゃなくなっていたのか？」

ベビーリーフのサラダをドレッシングであえながら、オリヴィアは肌が赤くなりにくい自分の遺伝子に感謝した。

「つまり、その……数カ月まえは、友だち以上の関係になりかけてたでしょ。それともわたしが勝手にそう思ってただけ？」フォークに山盛りのサラダで口を封じた。食べることでごまかそうというのが見え見えだ。

デルは彼女の空いているほうの手をすばやく、ぎゅっとにぎった。

「気のせいなんかじゃないよ。でも……」

オリヴィアは先をつづけてと言いたかったが、口のなかは葉野菜でいっぱいになっている。口をいっぱいにしたまま「でも何？」と言ってみた。「へほはひ？」にしか聞こえなかった。

デルは頭をのけぞらして笑った。そばのテーブルのふたり連れがちらりと彼を見て、訳知り顔で互いに微笑みを交わした。「わかったよ」デルは笑いが収まると言った。「きみが葉っぱでのどを詰まらせないと約束してくれるなら話そう。きみの元夫のことだ。いや、最後まで聞いてくれ。彼との仲は完全に終わった、よりを戻すことはないと、きみは言ってくれた。きみが本心から言っているのはわかっている」デルは皿からクラストのかけらを取って食べた。

オリヴィアはワインをすすって、彼がことばを絞り出すのを待ったが、胃は不安でじりじりしていた。

デルはため息をついて、オリヴィアのほうに身を寄せた。

「ライアンは印象的な人だ。たしかに支配したがりなのは認めるが、きみの店に突然現れたとき、場を盛りあげようと努力しているようだった。きみに戻ってきてほしいんじゃないかな」

「まさか」オリヴィアは言った。この六月、元夫はボルティモアから車を走らせ、まえ触れもなしに〈ジンジャーブレッドハウス〉に現れた。彼は低所得者層向けの低料金外科クリニックの計画について休みなくまくしたて、そのあいだじゅう売り場を歩きまわっては、店の商品について質問してきたお客たちに話しかけた。オリヴィアにしてみれば、それは最高のときのライアンと最低のときのライアンだった。彼の熱意は伝染性があって人の心を奪うが、彼はしばしば聞き手が自分とはちがうことを、それぞれに自分たちの計画があることを忘れてしまう。最悪だったのは、ライアンが最高潮に達したときに、デルがその夜ディナーと映画でもどうかとオリヴィアを誘いにきたことだ。デルはライアンの独白に割りこむタイミングがつかめず、結局帰っていった。オリヴィアがデルの意向を知ったのは、ずっとあとになってから、ふたりのあいだのぬくもりが急速に冷めてしまってからだった。

「修復できない別れもあるわ」オリヴィアは言った。「ライアンにはいいところもある、あなたが見たのはそういうところでしょう。でも、彼が自己陶酔型の人間だってことも認めてくれなくちゃ。いちばんの問題は、多くの時間と管理作業を要求されると、自分のアイディアに興味を失ってしまうことなの。彼は外科医の仕事が大好きだし、その分野でなら輝ける。必死に自己中心的でないところを見せようとしていたのは、わたしをボルティモアに連れ戻して、自分がやりたくない仕事を全部やらせたいからなのよ。もしわたしが彼の仕事に少しでも興味を示したら、それがわたしの仕事になってしまうでしょうね」

「それはわかるよ」とデルが言ったところで、ウェイターがコーヒーのお代わりを注ぎにきた。デザートはどうかときかれ、ふたりとも首を振った。「でもそれだけじゃないと思うんだ。ウェイターが話の聞こえないところに行ってしまうと、デルは言った。「彼はきみがいなくて淋しいんだよ。無理もないと思う。彼の申し出について少し考えてみる必要があるんじゃないかな」

「わたしをやっかい払いしたいの?」オリヴィアはからかうように目を細めて彼を見た。「待って、わかったわ。あなたはシャーリーン・クリッチの話を聞いて、わたしがあなたの生活に砂糖を送りこみすぎてると思ったのね」

「あるいは、まだ足りないと思ったのかも」デルは口元をにやりとゆがめて言った。

オリヴィアは腕時計を見て、言いにくそうに言った。

「もう行かないと。あと十五分で母のルンバのレッスンがはじまるの」だが、そのまま動かず、デルに向かって首をかしげた。「身を引くつもりなのね。もちろんそれはあなたの自由よ。でも……」コーヒーを飲んでため息をつき、尋ねる。「ライアンだけが理由？　それともまだほかにあるの？」

デルはコーヒーカップを見おろし、窓の外を眺め、彼女以外のあらゆる場所に目を向けた。

「もちろん答えなくてもいいわ。ただ、あと三分で答えるつもりがあるのかないのか、ことばでヒントをくれる？　母さんのルンバのレッスンは待ってくれないのよ。たとえ大切なひとり娘であっても」

デルの微笑みは消えつつあった。「きみには知る権利がある。でも、ここだけの話にしてくれるとうれしいよ。ライアンのこともあるけど、きみ自身のことでもある。つまり、きみとライアンの関係だ」彼はオリヴィアの傷ついた表情に気づいて、さらに言った。「ぼくが離婚したのは……リヴィー、こんなふうに比べるのはフェアじゃないのはわかってるけど、どうしても考えてしまうんだ。ぼくが離婚したのは、妻がぼくを捨てて元夫のところに戻ったからだ」

「まあ、デル、あなた――」

「今はその話をしたくない」デルはそう言うと、もっとおだやかな調子で付け加えた。「ぼくのまちがいでなければ、そろそろルンバの時間だ」

多くの裕福な人たちがチャタレーハイツ周辺に移り住むようになると、あらゆるタイプの野心家のアーティストたち、とりわけ進んで人にものを教えたがる人たちが、この町を目指すようになった。オリヴィアの母エリーは、彼らに教わる機会を最大限に利用していた。毎週月曜日の夜は、ラテンダンス教室の日だった。

〈チャタレーハイツ・ダンススタジオ〉は、タウンスクエアの南東に位置する小さな建物のなかにある。一九六〇年代初頭まで、その建物ではお針子の姉妹が店をかまえていた。姉妹はオリヴィアが生まれるずっとまえに亡くなっていたが、母はよく大きなショーウィンドウで眺めたエレガントな舞踏会用ドレスや花嫁衣装の話をした。六〇年代のエリーは幼い少女だったが、繊細な刺繍や、サテンのドレスに手で縫いつけられた小さなビーズを細部まであざやかに記憶していた。長いことからっぽだった建物が、ダンススタジオに生まれ変わったことを、エリーは甘やかな業《カルマ》と呼んだ。それに乗じて、失業中のダンス教師たちがボルティモアやワシントンDCからつぎつぎとやってきて、ヒップホップからスクエアダンスまで、あらゆるダンスを教えていた。

スタジオの正面ウィンドウからは、もとの店の売り場全体を占めるダンスフロアが見えた。明かりを落としてあるせいで、部屋の四隅は真っ暗に近かった。母はダンスフロアでひとり、ステップの練習をしているようだ。母の背後のドア口から光が射しこんでいるところをみると、その向こうがインストラクターのオフィスなのだろう。急げば母とふたりきりで話せるかもしれない。

建物にはいると、ひんやりと乾いた空気を感じた。エリーはダンスフロアの奥で、グレーの長い髪を背中から浮かせながら、スピンの練習の仕上げをしていた。エリーが身につけているのは、いつも好んで着ているゆったりした丈の長い服とは対照的な、小柄な体に貼りつく赤いニットのドレスだ。すばやいツイストの動きをすると、二段の短いフリルが膝のあたりで揺れた。

エリーはオリヴィアに気づいて手を振った。指を一本立てて、一分で戻ると伝えると、オフィスに姿を消す。やがて、ダンスフロアを取り巻くスピーカーから音楽が流れ出し、オリヴィアが見たこともないほどゴージャスな男性の腕に抱かれたエリーが現れた。男性の年齢は三十歳から六十歳までのどの年代でもあてはまりそうだった。長身でほっそりとした体を完璧に操って、風になびくシルクのようにくねらせている。白い筋のはいった黒い髪は豪華な巻き毛で、すっきりとうしろに流して整った顔を見せていた。彼は自分の肩までしかないエリーを見おろし、オリヴィアにすれば胸が悪くなるような微笑み方をした。

「たいしたダンサーだろう、彼は？」

オリヴィアがくるりと振り向くと、背後の暗がりのなかにアラン・マイヤーズが立っていた。妻がくるくる回りながらインストラクターから離れ、その腕のなかにまた戻るのを見て、アランの人なつこい幅広の顔がこわばった。

「名前はラウルときた。ラストネームはいらないらしい」アランは言った。

「あなたはルンバ教室に来ないと聞いてたけど」オリヴィアは言った。

アランは笑った。「きみの母さんがあんまりあいつを褒めてばかりいるから、この目で見てやろうと思ってね。言っておくが、心配だからってわけじゃないぞ」

「心配する理由なんてないでしょ」

エリーの動きから目を離さずに、アランはきいた。「きみもルンバのレッスンを受けるつもりなのか？　それなら急いだほうがいいぞ。あいつは二週間でいなくなるらしいから」そしておどおどと付け加えた。「別に指折り数えてるわけじゃないけどな」

ルンバが終わり、エリーが踊りながらふたりのところにやってきた。娘なら目にしたくないと思うような腰の振り方で。アランから水のボトルを受け取って、ごくごくと飲む。「ラウルがつぎの曲を選ぶあいだ、五分間の休憩よ。実は、アランとわたしはレッスンが終わったらすぐに行くところがあるの。新しいレストランの〈ボン・ヴィヴァン〉でロマンティックなディナーをとる予定なのよ。アランが予約してくれたの」エリーはまばゆい笑顔を夫に向けた。

たった今〈ボン・ヴィヴァン〉で食事をしてきたことは言わずにおこう、とオリヴィアは思った。デルとのことについては、すでにさんざん母からほのめかされている。都会に住むことで得られていた個人のプライバシーは、チャタレーハイツに戻ってきた二分後に消えていた。

エリーはもうひと口水を飲むと、ボトルをアランに返した。「あのね、リヴィー。電話ではクリッチ家について知りたいってことだったわよね？　残念ながら、わたしはあの一家がチャタレーハイツからワシントンDCに引っ越して以来つきあいがないけど、うわさなら聞いてるわよ」

「シャーリーン・クリッチは何か隠してると思うの。彼女、わたしが店で見つけた空き巣狙いの正体を知ってるのよ。それはたしかだわ。デルは彼女の弟のチャーリーを疑ってる」オリヴィアは首を振った。「〈ストラッツ&ボルツ〉に行って、チャーリーをよく見てみたけど、わたしの見た男だという確信は持てなかった。でも彼には秘密があるみたいなの。チャーリーについてもっと知りたいのよ、シャーリーンについても」

アランが笑った。「それならもってこいの人のところに来たな。他人のことなら、きみの母さんはなんでも知ってるから」

「そうでもないわよ。ちょっと考えさせて」エリーは髪がドロップタイプのイヤリングにからまないように、指で片方の肩から払った。「クリッチ家がチャタレーハイツから引っ越していったのは、十年ほどまえ、学期の半ばごろだったわ。ジェイソンが高校の最終学年のときだったから覚えてるの。あの子はシャーリーンにぞっこんだったのよ。彼女がいなくなったあと、ジェイソンはしばらくふさぎこんで、心ここにあらずだった。でも春だったから、上の空だったのはそのせいだったのかもしれない。高校生活最後の何カ月かがどういうものか知ってるでしょ。いろんなことを考えて、それがすべて重大なことに思えてしまうのよ」

「時間は刻々とすぎてるわよ、母さん」

「いつだってそうなのよね。忘れたくても忘れさせてくれない」エリーの口調に悪意はなかったが、アランはじりじりと距離をとった。

「たしかに」オリヴィアは言った。

「十代の子が変化に慣れるのはむずかしいわ」エリーは言った。「シャーリーンはジェイソンより二歳下だったから、彼女は十五歳で親しい友人たちと別れなければならなかった。とてもかわいい子だったわ。今みたいに痛々しいほどやせてなかったし。あんなにやせてたら、きつい性格に見えると思わない？　かわいそうに、きっと摂食障害があるのね。両親があんなだったから無理もないわ。文句ばっかり言ってたの、母親のパティはとくに。自分の子供たちは完璧だと言い張ってた。完璧な子供なんていないのに。もちろん、今ここにいる子は別だけど」

「うそばっかり」オリヴィアは言った。「侵入者の話に戻らない？」

「いま話そうとしてたのよ、リヴィー。ほんとうにせっかちね」

「あら、わたしは完璧なんじゃなかったの？」

「時間を無駄にしてるのはだれよ？」エリーが肩越しに振り返ると、ラウルが誘惑するように彼女に向かって人差し指を曲げていた。「ちょっと待って、わたしに考えがあるの」彼女はダンスフロアをすべるようにしてラウルのところに行くと、話しかけた。彼女のほうに身をかがめて話を聞いていたラウルはうなずいた。

エリーはオリヴィアのほうに手を振って大声で言った。「こっちに来て、ふたりとも」

「でも――」

「でもはなしよ、リヴィー。わたしはこのすばらしいレッスンの時間を無駄にしたくないの」

オリヴィアはこれから起こることに対していやな予感がし、継父のほうを見た。大柄な体格で猪首の彼は、ヘッドライトに照らし出された雄牛を思わせた。

ラウルがCDを替えると、エリーは言った。「絶対楽しいわよ。それに、いい機会だわ。ずっとあなたたちにもダンスをはじめてもらいたかったの。若さが保てるし、すごく爽快な気分になれるんだから。そのうちわかるわよ」

オリヴィアはますますいやな気分になった。

「ゆっくりした簡単な動きからはじめましょう」ラウルは昨日ラテンアメリカからやってきたように見えたが、訛りはそれほどなかった。「エリーとわたしがルンバの基本ステップを実演します。そのあと女性と男性に分かれてください。男性の生徒はひとりだけになりますが」ラウルはアランのほうに向かって会釈した。「いつもなら、女性を指導するためにわたしのパートナーがいます。でも、ここではわたしひとりで教えていますので、まず男性の動きを指導して、そのあと女性の動きを指導します。エリーは覚えが早くて勘がいいですから、ご主人と踊れるようになりますよ。でも、そのまえにエリーとわたしがもう一度ルンバを踊ってみせます。さっきわたしたちが踊っていたとき、おふたりはお話し中だったようですから。どうかよく見ていてください」

「わたし、ほんとうにそんなつもりじゃ――」音楽にさえぎられてしまい、オリヴィアは不安な目つきで母を見た。

ラウルが手を差し伸べ、エリーはその手を取って、ふたたびダンスフロアにエスコートされた。右手を彼の上腕に置き、彼の左手が肩甲骨にまわされる。オリヴィアはアランのしかめ面を盗み見て、彼に同情した。エリーの頭越しに、ラウルがこちらに向かって呼びかけた。

「足元を見てください。ステップはとても簡単です。四角を描くようにするんです」

四角というイメージがつづいたのは二十秒ほどだった。そのあとは、まったく意味をなさなかった。パターンがあるのだとしても、オリヴィアには見分けられなかった。エリーとラウルの足は、踊りながらあらゆるところに同時に動いているように見えたし、腰の動きは控えめに言っても心を乱すものだった。

ダンスが終わると、ラウルはオリヴィアとアランに向かって言った。

「わかりましたか？　四角を描いたら、少し離れる。スロー、クイック・クイック、スロー。簡単でしょう」

口元をきりっと引き締めた笑みを浮かべ、ラウルはアランに手を差し伸べた。アランは壁際に寄って小さくなっている。ラウルがエレガントに肩をすくめると、オリヴィアのほうを向いて手を取った。オリヴィアは心臓が膝のあたりまで沈みこむのを感じた。

エリーは娘の顔をひと目見て言った。「ごめんね、リヴィー、あなたに理解してもらうには、何度かゆっくりステップを繰り返さなくちゃだめだってことを忘れていたわ。あなたはお父さん譲りの運動オンチだものね」

「ああ」ラウルが言った。「それならゆっくりお教えしましょう」

エリーはふたりのあいだに割ってはいった。

「あなたってほんとに察しがいいのね、ラウル。でも、まずわたしにやらせてくれない？　わたしとしてもいい練習になるわ」エリーはオリヴィアの手をつかんで、ダンスフロアの向こうの端に引っぱっていって。ラウルがついていこうとすると、エリーは言った。「あら、いいのよ、男性おふたりは休憩してて。すぐに終わるから」

エリーがオフィスに引っこんでまた出てくると、ふたたびルンバの音楽がかかった。彼女は薄暗い隅にオリヴィアを連れていって言った。

「こういうことをしたくないのはわかってるわ、リヴィー、アランもね。残念だけど、家族で華麗に踊るという夢はあきらめるわ。あなたが逃げ出すお膳立てをしてあげる。でも、ここまで来れば強制されることはないから、もっと話がしやすいと思ったの。ラウルってすごく強引なのよ」

オリヴィアがフロアの向こう側を見ると、継父とラウルが二メートルほど離れて立ち、こちらを見ていた。「でも、かわいそうなアランはそのラウルとふたりきりよ」母に向きなおってきいた。「ラウルってなんだかおっかなそうじゃない？」

「そんなことないわよ。それに、アランなら自分の面倒はちゃんと自分で見られるわ。こっちの話が終わるころには、ラウルがダンスの仕事でどれだけ稼いでるかすっかり把握してるんじゃないかしら。さてと、そろそろはじめましょうか？」エリーはオリヴィアの左手を取って、自分の上腕に置いた。「さあ、リヴィー、質問していいわよ。でもちゃんと言うとおりに動いてね。ダンスレッスンの残り時間を無駄にしたくないし、せめてあなたにいくつかステップを教えて満足したいから。まずは右足をうしろに引いて。ちがう、あなたから見て右よ。そうそう、でももう少しゆっくりね。官能的に。つぎは速いステップを二回……それで、クリッチ家のことで、あとは何を知りたいの？」

気をそらされつつも衝突を避けながら、足元に目を落としてなんとか四角を描くことができた――ステップがでたらめなのに目をつぶれば。ラウルが四角をイメージするようにと言ったのはこういうことだったのか。オリヴィアは少し気が楽になり、〈ベジタブル・プレート〉への侵入者についてきくつもりだったことをひとつ思い出した。「ええと……シャーリーンの店に押し入った人物のことなんだけど」と切りだす。「シャーリーンと以前関係があった人ということはありうる？　元夫とか？」

母がいっこうにくわしい話をはじめないので、オリヴィアは顔を上げた。エリーは眉をひそめて考えているようだ。オリヴィアは足の運びがわからなくなり、ぎくしゃくとした動きをするうちに、うねるように動く母のヒップにぶつかってしまった。エリーがステップをまちがえることはなかった。彼女はオリヴィアをそっと押して正しい位置に戻し、娘がおぼつかない足取りでふたたびリズムに乗るまで、少し待った。

「全然別の人のことを考えていたわ」アクシデントにはまったく動じずにエリーは言った。「でも、シャーリーンが短い不幸な結婚をしていたのは、ずいぶんまえのことよ。少なくとも七年か八年はたってるわ。とても若いときに結婚したにもかかわらず、なんとか幸せにやっているお父さんとわたしは、なんて幸運だったのかしらと思ったのを覚えてる。わたしはたったの十九歳で、お父さんは二十歳だった。もちろん、わたしたちはコミューンですでに一年いっしょに暮らしていたけどね」

「情報が多すぎるわ、母さん」

「あらそう、つぎはスピンよ」エリーが言った。オリヴィアはあわてて跳びのき、投げ出された母の腕にぶつからずにすんだ。

「こういうスピンって大好き」エリーは言った。「ええと、どこまで話したかしら？　とにかく、チャールズ・シニアが鍵だと思うわ。子供たちはふたりとも父親から名前をもらってることがわかるでしょ？　尊大よね、どこまでも尊大。チャールズ・シニアはかなり成功した形成外科医で、そうとうお金をためこんでいた。だからDCに引っ越したのよ。聞いたところでは、お屋敷を買って、これと思ったクラブにはすべて入会し、子供たちを私立の学校に入れたそうよ。あの子たちもかわいそうにね」

音楽が激しさを増し、時間がなくなってきたのがわかったが、オリヴィアは口をはさまないことにした。母の話はたいていの場合、役に立つ情報と洞察力に富んでいるからだ。突き詰めれば。

「子供たちは親の地位を映す鏡になったのよ。完璧でなければならず、あらゆることに秀でていなければならなかったの。チャールズはまだ十代だったシャーリーンに、美容整形を勧めたという話を聞いたことがあるわ。弟のチャーリーはたいへんな問題児になった。彼を放校にした私立学校は一校じゃきかないはずよ」

オリヴィアはしばらくチャーリーを容疑者リストに載せておくことにした。

エリーが最後に一度くるりとまわりながら離れ、また戻ってきたところで、音楽が終わった。「楽しかったでしょ?」頬はほんのりピンク色になっているが、呼吸は正常のようだ。

「母さん、レッスンの時間を使わせちゃってほんとにごめん。アランが言ってたけど、ラウルはもうすぐここからいなくなるんでしょ」

「気にすることないわ。アランにはまだ言ってないんだけど——あの人、ちょっと過保護すぎるのよ——ダンスをしながらラウルが話してくれたの。チャタレーハイツがとても気に入ったから、期限を決めずにここにいることにしたって。すてきじゃない? ところで、シャーリーンの結婚のことだったわね。詳しくは知らないんだけど、お相手はいわゆる〝不良〟だったらしいわ。考えてみれば当然という気がするけど。彼と駆け落ちしたとき、彼女はまだDCの高校生だったはずよ。チャールズはふたりの行方をさがすために人を雇った。それから何があったのかはっきりとは知らないけど、結婚は不幸な結果に終わったようね。婚姻無効になったと聞いた覚えがあるから。かわいそうに、ジェイソンはそのことで自分を責めつづけているのよ」

「ジェイソンが? ジェイソンになんの関係があるの?」

「あら、話してなかった? シャーリーンにその男性を紹介したのはジェイソンなのよ。お父さんが亡くなって、ジェイソンはすっかり放心してしまった。もちろんあなたもつらかっただろうけど、あなたには大学があったでしょ。ジェイソンは二年間というもの、まるで地に足がついていない状態で、すっかり内にこもってしまった。そんなときわたしがアランと出会って、その状態はさらにひどくなった。ジェイソンは当時高校の最終学年だった。成績は下がりはじめ、大学には行きたくないといって、学校をサボっては落ちこぼれたちのグループとつるむようになった。今となっては、その子たちのことは、名前も含めて思い出せないわ。当時ジェイソンは何も話してくれなかったから。ごめんね、リヴィー、もっといろいろ知っていればよかったんだけど。思いつくのは、シャーリーンが結婚した男性は、邪悪な面を持っていたんじゃないかってことぐらいね」

5

突然けたたましい音がして、オリヴィアは深い眠りから覚めた。二回繰り返されたあと、留守番電話に切り替わってから、ようやくその音がローリング・ストーンズの〈サティスファクション〉だと気づいた。オリヴィアの趣味ではない。ぼやけた頭に、その曲に合わせてダンスをしていた母が、携帯電話の呼び出し音の設定を変えたのかもしれないという考えが浮かんだ。いや、呼び出し音を勝手に変えるのはマディーの専売特許だ。オリヴィアは目を開けるまでもないと判断した。

またうとうとしだすまえに、近くでもごもごつぶやく声が聞こえ、お腹の上に重みが加わるのを感じた。声は音をしぼってつけてあるテレビだとわかった。お腹の重みがもぞもぞ動きはじめた。スパンキーに顔をなめられて、ようやく目を開けた。

長い一日だった。ルンバのレッスンを受けながら話をするのは、驚くほどのエネルギーを必要とした。オリヴィアはクッキングチャンネルを子守唄に、リビングルームのソファで眠りこんでしまったのだった。留守番電話のメッセージを聞こうか、まっすぐベッドに行こうか考えているうちに、またミック・ジャガーが満足できない人生について苦情を言いはじめた。オリヴィアは呼び出し音を止めるために電話に出た。

「リヴィー、あなたもこれを見たほうがいいわよ」

オリヴィアはのどから耳障りな声をあげた。

「まじめに言ってるのよ、リヴィー、起きてリビングルームの窓から外を見て。そこにいるのは知ってるんだから。明かりがついてるから。窓のところまで体を引きずっていって、タウンスクエアで何が起こっているか見てよ」

「なんでよ?」

マディーはオリヴィアのいらだった声を無視した。「ほら、早く。いつ消えちゃうかわからないんだから。なんか……すごいの。うっとりしちゃう。夢みたい。お願い、早く窓のところに来てよ。あ、明かりは消してね。それと、携帯電話は持って」

スパンキーがオリヴィアの胸から飛びおりて、正面の窓に歩み寄った。まるでマディーとテレパシーで会話をしていたかのように。そのころになると、オリヴィアも好奇心が腹立たしさに打ち勝つ程度には目覚めていた。ソファからすべりおり、明かりを消して、窓のところにいるスパンキーに合流した。

「さあ、スパンキー、マディーおばさんが今回どんなことをでっち上げたのか見てみましょう。睡眠時間を削るだけの価値があればいいけど」

「聞こえてるわよ」オリヴィアの手のなかの忘れ去られた携帯電話から、マディーの声がビリビリと響いた。「あたしに直接言えばいいでしょ」

オリヴィアは正面の窓をおおっているダマスク織のカーテンの端を持って引き開け、スパンキーは窓枠の中央に寄せて置かれた、クィーンアン様式の小さなデスクに飛びのった。

「オーケー、わたしたち、タウンスクエアを見てるわよ」オリヴィアは携帯電話に向かって言った。「何がそんなにすごいの？　見えるものといったら、寝静まった商店街と、月光を浴びたフレデリック・P・チャタレー像の馬のお尻と、街灯に照らされた野外音楽堂の半分と――あら……あれは何？」

オリヴィアは窓ガラスに鼻をくっつけた。野外音楽堂の近くでかすかに光るものが動いたような気がしたのに、いま見ると公園にはだれもいないようだ。

「ちょっと待ってて」マディーの声は興奮でかすれていた。「ほら、見える？　野外音楽堂のまえのとこ」

小さくくーんと鳴きながら、スパンキーがうしろ肢で立った。窓枠にかちかちと爪を立てながら、まえ肢で体を支えている。オリヴィアは彼と頭を並べて、同じ方角を眺めた。霧の渦か、ほとんど幽霊といってもいい、幻影のようなものが見えた。もちろん幽霊など信じていない。きっと真夜中のせいだ。

「彼女、すごくない？」マディーが言った。「あれ、女性よね？　男性のダンスには見えないもの」

「ダンス？」

オリヴィアは頭のなかの状況を修正した。たしかに、ほっそりした空気の精のような生き物が、月光のなかでくるくる回っているのが見えた。身につけているのは半透明の白い膝丈のドレスで、流れるような白いケープが、ピルエット（片足のつま先を軸にした旋回）をするたびに肩のまわりで揺れている。ダンサーは曲げた片腕を頭の上に掲げ、オリヴィアなら夢のなかでしか得られないような優雅さで空中を跳んだ。

「あれはバレエのステップ？」

「リヴィー、わが友よ、もっと外に出るようにしなくちゃだめよ。もちろんあれはバレエのステップで、彼女がプロだってことに新しいシリコンのベーキングマットを賭けてもいいわ。いったいだれかしら？　チャタレーハイツからあんなにバレエのうまい人が出たという記憶はないけど。デビューを間近に控えたバレリーナの卵かもしれないわ。なんか興奮しない？　もっと近くで見られたらいいのに。小柄に見えるけど、この距離からじゃよくわからないのよね。すごく若い人みたいだけど」

オリヴィアは言った。「娘がDCのバレエ学校でバレエを習ってるって、友だちのステイシーが言ってた。こっそり家を抜け出して練習してるのかも」興奮が冷めてきて、オリヴィアはあくびをした。「わたしたち、もう寝たほうがいいわ」

マディーの笑い声は、スパンキーを一瞬びくっとさせるほど大きかった。

「あれはレイチェル・ハラルドじゃないわ」

「どうしてわかるの？」

「うそじゃないって。レイチェルはもっと大きいし、あたしはあの子の苦労を見てるのよ。

この春、初年度の発表会を見にいったの。ダンスをしていた自分の若いころを思い出したわ」興の乗った口調からすると、好奇心にかられているようだ。「店並みのうしろからこっそり近づいて、彼女をじっくり拝んでみる。そうじゃないと、今後気になってしょうがないもの」

「マディー、もう真夜中よ。うちに帰って少し寝たほうがいいわ」

「もう寝たわ。電話をつないだままにしとくから、彼女が別の場所に移動したら教えて」

「マディー、わたしは疲れてるの。もう――」

「オーケー、いま金物店の裏よ。ルーカスが裏の明かりをつけておいてくれてよかった。もう〈フレッズ〉の裏まで来たわ」町のほとんどの人たちと同様、マディーも紳士服店の〈フレデリックス・オブ・チャタレー〉を〈フレッズ〉と縮めて呼んだ。「書店の反対側に出たら、彼女が見えるくらい野外音楽堂に近づけると思う。彼女、まだいる？」

「ええ、でも――」

「〈ブック・チャット〉をすぎたとこ。彼女が見える」マディーはささやき声になった。「でも顔は見えないわ。暗すぎるし、街灯の光を避けてるみたい。小柄ですごく細い。思春期まえの女の子みたい。でも変ね……」

オリヴィアはそれに食いついた。「何が？」

「髪よ。腰のあたりまである長い髪なんだけど、真っ白に見える」

「それでケープをつけているように見えたのね。じゃあわたしたちが思ってるよりかなり年上なんじゃないの？」

「顔さえ見られればなあ。頭から袋みたいなものをかぶってるの。でも彼女はその袋越しに見えてるみたい。きっとドレスと同じ透ける生地なのね。コスチュームなのかしら」マディーは携帯電話に向かってため息をついた。「見失ったわ。踊りながら、野外音楽堂から離れて暗闇のなかに消えちゃった。別の晩にまたトライしてみる。とにかく、今あたしは店に戻ってるところだから、もうベッドに行っていいわよ。例の毛深い生き物を連れてね」

オリヴィアは片腕でスパンキーを抱えた。「わかった。明日会いましょう。わたしを起こした罰として、開店準備はあなたがしてよ」あくびの途中で、先ほどのマディーのことばを脳が認識した。「待って、なんであなたがここに戻ってくるの？　謎の白いバレリーナの正体について、朝まで寝ないであなたと考えるなんてごめんよ」

「心配いらないって」マディーはやけに抜け目のない声で言った。「オーブン仕事があるの。静かにやるから。それに、朝になったらあたしが店を開けるから大丈夫よ」

「オーブン仕事って？」

「ほら、ディスプレーに必要なあれやこれやよ」

「なんのディスプレー？」

「あなたは疲れてるんだと思ったけど」

「ディスプレーってなんのことなの、マディー？」

「朝の突発的イベント用のディスプレーよ。話し合ったでしょ」

「朝の突発的イベントについてなんて話し合ってないわよ。してたら覚えてるはずだもの。それほど眠いわけじゃないわ」

「話さなかった？　そのことばっかり考えてたから、話したような気になってたのかな。でも問題ないって。すべてあたしが責任をもつから、あなたは何もしなくていいわ。少し眠って、好きなときにおりてきて」

オリヴィアはなおも問いつめようとしたところで、ほんとうに知りたいのだろうかと自問した。胸に抱いたスパンキーはくったりしているし、今夜はもう充分興奮させてもらった。アイディアはちょっと突飛かもしれないが、マディーはたいていの場合、分別のあるビジネスウーマンだ。オリヴィアとふたりで〈ジンジャーブレッドハウス〉を立ちあげてからの一年ほどでかなりのことを学んでいたし、ずっと自分独自のイベントを企画したがっていた。それに、親友であり共同経営者である彼女を信じられなかったら、だれを信じればいいのだろう？

6

オリヴィアは料理本コーナーのディスプレーテーブルに、アイシングをかけた野菜――デコレーションをしたシュガークッキー――のトレーを置いた。料理本コーナーは、このクィーンアン様式の家が〈ジンジャーブレッドハウス〉になるまえに、何代にもわたる家族のフォーマルなダイニングルームだったところだ。クリスタルのシャンデリアと、鉛枠のガラス扉がついた作りつけのウォルナットの棚のある格調高いコーナーで、マディーの気まぐれによる作品はかなり悪目立ちしていた……中世の大聖堂で点滅するネオンライトのように。

オリヴィアは不安が背筋を這いのぼるのを感じた。その不安のせいで朝早く目覚めることになり、開店時間のずっとまえに店におりてきてしまった。前日マディーが野菜の形のクッキーを焼いているのを見たとき、オリヴィアは不思議に思ったが、心配はしていなかった。〝オーブン仕事があるから〟と言って、マディーが夜中に〈ジンジャーブレッドハウス〉に戻ってきたときも、ふたりで話し合って〝朝の突発的イベント〟をやることに決めたのだ言い張ったときでさえ――オリヴィアには話し合った覚えなどまったくなかったが――マディーのことばを信じた。だが、マディーのセリフが頭のなかで鳴り響いて、目覚ましが鳴るまえにがばっと起きあがった。〝すべてあたしが責任をもつから〟。〝すべて〟ってどういうこと？　だいたいどうして責任問題が発生するの？

ワイルドな色使いのクッキーを盛った皿をまえにして考えるうちに、疑問に対する答えを得た。マディーはシャーリーン・クリッチに腹を立てていて、店の芝生に砂糖を排斥する宣伝チラシを撒いたのは彼女だと思いこんでいる。朝のイベントのためにマディーが用意したクッキーは、すべて果物と野菜の形のクッキーだ。シャーリーンは果物と野菜を賛美し、砂糖を嫌悪している。だが、デコレーションクッキーには砂糖が使われる。それも大量に。シャーリーンはかならずやこのイベントのことを聞きつけるだろうし、その皮肉をおもしろく思わないだろう。

ホットピンクでニコニコマークが描かれたエレクトリックブルーのナスの形のクッキーが、積みあげられたクッキーのてっぺんからオリヴィアににやりと笑いかけていた。彼女はそれを取りあげた。あたりを見まわしてマディーに見られていないことを確認すると、ピラミッドのまんなかあたりにあった、淡い黄色の枝がついたミントグリーンのリンゴの形のおとなしめのクッキーとそれを交換した。ナスの派手な色がわずかにのぞいたが、少なくともぞっとする顔は隠れた。

背後でどすどすと音がして、驚いて振り返ると、コスチュームに身を包んだマディーがいた。騒々しい足音は編みあげのレザーブーツのせいだった。このイベントのためにマディーが選んだのは農場主の扮装だった。今日は火曜日で、いつものテーマ別クッキーイベントの日ではないが、マディーは想像力を総動員していた。まるいヒップラインをあらわにした赤いカットオフジーンズを穿き、短いジーンズのほつれた裾からは、たっぷり五センチは太腿がのぞいている。赤いカーリーヘアをゆるいお下げにして、麦わら帽子をかぶっていた。タイトな白いTシャツと赤いサスペンダーで、コーディネートは完璧だ。

「わあ、こうして見ると壮観ね」マディーは野菜形クッキーの皿を見て、満足げにうなずいた。

「すてきなショートパンツね」不敵に微笑むナスがなくなっていることからマディーの気をそらせようと、オリヴィアは言った。「それじゃ涼しすぎない？」

マディーは片方の眉を上げてみせた。「あなたは何本も持ってるいつものグレーのスラックスね。それじゃあったかすぎない？」

「トゲのある言い方ね」

「あたしのクッキーを動かしたでしょ？」マディーは隠してあった場所からナスを引っぱり出し、リンゴの形のクッキーと交換した。両手を使ってにやけた野菜をクッキーのピラミッドのてっぺんに据える。「これはあたしのお気に入りなの。いちばんよくできてると思う」

彼女はお尻のポケットから携帯電話を取り出し、ディスプレーの写真を三枚撮った。「ホームページに載せるわ」

「そんなこと絶対――」

「ヤッホー、お嬢さんがた。来ましたよ」パート従業員であるバーサ・ビンクマンの、あえぎまじりの声がした。

マディーが言った。「ごめん、リヴィー。言うのを忘れてたけど、今日追加ではいってもらうためにバーサに電話したの。手伝いが必要になると思うから。わたしたちは料理本コーナーよ、バーサ」

バーサが息を切らして現れた。ぜんそく持ちのバーサの呼吸が、最近は以前ほど苦しげではなくなったので、オリヴィアはほっとしていた。体重を十キロ近く落としたからだ。まだまるまるとしているが、体調はかなりよくなっていた。長年の雇用主にして親しい友人でもあったクラリス・チェンバレンがこの春に亡くなって、バーサは仕事を失った。クラリスの遺言によって永住権が与えられたチェンバレン家の屋敷に住むのはつらすぎるので、バーサは相続したお金の一部でチャタレーハイツに小さな家を購入した。

「おもてにちょっとした人だかりができていますよ。ご存じでした？　あら、マディー、なんてかわいらしいんでしょう」バーサは並んだクッキーを目にした。「それはイベント用ですね？　マディーから電話をもらったときは、食べ物を賛美するという話でしたけど。あら、まあ、これは……」てっぺんにあるブルーのクッキーを見て言う。「おもしろいこと」

「八時四十分よ」マディーが携帯電話を見て言った。「行きましょう、バーサ。まだやることがあるから」彼女はメインの売り場に向かい、バーサが白い眉をけげんそうに寄せながらあとにつづいた。

オリヴィアは料理本コーナーに残った。ひとりになるやいなや、呪われたナスのクッキーをひっつかみ、できるだけ大きく開けた口に運んだ。最初のひと口で青いクッキーの三分の一と、にやにや笑う口の大半をかじり取った。

料理本コーナーにオリヴィアの母が顔をのぞかせた。

「おはよう」エリーは言った。「ちょっと思い立って寄らせてもらったわ」だぼっとしたしなやかなブルーのパンツに、それに合わせたブルーのロング丈のブラウス、ウエストにはミッドナイトブルーのサッシュを締めている。エリーはリズムに合わせて長い髪を揺らしながら、おだやかな波のように料理本コーナーに流れこんできた。「唇にブルーのアイシングがついてるわよ」

「母さん、いったいここで何してるの？」オリヴィアはバレバレのアイシングを口からぬぐいながらきいた。「山登りかハンググライダーか何かのクラスがあるんじゃないの？」

「ばか言わないでよ。六十になったときに、そういう危険な活動はあきらめたわ。ヒップホップダンスのレッスンは受けてみようかと思ってるけど。すごくおもしろそうだし、とてもいいエクササイズになるから」

「わたしたちって、ほんとに血がつながってるの？」

エリーは自分より二十センチは背の高い娘にやさしく微笑みかけた。

「だれもが抱く疑問ね」そして、今はナスがなくなっている、クッキーの皿を長いこと見つめた。「心配したとおりだわ」

「どういうこと――？」

「今朝、アランと朝食をとるためにカフェに行ったの。バーサと彼女のいい人のミスター・ウィラードに会ったわ。どうしてみんなただ〝ウィラード〟と呼ばないのかしらね。とっても感じのいい人なのに」

「母さん、わたしもう――」

「待って、最後まで聞いて」エリーは言った。「いいからわたしを信じなさいって。アランとわたしがバーサに会ったとき、彼女はマディーから電話があって、〈ジンジャーブレッドハウス〉のイベントの手伝いに呼ばれたと言っていた。マディーの説明では、〝ユニークで挑戦的な〟イベントということだった。マディーがそのことばを使ったと聞いて、すぐにぴんときたの。それで、エッグ・ベネディクトを半分お皿に残して、急いでここに来たってわけ」

オリヴィアは不吉な予感に身震いした。家族でさえ理解不能なときがあるが、母には人の心と状態を読むという、すごい能力があった。オリヴィアは不安におののきながら尋ねた。

「マディーがだれかを念頭に置いてこのイベントを企画したんじゃないかと思ってるのね？　野菜に惚れこんでるだれかさんを？　なぜってわたしはそう思ってるから。それで朝の五時から店に出て、災難を避けるにはどうしたらいいか必死に考えようとしてるの。みんなの意識をシャーリーンに向けさせないためのアイディアがひとつあるんだけど……」オリヴィアはクッキーのピラミッドから、しましま模様のバナナを取ってかじった。「わけがわからない。このところマディーはすっかり人が変わっちゃったみたいな行動をとるんだもの」

オリヴィアは視界の隅で、料理本コーナーの入口を通りすぎるバーサの姿をとらえた。そのあとを町の郵便集配人サム・パーネルがついていく。まだ開店まえなので、バーサはサムにクッキーをあげると言ったのだろう。いいことだわ。クッキーが早くなくなれば、それだけ早くイベントが終わる。オリヴィアはそう考えた。

「マディーの精神分析はあとにしましょう」エリーが言った。「今はダメージコントロールに努めないと。ここはチャタレーハイツよ。シャーリーンは自分の信条がからかわれたのを耳にするはず。料理本コーナーに隠れて、証拠を食べて消してるときじゃないわ。でも……」黄色いシュガースプリンクルでおおわれたフューシャピンクのトウモロコシに手を伸ばす。「これは不健全だわ。消えてもらったほうがよさそう」

「わたしは昨日マディーがこれを作っているのを見ているの」オリヴィアは言った。「もっとよく考えるべきだったわ。彼女が昔からの友だちじゃなかったら……」

「そうね。ときどき見当ちがいの衝動に突き動かされるけど、愛すべき人だし」

「わかってる。わかってるわよ。ほんとに悪気があってやってるとは思ってないって」

「マディーはあることを思いついて、実行に移した」エリーが言った。「ジンジャーブレッドマンみたいにね。あなたの弟みたいにと言ったほうがいいかしら」彼女はあごに人差し指を当てて考えこんだ。オリヴィアは母の爪が、ウェストのサッシュと同じ深いブルーに塗られていることに気づいた。「マディーの精神分析に戻りましょうか。最近の彼女はいつもとちがうと言ったわね。何か悩み事があるんだと思う？　こんなことをきくのは、ジェイソンも何かうまくいかないことがあると、ひどく興奮する傾向があるからなんだけど」

「そう言われてみれば、マディーの口から例の得意げな〝ルーカスとあたし〟が飛び出さなくなってしばらくたつわ。ふたりの将来について尋ねたときも、ことばを濁したし。けんかしたのかも」

「それが原因だとしても驚かないわ」エリーはトウモロコシクッキーを平らげ、指からクッキーのくずを払い落とした。「ヨガのクラスを一回休むことになりそうね。わたしはマディーが好きだし、シャーリーンだって好きよ。情緒不安定だけどね。わたしなら場の雰囲気をやわらげる手伝いができるかもしれない」

「母さんって最高」

「ええ、そうよ。ところで、独創的なマディーの作品からお客さんの関心をそらすために、あなたが考えたことを話して」

「じゃあ、まずは簡単な部分からね。果物と野菜は収穫をテーマにしたものだと、まえもって何度も言っておく。ほら、八月だし、いちおう筋は通るでしょ。でも、それだけじゃ心配だから、特別なゲームも考えてあるの。こっちに来て、いま見せるから」

　オリヴィアはメインの売り場に母を連れていった。明るい夏の日差しがたくさんの鉛枠の窓ガラスから射しこんで、クッキーカッターのディスプレーや製菓用具、デコレーションクッキーが盛られた皿ののったテーブルに、幾何学模様の光と影を落としていた。店内には、もともとは絵を吊るすための細いワイヤーをループにし、クッキーカッターを吊るしたものが張りめぐらされている。そこからさらにモビール状のかたまりになったクッキーカッターが下がり、新しいエアコンからのそよ風に揺れて音をたてていた。

モビールはお客がさわれるように低い位置に吊るしてあった。オリヴィアはそのうちのひとつ、鳥の形のクッキーカッター群のまえで足を止めた。マディーとバーサはイベント準備のためにしきりに厨房から出たりはいったりしていたので、オリヴィアは声を低くした。「開店以来この店にはテーマ別のモビールを飾ってる。でもこれはちがうの。新しいテーマに基づいて作ったもので、それぞれのグループにひとつずつ、特別なクッキーカッターを加えてある」モビールの中央にあるカッターを下から支えるように手のひらを添えた。「たとえばこれ。ほかのものとのちがいはなんだと思う？」

「いつも先を急がせるのはあなたじゃなかった？」

「つきあってよ、母さん。このゲームがみんなの興味を惹いて気をそらすことができるか、それともうまくいかずにただいらいらさせるだけなのか知りたいんだから」

小柄なエリーはつま先立ちになってそのクッキーカッターに触れた。

「普通のとはちがうわね。アンティークじゃない？」オリヴィアがうなずくと、エリーはさらに言った。「ブリキ製だと思うけど、とても状態がいいわ」うしろにさがってモビール全体をじっと見る。「このなかでヴィンテージものはこのひとつだけよね？　それがこのゲームの趣旨なわけ？」

「少しはわたしを信用してよ、母さん。そう、ヴィンテージものはこれだけだけど、もうひとつ特徴があるの。形に注目して」

エリーは眉を寄せてヴィンテージのクッキーカッターを見あげた。

「どこかで見たような形だけど、なんの形だったかしら。ほかのはわかるわよ。鶏、ショウジョウコウカンチョウ、鳩、七面鳥とか。でもこれはごく普通の鳥に見える」

「時間が関係してくるのよ。じゃあヒントをあげる。ずっと昔の前世紀、母さんが若いころに所属していた団体があったでしょ。そこに加入したときの年齢はたしか――」

「六歳」エリーは両手を打ち鳴らし、あたかもその年齢に返ったかのように、つま先立ちで跳ねた。「答えがわかったわ。このかわいらしいカッターは青い鳥、キャンプファイヤーガールズになるための訓練をしている小さな女の子たちのシンボルね。わたしたちはブルーバードと呼ばれてた。今はもうそんな名前じゃないんでしょうね。男の子たちもいるから。もちろんそぐわないってわけじゃないけど、きっと変わって――」

「うまくいくと思う?」

「何が?」

オリヴィアはため息を押し殺した。「わかった、簡潔に説明するわ。お客さんにクイズ大会をしますと知らせる。それぞれのモビールのなかにひとつだけあるヴィンテージのカッターを見つけてもらって、なんの形かを当ててもらう。いちばん正解の多かった人に、どれでも好きなクッキーカッターを進呈する」

エリーは青い鳥のカッターの縁に指をすべらせた。

「ほんとにすばらしいクッキーカッターだわ。保存状態がとてもいいし。これはクラリスのコレクションだったものじゃない？　これを手放してもかまわないの？　ねえ、リヴィー、口をはさまれるまえに言っておくと、たしかにたくさんのお客さんがこのゲームに惹きつけられて、どうしてこんなに妙なデコレーションの野菜クッキーがたくさんあるのか考えずにすむと思うわ」

「ありがとう、母さん。それと、母さんの言うとおり、ヴィンテージカッターは全部クラリスのコレクションだったものよ。どれも手放したくはないけど、クラリスはわかってくれると思うの。彼女はこの町を愛していた。マディーとわたしが同じ立場のビジネスウーマンといがみあっているのを見たら、きっと心を痛めたと思う」

エリーはオリヴィアの組んだ腕をぎゅっとにぎった。

「それでもシャーリーンがこのイベントのことを聞きつけるのはわかってるわよね」エリーが首を振ると、らせん状の長い髪が肩の上をすべった。「シャーリーンも気の毒に。あの子はいつも神経質だった。たぶんちょっと神経過敏なのよ。こんな言い方はしたくないけど。なんか決めつけてるみたいでしょ。感受性がどれくらいだと多すぎるとか判断できるわけじゃないのに」

オリヴィアは窓の外のタウンスクエアを眺めた。ひどく平和に見えた。日差しをよけて、石のベンチと小さなダンスフロアがある野外音楽堂ですごした、夏の日々が思い出される。ボルティモアから故郷の町に戻ってきたときは、小さな町での暮らしが都会の暮らしよりも単純というわけではないことをわかっていなかった。チャタレーハイツでもボルティモアと同じくらいたびたび、怒りや嫉妬や憤りの炎が燃えあがった。この小さな故郷の町で逃げ場をさがすほうがむずかしいくらいだ。

「ほら、そんなふうに背中をまるめちゃだめよ」エリーが言った。「姿勢が悪くなるでしょ。このゲームはほんとうにいいアイディアだと思うわ。みんな楽しい気分になるし、おそらくシャーリーンは派手に反応して場を乱すだろうけど、それも抑えられるわよ」エリーはブラウスを整え、サッシュを締めなおした。「わたしにもってこい《カット・アウト》の仕事だわ」うれしそうに顔を輝かせてつづけた。「気がきいてるでしょ——クッキーカッターだけにもってこい《カット・アウト》の仕事……」

「そうね、母さん」希望が生まれ、オリヴィアはやわらいだ声で言った。「ほんとに残って手伝ってくれるの？　その、シャーリーン対マディー問題をなんとかするために」

「もちろんよ、リヴィー。わたしがいちばん得意とすることだもの」

マディーのサプライズイベントがはじまって二時間がたち、〈ジンジャーブレッドハウス〉の来店客はいつもの火曜日の朝より多かった。シャーリーン・クリッチは姿を見せていないし、お客の口からも彼女の話は出ていない。だが、閉店までまだ時間はたっぷりあるのだと、オリヴィアは自分に言い聞かせた。シャーリーンがいつ正面入口からはいってくるかわからないのだ。

うしろ髪を引っぱられるのを感じた瞬間、弟の声が聞こえた。

「よう、オリーブオイル、なかなか盛況じゃん」壁から突き出したディスプレー用の棚に、ジェイソンがひょろ長い体をのせていた。ハンドメイドの銅製クッキーカッターがいっぱいにはいった磁器のボウルに触れそうな位置だ。オリヴィアはボウルをつかんで高い棚に移した。

「壊したら弁償してもらうわよ」と姉の声で言う。

「はいはい。おい、チャーリー、こっちだ!」ジェイソンが腕を振って叫んだ。「チャーリーが来た」

「そのようね」

「おれは今日休みなんだ。チャーリーは六時半から仕事だったから、昼休みの時間も早いんだよ。マディーのいかしたクッキーがあるって聞いて、来てみようかなって思って。おれたち腹ぺこだから」

「つまり……ランチのまえにクッキーにありつこうとここで待ち合わせしたわけ?」

「またもやご明察。だって、考えてみてよ、姉貴。これはただのクッキーじゃないんだぜ。果物と野菜のクッキーなんだから。おれたちみたいに重労働をしてる男たちは、果物と野菜がたくさん必要だろ?」

オリヴィアは減りつつあるクッキーと、それを求めて伸びてくるたくさんの手を見わたした。もしかしたら、ほんとうにクッキーは早々となくなるかもしれない。シャーリーンが現れるまえに。

「ところで、クイズ大会っていうのはいいアイディアだね」ジェイソンが言った。「おれ、優勝したらもらいたいカッターをもう決めてあるんだ」

オリヴィアは驚いた顔で弟を見た。「あんたが？　クッキーカッターを？」

ジェイソンは姉の耳元に身を寄せて、低い声で言った。「ただのカッターじゃないよ。おそらくおれがデューセンバーグを手に入れるには、これがいちばんの近道なんだから。姉貴は知らないと思うけど――」

「知ってるわよ、デュー――」オリヴィアは声を低くしてつづけた。「それが何かぐらい。クラリスが夫のマーティンのために特別に作らせたものなの。マーティンは一九三〇年のデュー――車を安く手に入れて、復元しようとしていたから。彼はあの車を愛してた」

「いいねえ」ジェイソンが言う。「どのモデル？　まあいいや。実はさ、おれがいま手がけてる一九五七年型フォード・フェアレーンに吊るすのに、あのカッターがほしいんだ。とある農家の原っぱで錆びたままになってるのを見つけて、ストラッツに話したら、彼女が話をつけてくれて、ただ同然で手に入ったんだよ。でもいちばんすごいのは、勤務時間外に部品を見つけて復元したら、おれにくれるって言われたこと。あ、ランチが来たぞ」

ジェイソンが厨房のドアを指さすと、そこからマディーが藁しべをかみながら、デコレーションした果物と野菜のクッキーを山盛りにしたトレーを持って出てきた。そばにチャーリー・クリッチが立っている。彼はマディーに微笑みかけて何か言った。マディーは彼にトレーをわたし、〝どこでもいいから置いて〟というように手で示した。彼女が厨房に戻ってしまうと、チャーリーは売り場のこちら側にいるジェイソンににんまりと笑ってみせ、クッキーを盛った皿を頭上に掲げた。ジェイソンは手を振って、棚からすべりおりた。「写真を撮っておかなきゃ」と言って、お客の頭越しに携帯電話を掲げた。「またな、姉貴。賞品をもらうのが待ちきれないよ」

「どうして優勝すると思うわけ？」

ジェイソンは彼女にウィンクした。「マディーがいくつかヒントをくれたから」

またマディーと話し合う必要があるようだ。そうしたところで意味はないだろうが。マディーはそういう人なのだから。衝動的に寛大になるし、衝動的に……あらゆることをする。ライアンと仕事をするためにボルティモアに戻るのも、悪い考えではないのではという気がしてきた。だが、弟とチャーリー・クリッチが笑い合いながら、デコレーションクッキーを口に詰めこんでいるのを見ると、気分が明るくなった。彼らはふたりともシャーリーンのことを思っている。そのふたりが、マディーのクッキーがシャーリーンに対する皮肉を意味していることに気づかないなら、だれもそのつながりに気づかないかもしれない。

突然笑いがわき起こり、オリヴィアは怒りに燃えるシャーリーンのイメージから気をそらされた。タウンスクエアが見える窓のまえに下がった、大きなモビールのまえに女性のグループが群れている。マディーが赤ちゃんをテーマにデザインしたモビールで、オリヴィアはそれに赤ちゃんのガラガラの形の銅製カッターを加えていた。クラリスが長男の誕生を祝って買ったものだ。チャタレーハイツ公立図書館の若い司書ヘザー・アーウィンが、その銅製カッターに触れながら、仲よしのグウェン・タッカーに話しかけていた。いつもは内気なヘザーが幸せそうに見える。新しいボーイフレンドができたという話を聞いているので、頬が染まっているのはそのせいかもしれない。

グウェン・タッカーは夫のハービーといっしょに、動物保護シェルター〈チャタレー・ポウズ〉を経営していた。現在グウェンは妊娠中で、それは見ればすぐにわかった。身長百五十センチでがっしりした体型のグウェンは、妊娠八カ月の健康な妊婦だった。それでオリヴィアは、水曜日の夜にヘザーが企画しているベビーシャワーのために、自分とマディーが八ダースのデコレーションクッキーを用意することになっているのを思い出した。マディーはまたいつものように、奇跡の働きぶりを発揮しなければならないだろう。

うしろからそっと肩に触れられて、オリヴィアはびくりとした。やがて男性の低い声がした。

「リヴィー？　ちょっと話せるかな？」振り向いて十五センチほど上を見あげると、ルーカス・アシュフォードのハンサムで不安そうな顔があった。「驚かすつもりはなかったんだ」ルーカスは言った。「その……今がまずいときなのはわかってるけど……」

力強い指を黒っぽい髪にすべらせ、男っぽくため息をついたつもりが、気の毒なことにルーカスは自分の子犬を失った少年のように見えた。

ルーカスの肩越しに見ると、大きなクッキーのトレーを持ったマディーが、うしろ向きに厨房のドアを押して出てくるところだった。彼女はくるりと向きを変えてバーサにトレーをわたした。うれしそうな顔で店内のお客を見わたしているうちに、ルーカスの後頭部で視線が止まった。彼女の笑みは悲しみのなかに消えた。少なくともオリヴィアにはそう思えた。

マディーがきびすを返して厨房のなかに消えると、オリヴィアは言った。

「いいわよ、ルーカス。話を聞きましょう。今ならちょうどいいわ。料理本コーナーが空いてるかどうか見てみるわね」

ルーカスは見るからにほっとした顔をした。オリヴィアにぴったりついて売り場を抜け、何かを買うよりも、クッキーを食べながらクッキーカッターの形についての考えを言い合うことのほうに興味を惹かれているらしい、お客たちのグループを迂回した。お客たちがオリヴィアを呼び止めて、特別なカッターについてのヒントを求めたり、自分たちの考えはあっているかきこうとするあいだ、ルーカスは黙ってしょんぼりとオリヴィアのそばに立っていた。

モビールはメインの売り場にしか吊るしていなかったので、料理本コーナーは比較的静かだった。開店前にこのコーナーに置いた大量のクッキーは、今や色とりどりのかけらだけになっていた。オリヴィアは隅に置かれた二脚の革の安楽椅子にルーカスを導いた。

「実は……マディーのことなんだ」ルーカスは言った。ため息をついたあと、またため息をつく。

オリヴィアは励ますようにうなずいた。ルーカスはどちらかというと無口なほうで、いつもマディーが彼の代わりにしゃべっていた。オリヴィアは、ふたりのあいだがどうなっているのか、彼に自分のことばで話すチャンスをあげたかった。問題を解決することはできないかもしれないが、少なくとも何が問題なのかは知ることができる。

「ルーカスは長い上体をうつむけて、前腕で支えた。からみ合った指を見おろして言った。

「マディーはほんとうに特別な女性だ。美しくて、頭がよくて、おもしろくて……」

あらら、この人、彼女と別れるつもりなんだわ。オリヴィアは口に詰めこむクッキーがあればいいのにと思った。とにかく何かで気をまぎらわしたかった。

「よくわからないけど、ぼくはあまりおもしろみがないんだろう。口数も少ないし。無口なぼくに飽きたのかもしれない。でも話を聞くのはとてもうまいと思うし、それに……心から彼女を愛しているんだ」

そして彼女はあなたに首っ丈。どこに問題があるの？

「ルーカス、ちゃんと説明してくれる？　マディーとけんかしたの？　それとも……」

ルーカスは顔を上げ、驚いた目でオリヴィアを見た。整った顔立ちながら、困惑気味の表情のせいで少年のように見えた。

「いや、ぼくは……マディーから聞いてると思ったよ。日曜日の夜、ぼくは彼女に結婚してくれと言ったんだ。彼女はノーと言った。それ以来、そのことについて何も言ってくれないんだ」

十一時四十五分になると、オリヴィアは店のイベントが何事もなく終わるという希望をもってもいいと思った。だが、マディーとルーカスの恋愛問題に関しては、自分の能力にあまり期待していなかった。人なつこくて元気なマディーが、日曜日の夜のチャタレーハイツの町のようにシャッターをおろしてしまっていた。これは深刻だ。オリヴィアは大学にはいってから結婚生活が終わるまで、十二年間ボルティモアに住んでいた。マディーとは電話やメールでしょっちゅうやりとりし、時々行き来もしていた。だが正直なところ、別々の場所に住んでいると、どこまで相手に明かすかは個人の自由となる。たしかにオリヴィアも、ライアンとの間にあったことについては口を閉ざしてきた。少なくとも離婚する決意をするまでは。マディーにもつらい経験のひとつやふたつあったのでは？

クイズ大会の優勝者は十二時四十五分に発表する予定なので、昼休みまで仕事を抜けられないお客たちにも、少しではあるが参加するチャンスはある。うまくいけば一時ごろまでにはお客も少なくなっているだろう。シャーリーンはもうマディーの果物と野菜のクッキーのことを耳にしているはずだが、なんとも思わなかったにちがいない。

バーサがカウンターの向こうからオリヴィアに手を振った。カウンターでは会計を待つお客が列を作っている。ようやく買ってくれたのね。クイズ大会がうまくいきすぎて、新しい手刺繍のティータオルのコレクションや、最近入荷したウィルトン社のアンティークのクッキーカッターセットから、お客たちの目をそらしてしまったのだろうかと心配になってきたところだった。マディーは最後のクッキーを出したあと、売り場で立ち働いていたので、オリヴィアはバーサに手を振り返し、会計の手伝いをするためにカウンターに向かった。そこに着くころには、列は十人にまで伸びていた。

十五分後、会計を待つお客はあとふたりとなった。この機会に売り場を見わたすと、お昼休みのお客で店内はさらに混んできていた。正面のドアが開いて、見覚えのない若いカップルが現れたと思ったら、そのすぐあとからサム・パーネルがはいってきた。いつもなら郵便物は午前九時に配達されるはずだ。サムはいつもの制服を着こみ、めったに頭から取ることもない帽子もかぶっていたが、郵便袋は持っていなかった。昼休みにぶらりと立ち寄ることにしたのだろうか。〈ジンジャーブレッドハウス〉の開店初日以来、サムが寄り道をして大切な昼休みをふいにしたことなど、オリヴィアの記憶になかった。これが意味するのはただひとつ。サムは耳寄りなゴシップが仕入れられると思っているのだ。あるいは自分が披露しようと。サムのニックネームが〝スヌーピー〟とはよく言ったものだ。イベントは何事もなく終わるだろうというオリヴィアの期待は消えはじめた。

正面のドアがまた開き、〈ザ・ウィークリー・チャタ一〉の樽のような体型の編集者ビニー・スローンが、やせっぽちの姪のネドラを引き連れてはいってきて、オリヴィアの心の平安はまたもや乱された。オリヴィアは個人的な経験から知っているのだが、〈ザ・ウィークリー・チャター〉は、まっとうな報道をすることで知られているわけではなかった。

ビニーとネドラはクッキーカッタークイズ大会の取材で来たのかもしれないでしょ、とオリヴィアは自分に言い聞かせた。きっとそうよ。そしてサムがここにいるのは、糖尿病にもかかわらず、いくつかクッキーをつまむため。たしかに彼は、トレーに半分ほど残ったデコレーションクッキーを、興味津々で眺めている。とうとう一枚選んでかじった。その背後にビニーがやってきて、クッキーを二枚つかむと、まるでハムサンドイッチであるかのように、二枚同時にかじりついた。ネドラはクッキーには手を出さず、トレーの写真を撮っていた。

また会計を求めるお客が殺到して、しばらくオリヴィアは気をそらすことになった。手が空いて、ふたたび店内を見まわすと、サム・パーネルとビニー・スローンが話しこんでいた。話題は手にしている紙切れのことらしい。クイズ大会の答えを見せ合っているだけよと思いこもうとしたが、とても信じられなかった。不安がどんどん高まっていく。バーサのほうを向いて尋ねた。

「しばらくひとりで会計をやってもらえます？　そろそろクイズ大会の優勝者を発表できるかどうか、マディーの様子を見にいきたいの」

「客足も落ちついてきたようですよ。さあ、行ってください」バーサは言った。

オリヴィアはマディーが料理本コーナーの入口に立っているのを見つけた。こちらから見えるなら、むこうからも見えるということだ。彼女が右手で抱えたボウルのなかに、みんなが半分に折った桃色の紙片を入れている。だが、マディーは広げた紙を左手に持って、一心に見入っていた。オリヴィアが近づいていくと、マディーのそばかすの散った色白の頬がまだらに赤くなっているのがわかった。

「その様子からすると」オリヴィアはマディーのそばに行くと言った。「クイズ大会のみんなの答えを読んでるわけじゃないわね」

マディーは何も言わずにオリヴィアに紙切れを差し出した。彼女とマディーが〈ジンジャーブレッドハウス〉の芝生からそれを拾い集めることで日曜日の午後をすごすことになった、シャーリーンの砂糖排斥マニフェストだとすぐにわかった。

「シャーリーンはこれをまた印刷したの？」

「もう一度見て」マディーが言った。「それから今はいってきた人たちをよく見て」

あとのほうの指示に従って、オリヴィアは店にはいってドアを閉めた三人の女性を見た――ヴィンテージのクッキーカッターを求めてクラークスヴィルからやってくる常連客だ。いつもならつねに変わるクッキーカッターのディスプレーのほうにいそいそと向かっていくのに、立ち止まって手にした紙をじっと見ている。その顔つきは、おもしろがっている表情から不安そうな表情まで様々だ。

いやな予感を覚えながら、オリヴィアはシャーリーンの砂糖に対する批判文の最新版に目を向けた。〝砂糖に殺される〟という冒頭の警告は変わっていなかったが、シャーリーンはさらに声高に叫ぶ項目を付け加えていた。まえと同じように、砂糖がいかに恐ろしい影響をおよぼすかについての、インチキな事実のリストがつづいている。この版ではその主張がますます常軌を逸したものになっており、個人攻撃に近かった。

警告

・少量のライムゼストにごまかされてはいけません。果物や野菜の形のクッキーであっても、砂糖のかたまりにほかならず、砂糖は人間を破壊する武器なのです。
・砂糖は肥満、心臓病、糖尿病、ガン、認知症を引き起こします。これを読みながらアイシングクッキーを食べているあなたは、寿命を何カ月か縮めています。
・もしあなたが妊娠中で、まだ砂糖を摂取しているなら、早産の可能性を高め、赤ちゃんに病気がちな人生をもたらすことになります。
・いくら運動をしても、そのクッキーが今あなたの体におよぼしている悪影響をなかったことにはできません。
・自分にこう問いかけてみてください。毎日大量の甘い毒を町じゅうに供給するなんて、いったいどんな人間なのでしょう？

自分の健康と愛する人のことを思うなら、今日の夜七時に〈ベジタブル・プレート〉にいらしてください。わたしたちの町で、砂糖の破壊的影響から人生を取り返す方法を、いっしょに考えましょう。

「ワオ」オリヴィアは言った。「わたしたちは社会の脅威ってことみたいね。警察に電話して自首したほうがいいのかしら」

マディーは怖い顔をした。「おもしろくもなんともないんですけど。シャーリーンはあたしたちのビジネスを壊滅させようとしてるのよ。彼女を訴えるべきだわ。だってこれ、違法でしょ？　まだミスター・ウィラードを雇ってるのよね？　彼に電話して、これが法に反することかどうかきいてみてよ」

「弁護士を雇う必要があるとは思えないけど、それであなたの気がすむなら、彼と話してもいいわ。でもマディー、こんなのだれも真剣に受け取らないわよ。完全に度を越してるもの。シャーリーンの精神状態のほうが心配だわ。どうも彼女……」

「正気じゃない？　ぶっ飛んでる？　たかがクッキーで集団中毒が起きると主張するほどいっちゃってる？」

おだやかな笑い声が聞こえて、やはり不愉快な紙を手にしたオリヴィアの母が、ふたりに加わった。

「マディー」エリーは言った。「わたしはリヴィーに賛成よ。自分の娘だからってわけじゃなくね。少なく見積もっても、この子に賛成できなかったことは数えきれないほどあるんだから。たとえば――」

「母さん、わたしに賛成だっていう部分に集中してもらえる？」

「わかったわよ、リヴィー」エリーはマディーの肩を母親らしくぎゅっとにぎって言った。

「あなたの気持ちはわかるわ、マディー。この途方もない訴えはでたらめどころじゃない。完全なる侮辱よ。まじめにやってるあなたたちはもちろん、お客さまの知性をも侮辱してる。客観的に見て、シャーリーンが正気とは思えないわ。彼女の生き方はどこか決定的におかしい気がする。でも、それが彼女のやり方なのよ……よくわからないけど、人を管理したがるっていうの？」

「ユング派の精神分析講座でもとってるの、母さん？」

エリーは娘の腕をぽんとたたいた。「いいえ、そんなものじゃたいしたエクササイズにならないもの。わたしが提案したいのは、シャーリーンの現在の状況に目を向けることだけよ。たとえば、彼女の店をめちゃくちゃにしたのはだれなのか、どうしてその人物はチャタレーハイツのほかの店に押し入らないのか。シャーリーンを苦しめているのが個人的な敵だとしたら、彼女はひとりでおびえているのかもしれない。彼女と話してみて、極力――」

「うわ」オリヴィアが言った。

「最後まで聞きなさい」エリーが言った。

「ちがうわよ、〝うわ〟っていうのは、店にはいってきた人を見てって意味」

シャーリーン・クリッチがはいってきてドアを閉めた。お客たちのおしゃべりの音量が一段階落とされ、いくつかの手がクッキーのトレーから引っこめられるのがわかった。シャーリーンは体の線に沿ったピンクと白のストライプのサンドレスを完璧に着こなしていた。もちろん縦縞のストライプはまっすぐで、ほっそりした体型を強調している。ブロンドの髪はポニーテールにまとめられ、カールしたおくれ毛が顔を縁取っていた。遠くから見ればティーンエイジャーで通るだろう。

オリヴィアは観念した。対決が避けられないなら、わたしがうまく収めてやろうじゃないの。手間のかかる複雑なデコレーションクッキー作りとなると、どこまでも辛抱強いマディーだが、人間が相手となるとそうはいかない。オリヴィアは唇を笑みの形にすると、お客たちのあいだを縫ってディスプレーテーブルを迂回し、店の入口に向かった。

シャーリーンは近づいてくるオリヴィアを冷ややかな目つきで見ていた。顔を突き合わせると、ようやく口を開いた。「どうしてこんなことができるの？」と、店内にいる全員に聞こえるくらい大きな声で言った。

「なんのこと？　わたしはただ——」

「あなたとマディーが何をしようとしてるかわからないほど、わたしが鈍いと思ってるの？　彼女がこういういやがらせをするほど卑劣だってことはわかってたけど、あなたもいっしょになってやったなんて信じられない。ふたりとも訴えたいくらいだわ」

「わたしたちを訴える？　あのね、わたしたちは収穫を祝うイベントをしてるだけ。訴えられるようなことだとは思わないわ。むしろ、そっちこそ——」

「こんなのほんとに……」シャーリーンの茶色の目が涙でうるみはじめた。「ほんとに卑劣だわ。うちの店が荒らされたあとで親切にしてくれたのは、見せかけだったのね。今はわたしのビジネスを破滅させようとしているんだから」息をつこうとして、薄い胸が波打つ。

「シャーリーン、どこかほかの場所で話しましょう」

「否定もしないのね。証拠はここにあるわ」シャーリーンは近くのテーブルを指し示した。そこにはクッキーが三枚残ったトレーがあった。にんまりしているピンクの虫がついたマゼンタ色のリンゴと、あざやかな濃いブルーのニンジン、そしてアイシングがなめとられたカブのように見えるクッキーだ。「あなたとマディーはみんなをだまして、健康な食生活なんてどうでもいいと思わせようとしてる。だからみんなわたしの健康食生活クラブに来てくれないのよ。そしてわたしの店にも。あなたたちはわたしを破滅させようとしてる……チャタレーハイツじゅうの人たちに毒を盛って、わたしを破滅させるつもりなのよ」涙がマスカラとファンデーションを道連れにして頬を伝った。

たちまちオリヴィアにはふたつのことがわかった。ひとつ、シャーリーンはおそらく声明文に書いたことをすべて信じている。ふたつ、分厚く施されたメイクは目のまわりの青あざを隠すためのものだった。

シャーリーンは洟《はな》をすすって頬の涙をぬぐった。左目のまわりのあざが見えてきたことには気づいていないらしい。「とにかく」彼女は言った。「わたしはあなたと話をするために来たわけじゃないの。弟と話がしたいのよ」

「チャーリーと？　あっちのコーヒーテーブルのそばで見た気がするけど。広場に面した窓の近くの」オリヴィアは窓のほうに向かって手を振った。「でもシャーリーン、あなたほんとに大丈夫？　わたし、気づいちゃったんだけど――」

「どうかしてるのはあなたのほうよ」シャーリーンは言った。「砂糖のとりすぎで脳に穴があいてるんじゃないの。チャーリーはわたしの弟で、あなたの弟じゃないわ。わたしはジェイソンと話をしに来たの。あなたの弟と」

いつの間にかシャーリーンの声に傲慢な響きが戻っていた。ほんの一瞬、オリヴィアは彼女の頬をはたきたくなった。だが、だれかがすでにはたいていることを思い出した。オリヴィアは母をさがしてあたりを見まわした。ここで母さんと交代して、ムードをやわらげてもらうべきじゃない？

「あなたとジェイソンが友だちだったなんて知らなかったわ」

そう言ってしまってから、自分の口にクッキーを詰めこみたくなった。シャーリーンとジェイソンは高校時代、友人同士だったのだ。

「ここは小さな町よ」シャーリーンは言った。「ご存じのとおり、彼はあなたより若くて、歳はわたしとのほうが近いの。わたしたちが友だちじゃおかしい？」

「ジェイソンは少しまえに料理本コーナーにいたわ」ぶっきらぼうな言い方になったが、かまってなどいられなかった。「あの子はクッキーを食べてたわよ。大量にね」辛抱強く状況に〝対処する〟のも限界だ。

シャーリーンが完璧な形のきゃしゃなあごを一段階上げた。

「じゃあ急いで見つけたほうがいいわね。あなたの砂糖漬けの脳が働きだすのを待つあいだ、ずいぶん時間を無駄にしちゃったから。同じ運命からジェイソンを救わなくちゃ」

「そろそろクイズ大会の優勝者を発表するわよ」と言って、マディーが名前の書かれた〈ジンジャーブレッドハウス〉のレシピカードをオリヴィアにわたした。

オリヴィアはその名前を見てささやいた。「ジェイソンは自分が優勝すると思いこんでたのよ。あなたは彼にそれほどヒントをあげなかったみたいね」

「少しは信用してよ、リヴィー。あたしはそう簡単につけこまれたりしないんだから。たしかにいくつかヒントをあげたわよ、デューセンバーグとか。でも、このなかで古い車のマニアは彼ひとりじゃなかったみたいね。それにジェイソンはクッキーを焼くわけじゃないから、カッターの形を見分けるコツがわかってないのよ。赤ちゃんのガラガラをバーベルだと思ってるんだもの。赤ちゃんをテーマにしたモビールだってこと自体わかってなかったみたい」

「あの子、あのデューセンバーグのカッターをすごくほしがってたのよ」オリヴィアは言った。「まあ、あげてもいいだろう――今後はもうそれほどいらいらさせないでくれるなら」

「言っとくけど、ジェイソンがあのカッターをほしがってたのはみんな知ってるわ。もし彼が料理本コーナーでシャーリーンとささやき合ってなかったら、あたしも気の毒に思ったでしょうね。あのふたり、かなり親密そうだったわよ。一応警告しとくけど。じゃあ、みんな集まってきたことだし、そろそろはじめますか」

オリヴィアとマディーはタウンスクエアが見える大きな窓のほうに向かった。お客たちは無言で見守っている。まるでオリヴィアがこれからつぎのメリーランド州知事を発表するかのように。愛すべきクッキーカッターファンたちよ。

「火曜日の朝だというのに、来《きた》るべき涼しくさわやかな収穫の季節を祝う、この即席イベントに参加する時間を作ってくださってありがとうございます」オリヴィアはお客のなかにシャーリーンの顔をさがしたが、見当たらなかった。ジェイソンも見えない。デューセンバーグのカッターをほしがっていたにしては妙だ。「お仕事に戻らなければならない方も多いと思いますので、さっそく大事な発表に移りたいと思います。本日のクッキーカッタークイズ大会の優勝者は……グウェン・タッカー！」

予想どおり、賞品としてグウェンが選んだヴィンテージカッターは、赤ちゃんのガラガラだった。口々に祝いのことばを述べたあと、デコレーションクッキーのランチを楽しんだお客たちの大半が店をあとにした。ちょっとのあいだ、〈ジンジャーブレッドハウス〉がいけないことに耽溺するための隠れ家だという、シャーリーンの意見にも一理あるかもしれない、とオリヴィアは思った。だが、料理本コーナーからひとりで現れたシャーリーンから蔑みの目つきで見られると、オリヴィアの罪悪感は消えた。シャーリーンは店から出ていかずに、入口ドア近くの飲み物のカートのまえにいる弟のチャーリーのところに行った。自分でお茶を淹れているようだ。

オリヴィアのそばにエリーが現れた。「全体としてはうまくいったわね。そう思わない？」

「そう言うのは簡単でしょうね。シャーリーンの相手をしないですんだんだから。だいたい、どこにいたのよ？」

「あなたのすぐうしろよ。うまくやってるみたいだったから、ほかのことで忙しくしていたの」

「全然うまくなんてやってなかったわよ。逆上してバカみたいに感じ悪い言い方をしちゃったし」

「そうね、あれはとても効果的な戦略だったわ。シャーリーンは気の毒なくらいに不安なのよ。あなたは彼女に優越感をなだめたの。それが彼女の義憤をなだめたの。わたしもいろんな局面でその方法を使ってきたわ。あなたはきっとわたしから学んだのね」エリーはとても印象的だが時間が見づらいヘンゼルとグレーテルの時計を見あげた。この時計はエリーが〈ベジンジャーブレッドハウス〉のオープンを祝ってくれたものなので、その不便さはだれも気にしていなかった。「あと三十分か四十五分でボイスレッスンだから、少しは時間があるわ」

「何をする時間が？」

「わたしがさぐりあてたことをあなたに話す時間よ」

マディーとバーサに店をまかせて、オリヴィアとエリーが二階の住まいにはいると、スパンキーは興奮状態でくんくん鳴きながら、ふたりの足首のまわりを走った。ふだんの日の彼は店でちやほやされ、何度も耳をかいてもらったり、時折来店客におやつをもらったりするのを楽しんでいた。だが、イベントの日には、住まいのほうにいなければならない。たくさんの人を見て保護施設時代を思い出し、逃亡を企てようとするかもしれないからだ。

小さなヨークシャーテリアを膝にのせた母をリビングルームに残して、オリヴィアはポットにコーヒーを作り、ニンジンとセロリを切った。どうやらシャーリーンの影響を受けつつあるようだ。最後まで迷ったが、結局チーズクラッカーをトレーに加えた。そして、午前中ずっと上階に閉じこめられていたせいで、スパンキーがもらえなかったぶんの埋め合わせに、少量の犬用おやつも。リビングルームに戻ると、スパンキーはオリヴィアの足元に落ちついておやつをぽりぽり食べた。

「さあ、話して」オリヴィアは言った。「シャーリーンについて、何をさぐり出せたのか発表してちょうだい」

「大げさね。わたしは裏の情報を少しばかり集めただけよ。でもまず、マディーについていくつか知らせておきたいことがあるの。あなたの弟についても」

「もう知ってるわ、母さん。マディーがルーカスと口をきかないのは、彼に結婚してくれと言われたからで——説明はかんべんして——ジェイソンがバカなのは、シャーリーンにのぼせあがっているからでしょ」

エリーはニンジンスティックをかじって、いつもオリヴィアに破壊衝動を起こさせる、あのおだやかな訳知り顔の笑みを浮かべた。

「わかったわよ、母さん、話して」オリヴィアの声の調子に、スパンキーが耳を立てた。

「やるじゃないの」エリーはセロリを選びながら言った。「そのうちわたしが情報収集をしてあげる必要もなくなるわね。でも、まだそのときは来ていないわよ。ルーカスのプロポーズに対するマディーの反応についてだけど、そもそもの事情を話してあげる。両親が自動車事故で亡くなったとき、たしかマディーは十歳ぐらいだった。当時一家はクラークスヴィルに住んでいたんだけど、わたしはときどき彼女のお母さんのアデルに会っていたの。水彩画の会で、絵になる風景を求めてあっちのほうに行ったときにね。結婚してチャタレーハイツから出ていくまでは、アデルもその会の一員だったの。少なくとも月に一度、クラークスヴィルの近くで集まりがあるときは、彼女も参加していた。アデルはとてもきれいな色合いのピンクや赤で、活気あふれるオーラをよく描いていたわ」

オリヴィアはニンジンスティックをひとつかみ取って、その先っぽをまとめてかじった。

「リヴィー、この話にはちゃんと先があるんですからね。アデルはマディーにとてもよく似ていたの――やる気まんまんで、エネルギーとアイディアに満ちあふれていた。でも事故のまえの数カ月は、変わってきていた。口数が少なくなって、かなりやせてしまった。そして――これは大事なことだと思うんだけど――青や紫で絵を描くようになったの」

オリヴィアはニンジンを皿に落とした。「うつ病だったたって言いたいの？　それともアルコール依存症？」

「アルコール依存症だったという証拠はないけど、そんなのだれにもわからないじゃない？　たいていはひどく悲しそうにしていたわ。最後に彼女と会ったとき、そのことについてきこうとしたの。はっきりとは教えてくれなかったけど、夫が問題を抱えているようなことを言っていた。会のほかのメンバーにも自分の状況を打ち明けていなかったみたいだから、何が起こっていたかは推測するしかないわ。わたしは彼女の夫が浮気をしているのかと思った。当時のことはマディーから聞いてる？」

オリヴィアは首を振った。「事故のあたりの記憶はぼやけているとしか。マディーは悲しい気分になることをいつまでも考えるのが好きじゃないのよ。知ってのとおり、彼女は怒りっぽいでしょ。でも高校時代の恋人のボビーに突然婚約を破棄されたとき、彼女の反応は怒りというよりパニックだった。ボビーのやったことは最低だということで、わたしたちの意見は一致した。マディーはなんとか立ち直ったわ」オリヴィアはポットに残ったコーヒーをふたつのカップに注ぎ分け、自分のコーヒーにはミルクと砂糖を入れた。皿から半分食べたニンジンを取りあげ、鼻にしわを寄せた。「クッキーが必要だわ」

「わたしもよ」エリーが言った。「でも、階下《した》にはもうクッキーは残ってないでしょ？」

「きれいさっぱりね。でも、心配いらないわよ。冷凍庫にいつも少し蓄えてあるから。だって、何があるかわからないでしょ……」

「そのとおりね。ところで、教えたい情報はまだあるんだけど」

「ポットにお代わりのコーヒーを淹れるわ」オリヴィアはそう言うと、新鮮さを失ったように見える野菜を集めてキッチンに向かった。コーヒーができるころには、できるだけ果物や野菜に似ていない形のデコレーションクッキーを四枚選んでいた。中身を入れ替えたトレーを持ってリビングルームに戻ると、エリーは片足でバランスを取って、ヨガのポーズをしていた。スパンキーは彼女が倒れるのを心配しているかのように、その片足の上で腹這いになっている。

エリーは目を閉じて言った。「何秒か待ってちょうだい。そうしたらかわいそうなシャーリーンについてわかったことを話すわ」

「どうぞごゆっくり、母さん。待っているあいだに、母さんのぶんのクッキーも食べちゃうから」

エリーから返ってきたのはおだやかな微笑みだけだった。二十秒ほどしたあと、彼女はゆったりと目を開けた。「これで集中力が高まったわ」と言って、ソファの上であぐらをかいた。

「見事なバランス感覚ね」オリヴィアは言った。「その年齢にしては」

「ありがとう」エリーの小さな細い手がクッキーの上をさまよい、暗いピンクの渦巻き模様が施された黄色いハート形のクッキーの上で止まった。「じゃあ、シャーリーン・クリッチについてね。シャーリーンとの話を終えたあなたの弟から、きき出そうとしてみたの。ジェイソンはぐらかそうとしたけど、母親であるわたしには行間を読むことができたわ」

「ジェイソンのお気に入りのレンチを盗んで人質代わりにすれば、口を割るわよ」

「そのほうが簡単だったでしょうね」エリーはおいしそうにクッキーをほんの少しかじってからつづけた。「あなたの言うとおり、ジェイソンはほんとうにシャーリーンのことが好きなのね」

「わたしはのぼせあがってると言ったのよ」

「そうかもしれないけど、ジェイソンはあなたやマディーが知らないシャーリーンの一面を知ってるのよ。シャーリーンは女性といるより男性といるほうがくつろげるんでしょうね。あの子の母親のパティはほんとに口うるさい人だったから、それもうなずけるけど」エリーは考えこむようにハート形クッキーをかじった。

オリヴィアはオレンジと紫の蝶の形のクッキーを食べながら、母の独特な意見に口をはさむまいとした。

エリーはクッキーを飲みこむと言った。「ジェイソンによると、シャーリーンとつきあいのあった暴力男が、彼女を追ってチャタレーハイツに来ているらしいわ。ジェイソンはうっかりジェフリーという名前を口にした。おそらく元夫で、ジェイソンがずっと昔にシャーリーンに紹介した子よ。エリーはつづけた。シャーリーンの目のあざには気づいたわよね？」オリヴィアがうなずくと、エリーはつづけた。「単刀直入にあの目のあざのことをジェイソンに尋ねてみたんだけど、新しい商品を棚に並べているときに、棚の角に頬をぶつけたんだと言ってたわ。もちろんうそよ。ジェイソンがうそをついてるときはすぐにわかるの。左のまぶたがぴくぴくするから」

「さすがね、母さん」

「ありがとう」

「シャーリーンの弟のチャーリーについては？」オリヴィアはきいた。「彼が姉に暴力をふるっているってことはない？　お姉さんをすごく愛してるみたいだけど、所有欲の表れって

 こともあるし」

エリーは膝を胸に引きあげてソファに背を預けた。オリヴィアは母の柔軟性がちょっぴりうらやましくなった。ヨガをするのもそれほど悪い考えではないかもしれない。

「シャーリーンとチャーリーがいっしょにいるところを見たけど、どちらにも所有欲は感じられなかったわ。実は、昨日の朝ふたりを見たの。〈チャタレーカフェ〉で早めの朝食をとっていたら、あのふたりがいたのよ。深刻な話し合いをしているみたいだったわ。何か差し迫った問題を解決しようとしているように。で、お勘定はシャーリーンが払っていた」

オリヴィアは二枚目のクッキーをさっさと食べてしまうと、ようやく落ちついてコーヒーを飲んだ。「ストラッツ・マリンスキーから聞いたことと合致するわ。信託財産を別にすると、チャーリーにはあんまりお金がないみたい」

「興味深いわね」エリーはそう言って、腕時計を見た。「さてと、ボイスレッスンにはもう間に合わないけど、古典を読む会があと三十分ではじまるわ。ジェイン・オースティンの『分別と多感』を取りに戻らなきゃ」小柄な体をソファから起こし、だぼっとした服をはたいてしわを伸ばす。「シャーリーンの安全に気を配ることはできるけど、それ以外にできることはあまりないわね。ジェイソンの話だと、シャーリーンは保安官に話すことを拒否しているらしいし」

「だれかが彼女の目に青あざをつくったらしいってことは、それとなくデルに言っとくわ」オリヴィアは言った。「たとえシャーリーンが否定しても、警察には知らせるべきだし」

「シャーリーンはジェイソンが話したと思って、彼を非難するでしょうね」

「うまいやり方でしょ。いずれにせよ、あのあざに気づいたのはわたしだけじゃないもの」

スパンキーは一日じゅう二階にいたので、オリヴィアは彼を短い散歩に連れていき、すぐに〈ジンジャーブレッドハウス〉に戻った。そろそろ閉店時間で、店内に残っているのはマディーだけだった。iPodで音楽を聴きながらところどころで節を歌うマディーの声が聞こえる。スパンキーは全速力で走っていって、小さな体で体当たりすることで、厨房のスイングドアが開くことを学んでいた。転げこんできたスパンキーに驚いて、マディーが悲鳴をあげるのが聞こえた。

マディーがもがく犬を抱え、ドアから上半身を突き出して言った。「これ、あなたの?」

「初めて見るわ」オリヴィアが言った。

「あの子、いつかあのちっちゃな首の骨を折るわよ」マディーに床の上におろしてもらったとたん、スパンキーは毛むくじゃらのロケットのように店内を走り回った。かすむその姿を眺めながらマディーは言った。「ディスプレーのどれかを壊したら、あたしがその首を折ってやるわよ、かわいこちゃん」

オリヴィアは笑った。「一日じゅう閉じこめられてたら、あなただってスパンキーみたいな行動をとるわよ。売り上げはどうだった?」

「上々よ！　いつものように集計はあなたのために残しておいてあげる。あなたは退屈な作業の担当、あたしは楽しい作業の担当。それがうまくいく秘訣よ。この店専属の天才菓子職人としては、明日の夜のグウェンとハービーのベビーシャワー用クッキーに取りかかるつもり。ええ、わかってるわよ、もうとっくに型抜きして、焼いて、アイシングをかけるまで冷凍庫に入れておかなきゃならなかったんだけど、ちょっと忙しかったもんだから」マディーはｉＰｏｄのイヤホンを耳に入れ、オリヴィアに背を向けた。マディーがクッキー作りに必要な材料と器具を集めているあいだ、オリヴィアは今日一日の伝票を集めて厨房のデスクについた。ルーカスのプロポーズや、〝収穫を祝う〟イベントに対するシャーリーンの反応についてマディーと話し合いたかったが、今はふさわしいときではないだろう。マディーはシャーリーンの目のあざのことを話題にもしなかったのだ。マディーがドアを閉めてしまえば、ダイナマイトを使ってもぶち破ることはできない。

二時間数字と格闘したあと、オリヴィアはそろそろ切りあげることにした。売り上げは火曜日にしてはいいほうだったが、これまでのイベント時と比べるとたいして多くはなかった。お客が食べたクッキーのコストを考慮すればなおさらだ。

「もうくたくた」オリヴィアは言った。「今夜は早めにベッドにはいるわ」

スパンキーはとことこと彼女のところにやってきたが、マディーはけげんそうに耳からｉＰｏｄのイヤホンをはずした。「何か言った？」

「もう寝るって言ったの。あなたはひと晩じゅう仕事するつもり？」

マディーは首を振った。「実はあたしも珍しく疲れてるの。ここは片づけて明かりを消しておくわ」

オリヴィアは眠そうな犬を片腕に抱えて厨房を出た。明かりを落としてエアコンを弱にしてある店内で、クッキーカッターのモビールが立てる控えめなカランという音や鈍い光は、屋外にある鐘を思わせた。店内はまだかすかにライムゼストの香りがする。こうしていると、チャタレーハイツを出てボルティモアに戻ることなど想像できなかった。〈ジンジャーブレッドハウス〉は、飼いはじめたころの子犬のスパンキーがそうだったように、オリヴィアの心にひそかにはいりこんでいた。

寛大な気分になり、弟があれほどほしがっていたデューセンバーグのクッキーカッターは、彼にあげることに決めた。照明を明るくしなくても、密集したディスプレーを抜けて、そのカッターを吊るしてある乗り物をテーマにしたモビールのところまで行けるだろう。だがカッターはそこになかった。オリヴィアは自分の目が信じられず、モビールの右側の、それが下がっていた場所に手を伸ばした。ここにあるはずなのに。グウェンは賞品に赤ちゃんのガラガラのカッターを選んだのだから。ジェイソンが自分でデューセンバーグのカッターを持ち去るわけがない。そうよね？

もしかしたらマディーがデューセンバーグをジェイソンにあげたのかもしれない。ヒントをあげたにもかかわらず、クイズ大会で優勝できなかった彼を不憫に思って。マディーならやりかねない。オリヴィアは厨房に頭をつっこんで、マディーに気づいてもらおうと手を振った。

「マディー、ひょっとして、乗り物のモビールからデューセンバーグのカッターをはずした？」

「いいえ」マディーは言った。「あたしの仕事じゃないもの」

「なくなってるのよ」

「そんなはずないでしょ」

「でもそうなんだもの。なくなって、不在で、消えてるの」

「リヴィー、まさかジェイソンが盗ったなんてことは……」

オリヴィアはゆっくりと首を振って言った。「それはないと思う。値打ちのあるカッターだけど、わたしがただで、あるいはただ同然であの子に譲るだろうってことは、うすうすわかっていただろうし。だいたい、ジェイソンはシャーリーンと彼女が抱える問題のことで頭がいっぱいだったみたいなのよ。その彼がカッターを盗もうと考えるなんて、想像しにくいわ。でも、今夜はもう考えないことにするから、あなたも気にしないで。そのうち出てくるわよ。モビールから落ちて、だれかが店内のどこかに置いたのかもしれないし。昼間の光のなかでならきっと見つかるわ。なんだかオーブンでカリカリに焼かれたみたいな顔ね。何日眠ってないの？」

マディーはあくびと伸びをした。「大丈夫よ。日曜日の夜は早く寝たから」

「今は火曜日の夜よ。掃除はわたしがするわ。うちに帰って少し休んだら」

珍しくマディーは口答えしなかった。

7

オリヴィアは眠れずに横になったまま、真夏の目標をリストアップした。ひとつ、ベッドルーム用に新しいエアコンを買う。ふたつ、寝る直前にクッキーカッター・コレクターズ・クラブのニュースレター〈クッキークラム〉の最新号を読まない。刺激的すぎるから。スリラー小説を読んでもうとうとしてしまうだけだが、ヴィンテージカッターの写真を見ていると、急いでベッドを出て、一晩じゅうやっているフリーマーケットをさがしたくなってしまうのだ。

オリヴィアが眠れないのは、二階のベッドルームの室温が三十度近くあり、露を集めてお風呂にはいれるほど湿度が高いからでもあった。お天気チャンネルでは近くで嵐が発生しており、こちらに向かってきそうだと言っていた。そんなにすぐにはやってこないだろうが。

オリヴィアは腿の半ばまであるだぼっとしたコットンのTシャツとパンティだけという恰好で、ベッドの上に手足を広げて寝そべっていた。ここに引っ越してきたばかりのころ、ベッドルームの古いエアコンを新しいものにしようか迷っていた。だが、音は騒々しいし、利きも悪いものの、エアコンはまだ動いた。クラリスの遺産がはいろうとはいるまいと、倹約はオリヴィアの人生の習慣だった。だが、マディーの予告なしのクッキーイベントや、シャーリーンの芝居がかった登場で混乱していたせいで、寝る時間になるまでこのぽんこつのスイッチを入れ忘れていた。古い家には無数にある隙間から昼間の暑さがしのびこみ、階段を這いのぼり、勢力を強めながら渦を巻いてベッドルームに侵入していた。

「もう何時間もこうして横になってるのに」オリヴィアはつぶやいた。ベッドサイドランプのスイッチを入れ、携帯電話で時刻を調べた。午前一時だった。「訂正、一時三十五分間ね」

スパンキーはオリヴィアからできるだけ離れたベッドの足元で、小さな体を広げて平べったくなっていた。彼女が口を開くと、まぶたを上げたが、そのまますぐに閉じた。

二階のキッチンに行って、ワインをグラス一杯飲もうか。いや、朝には店を開けなければならないのだ。酔っぱらうわけにはいかない。前回図書館から借りてきた本はもう読みおえてしまった。音楽で眠りに誘われたことはないし、一台しかないテレビはリビングルームにあって、そこのエアコンはさらに古くて音もうるさい。

オリヴィアはもっと涼しい場所を求めてシーツの上を横に移動した。無理やり目を閉じて、ヨガに凝っている母がリラックスできると言い張る、深い呼吸をしてみた。なんだかカニみたい。彼女の気分が伝染したのか、スパンキーが頭を上げてうなった。だが、彼が見ていたのはオリヴィアではなく、ベッドルームの窓のほうだった。オリヴィアは起きあがって耳を澄ましたが、エアコンが発する騒音しか聞こえなかった。

「どうしたの、スパンキー？」

スパンキーは澄んだ茶色の目でオリヴィアをじっと見つめてくーんと鳴いた。すぐにまた窓のほうに頭を向け、耳を立てた。エアコンはベッドルームのふたつの窓のうち片方をふさいでしまっている。スパンキーはベッドから飛びおり、ガラス越しに月光が射しこむもう片方の窓のほうに歩いていくと、落ちつかない様子でくんくん鳴いた。訴えるような目をして頭を傾けるという、もっとも胸を引き裂くようなしぐさをされ、オリヴィアはベッドサイドランプを消して、窓の彼のところに行った。

「何も見えないわよ」スパンキーはうしろ肢で立ち、まえ肢をオリヴィアの向こうずねに掛けた。オリヴィアは外が見えるように抱きあげてやった。「ほら、わかる？　真っ暗で、動いてる生き物はいないでしょ」

スパンキーの耳がたれ、また立った。右耳のほうでエアコンがうなっているにもかかわらず、今度はオリヴィアにも聞こえた。彼女はエアコンを消した。音ははっきりと聞こえた。室温が早くも一度上がっていなかったら、背筋に寒気が走るような遠吠えだった。

「ちょっと待ってね、ちびちゃん」

オリヴィアはそう言うと、スパンキーを足元におろした。すぐに彼はまえ肢を壁に掛け、うしろ肢で跳ねはじめた。オリヴィアは錠をはずして引きあげ式の窓を持ちあげようとしたが、湿気で膨張した窓枠はびくともしなかった。こぶしで木の枠を打つと、動くのがわかった。もう一度たたくと窓が敷居から離れ、じっとりと湿った空気が、いくぶん湿気の少ない室内に流れこんできた。オリヴィアは大きく窓を開けた。

スパンキーがキャンキャン吠えるので、抱きあげた。いっしょに網戸の向こうの真っ暗にしか見えない空間を眺めた。やがて目が慣れてくると、雲が分かれて月の光が現れた。大きなものの形がわかってきた。〈ジンジャーブレッドハウス〉の両側の建物、タウンスクエアの木立、十九世紀末の野外音楽堂のそばの街灯。スパンキーがオリヴィアの腕から逃れようともがき、まえ肢で網戸に触れようとした。キャンキャンキャンと三回鳴いておとなしくなった。かすかな遠吠えがそれに応えた。

「まさか、うそでしょ」オリヴィアは額を網戸にくっつけた。「バディが外にいるの、スパンキー？　バディが吠えてるの？」スパンキーはキャンキャンと鳴いてしっぽを振った。

「それはイエスってことね」

保安官助手コーディ・ファーロウの愛犬のバディは、巨大な黒いラブラドールレトリーバーだ。だが、黒い毛のせいでオリヴィアには彼が見えなかったのかもしれない。バディとスパンキーは特別な絆を築いており、互いをトラブルに巻きこんだり、トラブルから救い出したりしていた。

「バディの声は悲しそうね。逃げたりするからだわ」

スパンキーはオリヴィアの腕から飛び出して、エアコンの冷気を逃がさないために閉めてあるベッドルームのドアに走っていった。オリヴィアはベッドに座ってコーディの携帯に短縮番号で電話をかけた。留守番電話につながった。

「コーディ？　オリヴィア・グレイソンよ。今は——」携帯で時刻をたしかめる。「午前一時二十分。バディがまた逃げたみたいよ。もしあなたといっしょにうちにいるんじゃなければ、タウンスクエアから聞こえる遠吠えは彼のものかもしれない。とにかく、スパンキーはバディだと思ってる。そういうわけだから、よろしくね」

　これで自分の役目はすんだことを願って、ベッドに仰向けに倒れこんだ。しかしスパンキーには別の考えがあった。閉まったドアを引っかき、悲しげに鳴いている。オリヴィアはうめいた。

「わかったわよ、もう一本電話をかけてあげるけど、ドアは開けないわよ」

　ベッドに寝そべったまま、警察署の短縮番号を押した。緊急の場合は９１１に電話してください、との録音メッセージにつながった。メッセージの最後に、チャタレーハイツ警察署に伝言のある方は1を押してください、との指示があった。バディが逃げたことは９１１に電話するような大事だろうか？　でも、コーディに伝言を残す程度なら害はないだろう。

　スパンキーがドアと窓のあいだを行ったり来たりするあいだ、オリヴィアは目を閉じた。義務は果たした。これで安心して眠れるはずだ。ピンクと黄色のシュガースプリンクルが散る、チョコレートの湖に分け入るところを思い描いた。向こう岸まで泳いで、子供を食べる魔女のいない、本物のジンジャーブレッドでできた家にはいった。家のなかはジンジャーとクローブとシナモンのにおいがして、棚にはアイシングをかけたジンジャーブレッドクッキーが蓄えられている。ひとつ手に取り、なんてしっとりして軽いのだろうと思いながらかじった。小さな音がした足元を見おろすと、マジパンの子犬がリコリスの目でこちらを見あげていた。ジンジャーブレッドを割って子犬にあげると、アーモンドのにおいがして、キッチンの暑さで子犬がとけはじめているのに気づいた。オーブンの扉が開いていて、熱気がただよい出ているのだ。ということは、悪い魔女は――。

息が止まるような遠吠えが、開けたままのベッドルームの窓から聞こえてきた。スパンキーが自分なりの遠吠えを返したが、それはどちらかというとキャンキャンの延長のように聞こえた。

「ビーグルを引き取らなくてよかったわ」オリヴィアは言った。寝返りを打ってうつ伏せになる。「心配でたまらないのね、スパンキー？」ちょこちょこと跳ねるような足取りで、スパンキーが走ってきてベッドに飛びのり、また飛びおりると、急いで窓のところに戻った。「よくわかったわ。バディを助けるまではわたしを眠らせてくれないつもりね。彼をつかまえられたとしても、あの荒くれくんをどうすればいいのかわからないけど」

ジーンズを穿いて別のTシャツに着替えてから、ポケットに携帯電話を入れた。ベッドルームのドアを開けるまえにスパンキーを抱きあげようとしたが、彼はもがいて逃れ、住まいの玄関に向かって走った。そこに着くまえにオリヴィアにつかまり、首輪に散歩ひもをつけてもらうあいだだけじっとしていたものの、すぐにうしろ肢で立って玄関のほうにひもを引っぱった。

「わたしも心配だわ」外に出ていきながら、オリヴィアは言った。「コーディのことを知らせるために吠えてるんじゃないといいけど」

濡れた濃い霧がただようタウンスクエアを進むあいだ、スパンキーは鳴きつづけ、バディは吠え返しつづけた。鮮明な光の筋が公園の南側の空を切り裂き、つづいてうなるような音がして、その数秒後にゴロゴロと大きな音が響いた。タウンスクエアを取り巻くすべての明かりが一瞬にして消え、大嵐が近づいているのだと気づいた……でもさっきのうなるような音は雷ではなかった。レインコートを持ってくることは思いつかなかったし、懐中電灯も持っていない。お天気チャンネルをもっとまじめに見るようにしなければ。雨具を取りに戻れば時間がかかりすぎてしまう。できるだけ早くバディを見つけて、今や真っ暗になっているはずの〈ジンジャーブレッドハウス〉に駆け戻ったほうがいい。そのまえにひどい嵐が来てしまったら、野外音楽堂に避難すればいい。

闇と霧が混じり合って、方角の見当をつけるのはむずかしかったが、近くで稲光がして、野外音楽堂のシルエットが照らし出された。だがバディの姿を確認することはできなかった。スパンキーのひもをゆるめ、彼に導いてもらうことにした。スパンキーはテリアらしく強い決意でことにあたった。彼の体重が二・三キロしかなく、肢がとても短いのはありがたかった。そうでなかったら、オリヴィアは濡れた芝生の上を引きずられていただろう。

ためらうことなくあたりのにおいをかぎながら、スパンキーはオリヴィアを引っぱって野外音楽堂を迂回し、フレデリック・P・チャタレー像のほうに向かった。馬のお尻を通りすぎたとき、お座りをして頭をたれているバディの大きな体を見分けることができた。オリヴィアたちが近づいていくと、バディは頭を上げた。スパンキーだとわかると、バディは一度吠えてから、また頭を低くした。濡れた芝生にお腹がつくまでまえ肢を前方に伸ばし、暗い空に顔を向けて、スパンキーでさえ肢を止めるほどの悲しみをこめて遠吠えをした。稲妻が暗闇を切り裂き、タウンスクエアの南の端を照らし出した。そのちょうど一秒後に雷が鳴った。いやな予感が体を貫いて、オリヴィアは身震いした。一瞬の光のなかで、バディのまえ肢から十センチほどのところに、芝生の上で手足を広げて横たわる、動かない人間の体が見えたのだ。

スパンキーを脇に従えてバディに走り寄り、濡れた芝生に膝をついた。

「コーディ？」

ささやき声で問いかけたものの、倒れているのはコーディ保安官助手ではないとわかった。コーディは身長百九十センチのやせっぽちだ。オリヴィアは男性のジャケットに触れ、すぐに初歩的な鑑識の手順を思い出して、手を引っこめた。ジャケットはレザーのようだ。ジャケットの下の体は、肩幅が広く、筋肉の発達したウェイトリフターのような体型だった。うつ伏せに倒れているので、顔は隠れていて見えなかった。無帽で、露に濡れた髪は黒に見えた。

反射的に男の首筋に手をやって、冷たい皮膚に触れると手を引いた。嫌悪の波に胃がよじれる。スパンキーのほうが勇敢だった。あるいは好奇心がそうさせていたのだろうか。男のまわりをちょこちょこと歩いて、手のにおいをかぎだしたので、オリヴィアはスパンキーを引き戻した。バディの悲しげな茶色の目が、人間がなんとかしてくれるのを期待するように、オリヴィアを見つめた。

「意気地なしのようなまねはやめなさい」オリヴィアはつぶやいた。そして「あなたに言ったんじゃないわよ」とバディに言う。最初の雨粒が背中に落ち、オリヴィアは携帯電話を開いて911を押した。


オリヴィアはスパンキーとバディにはさまれて、びしょ濡れになりながら、すぐそばにある遺体のほうは見るまいと、暗闇のなかを見つめていた。

「今夜はツー・ドッグ・ナイトね、きみたち（本来はスリー・ドッグ・ナイトで、三匹の犬を抱いて寝なければならないほど寒い夜の意）？」

どちらの犬も笑わなかった。どこか近くから叫び声が聞こえたが、雨がひどくてどの方向も一メートルより先は見えない。二度目の叫び声はもっと近く、左側のどこかから聞こえた。

オリヴィアは「おーい！」と叫んだ。

「どこだ？　雨がひどくて何も見えない」デルの声だった。心配といらだちと包容力が感じられる。

「デル、わたしよ、リヴィーよ。わたし——わたしたちは野外音楽堂の南側にいるの。像のすぐ手前」

デルが叫んだとき、その声はとても近く、よりいっそう怒っているように聞こえた。

「どうして野外音楽堂のなかにいない？」オリヴィアのすぐ右に現れた彼は、息を切らしていたが大きな傘をさしていたので濡れてはいなかった。「ほら、これを持って」デルはそう言うと、傘をオリヴィアにわたした。レインコートを脱いでオリヴィアの震える肩に掛けた。犯罪現場用手袋をつけ、倒れている人物にかがみこんで脈を取った。「死んでる」

「知ってるわ」

デルは制服の上着のポケットから懐中電灯を出してしゃがみ、遺体と濡れた地面にゆっくりと光を当てた。オリヴィアは見るまいとしたが、見ずにはいられなかった。デルは遺体の左肩あたりに興味を持ったようだ。オリヴィアには濡れた黒い草しか見えなかった。デルは慎重に遺体の肩を地面から持ちあげて、その下を見た。遺体の胸が雨から守っていた草は、黒っぽい液体で光っていた。血だ。

「遺体の上に傘をさしかけていてくれ、リヴィー。これ以上現場を荒らしたくない」デルは電話のボタンを押しながら言った。「きみはこの男を殺していないという前提で捜査をはじめるよ」

「そ、それはありがたいわ」オリヴィアは震えていたが、突然冷えてきた大気のせいではなかった。ショック症状が現れはじめたのだ。バディがにじり寄ってきて、雨に濡れていつになくおとなしくなったスパンキーは、足首のあたりでまるくなった。

「コーディ、ぼくだ」デルは携帯電話に向かって言った。「今すぐ公園に来てくれ。野外音楽堂の南側、像の近くだ。ああ、嵐なのはわかってる。こっちはその只中にいるんだ。きみの犬も、遺体となった白人男性も。おそらく刺殺だろう。復唱しなくていい、凶器は見つかっていない。遺体の下にあるのかもしれない。できるだけ早く来てくれ。傘を二本持って」

デルは上着のポケットに携帯電話をしまった。遺体に触れずに、かがみこんで懐中電灯の光を当てた。

「高そうなレザージャケットだな。これは何だ？」

男性の右手から何かが突き出ていた。懐中電灯の光が金属の輝きをとらえ、オリヴィアは鋭く息を吸いこんだ。ブリキ製のクッキーカッターの縁の部分のように見えた。店のイベントのあとでなくなった、デューセンバーグのクッキーカッターのことを思い起こした。あれはブリキ製だった。ブリキ製のクッキーカッターはたくさんあるし、チャタレーハイツに流通しているクッキーカッターもたくさんあるのだから、と自分に言い聞かせた。それに、あの小さな物体はどんなものでもありうる。

「見たことのない男だな」デルは言った。「きみはどう？」

「え？　ああ、わたしも見たことないわ」オリヴィアはさらにきつく自分を抱きしめた。

「ちょっと待って」男の顔に光が当たると、彼女は言った。「懐中電灯を貸してくれる？　ありがとう」

デルに傘を持っていてもらい、オリヴィアは膝をついた。ぬかるんだ地面に膝が沈んでいく。胃が飛び出しそうになったが、無理やりかがみこんで遺体に身を寄せた。男性の髪に光を当てると、短めの毛が束状に頭の両サイドをおおっていた。レイヤーの毛先はきちんと均等に切られており、プロの手でカットされたことがわかる。さっき黒に見えた髪の色は、いま見るとダークブラウンだった。濡れたせいで生まれつきの巻き毛が現れている。オリヴィアは正座をして、男性の胴に上から下まで光を当てた。

遠くでサイレンの音が響いた。スパンキーとバディが頭を上げて音のするほうを見た。

「コーディだ」デルが言った。「何かぼくが知っておくべきことに気づいたかい？」

「確信があるわけじゃないけど」オリヴィアは苦労しながら立ちあがり、懐中電灯と傘を交換しながら言った。「シャーリーンの店から逃げていった男かもしれない」

「わかった、シャーリーンと弟に身元の確認をしてもらおう。しらばっくれるかもしれないけどね。男の正体をあれほど必死で隠そうとしていたところをみると」

「ファーストネームだったら教えてあげられるかも。ジェフリーよ。シャーリーンの元夫かもしれないの」

デルの口元がこわばった。「どこからその名前を？　どうしてもっと早く言ってくれなかった？」

「わたしだってつい何時間かまえに知ったばかりなのよ。母さんも名前についてはうろ覚えだったし。シャーリーンが結婚してたかどうかについてもね。でもジェフリーとジェイソンは友だちだったらしいから、ジェイソンなら知ってるはず……シャーリーンのために口を閉ざすつもりじゃなければ」スパンキーが濡れたまえ肢でオリヴィアの脚をたたいてくんくん鳴くので、胸に抱きあげてやった。濡れた犬のにおいは心が落ちつく。

「ほかに話す機会がなかったことは？」デルの口調にはいらだちが表れていた。

オリヴィアは三つ数えたところで、瞑想の力にたよるのはやめた。

「ねえ、デル。わたしは疲れてて、びしょ濡れで、未消化ぶんの夕食を吐き戻しそうなの。夜明けまえに起きて、重要かもしれないことを思い出したら、すぐにあなたに電話するわ」

風を失った帆のように、デルの肩が落ちた。「リヴィー、ぼくは――」

叫び声が聞こえて、コーディがタウンスクエアでこちらの場所をさがしているのがわかった。バディが跳ねるように立ちあがって、うれしそうに吠えた。飼い主の姿が見えてくると、バディは彼に向かって駆け出し、あやうく押し倒しそうになった。

「あと五分ぐらいで鑑識チームが来ます」バディを落ちつかせると、コーディは言った。

「よし。きみはリヴィーとそこにいる濡れた毛皮のかたまりを家まで送ったらすぐに戻ってこい。ぼくはここにいる」

デルはそれだけ言うと、さっきは悪かったと言おうとしていたのか、怒っていると言おうとしていたのか、オリヴィアに明かすこともせずに、遺体の検分に戻った。オリヴィアはどっちなのか気にしたくはなかったが、気になった。

8

翌朝、〈ジンジャーブレッドハウス〉のドアの鍵を開け、なかに足を踏み入れるやいなや、ミキサーのうなりが聞こえた。レモンの香りもほのかにするようだ。それともアイシングといえばレモンと、鼻が覚えているせいだろうか。スパンキーが腕のなかでもがいた。毎朝彼は店内を隅々まで探検し、物陰に危険がひそんでいないかたしかめるのだ。床におろすと、スパンキーはぜんまい仕掛けのおもちゃのように飛び出していった。オリヴィアは彼が役目を果たすのにまかせ、厨房に向かった。

ミキサーの音はやんでおり、厨房のドアからマディーが頭を突き出した。

「ちっちゃな犬の爪がカチカチいう音が聞こえたと思ったのよ」前夜は比較的休養できたようだが、その声にいつもの快活さはなく、オリヴィアは淋しかった。

「何時間もまえからここにいたわけじゃないわよね」大事なマディーにわずかなりとも軽快さが戻ってくることを願って、オリヴィアは言った。

「何時間もまえからってわけじゃないわ」マディーは言った。「ほんの一時間まえよ。このクッキーに急いでアイシングをかけないと、今夜のグウェンとハービーのベビーシャワーまでに固まらないでしょ」

「レジの準備をするあいだちょっと待って。そしたらわたしも手伝うわ」オリヴィアは料理本コーナーの入口にいるスパンキーを見つけた。「ねえ、スパンキー、開店まで店のほうをお願いしていい？」

厨房にはいろうと振り向くと、マディーはありがとうとも言わずに姿を消していた。これは深刻だ。軽い不安を覚えながらオリヴィアが厨房にはいると、マディーはいつものｉＰｏｄのイヤホンをつけて、焼きおえたクッキーの上にかがみこんでいた。ダークピンクのアイシングを詰めたビニールの絞り出し袋をクッキーの縁に沿って動かし、乳母車の形を作る作業に集中するあまり、明るい色の左右の眉がくっつきそうになっている。

オリヴィアは厨房のデスクのうしろの壁に隠してある小さな金庫を開け、レジに入れる紙幣と硬貨を数えはじめた。お金をジッパーつきのビニール袋に入れる。マディーはつぎのクッキーに取りかかっていたので、オリヴィアは声をかけずに、レジにお金を入れにいくことにした。だが、メインの売り場に出るドアに近づくと、マディーが顔を上げた。

マディーは絞り出し袋の先にキャップをして言った。「バーサに電話して開店から来てもらうことにしたわ。またお客が殺到するだろうし、あたしはクッキー作りに集中する必要があるから」

「座って」

「何があったの？」オリヴィアは椅子を引いて尋ねた。

マディーは厨房のカウンターに体を引きあげて座った。

「タウンスクエアで死体を発見したみたいな重要なことがあったとき、いつからあたしにすぐに話してくれなくなったのよ？」

「マディー、もちろんあなたには全部詳しく話すつもりでいたわよ。でもわたしには初めてのことだったし、あなたは熱心に作業してたから……」

「あたしが〝話す〟って言ったら、電話するとか、窓に小石を投げて起こすとか、そういう意味よ。夕べあなたが殺人の被害者につまずいたという冒険談を、あたしがどうやって知ったと思う？　サディーおばさんと朝食のテーブルについてるときよ。おばさんに友だちからゴシップ連絡網の電話がかかってきたの。オートミールをのどに詰まらせかけてたわ。あの人もうすぐ七十よ。ああいうショックには対処できないのよ」

「サディーおばさんは電話しながらオートミールを食べてたの？」

「話題を変えないでよ」マディーは目をすがめて十歳のときからの親友をにらんだ。「知りたければ教えるけど、あたしは寝坊したの。それでサディーおばさんは、なぜかあたしがお腹がすいて死にそうなんだと思いこんだのよ。オートミールを作ってあげるってしつこいの。わたしに言わせれば、クッキーよりましなものといったらそれくらいだから。さあ、もう先延ばしにしないで、最初から全部話してよ。デル保安官にだれにも話さないと誓わされたんだとしてもね。話さないと誓わされたんなら、なおさら話してもらうわ」彼女はカウンターからすべりおり、ふたたび絞り出し袋を手にした。「あたしがデコレーションをしてるあいだに話して」

オリヴィアはすべてを話すと気分がよくなった。話しおえると、最後のコーヒーをカップに注ぎ、クリームと砂糖をたっぷり入れて、ポットに新しくコーヒーを淹れた。

マディーがベビーピンクのアイシングをクッキーに絞り出しながらきいた。

「じゃあ、そのジェフリーってやつがシャーリーンに青あざをつくったの？」クッキーの上にかがみこんだままつづける。「ここだけの話、たしかにあたしはシャーリーンが大嫌いだけど、彼女がそいつを殺したんだとしても責められないな。だって、正当防衛だったのかもしれないでしょ」

「実は、まだあなたに話してないことがもうひとつあるの」オリヴィアが言った。「それで容疑者が絞れるかもしれない。わたしたちのうちのだれかでないことを願ってるけど」

マディーは手を止めてオリヴィアを見あげた。「早く話しなさいよ。容疑者にされるのも悪くはないけど……五分が限界」そう言うと、止めたところから流れるようにまたアイシングを絞りはじめた。

「ジェフリーは――被害者がジェフリーだったとしてだけど――クッキーカッターを手にして死んだみたいなの。少なくとも、彼の手のなかにあったのはカッターの縁のように見えた」

マディーは眉をひそめたが、それが作業に影響することはなかった。「素材は？」

「暗かったからよくわからないけど、ブリキみたいだった」

「なくなったデューセンバーグと同じね」

「そう。できるだけ早くジェイソンと内密に話をするつもり――」そのとき、厨房の電話が鳴った。すぐ手の届くところにいたオリヴィアが受話器を取った。「母さん、電話してくれてよかった――」

「あらそう、でもわたしのニュースを聞いたらうれしいとは思わないわよ」いつもは冷静なエリーの声が緊張気味に聞こえた。自分を抑えているかのように。「保安官から電話をもらったところなの。あなたの弟が、シャーリーンの元夫ジェフリー・キング殺害容疑で逮捕されたわ」

「なんですって？　まさか、ジェイソンが、そんなこと百万年たってもありえないわ。デルはどうかしちゃったんじゃない？」

「いつもならあなたの意見に賛成するところだけど、ジェイソンは自首したのよ。リヴィー、あの子は人を殺したと自白したの。保安官の話だと、わたしの息子は母親と話すのを拒否したそうよ。だからあなたが行って、もっと分別ある行動をするように、あの子に言い聞かせてほしいの。お願い、リヴィー、急いで行ってやって。わたしは〈ジンジャーブレッドハウス〉に向かってるところよ。店はわたしが見てるから、あなたは弟と話をして。とにかく急いでね」

「すぐに出かけるわ。携帯からミスター・ウィラードに電話する。今すぐ弁護士が必要だから」

弁護士のアロイシャス・ウィラード・スマイスは、警察署のまえでオリヴィアが来るのを待っていた。たいていミスター・ウィラードと呼ばれている彼は、いつものように落ちついては見えなかった。細くて長い指でスーツのボタンをもてあそび、オリヴィアが歩いてくるのに気づくまで、何も見逃さない黒っぽい目を落ちつきなくあたりにさまよわせていた。

「困った事態になりましたね」ミスター・ウィラードは心配性のおじのようにオリヴィアの肩をたたいて言った。「お気の毒に、お母さまは心配で気が気ではないでしょう」

「わたしもです。ぼんくら頭のジェイソンを締めあげてやりたいわ」オリヴィアは言った。

ミスター・ウィラードのやせこけた顔が蒼白になった。

「ほんとうに弟さんがやったと思っているんですか——？」

「もちろん思ってませんよ。ジェイソンは人殺しじゃありません、ただのおバカです。あの子はシャーリーン・クリッチが元夫を殺したのかもしれないと思ってるんです。彼女の目に青あざを作ったのは、あのジェフリー・キングという男にちがいないわ。おそらくこれが最初ではないでしょう。もっとひどいことをしてやると言って彼女をおどしていたんだとしても驚かないわ」

「なるほど、そういうことですか」ミスター・ウィラードは言った。「その場合、法律はジェイソンよりもミズ・クリッチにずっと有利な解釈をするはずです」

「だから弟はバカだって言ってるんです。ほんとにもう。とにかく今は、ジェイソンを助ける方法を考えないと。あの子ひとりじゃどうにもなりませんから。真犯人が逮捕されて、それがあの子の大事なシャーリーンじゃないことがはっきりしないかぎり」

「ジェイソンはアリバイを証明できるかもしれないとお思いですか?」ミスター・ウィラードがあきらめたような調子で尋ねた。そう簡単にはいかないだろうと思っているかのようだ。

「まったくわかりません。証明できるとしても、しないでしょうね」

ミスター・ウィラードは手を振って背後にあるベンチを示した。

「少し座って、戦略を立てましょう。ご存じのように、刑事事件はわたしの専門ではありませんが、必要とあれば優秀な被告弁護人を何人か知っています。わたしがお膳立てをしましょう。そのまえに——弟さんのことはあなたのほうがよく知っているわけですから、あなたがということですが——弁護士の同席なしには何も言わないよう、弟さんを説得する方法を考えなければなりません」

オリヴィアは今すぐ留置場に駆けこんで、ジェイソンの口にぼろきれを詰めこんでやりたくてたまらなかったが、座って戦略を立てることに同意した。

「計画を立てるというのはいいですね。計画があるといつも気が休まるんです」

しばらく木のベンチに並んで座り、そのあいだミスター・ウィラードは膝の上で両手を組み合わせ、オリヴィアはなんとかパニックを抑えていた。思いついた作戦は、警察関係のものをかたどったデコレーションクッキーを何ダースか、賄賂として警察署に届けることぐらいだった。明るい青の官給リボルバーが思い浮かぶ。きらきら光るゴールドの粉末入り食用着色料で縁取りをした、チューリップレッドのパトカーもいいかもしれない。銀色の砂糖粒《ドラジェ》で作った鉄格子つきの留置場の独房もないと。格子の向こうにいる、強情なジェイソンのおびえた顔が浮かんだ。ゆっくりと深く息をして、頭のなかから愛らしいアイシングつきの想像物を消した。ジェイソンにはわたしが必要だ。彼が認めようと認めまいと。

「わたしに考えがあります」オリヴィアは言った。「でも、あなたは気に入らないかもしれない。デル保安官が怒るのはわかってるから、彼に言うつもりはありません。もちろん、すぐに気づかれるでしょうけど」彼女は肩をすくめた。「でも、それに関して彼にできることはたいしてないわ」

「ああ」ミスター・ウィラードは言った。「あの不運な若者を実際に殺した人物を見つけるつもりなんですね。でも、それで若いジェイソンがすぐに自白内容をくつがえしてくれるでしょうか？」

「あの子はわたしに期待してるんだと思います。この春、わたしが殺人事件の解決に一役買ったとき、えらく感心してたから。わたしの頭が役に立つなんて、それまで思ってもみなかったんでしょうね。それに、あの子は自分がどんなに腹に据えかねない弟でも、姉に愛されてることを知ってるから、わたしがけっしてあきらめないこともわかっています。いちばんの難関は、わたしがシャーリーンを夫殺しの犯人だとは思っていないと、あの子に信じてもらうことね」

ミスター・ウィラードは節くれ立った指を曲げて、指先を打ち合わせはじめた。オリヴィアにはおなじみの動作だ。彼女の計画をまじめに考えているという意味ならいいのだが。おそらく頭のなかであらゆる危険を網羅したリストを作っているのだろう。ミスター・ウィラードは指を打ち合わせるのをやめて言った。「あなたがやろうと決めたらやりとげる人だということはわたしにもわかっています。あなたの弁護士としては、その計画を正式に認めることはできません。ですが、今は急を要します」彼はひょろ長い体を伸ばして立ちあがり、オリヴィアに手を差し出した。「善は急げと言いますからね」

デル・ジェンキンズ保安官はすでにさんざんうねができている髪に指をすべらせた。「リヴィー、信じてくれ、ジェイソンはいきなりここに来て、自分がジェフリー・キングを殺したと自白したんだ。警察は彼を容疑者とは考えてもいなかった。少なくともそのときは」

「〝そのときは〟ってどういう意味？　何か証拠があるなら、わたしには知る権利があるわ」オリヴィアはデルのオフィスで勧められた椅子を断わっていた。そうすればデスクの向こうの彼を上からにらみつけることができるからだ。ミスター・ウィラードは彼女の隣に立って、無言でさらに高いところから見ていた。

デルは怒っているというより困っているようだった。「わかった。きみには知る権利がある。ジェイソンが自白した以上、ぼくは捜査をはじめなくてはならなかった。それが仕事だからね。昨夜の彼のアリバイを調べたよ。きみがキングを見つけた時刻までのね」

「それで？」

デルは椅子を回して横向きになり、部屋の向こうのコンピューターのまえで、仕事をしているように見せかけているコーディ保安官助手のほうを見た。

「コーディ、オリヴィアとミスター・ウィラードにコーヒーを淹れてきてくれないか？　リヴィーはクリームと砂糖入りで」問いかけるようにミスター・ウィラードのほうを見る。

「ブラックでけっこうです。ミルクを入れるのはカプチーノのときだけなので」

デルの口元が一瞬ゆがんだ。「うちの予算ではあいにく十年落ちのコーヒーメーカーが精一杯でね」

コーディがふたりのためにコーヒーを持ってくるころには、オリヴィアはデルが気の毒になっていた。彼はチャタレーハイツを愛しているし、昔から知っている人間を逮捕してうれしいと思うような人ではない。だが、オリヴィアがなんとしても真犯人を見つけようとしているのを知ったら、まちがいなく警戒するだろう。オリヴィアはカップを受け取って、デルのデスクの向かいにある椅子に座った。ミスター・ウィラードもそれに倣《なら》った。デルがきしみをあげる自分の椅子に座ったときは、安堵のため息が聞こえるようだった。

「あなたも来てくださったのはありがたい」デルはミスター・ウィラードに言った。「自白したせいでどんなやっかいなことになっているかを、彼に理解させる必要がある。犯人が町を出たのではという線で手がかりを追っていたんだが、今はジェイソンの取り調べをしなければならなくなった。言っておくが、彼のアリバイは堅固なものではない」

オリヴィアは椅子に座ったまま、まえのめりになった。

「あなたが追っていた手がかりというのは？　ジェイソンの容疑を晴らすことができるもの？」

デルはためらったあと、ミスター・ウィラードに尋ねた。

「あなたは公式な立場でここにいるんですか？」

ミスター・ウィラードはうなずいた。「わたしはオリヴィアがジェイソンを守るのを手助けするために雇われました。彼女にも念を押しておきましたが、わたしは刑事事件の弁護士ではありません。ですが、今はジェイソンの代理人です」

デルはコーヒーをすすったあと、心を決めたようだった。

「わかった、これまでにわかったことを話そう。独自に調査員を雇われたりしたら困るからね」茶色の目を暗くしながら、オリヴィアのほうに身を乗り出す。「リヴィー、ぼくはきみが自分で調査してるなんて話は聞きたくない。いいかい？」

オリヴィアはゆっくりとうなずいて言った。「わかった」

デルは少し長めに彼女の目を見てから、デスクの上のファイルに手を伸ばした。

「オーケー、ジェイソンの話はこんな感じだ。シャーリーン・クリッチはジェイソンに、元夫のジェフリー・キングが数週間まえに店に現れたと打ち明けた」デルは書類から顔を上げた。「シャーリーンと弟のチャーリーの両方から話をきいたが、ふたりとも昨夜十一時までのジェイソンの行動については、大筋でまちがいないと言っている」

「待って」オリヴィアが言った。「昨夜三人はいっしょにいたの？」

「そうだ。少なくともそう言っている。キングの件でも話は一致している。ちなみにこのキングについては、父親が婚姻を無効にしたので正式な夫だったわけではないとシャーリーンは主張している。キングは宝石店に押し入って数カ月間刑務所にはいっていたが、最近釈放された。シャーリーンが信託財産を手に入れたことを知っていたので、彼女の居所を突き止めた。そして彼女が自分を追い払うために金を出すだろうとふんだ。シャーリーンによると、金をやっても姿を消してくれなかったそうだ」

「おっどろいた」オリヴィアは小声で言った。

「シャーリーンはキングに何度か殴られたことを認めたよ。もっと金をよこせと言われて断わったから殴られたと言っている」

「でもあなたは信じていないんですね？」ミスター・ウィラードがきいた。

デルは肩をすくめて言った。「とくに理由があって信じていないわけじゃない。たしかにキングの手口に合致するし」

オリヴィアは言った。「シャーリーンの話は、キングが〈ベジタブル・プレート〉の厨房を荒らしているときに、わたしが見聞きしたことの説明になってないわ」

デルはファイルをめくって、あるページを開いた。

「報告書によると、きみはキングが〝彼女を殺してやる〟と言うのを聞き、これはシャーリーンのことだろうとぼくたちは考えた。それで正しかったかな？」

「最初に〝くそっ〟と言ったのよ。すごく怒ってた」オリヴィアは言った。「そのときは、彼が何か大事なものをさがしているんだと思ったの。シャーリーンに奪われたと思ってるものとかを。それに、レジのお金が無事だったことを忘れないで。お金だけが目的だったなら、高価な品物を壊しまくって、レジは無視するなんてずいぶん変だわ」

「不法侵入はおどしのつもりだったのかもしれない」ミスター・ウィラードが言った。「あるいは、ののしったり殺してやると言ったりしたのは、彼の金銭的要求を受け入れないミズ・クリッチへの、激しいいらだちの表れかもしれません」

「それもあるかもしれないわね……」オリヴィアはあの朝のことを思い起こし、厨房のシーンを頭のなかで再現してみた。激しい怒り、いらだち……たしかにキングの暴力は、そういう感情を表すものだった。だがもっとやけっぱちな感じがした。とはいえ、確証はないので、その考えは自分のなかにしまっておいた。シャーリーンが持っているもので、ジェフリー・キングの立場を危うくするようなものって何だろう、何かの書類か品物だろうか。

ミスター・ウィラードが咳払いをした。「保安官、ミスター・キングの死因をうかがってもいいですかな？　あなたが明かしてくださるどんな情報でも、われわれはけっして口外しないとお約束します」

デルは一瞬迷ってから、オリヴィアに尋ねた。「それにはマディーとお母さんも含まれるのか？　いや、答えなくていい。もちろん含まれないよな。まあ、どっちにしろ気にしてもしょうがない。町じゅうの人が今日の夜までにいろんなバージョンの話を聞くことになるんだから。どうやって広まるのかは知らないが」

オリヴィアはコーヒーでむせそうになった。「さあ、水のせいかしらね。これならどう、デル。ミスター・ウィラードはプロとして沈黙を守ってくれる。それはたしかよ」ミスター・ウィラードのほうを見ると、彼はうなずいた。「わたしにできることはこれだけよ。だれかにジェイソンはまさかり殺人鬼だといううわさを流されても、じっとがまんするわ。それに、わたしにも明かしたくないことがあるのは理解してる。あなたが言うように、わたしはどうにかして見つけてしまうかもしれないけど」

「それはかたときも疑ってないよ」デルはコーヒーポットを取りにいった。それぞれのカップにコーヒーを注ぎたして言った。「キングは刺殺されていた。死亡時刻はまだ確定していない。現場から放り投げたと思われる場所でナイフが発見された。現在、鑑識班が調べている。嵐のせいで現場はかなり荒らされてしまったが、何かあれば彼らがかならず見つける。ぼくたちにできるのは待つことだけだ」

「どんなナイフだったの？」オリヴィアがきいた。

「ほかに質問は？」

「ああ」ミスター・ウィラードが言った。「それが明かせない詳細というやつですね。もしよろしければ、保安官、依頼人のことで質問があります。ジェイソン青年がミズ・クリッチに寄せる好意と、彼の不適切な告白以外で、彼がミスター・キング殺しの容疑者かもしれないと考える理由があるんですね？」

デルは事件ファイルから別のページを選んだ。「さっきも言ったとおり、ジェイソンは昨夜十一時ごろまでシャーリーンおよびチャーリーといっしょにいた。シャーリーンによると、その日キングは彼女に肉体的暴力をふるい――理由はわからないそうだ――夜になったら〈ベジタブル・プレート〉に戻ってきて〝このごみ溜めに火をつけてやる〟とおどしたそうだ。それでシャーリーンは夜じゅう店を守ることにした。まるで警察も消防も存在しないみたいに」デルは天井を向いて目玉をぐるりとまわした。人間のふるまいを理解したくて、神の助けを求めているかのように。「ジェイソンとチャーリーは、店とシャーリーンの両方を守るのに手を貸そうと申し出た。十一時ちょっとまえに、チャーリーは翌朝ジェイソンが自動車整備工場の〈ストラッツ&ボルツ・ガレージ〉で早番のシフトにはいっていることを思い出した。そして家に帰って睡眠をとったほうがいいとジェイソンに勧めた」

「待って」とオリヴィア。「チャーリーも整備工場で働いてるわよ」

「チャーリーは昼からのシフトだったそうだ。ストラッツ・マリンスキーに確認をとった。ジェイソンは十一時に店を出ると、タウンスクエアを通って自分のアパートに帰ろうとした。途中、ガソリンの缶とライターを持って〈ベジタブル・プレート〉に火をつけにいこうとしているジェフリー・キングを見つけたそうだ。それでキングともみ合いになり、殺してしまったと言っている」ページをめくってデルはつづけた。「一方店では、ジェイソンが帰ってしまうと、シャーリーンはいらいらしてきて、〝ジェフのことだから、おどしはしたものの、めんどうくさくなって実行するのはやめたのよ〟とチャーリーに言った。きっと酒を飲みだして酔いつぶれてしまったのだろうと。それでチャーリーに、帰って寝るように言った。彼は言われたとおりにした」

ミスター・ウィラードが咳払いをして言った。「そのあと店にいたのは、ミズ・クリッチだけということになりますね？　言わせていただければ、それはかなり無鉄砲なうえ、いささか彼女らしくないように思えますが」

オリヴィアは体をふるわせながら笑った。「きっとお風呂にはいって、美容のための睡眠をとりたかったのよ。それとお肌のお手入れに一時間。それなら信じられるわ」

その意見がデルからわずかに微笑みを引き出した。「実は、シャーリーンは弟を帰したあとすぐ、十一時四十五分ごろに店を出たそうだ。そしてまっすぐ――」

「それならジェイソンの容疑は晴れるんじゃない？」オリヴィアがきいた。「チャーリーとシャーリーンはあとから出たのに、帰る途中で死体を見てないんだから」

「チャーリー・クリッチが借りている部屋は町の北東だから、タウンスクエアを通らないんだ」

「何か理由があって、通ったかもしれないわ。公園でだれかを見たとか」オリヴィアが言った。

「考慮に値するね」デルが言った。「シャーリーンは暗くなってからひとりで公園を横切るのが怖かったんで、歩道をまっすぐ南に歩いて家に帰ったそうだ。公園のほうを見るのも不安だったらしい。少なくとも、そう言っていた」

「口をさしはさませていただくと」ミスター・ウィラードが言った。「チャーリーのような姉思いの弟が、真夜中に姉をひとりで帰らせたということですか？」

「いい質問だ」デルはぴしゃりとファイルを閉じ、デスクに腕をついてまえのめりになった。「ぼくもそれが不思議だった。だがチャーリーにそのことを問いただしてみると、肩をすくめて、姉には逆らえないというようなことをぼそぼそ言っていたよ。腹を立てている様子もなかった。ただきまり悪そうにしているだけで、ちょっと子供っぽかった。だがそのことが今も引っかかっていてね」

オリヴィアはシャーリーンと年の離れた弟の関係について、ストラッツ・マリンスキーから聞いたことを思い返した。「複雑だわね。自意識過剰な両親のせいで、シャーリーンとチャーリーのあいだには強い絆が生まれたのよ。シャーリーンはチャーリーにとって母親でもあり父親でもあった。それでチャーリーはほとんど子供が親に依存するように姉を心から愛してるみたい。だから自分のほうが正しいと思っても姉に従うんじゃないかしら。でも別の見方もあるわ。シャーリーンは公園を歩いて抜けるのは怖いと認めているのに、どうしてチャーリーを先に帰すことにしたのか？　わたしが何を考えているかわかる？　ジェイソンは無実ののぼせあがった間抜けで、あいつの自白はでたらめだってこと。最後に帰ったのはシャーリーンだから、彼女がキングを殺したんじゃないかと思ってるのよ。あるいはチャーリーが姉を守るために殺して、シャーリーンは弟を守るために口をつぐんでいるとか。あるいはふたりでやったとか」

デルは目のまえの閉じたファイルに向かって眉をひそめながら、しばらく黙って座っていた。目を上げてオリヴィアを見た彼の顔は、うれしそうではなかった。

「ぼくの考えはこうだ。容疑者が多すぎるし、うそも多すぎる。解き明かすには時間がかかるだろう。その一方で、望むと望まざるとにかかわらず、こっちにはきみの弟の自白があるんだよ、リヴィー。彼が自白を撤回できないかする気がなくて、自分のふるまいやアリバイについてもっともらしい供述をすれば、留置場から出られないことになる」


「だれとも話したくないって言っただろ」

デルがオリヴィアとミスター・ウィラードを留置場の監房に連れていくと、ジェイソンが言った。房内にふたつある寝台の片方で、中年の男が横たわっていびきをかいていた。明らかに深酒をした者の眠り方だ。ジェイソンはもう一方の寝台の上でひょろ長い体をまるめ、膝を抱えていた。彼は子供のとき——最後に父の入院する病院に行った日——と同じ目つきでオリヴィアを見た。オリヴィアはそのときのように、弟を抱きしめてやりたかった。だが、あのときはあのとき、今は今だ。ジェイソンの反抗的な顔は、姉のなぐさめを求めていなかった。

「きみはお母さんとは話さないと言ったんだ」デルは言った。「だれとも話したくないとは言っていない」彼は房の鍵を開け、オリヴィアとミスター・ウィラードをなかに入れて、また鍵をかけた。房の外の壁についている、房のなかからでも手が届くベルを指し、デルは言った。「終わったら鳴らしてくれ」

デルが話の聞こえないところに行ってしまうと、オリヴィアは寝台の端に腰をおろした。ジェイソンは体をずらして姉から離れ、さらにきつく膝を抱えた。

「あんたのやってることはバカみたいよ。自分勝手でもあるわ。わたしとしてはあんたがここにいたってかまわないけど、母さんは心配でおかしくなりそうなんだから」涙がこみあげ、ジェイソンに背を向ける。「あんたの権利を守るためにミスター・ウィラードを雇ったわ。お金を無駄にしたくはないから、彼と話すのを拒否するなら、わたしは……わたしは……」

立ちあがって鉄格子のところまで歩いてから、弟のほうを向いた。

ジェイソンの表情がやわらぎ、そのせいでいっそう幼く見えた。彼は体を伸ばして寝台から立ちあがり、言った。「死ぬまでおれにクッキーは食べさせない？」

オリヴィアは噴き出した。ジェイソンを抱きしめたあと、こぶしで彼の腕を殴った。

「いてっ！　やったなリヴィー、男みたいなパンチだ」

「それだけ怒ってるってことよ。とにかく、姉さんの言うことを聞いて。シャーリーンのために自分が犠牲になるつもりなら、やめなさい。彼女のことなんてろくに知らないのに」

「姉さんは誤解してるんだよ。シャーリーンは傷つきやすいんだ。ずいぶん苦労をしてきたから。ジェフリー・キングのことも、彼に何をされたかも、全部話してくれた」

「それでシャーリーンは彼を殺し、代わりにあんたに罰を受けさせるってこと？　どこが傷つきやすいのよ？」

「ちがうよ。それは……」ジェイソンはつかまったばかりのトラのように、房のなかをぐるぐると歩きまわった。酔っぱらいが寝ている寝台にぶつかると、いびきをかいていた酔っぱらいが身動きしてつぶやいた。「店のおごりだ」

「わたしが話しても……？」ミスター・ウィラードが節くれ立った指を立てて唇をたたいた。

「ジェイソン、あなたのお姉さんはわたしに仕事を依頼しました。あなたが危険な状況にあることを、ちゃんとわかっておられるからです。自分が殺したと言いつづけるつもりなら、早急に警告しなければなりません。警察はあなたの供述をとって、まちがいないかときくでしょう。警察も暇ではありません。あなたが供述書にサインすれば、別の容疑者さがしをやめてしまうでしょう。段階が進むたびに、釈放されるのは困難になります」

ジェイソンは何も言わなかったが、聞いてはいるらしかった。

「わたし自身は刑事事件の弁護士ではありませんが、必要とあらば見つけてさしあげます。でもまず、ひとつあなたに質問しなければなりません。現在わたしはあなたの弁護士としてここにいるわけですから、あなたの話したことを警察に明かしたりはしません。あなたは強い根拠があって、シャーリーン・クリッチが元夫を殺したと信じているのですか？」

「おれは……その……」ジェイソンは両手を広げてどうしたらいいかわからないことを示した。オリヴィアは彼を守ってやりたいと思いつつも、たたいてやりたいと思った。

ミスター・ウィラードはジェイソンがほんとうにジェフリー・キングを刺したのかどうか、遠回しにさぐり出そうとしているのだ。オリヴィアは尋ねた。

「ミスター・ウィラードとふたりだけで話せるように、わたしに席をはずしてほしい？」

ジェイソンは両手を体の脇に戻した。「いや、いてくれ、リヴィー。ミスター・ウィラード、あなたの質問に対する答えはノーだ。シャーリーンがジェフをほんとうに殺したかどうかはわからない。おれがそう思っただけなんだ……チャーリーはうちに帰るのに公園のなかを通らないから、あいつのわけないし」

あなたでもないわけよね、この救いようのない大バカ野郎が。オリヴィアはこの意見は胸にしまっておいた。

ジェイソンは寝台に戻って腰をおろし、リヴィーを見あげて言った。

「シャーリーンのことがとても心配なんだ、リヴィー。彼女があんまりよく思われてないのはわかってる……でも、中身は高校時代に知ってた女の子のままなんだよ。ほら、シャイで話しかけやすい感じの」

オリヴィアはこれ以上口をつぐんでいられるかどうかわからなかった。でも、ジェイソンといっしょにいると、シャーリーンは本来の自分に戻れるのかもしれない。そして暴力をふるう元夫を殺し、ジェイソンに罪を着せたのかもしれない。

「ジェイソン、教えてほしいことがあるの。クイズ大会で優勝できなかったとき、デューセンバーグのクッキーカッターを店から持っていった？」

「はぁ？　持っていくわけないだろ。どうしておれがそんなことするんだよ？」

オリヴィアは何も言わなかった。

「あのさ、みんなに迷惑かけてるのはわかってるし、姉貴と母さんを動揺させてほんとにすまないと思ってるけど、これだけは言える……シャーリーンがやらなかったという証拠は何もない……たしかにな、でもおれはやってないと確信してる。おれにはできないんだ……」

ジェイソンはことばを切って顔をしかめた。「シャーリーンをこれ以上苦しませることが。だからおれがジェフリー・キングを殺した。公園でやつを見て、何をしようとしているか知った。ごめんよ、リヴィー、でも言えることはそれだけだ」

オリヴィアは姉らしいまなざしでジェイソンをじっと見た。「どうやって殺したの？」

ジェイソンは反抗するようにあごを上げ、オリヴィアに背中を向けて言った。

「心配してくれてありがとう、ミスター・ウィラード。でもおれ、もう決めたから。ふたりとももう帰ってくれ」彼はまた寝台の奥に戻り、壁に背中をつけて膝を抱えた。

ミスター・ウィラードがベルを鳴らし、デルが戻ってきて鍵を開けた。房を出るまえに、オリヴィアは弟のほうを見た。

「ジェイソン、あんたはほんとにバカよ。自分でわかってるわよね？」

ジェイソンは姉に悲しげな笑みを向けた。

「おれも愛してるよ、オリーブオイル」

9

〈ジンジャーブレッドハウス〉に近づいて、人だかりが目にはいると、オリヴィアはひるんだ。少人数のグループが何組も芝生の上を歩きまわっており、店の入口ではお客がひっきりなしに出入りしている。正面の大きな窓から見たところ、店内は人でごった返していた。〈エレガントなレディのためのレディ・チャタレー・ブティック〉のまえの、おしゃれなストライプの日よけの下で立ち止まり、腕時計を見た。十二時三十分、昼休みが半分すぎたところだ。母はジェイソンについてのニュースを知りたくてやきもきしているだろうから、オリヴィアは母に短い電話をかけ、ジェイソンは無事だということと、詳しいことはもうすぐ店に戻るのでそのとき話すということを知らせた。

オリヴィアはひどく空腹でもあった。近くに〈チャタレーカフェ〉があったが、順番待ちの列がドアから歩道を越えて縁石までつづいていた。だが〈ピートのダイナー〉にはお客を受け入れる余裕があるようだ。ダイナーは〈レディ・チャタレー・ブティック〉からタウンスクエアをはさんだ向こう側、フレデリック・P・チャタレー像のそばにある。公園では好奇心旺盛な地元民たちの一団が、ジェフリー・P・キングの死体が見つかったあたりの芝生を蹴っていた。オリヴィアは熱心に手がかりを見つけようとしている集団を避けて公園を迂回し、遠回りして〈ピートのダイナー〉に行くことにした。

だれにも声をかけられずに〈ピートのダイナー〉に着くと、オリヴィアは人目につかないテーブルに落ちついて、〝古い〟メニューとされている、油の染みた小さな紙を見た。マッシュポテトを添えたミートローフのサンドイッチが紙面から飛び出して、注文してくれと訴えている。ラミネート加工された〝新しい〟メニューには、オリヴィアの好物のホタテのガーリックソースなどがあったが、今日はミートローフとポテトのほうがふさわしい。トマトソースでまろやかさを添えた実質的な燃料が必要だ。

「おや、オリヴィア・グレイソン。あんたは町はずれのおしゃれな店のほうがいいんじゃないのかい」成人してからほとんどずっと〈ピートのダイナー〉で断続的にウェイトレスをしているアイダは、だれにでも皮肉まじりのあいさつをする。それが妙に心地よかった。「で、何にする？」アイダはオリヴィアが手にしているメニューを見た。「〈ボーン・ヴィッテル〉で出されるチコリやらザクロのジュースやらには飽きたとみえるね？」

オリヴィアはくすくす笑い、さらにリラックスした。ダイナーにはほかにふたりしかお客がいない。窓際の席で、隠居した男性がふたり、公園で手がかりをさがす人たちを眺めながら、コーヒーでねばっているだけだ。「あら、アイダ、〈ボン・ヴィヴァン〉はいい店よ。でもあそこにはミートローフのサンドイッチとポテトはないし、今はそれが食べたい気分なの。それとコーヒーを」

「クリームと砂糖はたくさん、それとトマトソースも多めだね」質問ではなかった。アイダはオリヴィアをよく知っているのだ。

アイダがテーブルを離れると、すぐにオリヴィアは携帯電話でデルの短縮番号を押した。

彼は二度目の呼び出し音で出た。「また死体を見つけたなんて言わないでくれよ」

「見つけてないわよ。もうそんなことがないように願ってるわ。警察署を出たあとで思い出したことがあるの。一か八かの賭けだけど、目撃者がいるかもしれない」

「だれかが犯行を見ていたというのか？　ちょっと待って、ペンを出すから。箱で買ってるのに、いつだってあったためしが……よし、あったぞ。それで、その一か八かの目撃者というのはだれなんだ？」

「それが問題で、だれだかわからないんだけど……ちょっと待って、料理が来たから」

「今どこにいる？」

「〈ピートのダイナー〉」

「今からそっちに行く。電話は切らずにいてくれ」

「ありがとう、アイダ」ウェイトレスがサンドイッチの皿の隣に、増量分のトマトソースを入れたボウルを置くと、オリヴィアは言った。「ごめん、デル、つづけるわね。わたしに言えるのは、月曜日の夜遅く――火曜日の朝早くと言ったほうがいいかしら、マディーならもっとよく覚えてるはず――タウンスクエアで女性が踊ってたってことだけなの」

「夢を見てたわけじゃないんだね？」

「言ったでしょ、マディーも見たのよ。彼女はクッキーを焼くために遅くなってから店に戻る途中で、わたしはソファでうたた寝してたの。あ、そんなことはどうでもいいわね。マディーが携帯に電話してきて、窓の外に目を遣ったらその女性が見えたのよ。それでマディーは――」

「ちょっと待ってくれ、ダイナーに着いた」デルが携帯電話を耳に当てたまま、スイングドアを通り抜けてきた。アイダと目が合うと、カップから飲むジェスチャーをしてコーヒーをたのんだ。アイダは顔をしかめてみせたが、カップにコーヒーを注ぎはじめた。そしてデルがオリヴィアの向かいに座ると同時に、それを運んできた。

「無料のコーヒー以外に何かご注文は？」アイダがきいた。

「アイダ、コーヒーの代金は払うと言ってるだろう」デルが言った。

「あたしが店をまかされてたら、二倍の代金を取るところだけど、ジョーがそうさせてくれないのさ。警察官や消防士が大好きだから。あたしに理由をきかないでおくれよ」彼女は首を振ってテーブルをあとにした。

「わあ、うまそうなサンドイッチだな」デルが言った。

「自分のをたのみなさいよ。これはわたしのですからね」オリヴィアは守るように皿を腕で囲った。

「で、きみとマディーが見たっていう女性のことだけど。どんな外見だった？」

「それが……」オリヴィアはこんな情報を提供しようとしたことを後悔しはじめていた。

「わたしはうちのリビングルームにいたから、野外音楽堂の近くで、透き通った白いかすみが跳ねたり回ったりしていることしかわからなかった。きれいな踊り方だったわ。マディーはバレリーナの卵かもって言ってたけど、わたしに何がわかるっていうの？　マディーは彼女をもっとよく見ようと、こっそり広場の東側の店舗の裏にまわって、自分の見たものを説明してくれた。ほっそりとした女性で、髪は白かったそうよ」

「年配の女性だったのか？」デルはきいた。彼のまえにアイダがかちゃりと皿を置いた。

「ミートローフ・サンドイッチ？　注文してないけど……」

「ジョーが持っていけってさ。店のおごりだよ、もちろん。この店がつぶれたら、あたしは失業しちまうっていうのにね。あんたもそこんとこ考えとくれよ」アイダはぶつぶつとひとり言を言いながら、すり足で去っていった。

デルはにやりとした。「あれは〝チップをたくさん置いていけ〟というサインだよ。ぼくはいつも料理の代金プラス二十パーセントぶんのチップを置いていくし、アイダもそれを知ってる。彼女はぼくをいじめるのが好きなんだ。それで、マディーはそのダンサーが何歳ぐらいかわかったのか？」

「いいえ。とにかく、頭にベールのようなものをかぶっていたけど、それでも髪が白いのはわかったそうよ。年配の女性があんなふうにジャンプするなんて想像できない」オリヴィアは自分のミートローフ・サンドイッチをかじって、おいしさにため息をついた。

「ダンスの先生なんじゃないか？」デルは頬にトマトソースを飛ばしながらサンドイッチに

かぶりついた。飛んだソースをナプキンで拭く。

オリヴィアは肩をすくめた。「わたしの知るかぎり、この町にプロのダンス教師はラウルしかいないけど」

「ラウル……例の、町じゅうの女性たちが夢中になっているラテンダンサーのことかな？」デルの声にはちょっと嫌みな感じがあった。

「もう、やめてよ」オリヴィアが言った。「背が高くて、スマートで、エキゾチックな顔立ちのハンサムだからって、彼を嫌う理由にはならないでしょ。母さんは気に入ってるわ。あの人の人を見る目はたしかよ。アランは彼を嫌ってるけど」

「じゃあ、まあそういうことにしておこう」デルはサンドイッチの角を追加ソースにひたして口のなかに押しこむと、手帳にメモをとった。オリヴィアは彼のあごにトマトソースが飛んでいるのに気づき、自分のナプキンでぬぐってあげた。デルが口元をゆがめてにやりと微笑むと、オリヴィアの胃はひっくり返った。「それで、そのラウルってやつにはラストネームはあるのかな？」

オリヴィアはひっくり返った胃をスパイシーなミートローフのトッピングのせいにした。

「あるはずだけど、だれも知らないみたい。保安官なんだから、あなたが調べてよ」

「その女性のことはほかの人に話した？　犯行時刻に公園にいたと信じる理由があるのか？　踊っているのは毎晩？　少なくとも定期的に？」

「ううん……そういうわけでは……手がかりは何もないの。マディーにきいてみるといいわ。

普通の人よりも夜に通りをぶらつくことが多いみたいだから。それを言うなら、シャーリーンとチャーリーにきいてみて。それかジェイソンに。わたしはその女性が、殺人のあった前夜のちょうど同じ時刻に、ちょうど同じあたりにいたことしか知らないの。もし火曜日の夜にも同じ時刻にそこにいたなら、何か見てるかもしれない。そして何か見てるとしたら、彼女の身が危ないわ」

デルは空になった皿を脇に押しのけ、財布を取り出した。

「そのダンサーが犯行と犯人を目撃したなら、もう死んでいるかもしれないな」

「ちょっと、待っとくれ」

オリヴィアが紳士服店〈フレデリックス・オブ・チャタレー〉のまえを通りすぎたとき、背後から切羽詰まった声がした。振り返ると、〈ピートのダイナー〉のウェイトレスのアイダがせかせかとこっちにやってくるところだった。

「あんたに話があったのに、さっさと帰っちまうんだから」アイダは言った。長年重いトレーを運んでいるせいで、彼女は体形を維持していた。息もあがっていない。「早めに休憩をとっていいってジョーに言われたんだ。あんたに話したいことがあって、他人に聞かれたくないんだよ。みんなあたしの頭がどうかしちまったと思うだろうからね——あんたもそう思うかもしれないけど。でもあたしはあんたの母さんを知ってるし、彼女ならまじめに聞いてくれるだろうから」

理解してくれる聞き手として母の名前があがったので、オリヴィアはチャクラや座りこみ抗議《シット・イン》が出てくる話に対する心の準備をした。だがアイダはとうに七十歳を超えていたので、オリヴィアは結論を急ぐまいとした。「日の当たるところで話しましょう」

アイダはタウンスクエアのほうに不安そうな視線を投げた。そこでは手がかりをさがす人びとがさらに増え、いくつかのグループに分かれて、公園じゅうに広がっていた。

「このあたりじゃ人が多すぎるよ。運動場に行こう。あたしはあそこが好きなんだ」

予想外の提案だったが、運動場はすぐ近くだったし、そこの古いオークの木の下にはベンチがある。アイダが三歩先を歩いて、ふたりは昔からある運動場に向かった。数年まえに町はずれに新しいチャタレーハイツ小学校が建てられるまでは、学齢期の子供たちを楽しませていたところだ。チャタレーハイツには古いレンガ建ての校舎を取り壊す予算がなかったので、校舎はからっぽのまま、入口のドアに南京錠がかけられ、窓を板きれでふさいだ状態でそこに建っていた。

アイダは鳥の落とし物が点々とついた古い木のベンチに落ちついた。まばらに残っているペンキのあとから、ベンチがかつて赤かったことがわかる。オリヴィアは嫌悪感をこらえて隣に座った。ああもう、店に戻るまえに、手を洗って服を着替えなくちゃ。だが、アイダのいかにも不安そうな様子に好奇心を刺激されてもいた。

「これでじゃま者はいなくなった」アイダは言った。「あたしは七十八歳だけど、まだ持って生まれたおつむは健在だよ。ふたりの子を育て、病気の夫を十年間看病し、夫が亡くなったあとは世界じゅうを旅して、いろんなものを見てきた。でもこれは……」アイダはダイナーのユニフォームの深いポケットに手をすべりこませた。最初、オリヴィアは煙草をさがしているのかと思ったが、アイダが取り出したのは二個のキャンディだった。「ひとつどうだい？」オリヴィアが首を振ると、アイダは言った。「気分が不安定になると、バタースコッチがほしくなるんだよ」

「言いたいことはわかるわ」

アイダは包み紙からキャンディを出して口のなかに放りこんだ。顔の筋肉がゆるむ。

「アイダ、昨日の夜公園で起こった殺人事件について、何か知ってるの？　もしそうなら、あなたが話をするべきなのはデル保安官よ。もちろんわたしから伝えてもいいけど、どうせ彼はあなたから話を聞きたがると思うし」

アイダは首を振って言った。「そう簡単にはいかないんだよ」彼女は二個目のキャンディの包み紙をむき、溺れる人が必死で空気を求めるように、それをしゃぶった。手がポケットにつっこまれ、出てきたときにはさらに二個のキャンディを持っていた。

オリヴィアは閉店まえに〈ジンジャーブレッドハウス〉に戻れるだろうかと心配になってきた。

「幽霊はいるよ」アイダはキャンディを二個口に入れたまましゃべったので、オリヴィアは自分がちゃんと聞き取れたのかどうかわからなかった。

「アイダ？　今なんて……？」

「幽霊だよ。幽霊って言ったんだ。若いんだから耳が遠いわけじゃないだろう」アイダの口調はいつものけんか腰に戻っていた。「これから話すことをあの保安官に話したらどういう反応をするか、あたしにはちゃんとわかってる。聞いてるふりをして、あの小さいノートに何か書いたりはするだろうよ。〝病院に電話、アイダはもうろくしてる〟とね。でもたしかにあたしは見たんだ。そして、さっきダイナーで小耳にはさんだことからすると、あんたも見たんだろ」

オリヴィアの心臓の鼓動が速くなった。「公園で踊る女性を見た話をしようとしてるの？　それなら保安官はすごく聞きたがるわよ、うそじゃないわ」

アイダはまたバタースコッチをほおばった。「あたしゅは……」つばをのみこんでから言う。「あたしは公園で踊る幽霊を見た。言いたかったのはそれだけだよ」

「ねえ、アイダ、昨日の夜公園でだれかを見たなら、デルに話さなくちゃ。その女性は殺人を目撃してるかもしれないんだから」

「幽霊は何も目撃できやしないよ」アイダは怒りといらだちを表すように、両手を腿にたたきつけた。「なぜあたしが悩んでるかわからないのかい。今の若い人は想像力ってものがないね。あんたの母さんなら聞いてくれるだろう」

アイダは立ちあがろうとしたが、オリヴィアがその腕をつかんでベンチに引き戻した。

「待って。アイダ、わたしは幽霊を信じてるわ」

「うそをつくんじゃないよ」

「わかった、信じてないわ。でもそれはどうでもいいの。あなたが何を見たのか知りたいのよ。だって、わたしとマディーはおとといの晩、公園で踊る白い人影を見たのよ。幽霊みたいに見えたことは認めるわ」

「幽霊だったんだよ」

「わかった。もうひとつバタースコッチを食べて、何を見たのか話して。いいでしょ？」

「腕を放しておくれよ」

「いいわ」オリヴィアはアイダが逃げるのではないかとまだ心配だったが、言われた通りにした。

アイダは動いたが、それはオリヴィアとのあいだに距離をおくためだった。

「あんたの母さんがここにいてくれたらいいのに」

「わたしもそう思うわ」オリヴィアは本心から言った。

アイダはもう一個キャンディを出した。「最後の一個だ」オリヴィアに細くした目を向けながら言った。「口ははさまないでおくれよ」オリヴィアがわかったとうなずくと、アイダは包み紙のままのバタースコッチを、両手のひらのあいだで温めるようにした。おそらくそうやって安心を得ようとしているのだろう。「夫が死んだあと、あたしは家を売って保険金を引き出し、世界一周の旅に出た。ずっとそうしたかったんだ。お金を使い果たすまで帰ってこなかった。なんにしろ、お金があるうちは申し分なかったよ。さっきも言ったけど、あたしはこの七十八年でいろんなものを見てきたし、旅のあいだにもいろんなものを見た」アイダはオリヴィアの顔をじっと見た。「退屈かい？　近ごろの若い人は長い話が聞けるほどがまん強くないからね」

オリヴィアはそんなことはないと両手を上げた。「いいえ。退屈じゃないわ。全然」

「まあ、とにかく、幽霊がほんとうにいるってわかったのは、世界じゅうを旅しているときだった。たいていの国はこの国よりも古いだろう。千年もまえのものなのに、まだ建ってるお城も見たよ。そんなのばっかりだった。そういう昔からある場所には、一族の幽霊が集まっていたりするんだ。幽霊を見たという人たちにたくさん会ったよ。話をしたという人もいた」

オリヴィアはアイダの論理についていくのに苦労していたが、何も言わなかった。

「幽霊を見ればわかるんだよ。あたしは見たことがあるんだから。それも一度だけじゃない」

オリヴィアはうなずき、沈黙をつづけた。

「旅から戻ったあと、あたしにはお金も家もなかったから、仕事をしたほうがいいと思った。ピートはまたあたしを雇ってくれた。ピートは気むずかしいじいさんだったけど、いいやつだった。部屋を借りるようにって、給料を前払いしてくれた。小さな家を借りられるようになるまでお金をためるつもりだったけど、ワンルームに住むのに慣れちまったから、つぎの旅行のために貯金することにした。あと一年もすればそれぐらいはたまると思うね」アイダは両手を開き、キャンディに向かって微笑みかけたあと、またにぎりこんだ。

オリヴィアは歯を食いしばって、腕時計を見るまいとした。

「今のオーナーのジョーにも感謝してるよ。昼間はただでダイナーで食べさせてくれるし、夜は厨房を使わせてくれるんだから。あたしはあんまり寝なくても平気でね、昔からそうだった。午前三時ごろまでダイナーの厨房にいる夜もある。仕事のないときは自分で食事を作ったりしてね。で、うちに持ってかえって、電子レンジであっためるんだ。それだと自分ちのキッチンなんて必要ないからね。そんな夜に幽霊を見たんだよ」ようやくアイダは最後のキャンディを入れた口を閉じ、目も閉じた。

オリヴィアは腕時計を盗み見た。一時四十五分。午後一時までには店に戻ると約束したのに。バーサに残ってもらえるよう、マディーがたのんでくれていればいいけど。エリーは早くオリヴィアからジェイソンについての報告を聞きたくて、気が動転しているだろう。

アイダはつづけた。「ダイナーの厨房には小さな窓があって、公園が見えるんだ。あたしは料理をオーブンに入れたあと、明かりを消してコーヒーを飲みながら、月明かりの公園を窓から眺めるのが好きなんだよ」

ようやく問題の話が聞けるのだとわかり、オリヴィアの緊張が解けはじめた。

「何週間かまえ、街灯の明かりが届く野外音楽堂の南側で、何か動くのが見えた。あたしは窓のところに行って、じっと目を凝らした。最初は全部気のせいだと思った。それか、迷い犬がリスを追いかけているだけだろうと。でもまた見えたんだ。けむりが渦を巻いているようだった――ほら、たき火を消したあとみたいな感じ？　ちがうのは空にのぼっていってないことだけ。渦は上がったり下がったりしてた。まるで……」

「ダンサーみたいに？」

「そうなんだよ。ゴーストダンサーだね。向こうが透けて見えたから、本物の生きてるダンサーじゃないとわかったんだ」

なんとか口をはさむことができたので、オリヴィアは思いきってもう一度試みた。

「その……幽霊の様子を説明できる？　何か着てた？」

ほうれい線を深くしながら、アイダは眉をひそめて集中した。「何か白いもの。白くて向こうが透けて見えるようなやつだよ。でも中身はなんにもないみたいだった。たぶん幽霊はもう一度人間の気分になりたくて、長いベールをかぶってたんだよ。でもいま考えると、頭があったような気もするね」

「アイダ、男性だった？　それとも女性だった？　幽霊のことだけど」

「生前は女の子だったにちがいないよ。本物のダンサーみたいにそりゃ優雅だったからね。男の子だったらもっときびきびした感じだろう。とにかく、いつも現れる場所を考えれば納得がいくね。幽霊は男の子とかくれんぼでもしてるみたいに、野外音楽堂のまわりで踊ってるんだ。その男の子ってのがだれだったかはわかるだろ」アイダの細いグレーの眉が高く上がり、額にしわの波が刻まれた。

「えっと……」

「まったく、若い人たちときたら、コンピューターやらパイフォンばかりにかまけて」

「iPhoneのこと?」

「そう言っただろ。あんたらはてんで歴史にうといんだからね。フレデリック・P・チャタレーの話を聞いたことがないのかい? 彼は女に目がなくてね、それもきれいな若い娘に。うちのばあさんがよくしてくれた話をあんたに聞かせてやりたいよ。もちろん、母さんには言わないって誓わされたけどね」

楽しげにため息をついて、アイダは思い出に浸った。オリヴィアとしても、町の創設者のその手の裏話を聞きたいのは山々だったが、公園のダンサーの情報をもっと知りたかった。

「アイダ、女の子の幽霊はよく現れるって言ったわね。何回ぐらい見たの?」

「そりゃもう、数えきれないくらいだよ。あたしがダイナーに残って料理するのが週に二、三日。それほど遅くまでいないときは見ないね。真夜中をすぎないと現れないんだよ。おそらく真夜中すぎにあそこで何かが起こったから、あの公園にとり憑いてるんだろうね。きっとそれに関係してるのはフレデリック・P——」

「どれくらいのあいだ現れてるの?」オリヴィアはこれ以上耐えられず、もうどうなってもいいと思ってきいた。

「実は、公園で何かあったにちがいないと思うのは、幽霊が十二時をすぎるとすぐに踊りはじめて、午前一時半ごろに消えちまうからなんだよ。空中にふっと消えちまうんだ」アイダは自分の腕時計を見て、ぴかぴかの黄色いキャンディの包み紙を束ねはじめた。「もちろん、あのときだけはちがったけどね」と言って、ごみ入れのほうに歩いて行く。

「待って。それっていつのこと？　何があったの？」

アイダは包み紙をごみ入れに入れて言った。「仕事に戻らなきゃ」

「わたしもいっしょに行くわ」

「そんなら急いでおくれよ。この仕事を失う余裕はないんだから」ふたりで錆びたジャングルジムを通りすぎながら、アイダは言った。「こんなもの取り壊せばいいのに。子供がけがをするじゃないか。新しい学校が建ってから、この運動場じゃひとりも子供を見かけないけど」

「ねえ、さっき言ってたわよね……あのときだけはちがったって？」

「そうせっつかないでおくれよ、思い出そうとしてるんだから。たしか一週間まえだったと思うね。それとも二週間まえだったかな。幽霊が踊りを早めに切りあげたときがあったんだよ。一時にもなってなかったと思う。彼女は飛び跳ねてくるっとまわる例のステップをやったあと、片脚でバランスをとって、片腕を伸ばした。言ってる意味がわかるかい？」

「なんとなく」オリヴィアはもっとバレエのことを勉強しようと心に誓った。「それからどうなったの？」

「何かに腕をつかまれたんだ。なんなのかは見えなかったけど、黒っぽくて力強かった。おそらく悪霊だね。幽霊は逃げようとした。もがいているのが見えたけど、それはすごく力が強かった。彼女の両手首をつかんで、引きずりはじめたんだ」アイダがくすくす笑ったので、オリヴィアはひどく驚いて、歩道のでこぼこにつまずいた。バランスを取り戻すと、アイダがおもしろそうにこちらを見ていた。「あんたは父さんに似たんだね」アイダは言った。

「こんなときに笑うからびっくりしたのよ」オリヴィアは言い訳をしているというより、好奇心にかられているような言い方を心がけた。多くの点で、たしかに彼女は不器用さで家族の伝説になっていた父親に似ていた。でも、歩いていて壁にぶつかることはめったにないわ、と自分をなぐさめた。そこまで不器用ではない。

「そうそう」アイダは言った。「あたしが笑ったのは、その悪霊が逃げていった様子を思い出したからだよ。実体がないものにそんなことができるとは思えないだろうけど、悪霊に肩をつかまれて地面から持ちあげられたとき——肩だったところと言うべきかね、幽霊に肩があるなら……とにかく、地面から持ちあげられたとき、彼女は背中をそらせて思いきり悪霊を蹴ったんだよ。悪霊は手を離した。彼女は瞬く間に逃げていった」

〈ピートのダイナー〉に近づくにつれて、オリヴィアは口数が少なくなった。アイダが暴行未遂を目撃しながら、警察に通報しようと思わなかったことに、不穏なものを感じていた。

ダイナーのドアを開けて、アイダが言った。「あたしが話したことを保安官に言ってもいいけど、あたしは彼とは話さないからね。どうせ信じてもらえないだろうし、そうでなくても子供たちはあたしがもうろくしたと思って、施設に入れたがってるんだから」

「デルはきっと——」

「さっきも言ったけど、幽霊は証人になれないんだよ。それに、力のある悪霊でさえ押さえつけられなかったんだから、人間の警察官なんかにあの踊る幽霊をつかまえられっこないよ」

「そうかもしれない」オリヴィアは言った。「でも、公園のダンサーか、その……なんだかわからないけど彼女をつかまえようとしたものについて、わたしに話したこと以外に何か思い出したら、警察に電話するのがあなたの義務よ。昨日の夜、男性がひとり殺されたの。何が証拠で何がそうじゃないかを決めるのは当局にまかせたほうがいいわ」

「警察はあたしなしでもできるだろ」〈ピートのダイナー〉のドアがバタンと閉まった。

10

「それで、アイダは暴行未遂を目撃して通報し忘れたって言うのか？」

デルのいらだちが携帯電話を通してはっきり伝わってきた。〈フレデリックス・オブ・チャタレー〉からスーツの袋を持ったふたりの男性が出てきて、オリヴィアは歩道に立ち止まった。仕事場に戻るまえにこの会話を終わらせてしまいたかった。

「デル、アイダにあまりつらく当たらないで。彼女は幽霊や小鬼《ゴブリン》を頭から信じてるの。理屈なんかないのよ。それに、重要な情報をいくつか教えてくれたわ。たとえまだ確証はないにしてもね。身元不明のダンサーはほぼ定期的に、ほぼ同じ時刻に公園に行くことがわかったわ。マディーとわたしが見たのは、アイダが説明してくれた暴行未遂のあとだったのよ。つまりダンサーはおじけづかなかったってこと」

「勇気があると言うより正気を疑いたいところだね」デルが言った。

「たしかに」そろそろ〈ジンジャーブレッドハウス〉に着きそうだったので、オリヴィアは電話を終えようと木の下で立ち止まった。「いずれにせよ、ダンサーが男に出くわして暴力をふるわれそうになったことはわかったわ。たぶん男はジェフリー・キングよ。彼は夜〈ベジタブル・プレート〉のあたりをうろついていたわけでしょ、それに凶暴な男だわ。女性と見ればちょっかいを出すのが習慣だったのかもしれない」

「ダンサーの髪は白かったって言ってなかった？」デルがきいた。

「マディーはそう言ってたし、アイダも〝白いもの〟ということばを使ってたわ。でもベールか何かにだまされてたのかもしれない」〈ジンジャーブレッドハウス〉の正面の窓にマディーが現れて、両手を腰に当てたので、オリヴィアは言った。「デル、わたし、仕事に戻らなきゃならないの。どうしてダンサーの髪の色のことをきいたの？」

「これまでの調べによると、ジェフリー・キングは二十代後半よりも上の女性には関心のない男だったようなんだ。彼のいた場所には、怒れる若い娘たちの一群が残されているらしい」

「容疑者がいっぱいいね」オリヴィアは言った。「ということは、ダンサーには興味を惹かれなかったかもしれないわけね。もしかしたらおどしてたのかも」マディーがオリヴィアに向かって両腕を振りはじめた。「もう切るわ、デル。マディーが神経衰弱を起こしそうだから」

「もう戻ってこないかと思った」マディーは手荒くかき乱された髪を指で梳こうとして失敗した。「あなたは信じないだろうけど……」

マディーがいつもの〝われ関せず〟という態度ではないので、オリヴィアは心配になった。

「何があったの？」

「あなたは信じないだろうけど……」

「ええ、それは聞いたわ。何があったのか話して」オリヴィアはマディーの手首をつかんで店のなかを歩き、厨房にはいると、消耗状態の友だちを無理やり椅子に座らせた。コーヒーのはいったカップをわたして言った。「ほら、深呼吸をして、そう。さあ、話して」

マディーはコーヒーをひと口飲んで言った。「あたしは大丈夫よ。朝からずっとジェイソンと殺人事件に関していろんなことを聞いてあたふたしてたけど、今度はわたしたちのほうが困った状況なの。もちろん、責任はあたしにあるんだけどね。もっと早くにクッキーの準備をしておくんだったわ。シャーリーンをからかうためだけに、あんなバカみたいな野菜のイベントなんて計画するんじゃなかった。だからぜんぶあたしのせいなの、ろくでもないビジネスウーマンだわ。わが過失《メア・クルパ》なり。聞いた？　あたしだってフランス語をしゃべれるのよ」

「それはラテン語よ」オリヴィアはすぐに言わなければよかったと思った。マディーは今にも泣きそうな様子だ。オリヴィアは椅子を引いてきて、彼女の向かいに座った。「マディー、マディー、子供時代からこの先もずっと変わらないわが友よ、話してちょうだい。どういうことなの？　ルーカスに何かあった？　それともサディーおばさん？」

「ううん、そういうことじゃないの」マディーはいらいらと首を振り、髪のボリュームが三割増しになった。「今夜のグウェンとハービーのベビーシャワーのことよ。グウェンから電話があったの。ヘザーが幹事をやることになってたでしょ？　ご近所だし親友でもあるからってことで。でも、ヘザーから、のどが痛くて寝こんでるって電話があったそうなの。すごくつらそうだったってグウェンは言ってた。グウェンはあんなにお腹が大きくなってるわけだし、悪いウイルスに感染する危険を冒すのはまずいでしょ。赤ちゃんに何かあったらどうするの？　というわけで、グウェンにたのまれちゃったのよ。幹事を引き継いで、ハービーとグウェンの家でパーティができるようにしてほしいって。あたしは〝いいわよ〟って言っちゃったの。クッキーにデコレーションして、運べる程度に乾かす時間はあると思ったし、バーサが店番をしてくれると思ったから」

「わかった、それで何が障害なの？」

「まず、昨日の殺人事件と、あなたが死体を見つけたせいで、いつもより店が忙しかったの。バーサがいてくれたし、あなたがジェイソンと話してるあいだはあなたのお母さんも手伝いにきてくれたけど、お母さんから死体とジェイソンのことをきき出すためだけに来たお客もいたのはまちがいないわ。だからあたしは午前中からお昼休みまでずっと店に出ていることになった。ところで、お母さんが留置場のジェイソンの様子を詳しく聞きたがってるわよ」

いろんなことがすごい速さで起こっていて、留置場に弟を訪ねたのが昨日のことのような気がした。その話を聞こうと、母はまだ待っているのだ。

「それで……？」オリヴィアはきいた。

大きなため息をついてからマディーは言った。

「四時ごろまでにクッキーを届けて、そのまま会場の準備を手伝うって、グウェンに約束しちゃったのよ。彼女は自分の家でパーティをすることになるとは思ってなかったし、だいたいあんな身重の体だし……」

オリヴィアはシンクの上の時計を見あげた。「つまり、あと一時間半でデコレーションを終えないといけないわけね？　それだと全部は乾かないけど、ケーキ型の底に並べて運ぶことはできるわ。午後七時のパーティ開始までには乾くだろうし。いくらかは朝のうちに仕上げたんでしょ。デコレーションしなくちゃならないクッキーは、あとどれくらい？」

「それが……」マディーの目が厨房の作業台のほうにさっと動いた。作業台はまだデコレーションをしていないクッキーのラックで埋まっていた。背後のカウンターには、オーブンペーパーにのったままの焼いたクッキーがならんでいる。さらにマディーはつらそうな目つきで冷蔵庫のほうを見た。これからアイシングをかけなければならないクッキーが、もっと大量にはいっているのだろう。「できたのは六枚。てことは、あと七ダースと六枚」マディーが言った。

「でも、日曜日に何ダースかデコレーションしたでしょ。それともあれは月曜日？」

「両方。でも、ほとんどは、その、果物と野菜の形のクッキーだったの。ベビーシャワー用のクッキーを作る時間はたっぷりあると思ったのよ。でも、焼くのは全部終わったわ。ていうか、だいたい終わった。注文は八ダースだから、足りないぶんはまるい形のを二ダース解凍したの。それには笑ってる赤ちゃんの顔を描くつもり。でなきゃ、何かほかのもの。ほんとにごめん、リヴィー」

オリヴィアは助言者であり友だちでもあった、クラリス・チェンバレンが恋しくなった。クラリスなら、文句を言って時間を無駄にするな、真っ向から問題に当たれ、それでもだめなときは、二度と同じまちがいをしないよう肝に銘じろ、と言うだろう。

「マディー、わが友」オリヴィアは言った。「きびしい状況のときこそ、クッキーのデコレーションよ（〝きびしい状況のときこそ、強者が活躍する〟のもじり）。わたしの計画を話すわね」コーヒーメーカーからコーヒーのかすを捨て、新しいフィルターを敷いた。「わたしが母さんにジェイソンのことを報告してるあいだに、あなたはミキサーを回してロイヤルアイシングを作って。わたしのほうはそんなに時間はかからないわ。希望のもてるニュースはあんまりないから。ふたりで一時間鬼のようにデコレーションして、できるだけたくさん完成させる。わたしのPTクルーザー（クライスラー社のハッチバック型の車）にクッキーを運べる装備をして、四時までに出来あがったぶんだけ運びましょう。わたしはそのまま残って、グウェンを手伝ってパーティの準備をするから、そのあいだあなたはクッキーを仕上げるのよ」

マディーはすでに棚からロイヤルアイシングの材料を取り出していた。

「残りのクッキーはあたしが店を閉めてからグウェンとハービーの農場に運ぶけど、店で接客はできないわ。バーサに午後もいてもらうことはできる？」

「たのんでみる」

マディーがミキサーにビーターをはめこむあいだ、オリヴィアは店の様子をうかがった。バーサは会計カウンターのなかでレジを打っていた。オリヴィアは彼女のところに行って、腕時計を見ているお客が買った、クッキーカッターひとセットを袋に入れた。つぎのお客がカウンターに来るまえに、オリヴィアは言った。「バーサ、わたしとマディーがイベントで手が離せないときは、少しのあいだならひとりで店番できるって言ってくれたわよね？　今がそのときよ。わたしたち、ベビーシャワーの注文で切羽詰まってるの。時給五割増しで今日の午後お願いできない？　経営の経験も積めるし、わたしたちからは過剰なほど感謝されるわよ」

バーサは二回目をぱちくりさせてからきいた。「よろこんでやらせてもらいますけど、完全にひとりきりなんですか？」

朝に比べるとお客は減ってきていた。残っているお客は、料理本をぱらぱら読んだり、純粋に興味を持ってクッキーカッターを見たりしている。ひとりの女性は、マディーでさえ全部は用途を知らない、たくさんのアタッチメントがついた赤いミキサーをしげしげと見ていた。

「閉店まではマディーが厨房で作業してるから、緊急の場合は彼女に相談して。ところで、母と話がしたいんだけど……」まるで聞いていたかのように、料理本コーナーからエリーが現れ、オリヴィアを見つけると、まっすぐ娘のほうにやってきた。エリーの表情を見れば、ジェフリー・キングを殺したというジェイソンの主張について、すぐにもニュースを伝えなければならないのは明らかだ。「ごめん、バーサ、数分で戻るから」

オリヴィアは途中まで母を迎えにいった。「だれもいないところで話しましょ」

先にたって店のドアを開け、玄関ホールに出ると、上階の住まいにつづくドアの鍵を開けた。階段をのぼりきったところでまたドアの鍵を開ける。ドアを開けたとたん、毛のかたまりがドア口に飛んできた。オリヴィアは外に飛び出そうとするスパンキーの胴をつかんだ。

「今朝急いでジェイソンに会いにいくまえに、この子をここに追い払ったのよ」あわれな声をあげてもがく犬を抱えたまま、母をリビングルームに通した。

「借して」エリーがそう言って、オリヴィアからスパンキーを抱きとった。スパンキーはたちまち落ちついた。オリヴィアは感心した。心がかき乱されているときでも、母は逃亡しようとしている動物を落ちつかせることができるのだ。

「ばたばたしててごめん」オリヴィアは言った。「これからさらにばたばたしそうなの。母さん、ほんとうに申し訳ないんだけど、すぐにまた階下《した》に行って、厨房でマディーを手伝わなくちゃならないのよ。グウェンとハービーのベビーシャワーの仕事が押してて、てんてこ舞いなの。今日の午後、バーサを手伝って店番しててくれる？　マディーは厨房で髪振り乱して働かないといけなくて――」

「ええ、もちろんいいけど、ジェイソンのことは？」

「ジェイソンね……」オリヴィアは両手を上げて、ソファにどすんと座りこんだ。「あいつはバカよ」

「今度ばかりはあなたに賛成だわ」エリーはそう言って、オリヴィアの隣に座った。スパンキーがエリーの膝の上でボールのようにまるくなった。「じゃあ、あの子はばかげた自白を撤回しないつもりなのね」

「ええ。それにやっぱり母さんともアランとも話すつもりはないって」

「ああ、リヴィー、どうしたらいいの？　どうすればジェイソンをこの惨状から救ってやれるの？」エリーの目に涙があふれ、頬を伝った。スパンキーが膝の上で立ちあがり、くーんと鳴いた。

オリヴィアは涙をこらえて母の肩に腕をまわした。「わからない。でも何か方法を見つけるわ」軽率な約束だったが、失敗することなど考えたくなかった。

「どうやって弟を留置場から救い出すの？」まるいクッキーの赤ちゃんの顔に、あくびをする口をピンクのアイシングで描きながら、マディーがきいた。

「かわいいわね」オリヴィアはクッキーを見て言った。ひとしきりパニックと罪悪感にさいなまれたあと、マディーが三時間以内に八ダース弱のクッキーをデコレーションする作業にとりかかってくれたので、オリヴィアはほっとしていた。デコレーションはふたりがかりですでに二ダース近く仕上げていた。時刻はまだ二時四十五分だ。「ジェイソンはしばらく獄中生活を経験することになるわ。自分が助かるのを拒否してるんだもの。役立つかもしれない情報をさぐり出すには時間がかかるだろうし」

「でも、計画があるんでしょ？」マディーはつぎの赤ちゃんの顔のクッキーに描いていた、まばらなブルーの髪の毛から顔を上げた。

「ないわ」

「計画がないの？　それは困ったわね」マディーは言った。「デルはなんて言ってた？」

「手一杯だって」オリヴィアは隠し事をしたくなかった。マディーは問題を解決するとき、とてもたよりになるのだから。でも約束は約束だ。デルの捜査に影響するかもしれないことをオリヴィアが明かせば、もう彼に信じてもらえなくなる。だが、ここぞやるぶんには法に触れない。「何か思いつくまで、わたしたちの抱えてる謎について考えるべきかも――クラリスのデューセンバーグのクッキーカッターはどうなったのか、とか」

「思いつくかぎりの場所をさがしてみた。残念だけど、もうさがす場所がないわ。バーサにもきいてみたの――動揺させないように、さりげなくね。彼女は見てないし、なくなったことも知らなかった」マディーは仕上がったばかりのクッキーを手に取った。「あなたはこれを気に入るわよ」

「ん？」オリヴィアは乳母車に赤とネイビーブルーの水玉模様を描いていた。

「これを見てだれが思い浮かぶ？」マディーはオリヴィアの視線の下にクッキーを差し出した。それはブルーの点で目を、黄色でもしゃもしゃの髪を、赤でとがった口を描いた赤ちゃんの顔だった。

「趣味悪いわよ」オリヴィアが言った。

「でも気は晴れるわ。食べちゃいたいところだけど、クッキーを無駄にはできないもんね」マディーは赤ちゃんシャーリーンを、ピンクと赤のテディベアの隣に置いた。

のはたしかなの？」

オリヴィアはその隣に乳母車を置いた。「今夜のベビーシャワーにシャーリーンが来ない

「たしかよ。グウェンが招待客リストをくれたの。招待客やその子供たちからクッキーを思いつくかもしれないから」

「そのリスト、見せてもらえる？」

「いいわよ、読むのとデコレーションするのと、同時に同じくらいうまくできるならね」マディーは戸棚の引き出しを開けて、折った紙を出し、広げてオリヴィアの横に置いた。「わたしたちもリストに載ってるわよ、心配してるといけないから言っとくけど」

オリヴィアはつぎの題材に赤ちゃんの靴下を選び、ベビーブルーとネイビーブルーのアイシングがはいった絞り出し袋を集めた。グウェンとハービーは赤ちゃんの性別を教えてもらわないことにしたので、オリヴィアとマディーはさまざまな色のアイシングを使っていた。金属製の口金のキャップをはずすまえに、絞り出し袋を脇に置いて、リストに目を通した。マディーが請け合ったとおりシャーリーン・クリッチの名前はなかった。チャーリー・クリッチと、オリヴィアの弟のジェイソンの名前もなかった。母と継父はあったが、その横に〝欠席〟と書かれていた。動揺のあまり、人づきあいを楽しむどころではないのだろう。あとは、少なくともリストの半数が、火曜日のあのいまわしい〝収穫を祝う〟イベントのとき〈ジンジャーブレッドハウス〉にいた人たちだ。

「すばらしい」オリヴィアはそう言って、ベビーブルーのアイシングの袋を手に取った。

「計画が思い浮かびそう」

「あらよかった」とマディー。「あたしも手伝おうか？」

「残りのクッキーをグウェンとハービーの家に持ってきたときに、もう一度きいて。

「それまでにはやる価値があるかどうかわかると思うから」

オリヴィアは〈ジンジャーブレッドハウス〉の裏の小路にシルバーのPTクルーザーを停めた。中古で買った、申し分のない状態の車で、車内の広さが気に入っていた。ちょっとぜいたくをして、両サイドに〈ジンジャーブレッドハウス〉のロゴも描き入れてもらった。ドアを開けるたびに、マディーとふたりで個人のイベントのために配達した何ダースものデコレーションクッキーの名残で、かすかにスパイスの香りがした。

三時半になるころには、タッカー家のベビーシャワーに必要な八ダースのうち、四ダースのデコレーションが完了していた。オリヴィアはそれらを重ならないようにケーキ型に敷き詰め、アイシングを乾かしながら運べるようにした。運送途中に動かないよう、後部座席に型をはめこんだ。

車を発進させるまえに、ポケットから小型懐中電灯を取り出して、グラブコンパートメントにつっこんだ。前夜の経験から学んだので、金物店のルーカスに電話をして、さまざまなサイズの懐中電灯を六個届けてほしいとたのんだのだ。

グウェンとハービー・タッカーは町の西部に小さな農場を所有していた。〈ジンジャーブレッドハウス〉

レッドハウス〉からは車で十五分の距離だ。オリヴィアは腕時計を見た。もう四時十分まえだったが、路面の隆起のせいでクッキーが散らばるといけないので、スピードを上げるわけにはいかない。PTクルーザーのエンジンをかけるまえに、携帯電話でタッカー家に電話をかけ、これから向かうと伝えた。

景色はほとんど目にはいらなかった。路上の凹凸を避けることに集中している以外の脳の部分では、〈ベビーシャワーのゲストたちにする質問を忙しく考えていた。ジェイソンからいくらか情報を得られていたらよかったのに。まったく、あの子ったら。自分がどんなやっかいな状況にあるかわからないのかしら？　それに母親と継父に対するあの仕打ちは何よ？　だいたいなんだってそんなにシャーリーンにとり憑かれちゃったの？　彼女が元夫を殺したのではないかと思って、自分の人生を犠牲にしようとするほどに？

それとも、ジェイソンにはシャーリーンがジェフリー・キングを殺したという確信があるのだろうか？

タッカー家の農場の長いドライブウェイに乗り入れながら、オリヴィアは最後の問いかけをした。ジェイソンは愛する女性を守るために、ジェフリー・キングを殺したのだろうか？　あの子はそれほどバカで見当ちがいなやつなのだろうか？　弟を愛してはいたが、オリヴィアはその質問に自信をもってイエスと答えた。

11

グウェン・タッカーは十九世紀に建てられた農家の玄関ドアを開け、オリヴィアの両手からケーキ型を受け取って言った。「もし女の子だったらオリヴィアと名づけるわ」

グウェンのあとから、泥だらけのブーツがひしめき合う玄関ホールにはいりながら、オリヴィアは言った。「弟にはオリーブオイルと呼ばれてるのよ。考え直したくなったときのために伝えておくと」

グウェンの笑い声には興奮したような激しさがあった。「男の子かもしれないしね。そのときはオリヴァーにすればいいわ」彼女はすでにものでいっぱいのキッチンカウンターにケーキ型を置いた。「オリヴァーって名前の犬がいるから、混乱しそうだけど。とにかく、あなたとマディーが今日のピンチヒッターを務めてくれて、ほんとに感謝してるってことが言いたかったの。ヘザーはかわいそうに、電話でもひどい声だったわ。このところハラペーニョよりも暑《ホット》いから、体調をくずして風邪をひいたのね」

オリヴィアは火曜日の店のイベントと、ヘザーのバラ色の頰を思い出した。もしかしたら、あれはメイクでもなんでもなかったのかも。「昨日だれもヘザーからウイルスをもらってないといいけど。店にはかなりたくさんの人がいたから」

「オレンジジュースを飲んで、予防注射がまだ効いてることを願うわ」グウェンは大皿にクッキーを並べはじめた。「いつもながらそそられるわね。でもがまんしなくちゃ。少なくとも今は。皮膚がこれ以上伸びるかどうかわからないもの」彼女の身長は百五十センチほどで、現在の横幅は身長といい勝負だった。

「何をすればいい？」オリヴィアはきいた。

「家のなかを少し片づける必要があるわ。このところとっても忙しかったの。赤ちゃんを迎える準備をしたり、〈チャタレー・ポウズ〉をうちの大きい納屋に移動させたりするので」グウェンもハービーも獣医で、同じ夢を持っていた。ふたりは三年まえに動物保護シェルター〈チャタレー・ポウズ〉をオープンし、すぐにもっと広いスペースが必要になった。「動物を殺さないという信条のせいよ。不妊手術や去勢手術はするけど、それでは必然の事態を遅らせることにしかならない。最近は飼えなくなったペットを家族から引き取ったりもしてるの。とっても悲しいわ。ねえ、子猫を一匹飼いたくない？　二匹でもいいんだけど？」

「うーん……バーサ・ピンクマンが猫アレルギーだから無理だけど、話を広めておくわ」

「マディーはどう――？」

「バスルームの掃除が必要だって言ったわよね？　有害な化学洗剤のある場所を教えてくれれば、わたしが取ってくるわ。あなたにああいうものの臭いをかがせるわけにはいかないから」

五時半には、二つのバスルームの掃除を終え、リビングルームを飾りつけ、ボウル一杯のパンチを作りおえていた。オリヴィアは椅子をならべながら、十人ぶんしかないことに気づいた。グウェンをさがしてキッチンに行くと、彼女はサンドイッチを動物の形に切っていた。

椅子のことをきくと、「うっかりしてたわ」とグウェンは言った。「ヘザーがいくつか持ってきてくれることになってたの。家族でピクニックをするときに使う折りたたみ椅子が大量にあるから、トラックに積んできてくれるって。どうしよう。お客さんが来るまであと二時間もないのに」

「体調が悪いときにヘザーをわずらわしたくはないけど」オリヴィアは言った。「わたしが車でヘザーの家に行って、椅子を運んできましょうか？」

「ええ、そうしてもらえる？　助かるわ。それに、彼女をわずらわすことにはならないわよ、椅子がしまってある場所なら知ってるから——敷地の奥にある小さい納屋のなか。家の裏にある大きい納屋じゃないわよ、あそこには馬がいるの。ヘザーは馬が大好きでしょ。ありがたいことに猫も好きなのよ。大きい納屋を通りすぎて森の手前まで砂利道を進むと、小さい納屋が見えるの。ヘザーはいつもあの納屋には鍵をかけてないわ。価値のあるものは何もはいってないからって。わたしは椅子だって価値があると思うけど、本でも馬でもないからね。ヘザーにとって大事なものは本と馬だけなのよ」

「彼女に電話で断わらなくて、ほんとに大丈夫？」

「大丈夫だって。車の音が聞こえたとしても、車に〈ジンジャーブレッドハウス〉のロゴが描いてあるからあなただってわかるし、わたしを手伝ってるんだって思うはずよ。こんなことまでしてくれるなんて、あなたは天使だわ、オリヴィア。今後も絶対あなたとマディー以外の人からクッキーカッターを買ったりしない。あなたを抱きしめたいところだけど……」

グウェンはまるまるとしたお腹を指して笑った。

ヘザー・アーウィンの農場は、グウェンとハービーの農場から十キロほど先の、人里離れた地域にあった。タッカー家には通りの向かいにご近所さんがいたが、ヘザーの住む古い農場は、どの窓からも野原と木々しか見えなかった。本と馬を愛する内気な女性にとっては理想的な立地だ。

オリヴィアはヘザーの家の敷地の脇を走る砂利道に車を乗り入れた。いったんブレーキをかけ、窓を開ける。これからすることをヘザーに知らせるべきかまだ迷っていた。静まり返った暗い家を見て、車を進めることにした。ヘザーがやっと眠ったところなら、そっとしておいたほうがいい。

ドライブウェイはヘザーの家の裏へとカーブし、栗色の大きな納屋をめぐるようにつづいていた。母屋同様、納屋も最近ペンキを塗って、きちんと修繕したばかりのようだった。通りすぎざまに、馬のいななきが聞こえた。砂利が少なくなって硬い土と混じりあうようになると、オリヴィアは休耕地のまんなかを突っ切って、小さな納屋が隠れている雑木林へと向かった。あの雑木林は昔、地所の境界を示していたのだろうか。妙な位置に建つ納屋で、家の裏ではなく、雑木林のほうを向いていた。納屋の向こうは、だれも顧みないような荒れ放題の休耕地だった。

この納屋にもいいときはあったのだろうが、今とたいして変わらない姿だったのかもしれない。素人の手でつくられたもののようだ。茶色のペンキの名残が点々とついたドアは、一度に動物一頭がやっと通れる大きさしかなかった。ドアの掛け金《がね》ははずれていた。オリヴィアは慎重にドアを押し開けた——錆びた蝶番《ちょうつがい》がドアを支えきれるとは思えなかった。

小さな汚れた窓からわずかに光が射しこんでいて、朽ちかけた干し草のにおいがした。小型齧歯《げっし》類の足が人間の侵入者から逃げる、カサコソという聞きまちがえようのない音がした。長居しないに越したことはない。折りたたみ椅子はすぐに見つかった。きちんと四脚ずつ重ねて、ドアのそばの壁に立てかけてあった。四脚の重なりが十個あるので、全部で四十脚だ。ベビーシャワーの招待客リストの名前は五十人で、ほとんどが出席することになっている。PTクルーザーにはかなりものが積めるが、トラックほど積載量はない。それでも、できるだけたくさん積むしかないだろう。

一度に四脚の椅子を運ぶのは苦痛をともなうことがわかった。最初の挑戦で、重ねた椅子のあいだから一脚がすべり落ち、足の親指を直撃したのだ。残りの三脚をなんとか抱えて、足を引きずりながら車まで歩いた。一度に二脚ずつ運ぶことにして、トランクがいっぱいになると、後部座席にリアウィンドウからうしろが見えなくなるほど高く積みあげた。助手席の床にも何脚かねじこもうかと思ったが、断念した。

納屋に戻って、これで最後にしようと、一度に三脚の椅子を持ちあげた。燃えるような痛みが、何カ月かまえに車の事故で傷めた肩を襲った。椅子を床におろし、痛みが治まることを念じながら目を閉じた。痛みがやわらぐと、すでに無視することを学んでいた自然のにおいのほかに、饐《す》えたにおいが気になってきた。コーヒーのにおいだ。

目を開けて、においの元をつきとめようと、ゆっくりと頭をめぐらした。ばかなことはやめなさい、時間がないんだから。でもなんでコーヒーが？　ほとんど何もない、使われていない納屋なのに？　ヘザーが最近ここに来て、土の床にカップに残ったコーヒーを捨てたにちがいない。でも、グウェンが言っていたようにヘザーが病気なら、それは今日ではない。地面のにおいとの競争に勝ったとして、コーヒーのにおいはどのくらい空中に残っているものなのだろうか？　一時間か二時間？　まる一日ということはないはずだ。グラブコンパートメントから新しい懐中電灯を取ってきて、原因を調べても害はないだろう。なんでもないことに大騒ぎしているだけかもしれないが、町では殺人事件がまだ解決していないのだから、納屋のまわりをざっと調べておいたほうが安心できる。

明るく暑い昼間の光のおかげで気は楽だった。なんでこんなことをしているのだろうと思いながら、小さな赤い懐中電灯を取り出し、チノパンツのお尻のポケットにつっこんだ。納屋に戻り、懐中電灯をつけて、調査をはじめた。ネズミたちが隠れたままでいてくれることを願って。

最初、好奇心をかき立てられた納屋のなかには何も見えなかった。ひと隅に干し草の山が捨て置かれ、オリヴィアには名前がわからないトラクターの付属装置がふたつあった。コンバインに轢かれたとしても、それがコンバインとはわからないだろう。それ以外、納屋のなかには何もなかった。例外は反対側の壁にあるふたつの仕切りで、片方の仕切りのドアは開け放たれており、もうひとつの仕切りのドアには掛け金がかかっていた。

オリヴィアは腕時計を見た。もっと早くに見ておくべきだった。お使いに出てからすでに四十分近くが経過している。グウェンはじりじりしながら彼女の帰りを待っているだろう。よし、急いで仕切りを調べて、何もなければコーヒーの謎はそのままにしておこう。オリヴィアは納屋の奥に進み、開いている仕切りのなかを懐中電灯で照らした。コーヒーのにおいは強くなったが、仕切りのなかににおいの元は見つからなかった。

ふたつ目の仕切りの閉じられたドアに移動した。掛け金を持ちあげると、ネズミが二匹、足元を走りぬけて納屋の奥に逃げていき、オリヴィアは手を離して跳びのいた。頭のなかで脈動を響かせながら、逃げていくいくつもの足音を聞いた。静かになってしばらくしてから、掛け金をつかんでガチャガチャ鳴らした。さらに三匹のネズミがドアの下から走り出た。残っているネズミがいるとすれば、死んでいるか武装しているかだろう。なかを見ないわけにはいかなかった。見るべきものが何もないということを確認するためだけにも。

ドアをさっと開けると、蝶番がギーッと鳴った。うわ、さらに雰囲気を出そうっていうの？　懐中電灯で奥のひと隅が照らせる程度に頭を入れた。コーヒーのにおいの元が見えた

——コーヒーの紙カップが山のように捨てられていたのだ。あるものはつぶれ、ほかはコーヒーがはいったまま投げ捨てられている。紙カップの山の横には、ドリップ用アタッチメントつきの陶磁器のマグがひとつあった。そのまた横にはコーヒーかすが山と捨てられている。納屋には電源がないはずなので、マグはどこかから持ってきたものだろう。もしかして、ヘザーの家から？　それとも、木立の向こうに別の農場があって、この納屋はかつて別の地所に属していたのだろうか。

オリヴィアは仕切りに足を踏み入れ、別の隅に懐中電灯を向けた。そこには毛布が広げられ、こんもりとした山を作っていた。怖さよりも好奇心を覚えた。警察ものの小説をよく読んでいたので、もし毛布に死体が隠されているなら、においでわかるはずだと知っていたのだ。すでにあらゆる場所に指紋を残していたので、毛布の端をつまんでのぞいてみた。懐中電灯が照らしたのは、装身具のコレクションのようだった。もう時間のことなど忘れていた。そっと毛布をはいで、そこにあるものを見た。

「あら、あら、あら」小声がもれた。「なんなの、これは？」着古した服とか、靴とか、リュックサックのような持ち物を見ることになるのだと思っていた。だが、ここにあるのは家のない人間が持ち歩くようなものではなかった……その人間が泥棒でないかぎり。

オリヴィアはいっさい手を触れなかった。泥棒が指紋を拭き取っているはずはないからだ。ひざまずいて、品物の山に光を当てた。まだ値札がついている紳士物のドレスシャツがあった。町でこんな高級ブランドの紳士服を置いているのは〈フレッズ〉だけだ。身ごろにレースのついたやわらかなピンクのネグリジェは、〈レディ・チャタレー・ブティック〉のものだろう。〈ボン・ヴィヴァン〉と表面に彫られた銀のワインバケットのなかには、封の切られた十八年もののグレンリヴェットのスコッチがあった。これは普通の泥棒ではない。高級スコッチウィスキーを盗むには技術が必要だ。高級レストランからワインバケットをくすねるにも。ほかにもまだあったが、オリヴィアは何も動かさないようにした。

毛布をもとに戻そうと手を伸ばしたとき、品物の山の奥の、銀のバケットの向こうに、ぽつんと赤いものが見えた。そこまで光は届いていなかったが、暗がりのなかでも血にしてはあざやかすぎる赤だ。もっとよく見ようともう少し近づいた。それはまるい形をしていて、まんなかがへこみ、そこからわずかに茶色いものが突き出ていた。なぜかその形はデコレーションクッキーを思わせた。やけに見覚えがある。まえに見たことがあるのだろうか。

茎。そうか。茶色いものは赤いリンゴから突き出ている茎だ。いや、あれはリンゴじゃない。トマトだ。オリヴィアは以前それをどこで見たか知っていた。山から掘り出さなくても、そのトマトがナイフの柄の飾りであることがわかった。リンゴの皮をむけるほど……あるいは人を殺せるほど鋭いナイフの。そのナイフは、シャーリーン・クリッチが所有する四本セットのナイフの一本だった。

オリヴィアは毛布を取り落とし、折りたたみ椅子の最後の三脚を置いたまま、走って納屋から出た。

「だからね、デル。わたしは全部見なくても、そのナイフがシャーリーンの持ってるセットの一本だとわかったのよ」

「今、運転してるわけじゃないだろうな？」デルの声は心配そうだ。

「ええ、正直、一歩まちがえたら、自分も他人も傷つけそう。もう、わかったわよ、停まればいいんでしょ。電話を切らないでよ」

「切ろうなんて夢にも思ってないよ」

オリヴィアは砂利敷きのUターン場所を見つけ、ギアをパーキングに入れた。

「オーケー、わたしが考えてることを話すわよ。ジェフリー・キングはナイフを盗んだのよ。ひそかにシャーリーンをおどすつもりでね。わたしが聞いたことからすると、彼はお金のある妻を失いたくなかった。だから、妻から盗めるものを盗んだ。彼女を怖がらせることができるものを。彼女や弟に向けるかもしれないナイフを」

「ジェフリー・キングと直接関係があるものを見たのか？」

「チャタレーハイツで高価な品物を盗むなんて、ほかにだれがいるっていうの？　あの納屋はキングが盗品を隠していた場所にちがいないわ。たぶんあそこには彼のDNAや指紋がそこらじゅうにあるはず」電話の向こうで車のドアがバタンと閉まる音がした。「電話しながら運転するつもりじゃないでしょうね？」

「ぼくはいいんだ」デルは言った。「そのほうが気が休まるなら電話を切るよ」

「あら、それならわたしの報告の残りを聞けないわよ」オリヴィアは思い出せるかぎりのことを話した。コーヒーを淹れるのに使われていた陶磁器のマグがあったことも含めて。「たぶんあのカップもシャーリーンから盗んだのね。でなければ、ヘザーの家にしのびこむ方法を見つけたんだわ。ヘザーは用心深いから、家の鍵を会ったばかりの人にわたしたりしないもの。とにかく、あの仕切りを見るかぎり、キングは重度のコーヒー中毒だったみたいよ」

デルは言った。「キングは家まわりの修繕や何かをする便利屋のふりをして、ヘザーから日中鍵を預かっていたのかもしれないな」

「ジェフリー・キングが？　便利屋？　なんの仕事もできてなかったら、ヘザーは変に思うわよ。彼女はおとなしいけど鈍いわけじゃないわ。自分のうちの納屋に他人が出入りしてたら気づくんじゃない？　コーヒーの紙カップの山からすると、彼は軽く二週間はあの納屋にこもっていたはずよ。デル、キングが刺されたのはあのナイフのセットのうちの一本だったの？」

デルは答えなかった。

オリヴィアはイグニッションをまわした。「車を出すわ。電話を切ったほうがいいわね。さもないとあなたに逮捕されるから。ヘザーのところに行くときは気をつけてね。やっかいなウイルスに感染してるみたいだから、サイレンで怖がらせたりしないで。薬で眠ってるかもしれないし。彼女が罹《かか》っているのはまちがいなく伝染性の病気よ。なんであれ彼女の菌をわたしに伝染《うつ》したら、ただじゃおかないわよ」

「わかったよ。念のために金曜日にきみとディナーに出かけるときは医療用マスクをしよう」

「金曜日……？」オリヴィアは言いかけた。が、電話は切れていた。

タッカー家につづく短いドライブウェイの入口に着くころには、午後六時をすぎていた。ベビーシャワーがはじまるまであと一時間もない。勝手口の近くに、小さな黄色いフォルクスワーゲンと赤いトラックが並んで停まっているのを見て、オリヴィアの不安はやわらいだ。トラックはグウェンとハービーのものだ。ハービーはまだ町の動物保護施設〈チャタレー・ポウズ〉にいる動物たちを見てくれる人を見つけたのだろう。彼とグウェンは、毛むくじゃらの里子たちを農場内のリフォームした納屋に移している最中だった。黄色のフォルクスワーゲンの所有者はマディーで、それは彼女が記録的な速さで注文ぶんのクッキーのデコレーションを終えたことを意味していた。

マディーが勝手口から現れて、オリヴィアの車のほうに走ってきた。

「折りたたみ椅子を運ぶのを手伝うわ。こんなに遅くなるなんて、どこに行ってたの？　グウェンは半狂乱よ。うんざりした赤ちゃんが飛び出してきちゃうんじゃないかと思ったわ。産科医が招待されててよかった」マディーはＰＴクルーザーのトランクから椅子を三脚運び出した。

オリヴィアはもう二脚運び出しながら言った。「ちょっと待って。戻るのが遅くなった理由については、話すことがいろいろあるのよ」

マディーは目を見開いた。「殺人事件のことで？　早く話してよ」

「たぶん被害者のことで。わたしたちがやるべきことの計画もあるから、今夜はマルチタスクをこなすことになるわよ」

「まかせて」マディーは言った。「マルチタスクは得意なの」

折りたたみ椅子を家のなかに運びながら、オリヴィアはマディーに、アイダが話してくれた踊る幽霊のこと、ヘザーの納屋で見つけた盗品の数々、デルとのあいだで交わされた会話、そしてタッカー家のベビーシャワーの手伝いをしながら自分たちがどんな情報を収集すべきかについて、小声でざっと話した。

「申し分のないタイミングね。デコレーションクッキーほど人の気持ちをなごませて、舌をなめらかにさせるものはないわ」マディーが言った。

「ワインもいいかもしれないけどね。地下室で何ケースか冷やしてあるのを見たわ」

「最後の二脚はあたしが持っていく」マディーが言った。「あなたの肩はもう限界でしょ。それに、あたしのほうが若いし」

「若いったって、たったの数カ月じゃない。でも、心配してくれてありがと」マディーのために勝手口のドアを開けて押さえながら、オリヴィアはきいた。「どう、やれそう？　何か質問は？」

「大丈夫、まかせといて。あとで会って、情報交換しない？」

「いいわね。じゃあうちで、ピザとメルローを囲んで。冷凍ピザになると思うけど」

「充分よ。途中で食料雑貨店に寄って、何か追加用トッピングを買っていくから」

午後七時になるころには、招待客たちはどこなりと見つけた場所に車を停めて、グウェンとハービーの家に集まりはじめていた。八時に贈り物を開けるときには、少なくとも四十人が家のなかに詰めこまれ、そのあとは多くの人たちが息をつくために外をぶらついた。クッキーはなくなり、ワインは半分ほど消費されたが、オリヴィアはまだ招待客から有力な情報をきき出せていなかった。さりげなくアドバイスしてくれる母がいてくれたらと思ったが、エリーとアランが招待を断わった理由は理解していた。ジェイソンの苦境についての避けられない質問をさばくのは、つらかっただろうから。

少なくともマディーは、うまくやりつつあるようだった。オリヴィアに向かって、すでに二回親指を上げてみせている。ワインの量が少なくなってきたようなので、オリヴィアはもう少しボトルを取ってこようと地下室に向かった。キッチンに戻ると、背の高い中年の女性が、シンクの上の明るいライトをたよりに、コンパクトの鏡でメイクのチェックをしていた。女性の眉は尋常でないほど高いアーチを描き、驚いた表情の練習をしているかのようだった。オリヴィアに気づくと、彼女は言った。「あら、リヴィー・グレイソンじゃない?」

「ええと、どなたでしたっけ――」

「そうよね、覚えてないわよね。わたしがチャタレーハイツを出たとき、あなたはまだほんのちっちゃな女の子だったもの。もちろん、わたし自身も若かったわけだけど、時のたつのは速いものね。こうしてあなたはすっかり大人になり、わたしは故郷に戻ってきた」彼女は芝居じみたため息をついた。

オリヴィアは女性の眉が話のあいだも上がったままなのに気づいた。驚いた形のまま動かない。明らかに美容整形のやりすぎだ。

「じゃあ、あらためて自己紹介するわね。レノーラ・ダヴよ」彼女はそれ以外に言うことはないとばかりに宣言した。オリヴィアがぽかんとした顔をしていると、緋色の唇の口角が下がった。「あら、あなたは映画ファンじゃないようね。最近の若い人たちは、大きなスクリーンを楽しむより、ちっちゃなコンピューターの画面をにらんでるほうが好きみたいだし。レノーラ・ダヴは芸名よ、レノーラは本名でもあるけど。プライベートではミセス・バーテイ・ブーシェンベン、でもあなたはレノーラ・タッカーとして記憶してるかも」

「そうでした」オリヴィアは言った。「ハービーのレンおばさんだわ！　町に戻ってこられたんですね。ご主人のことはお気の毒でした。お会いしたことはありませんでしたけど、とてもお淋しいでしょうね」

「ええ、ほんとうに淋しいわ」レノーラが悲しげに頭を傾けても、きっちり整えられたダークブロンドのカールは微動だにしなかった。「ところで、これからはレノーラと呼んでちょうだい」

「わかりました」オリヴィアはいつまでつづくのだろうと思った。古い呼び名はなかなか廃《すた》れないものだ。「町に戻られてだいぶたつんですか？」

「まだ一週間よ。でもずいぶん盛りだくさんな一週間だったわ。乱暴なよそ者やら、殺人やら逮捕やら……」

「実際はそれぞれ一件ずつですけど」なんだか言い訳めいてしまい、もっと気をつけなければ、とオリヴィアは思った。

「ごめんなさいね、逮捕された若者はあなたの弟さんだってことを忘れてたわ。わたしが成功を求めてハリウッドに旅立ったとき、彼はまだ生まれてなかったのよね。あれから幾年月……いくつかの映画で役をもらったわ。たしかな筋によると、そのうちDVDが再発売されるそうよ。でもわたしには数本の映画に出る時間しかなかったの。そのあと生涯の恋人、バーティ・ブーシエンベンと出会ってしまったから。彼はわたしより二十歳上だったけど、年齢がなんだっていうの？　ただの数字だわ。彼は自分が製作する映画にわたしをキャスティングした。その後のことは夫婦間の秘密よ」レノーラは頬にティッシュを当てて心のうちをほのめかした。「でも故郷に戻ってこられてうれしいわ」

そのことばは真実だろう。ハービーの話によると、バーティおじさんとレンおばさんは、稼いだお金を可能なかぎりの速さで使い果たしてしまったらしい。バーティは一文無しで亡くなり、生命保険にもはいっていなかった。

「あなたの大事な弟さんは——なんて名前だったかしら？　ジェイク？　ジミー？」

「ジェイソンです」

「ああ、そうだったわね。かわいいジェイソンは、身の潔白を証明できるわよ。全身全霊でたわ。あの卑劣な若者は、きっと裏社会の人間に殺されたのよ。おそらく高利貸しね。けちで欲深い感じだったもの。いつでもお金を必要としてるタイプよ」

感じるの。わたし、すごく霊感があるのよ。いろんな役を演じるのに、とてつもなく役立っ

「彼に会ったんですか?」

「あら、言わなかったかしら? わたし、そういう経験は絶対に忘れないの。ほんとに感じの悪い若者だったわ。あの店でほんのちょっと会っただけですけどね、あの野菜がたくさんある店で」

「〈ベジタブル・プレート〉ですね。シャーリーン・クリッチが経営している」

「そうそう。ほら、わたしってベジタリアンでしょ? それでこのほっそりした体型が保てるのよ。ある午後遅くにシャーリーンのかわいい野菜畑を訪れたら、入口のドアが開いてたのね。店のなかは暗かったけど、いくつか必要なものがあったから、なかにはいってみたの。ドアの向こうから話し声が聞こえたわ。どなり合っているような声が。わたしはドアを開けてなかをのぞいてみた。そこで目にした光景といったら! 最初は気づかれてなかったから、おそらく聞くべきじゃないことまで聞いちゃったみたいなんだけど、まるで映画のなかにはいりこんだみたいだったわ。もちろん、実際の映画の撮影中にじゃまをするなんて不可能に近いけどね。思い出すわ、以前わたしが――」

「じゃあ、あなたはシャーリーンとだれかが言い争っているのを見たんですね?」

「そのとおり。あの空気の精みたいな娘さんは、男の人から自分を守ろうとしてた。彼は背

が高くて力がありそうだった……実際、かなり体格がよかったわね。しかも、ものすごく怒ってた。シャーリーンは長いナイフを手にして、彼を近寄らせまいとしていた。ナイフの柄の先には何か飾りのようなものがついてたけど、わたしにはその色がちらっと見えただけだった。血のような赤だったわ。男は彼女に、金をくれないと自分はほかのやつらに殺されると言っていた。当然わたしは、高利貸しに悩まされているんだろうと思った。昔、〈ダーク、ダーク・シティ〉という映画に出たことがあるのよ。脚本が盗作だなんてバカな話が出て、公開はされなかったけど、とにかく、感じ悪い人たちが、ゆっくりと苦しみながら死ぬことになるぞ、と借金を返せない主人公をおどすのよ」

「シャーリーンをおどしていた男性ですけど、正確になんて言ってたか覚えてます？」オリヴィアはふたつのグラスにワインを注ぎ、ひとつをレノーラにわたした。

「たぶん」レノーラはワインを飲み干し、空のグラスをオリヴィアにわたして、お代わりを注いでもらった。「会話を記憶するのは得意なのよ、仕事柄ね。ええと、なんだったかしら……」彼女は二杯目のワインをひと口飲んだ。「場面を思い浮かべてみるわ……」と言って目を閉じる。「男は小柄なシャーリーンをつかまえようとしていて、シャーリーンはナイフでかわしていた。すると彼が言ったの。〝おれに金をよこさないなら、DCから人が来る。でかくて銃を持ったやつが、おれを殺しにくるんだ。殺《や》られるのはおれだけじゃないぜ、わかってるのか、このバカ女〟って。するとシャーリーンは言った。〝あなたなんか殺されればいいのよ。チャーリーを放っておいてくれないなら、その男をあなたに差し向けるわ〟。あんなすごいセリフ、なかなか忘れられるもんじゃないわ」レノーラはグラスを空にすると、オリヴィアに差し出した。「もう一杯飲んでもいいわよね」

オリヴィアはレノーラのグラスに三杯目のワインを注ぎながら言った。

「今の話をできるだけ早くデルに話していただかないと。とても大事なことかもしれません」

「デル？」

「この町の保安官、デル・ジェンキンズです」

「ああ、あの温かな目をしたそそられる青年ね。彼にならなんでもよろこんで話すわ」

オリヴィアはとっさに嫉妬を覚えたことに驚いた。もちろん、本気でレノーラをライバルだと思ったわけではないが、彼の温かな茶色の目に気づいているのは自分だけだと思っていたのだ。どうやら愚かな思いこみだったようだ。

「デルに電話して寄ってくれるように言っておきます」オリヴィアはレノーラの目がワインボトルのほうに向かうのを見た。「それか、あなたに電話して会う時間を決めるように。彼にはあなたのことばで今の話をしてもらいたいんです。あなたの会話を記憶する能力はすばらしいから」

「うれしいことを言ってくれるわね」レノーラは自分で四杯目のワインを注ぎながら言った。今度は空に近いボトルを手の届くところに置いたままにしている。

レノーラの話を聞くのを明日の朝まで待つようにと、デルに忠告したほうがいいかもしれない、とオリヴィアは思った。

「レノーラ・タッカーっておもしろいわ」マディーが言った。「あたしは好きよ。あたしと同じで芝居っけがあるし、あたしもセリフを覚えるのはうまいもの」

「じゃあ、二十分でメルローを一本飲み干したあとでも、理路整然としゃべれる？」

「まっすぐ立ったままで？」

「しかも正しい姿勢で」

「それは無理だわ」キッチンタイマーが鳴り、マディーはオーブンの扉を開けて、追加トッピングをしたペパロニピザを取り出した。「完璧。一分おいて少し固まったら切るわね」

スパンキーが鼻をヒクヒクさせて、とことことキッチンにはいってきた。「ごめんね、スパンキー。あなたのごはんは缶詰なの」と言って、オリヴィアは小さな犬用ボウルにえさを入れ、水を新しくしてやった。

「ベビーシャワーでほかに何かわかった？」マディーがきいた。

「レノーラ・タッカーから多少ね。情報を手に入れるのにそれほど苦労はしなかったけど」

「でも、有力な情報だわ」マディーが言った。「ヘザーの納屋でもかなり収穫があったし。全体としたらなかなかのものよ。ね、あたしって心が広いでしょ」

「そうじゃないなんて言ってないわよ。そろそろピザを切ってもいいんじゃない？　もうお

「腹ぺこぺこ」

「了解」マディーはピザカッターでピザを切り、テーブルのまんなかのふたりのあいだに皿を置いた。彼女は冷凍ペパロニピザに魔法をかけていた。刻んだピーマン、タマネギ、オリーブ、生バジル、ひと口サイズのローストチキンで、五センチは厚くなっている。

「わあ。デコレーションクッキーみたい」オリヴィアは言った。

「それって褒めことばよね？」

すでに口のなかがいっぱいになっているオリヴィアはうなずいた。チキンのかけらがピザからこぼれ落ちるのを願って、スパンキーが彼女の膝に飛びのった。

マディーは自分の皿にピザをひと切れ取って言った。「あたし、人から情報を引き出すのが好きなんだってことがわかった。相手がこっちのやってることを知らないときはとくに。クッキーを焼いたりデコレーションしてたんじゃ、才能を生かしそこなうかも」

ピザを食べていたオリヴィアは動きを止めた。

「うそよ」マディーはオリヴィアの固まった表情を見て笑いながら言った。「あなたのそばにいるかぎり、両方やるって。まずはちょっと食べさせて。そのあとであたしの探偵活動のめざましい成果を話すから」彼女はピザにかじりついた。ふた口食べたあと、ジーンズのお尻のポケットから、折ってしわしわになった紙切れを取り出す。「これがメモよ」そう言うと、またピザを口に運び、テーブルの上で紙切れのしわを伸ばして目を走らせた。

「あなたが食べてるあいだにわたしが読むっていうのはどう」オリヴィアが提案した。

「まあ待ちなさいって」マディーは皿の縁に食べかけのピザを置いた。「だいぶ元気を取り戻したわ。これからあたしの驚くべき発見をドラマチックな演出で披露するわね」彼女はペーパータオルで両手を拭いた。

オリヴィアはスパンキーを床におろし、コーヒーメーカーをセットしようと立ちあがった。マディーのドラマチックな演出は、叙事詩なみの長さになるかもしれないからだ。

「オーケー、まずはシャーリーンね。ご存じ、あたしのイチオシ容疑者の。でも、あたしは度量が大きいから認めるわ。彼女がジェフリー・キングを殺したことを示すたしかな証拠は見つからなかった。高校時代からシャーリーンのことを知ってる女性何人かと話したの。全員が多かれ少なかれ同じことを言ってた。シャーリーンは明らかに変わったって。高校時代の彼女は内気で、人に好かれようと必死だったみたい。親にお金が腐るほどあるからって、彼女にたかる子もいたけど、情報提供者を含めたほかの子たちは——少なくとも本人たちが言うには——お金持ちだってことは無視して、シャーリーンを自信のない、はっきり言って退屈な子だと思ってた。デートもほとんどしたことがなくて、親に禁止されてるといううわさだった」マディーの大きな口の両側が引き締まった。「言っとくけど、あなたの弟のシャーリーンへの思いは、仲間内では有名だったみたいよ。シャーリーンとジェイソンは、校内でも放課後でもしょっちゅういっしょにいた。彼女の両親に知られない範囲で可能なかぎりね」

「母さんから聞いた話と同じだわ」オリヴィアは言った。「シャーリーンがジェイソンに友情以上のものを感じていたとは聞いてないけど」

「お母さんはすっかり聞いてるわけじゃないのよ、いちばん大事な話を。とにかく、ジェイソンとシャーリーンはいつもいっしょだった。彼女の親が見ていないところでは。この親密だけどもどかしい交際は、彼女が十五歳のころ、明らかな神経衰弱を起こすまでつづいた。彼女は専門病院に一カ月入院したあと、学校に戻った」

「ほんとに？」オリヴィアはふたつのカップにコーヒーを注ぎ、冷蔵庫の奥にクリームを見つけた。「母さんはシャーリーンが入院してたなんて全然言ってなかったわ」

「シャーリーンは学校に戻ってから友だちに話してるの。でも、あの年頃の子供って……なんでも親には秘密にしたがるでしょ。おそらくあなたのお母さんは、クリッチ家の両親やその裕福なお仲間たちとは親しくなかったのね。それで、チャタレーハイツで起こったことはたいていかぎつけるお母さんの耳にもはいらなかったのよ」

「なるほど」オリヴィアは言った。「当時ジェイソンは問題を抱えていたと母さんは言ってたわ。ジェイソンがシャーリーンにジェフリー・キングを紹介したとも」

「そのとおり。シャーリーンが退院したあとのことよ。ところで、シャーリーンはどうして入院したんだと思う？　餓死しかけたのよ。何日も何も食べず、水だけですごして、自習室で気を失ったの。化学の授業中ならわかるけど、自習室ってどういうこと？　ジェイソンが彼女を保健室に運んだらしいわ。女の子たちにはかなりの衝撃だったでしょうね。いずれにしても、そのあとすぐクリッチ家は逃げるようにワシントンＤＣに引っ越したの。子供たちを引き連れてね。これだけじゃたいして役に立たないけど、シャーリーンの不安定さはたしかめられたわ」

「ある程度はね。でも、ジェイソンの立場はさらに悪くなったわ。高校時代からシャーリーンを守ろうとしていたわけだから」

「ラッキーなことに、わかったのはそれだけじゃないの。たまたまなんだけど、グウェンと仲のいいおばさんのひとりが、お姉さんのいるこの町に戻ってきたチャーリー・クリッチの大家さんなのよ。チャーリーの話をいろいろ聞いたわ。いい話ばかりってわけじゃなくて、妙にうさんくさい話もあった」

「チャーリーはたいてい感じがよかったと思うけど」オリヴィアは冷蔵庫の上からデコレーションクッキーの箱をおろし、空のピザ皿をどけてそこに置いた。スパンキーがオリヴィアの椅子からテーブルに飛びのり、箱のなかにはいりこもうとした。「スパンキー！ 悪い子ね！」スパンキーは彼女を無視した。オリヴィアは彼の胴をつかみ、廊下におろしてキッチンのドアを閉めた。「子犬訓練学校にはいり直す必要があるわね」オリヴィアがドア越しに言った。「もう一度」

「かわいそうに。彼の気持ち、わかるわ」クッキーの箱に手を伸ばし、ペパーミントグリーンのしま模様のブタを取って、マディーが言った。

「で、チャーリーのことは？」

「待ってよ、あ、これおいしい」マディーは言った。「グウェンのおばさんのアグネスは、チャーリー・クリッチを家から追い出すつもりらしいわ。彼は町に戻ってきてからそこに部屋を借りてるの。そのうち家賃の支払いが遅れるようになって、一カ月ほどまえからは支払われなくなったそうよ。で、二週間まえ、彼はたまっていた家賃を全額支払った。そして先週、また家賃を払わなかった。キッチンから食べ物が消えているのにも気づいた。彼はそこで自分の食事を作ることが許されていたんだけど、食材は自分で買うことになっていたの。アグネスが買ったものじゃない食品が冷蔵庫にはいっていることはめったになかったから、ファストフードを食べてるんだろうと彼女は思った。ところが一週間ほどまえ、殺人事件のまえに、アグネスおばさんはチャーリーに最後通牒を突きつけたの。遅れないで家賃を払い、食べ物をくすねるのをやめなさい。でないとよそに部屋を見つけてもらうことになるって」

「殺人のあった夜、チャーリーがいつ家に戻ったかわかる？」

「アグネスおばさんは威勢のいい人だけど、運のない若者に弱くてね。今朝六時に起きたとき、チャーリーは家にいたとデルに話したそうよ。彼はこれまでに滞納したぶんの家賃を払って、一週間ぶんの家賃を前払いし、自分で買ってきた卵で彼女のために料理してくれたんですって。彼女はまえの晩彼が帰ってきた音を聞いてると言った。確認したわけじゃないけど、十時か十一時ごろだったと思うって」

青い子羊形のクッキーを食べおえたオリヴィアは、廊下から聞こえるスパンキーの悲しげな鳴き声のせいもあって、罪悪感を覚えた。キッチンのドアの引っかき傷が見えるようだ。ドアを少しだけ開けると、小さなヨークシャーテリアは飛び出してきて、キャビネットのなかにすべりこんで止まった。

「もう、スパンキーったら、おしおきされたいの？」彼は子犬のころ施設でけがをしたまえ肢を引きずりながら、オリヴィアに近づいた。「いいかげんにしなさい」と言いつつ、膝の上に抱きあげて、耳をかいてやった。「じゃあチャーリーには昨夜のアリバイがあるのね？」

「そこが問題なのよ」マディーは言った。「もっと詳しくきき出そうとしたら、アグネスおばさんの話があやしくなってきたの。矛盾することを言いだしたのよ。ここだけの話、最後は一部に捏造があったことを認めたわ。実際はこうよ。チャーリーに最後通牒を突きつけた日から数日後、また食べ物がなくなっていた。家賃の支払いも遅れていた。それで彼女は、その晩仕事から帰ってきた彼を追い出したの」

「あらあら」オリヴィアは言った。「てことは、殺人があった夜、チャーリーが〈ベジタブル・プレート〉を出たあとどこにいたかはわからないのね。でも、どうしてアグネスおばさんはうそをついたの？」

「彼を追い出したことで罪悪感を覚えてたのよ。それに、彼にトラブルに巻きこまれてほしくなかった。あたしが思うに、彼女はチャーリーに弱いのよ。チャーリーが冷酷にだれかを殺すなんてありえないと言ってたわ。すぐにデルに電話するべきだったと思うけど、よかれと思ってしたことで、やさしいアグネスおばさんを法的に困った立場に追いこみたくなかったの」

「あとでわたしがデルに電話するわ」オリヴィアが言った。「アグネスのことを教えるだけにして、あとは彼に自分で話をきいてもらいましょう。彼女は日にちを勘ちがいしてたのではと思えることを、ベビーシャワーのとき言ってたって」

「あたしのためにうそをつくつもり？」

「まったくのうそってわけじゃないわ。むしろ……そうね、急いでるときに、時間をかけて材料を混ぜてロイヤルアイシングを作る代わりに、ロイヤルアイシングミックスを使うようなものよ」オリヴィアはクッキーの箱に手を入れて、大きなピンクの目をした紫色のヨークシャーテリアを取り出した。そしてそれを箱に戻した。

「近道をするってこと？」

「まあ、そんなようなものね」

「あんまり意味があるとは思えないけど」

「たしかにそうだけど、とりあえず成り行きにまかせましょ。ほかにわかったことは？」

オリヴィアはクッキーの箱をのぞきこんで、紫色のスプリンクルつきの黄色い牛を選んだが、食欲をそそられなくて、それをテーブルに置いた。

「なし。チャーリー・クリッチはアグネスに追い出されたあと、どこに泊まってるんだと思う？」

「たぶんシャーリーンのところよ。彼女、保護者意識が強いから、弟を橋の下で眠らせるとは思えない」

マディーはオリヴィアが置いた牛のクッキーを取って、しっぽをかじった。

「チャーリーが自分の窮状をシャーリーンに話したとは思えないのよね。話してたら、シャーリーンは家賃が払えるようお金を工面してやれたはずじゃない？　せめて、食べ物をくすねなくてすむように、食事をさせてやるとか？　ねえ、あなたがヘザーの農場で見つけたお宝は、ジェフリー・キングじゃなくて、チャーリーがためこんでたものじゃないの？」

「チャーリーがあれだけ高価なものを持ってたら、売って家賃や食費にするんじゃない？　それに、そんなに盗むのがうまいなら、食料雑貨店から食べ物を盗んでるわよ」

「そうね」とマディー。「チャーリーがこの一週間どこで寝てるのか調べる必要があるわ。デルは教えてくれないだろうし、どっちみちチャーリーも彼にうそをつくだろうしね。ジェイソンなら知ってるんじゃない？」

「あの子はわたしと口をきいてくれないわよ。きいたとしても、チャーリーが疑われるようなことは言いたがらないだろうし」

「だめもとできいてみたら、リヴィー？　あなたが疲れて怖じ気づいてるのもわかってる。なぜわかるかっていうと、いろんなことがうまくいかないとき、あなたはクッキーを見るといらいらするみたいだから」マディーはクッキーの箱のふたを閉め、冷蔵庫の上にすべらせながら置いた。「あなたのためのプランはこうよ。ぐっすり眠ったあと、何か情報をもらすまで弟を揺すぶりにいく」

「わかりました、ママ」オリヴィアは言った。「あの子にもっと説得力のある自白をされたらと思うと怖いけど」

12

体じゅうに汗が光っていることを気にもとめずに、暑さや湿気を楽しむ人たちもいるが、オリヴィア・グレイソンはそうではない。スパンキーももう膀胱のコントロールがきかない手のかかる子犬ではないので、数時間ごとに散歩をさせる必要はなかった。だが、今日の〈ジンジャーブレッドハウス〉は大忙しで、そのあとはタッカー家のベビーシャワーがあったので、小さなヨークシャーテリアはかなり長いあいだ二階の住まいに閉じこめられていた。長い散歩に連れ出してやらないと、ひと晩じゅう遊びたがるのはわかっていた。

ピザで燃料補給したオリヴィアとマディーが、殺人事件の容疑者についてのブレインストーミングを終えるころには、午後十時になっていた。マディーが帰ってすぐ、オリヴィアはスパンキーの首輪に散歩ひもをつなぎ、先に階下に行かせた。外に出て玄関に施錠すると、重く湿った空気に包まれた。湿気はスパンキーのエネルギーレベルに影響をおよぼすほどではなかった。オリヴィアは彼に行く方向を決めさせた。スパンキーは耳を立て、空気のにおいをかぐと、彼女を引っぱってまえに進んだ。いつも散歩はタウンスクエアを走りまわることからはじまるのだが、懐中電灯を持って手がかりをさがしている少人数のグループが、証拠を見つけたようだとどなり合いながら、まだ公園内を歩きまわっていた。スパンキーはその騒がしさに閉口したらしい。向きを変えて、オリヴィアをタウンスクエアから引き離しながら、パークストリートを東に向かった。東パークストリートの両側には、美しいヴィクトリア朝時代の家々が並んでいた。ほとんどが小さいながらもよく手入れされた家々だ。タウンスクエアの野外音楽堂のそばにあるのと同じ、昔ながらの街灯の明かりが、心地よく安全な雰囲気を醸し出していた。

「人殺しが野放しになってることは気にしないわ」オリヴィアはスパンキーに言った。「あなたが守ってくれるから」スパンキーは彼女の声を聞いてしっぽを振ったが、ひもは相変わらず引っぱりつづけている。ウィローロードに出ると、彼は立ち止まって空気のにおいをかいだ。

「ここはあなたにとって新しいテリトリーね」オリヴィアはウィローロードを歩きだしたスパンキーに言った。彼は南に向かい、長いあいだ放っておかれたままの消火栓のほうに彼女を引っぱっていった。「いいものを見つけたわね」

熱心にくまなくにおいをかぐスパンキーに声をかける。彼がトイレをすませているあいだに、オリヴィアはあたりを見まわした。ウィローロードには、チャタレーハイツでもっとも古い家々が、小さな商店やさえないバンガローのなかに混在している。町のどこにいても安全だと感じていたが、今は暗くなりつつあるし、通りの先では街灯の明かりがふたつ消えていた。オリヴィアはスパンキーのひもを引っぱった。彼は無視してふんばった。

「行くわよ、スパンキー。帰っておやつを食べましょう」

スパンキーのテリアならではの強情さは消えず、〝おやつ〟ということばを聞いても揺るがなかった。小さな爪で歩道を引っかきながら、まえに進もうとしている。

「もう、わかったわよ。このまま歩きましょう。でも少ししたら帰るわよ」

ひもをゆるめると、スパンキーは先に立ってきびきびとウィローロードを歩いた。二ブロック歩いて街灯のそばで立ち止まり、何かを聞いているように首を傾けた。オリヴィアも耳を澄ました。通りのずっと先から、音楽の調べがかすかに聞こえている。そのとき、自分たちのいる場所に気づいた――〈チャタレーハイツ・ダンススタジオ〉から半ブロックほどのところにいたのだ。

時刻は十時半ごろで、ダンスのレッスンには遅すぎる。興味がわいて、スパンキーのあとを追いながら、スタジオから通りをへだてて向かいにある、木の生えた空き地まで行った。明かりのついていない街灯の下で足を止める。スパンキーは珍しく自制をみせ、静かに歩道にお座りした。床から天井まであるスタジオの板ガラスの窓にはカーテンがなく、通りがかった人がレッスンをのぞけるようになっていた。オリヴィアの母は、慣れるまで時間がかかるが、ダンスに夢中になると見られていることにも気づかなくなると言っていた。

ダンスフロアの上のスポットライトは消えていたが、スタジオの奥からもれる明かりで、奥の部屋がぼんやりと照らされていた。だれもいないようだ。でも建物から音楽が聞こえてくるということは、ラウルがまだいるか、クラシック専門局に合わせたラジオを消し忘れたかだろう。クラシック専門局というのはオリヴィアの推測にすぎないが。マディーとちがって、オリヴィアは熱狂的な音楽ファンではなかった。音楽の知識は、子供のころ両親がかけていたフォークや軽めのロックにはじまり、そこで終わっていた。父親にはいくつか好きなクラシックの曲があったが、オリヴィアはベートーベンとラフマニノフのちがいもわからなかった。音楽のことは料理と同じ程度にしか知らない――もちろん、デコレーションクッキー作り以外の料理という意味だが。

音楽が不意に止まった。無料コンサートは終了したようなので、オリヴィアはスパンキーのひもを引っぱった。だがスパンキーは足をふんばり、つやつやした耳を立てている。

「わたしは朝になったら起きなくちゃならないのよ。だれかが店を開けなくちゃ。一日じゅうごろごろしながら爪の手入れをしてるわけにはいかないんだから」もちろんスパンキーはオリヴィアを無視した。

音楽が再開され、さっきよりも大きく聞こえてきた。今度はオリヴィアにも軽やかで叙情的なワルツの調べだとわかったが、題名や作曲者まではわからなかった。スタジオが映画の舞踏場のシーンであるかのように窓から見つめていると、ほんとうにそうなった。ダンスフロアにカップルが現れて、社交ダンスのレッスン中とは思えない優雅さでワルツを踊りはじめたのだ。男性の顔は見えなかったが、背が高いことはわかった。カップルがダンスフロアをまわるうちに、奥の部屋からもれる明かりで、男性のたっぷりした髪が見えた。ラウルにちがいない。ふたりはほのかな明かりのなかで踊っており、女性のほうは男性の体に隠れて見えなかった。

スパンキーは座りこんでショーを見物していたが、オリヴィアはのぞき見をしているような気分になってきた。カップルは魅惑の渦を描きながら、ダンスフロアを何周もした。ふたりが正面の窓に近づくたびに、オリヴィアはラウルのパートナーに目を凝らした。動きに合わせてひらひらと揺れるやわらかなドレスをまとった、小柄な女性のようだ。タウンスクエアで夜間に踊っているのを目撃された、あのバレリーナだろうか？

スパンキーを抱きあげると、くーんと鳴いたが吠えはしなかった。「もう少し近くに行ってみましょう」とささやきかける。通りの向こうのスタジオの隣に、明かりのついていない街灯がもうひとつあり、建物の片側は暗いままだ。オリヴィアはワルツを踊るカップルがダンスフロアの奥に向かうのを待って、スパンキーを抱いたまま通りをわたった。そして窓の縁に近い、闇のなかに落ちついた。そこからは、ダンスフロアが半分ほど見わたせた。スパンキーはおとなしいままだった。オリヴィアと同じくらい、この美しく謎めいた光景に興味を惹かれているのだろう。

音楽がやんだ。オリヴィアはスパンキーを両腕にしっかり抱えて、ざらざらした石の壁に右の肩をつけ、スタジオのなかをのぞきこんだ。あらたなワルツの調べが流れだし、スパンキーが頭をぴくりとさせた。今度の曲はオリヴィアにもわかった――〈美しく青きドナウ〉だ。鈴を転がすような女らしい笑い声が聞こえた。女性はこの選曲をおもしろがっているのだろうか。

ときおり聞こえるかすかな話し声を聞き取ろうと、もっと近づいてみたが、ことばは聞き取れなかった。カップルがすべるようにオリヴィアの隠れている場所に近づいてくるたびに、壁に張りついた。ダンサーたちはすでに四度目のターンをしていたが、女性の顔も髪もまだ確認できていなかった。オリヴィアはもっと大胆になることにし、窓枠に頰をつけて、なかをのぞいた。ラウルとパートナーが踊りながら窓に近づき、まっすぐ彼女のほうを見たら、のぞいている頭のシルエットが見えてしまうかもしれない。スパンキーはおとなしく、頭をめぐらせてダンサーたちの動きを追っていた。

ワルツを踊りながらふたりがどんどん近づいてきて、オリヴィアは息を止めた。気づかれていないのが信じられなかった。パートナーをやさしく見おろすラウルの笑顔が見えた。女性が彼を見あげ、うなじでまとめたお団子から髪がひと筋たれた。薄明かりのなかでは白に見えるが、白っぽいブロンドかもしれない。

そのとき、スパンキーがいつものやかまし屋に戻り、飢えたコヨーテの一団が接近してきたかのように、吠えながらもがいた。若い女性はラウルからさっと離れ、くるりと振り向いて窓の外をみた。オリヴィアはスパンキーを胸に抱えて、外壁に体を押しつけ、窓から安全な暗闇のなかへとゆっくり移動した。ほんの一瞬ではあるが、オリヴィアは女性の顔を確認することができた。青白い卵形の顔は非の打ち所がなかった。ひとつの点——左の頰を走る長い傷痕をのぞいては。

13

「六時に集合ってことになってたと思うけど。何時から起きてるの?」

木曜日の朝、マディーが〈ジンジャーブレッドハウス〉にはいってきて言った。明るい黄色のタンクトップに同じ色のショートパンツ姿の彼女は、太陽の妖精を思わせた。

「おはよう、スパンキー」名前を呼ばれて、眠たげなヨークシャーテリアは頭を上げ、あくびまじりにキャンと鳴いた。オリヴィアは調べていた星形のブリキのクッキーカッターから顔を上げた。「昨日の夜見たもののせいで眠れなくて。わたし、例のバレリーナを見つけたみたい」

マディーは歓声をあげ、そのせいでスイッチがはいったスパンキーがキャンキャン鳴きはじめた。

「あっ、ごめん、スパンキー。興奮しちゃった」彼女は犬をなだめようと抱きあげた。「じゃあ、その女性に会いにいかなきゃね。今すぐはどう?」

「彼女を町から追い出すつもり? だめよ、慎重にやらなきゃ。理由があって身を隠してるのかもしれないんだから」オリヴィアは女性の傷痕のことをマディーに話した。「とりあえず、クッキーカッターの在庫チェックをしておこうと思ったの。なくなってるのがデューセンバーグのカッターだけなのか、たしかめたいから」オリヴィアは星形のクッキーカッターの内側に貼ってある小さなラベルに目をすがめた。「このちっこい数字、読みにくいったらないわ」

「こんな暗いところで読むからよ」マディーは照明の光度を上げて言った。「エ・ヴォワイア！」

「それを言うなら〝エ・ヴォワラ《ほらね》〟でしょ。でも〝ヴォワイア《のぞき魔》〟とは言い得て妙だわ」

「いいわよ。もう絶対フランス語なんて使わないから」

「それがいいかもね」オリヴィアは言った。「オーケー、在庫リストを半分ぐらいまで調べて、これまでにわかったのがこれ」数字のリストをマディーにわたす。いくつかの数字の脇には書きこみがしてあった。

マディーはうめいた。「どの数字がどのクッキーカッターって、あなたがなんで記憶できるのか全然理解できない。せめて説明がついていればいいのに。それかスケッチでもいいけど」

「わたしが説明してあげるわよ」

「一連のコードがそれぞれのカッターの特徴を表してるから、事実上取りちがえるはずがないってことはわかるわよ。あなたならね。あたしが安らぎを感じるのは、数字にダースがつく場合だけだから」マディーはリストに目を通して口笛を吹いた。「でも、この書きこみはちゃんとわかるわ。あたしたちがずさんだったか、だれかがディスプレーからカッターをくすねたかでしょ。なくなってるのは四個か」

「デューセンバーグを入れると五個。調べなくちゃならない在庫品はまだ半分あるわ。あなたが数字を読んでくれれば、もっと早くできると思う」

「あたしは二を見て三と言うような人間よ。でもまあ、いいわ」マディーは数字を読みあげはじめ、オリヴィアは頭のなかでコードを解読した。二十分後、ふたりは作業を終えていた。

「七個のカッターがなくなってる」オリヴィアは言った。もつれた髪に指をすべらせ、ジェイソンに会いに警察署に行くまえに髪を梳かすこと、と頭のなかにメモした。

「この程度の万引き被害は普通かもしれないわね、多かれ少なかれ。クッキーカッターはポケットにすべりこませるのが簡単だもの。磁気を仕込んだりしてるわけじゃないし」マディーが言った。

オリヴィアは首を振った。「わたしはこの在庫チェックを定期的にやってるの。最近やったのは先週の金曜日よ。〈ジンジャーブレッドハウス〉がオープンしてから、消えたクッキーカッターは二個だけ。あなたも覚えてるかもしれないけど、犯人は度胸試しで万引きした中学生男子ふたりだった」

「そうそう、恩赦を与えたのよね。怒って恥じ入った母親たちに連れられて、あの子たちが犯行現場に戻ってきたのを覚えてる。母親のひとりは、息子を一日留置場に入れて、思い知らせたらどうかと言ってたっけ。あの母親は少しのあいだ息子から解放されたかっただけだと、あたしは思うけど」マディーが言った。

「気持ちはわかるわ」オリヴィアは言った。「とにかく、ディスプレーは火曜日から変えてない。つまり、いつカッターが取られたのか、一度に取られたのかを知る方法はない」

「クラリスのヴィンテージカッターをディスプレーに使うべきじゃなかったのかもね」マディーが言った。「不幸中の幸いではあったけど。ヴィンテージのなかでなくなったのはデューセンバーグのカッターだけなわけだし。ほかのはまだここにある。それってちょっと変じゃない？　いちばん価値があるのはヴィンテージカッターよ。どうしてまずそれを盗まないの？」

「わからない」オリヴィアは手を伸ばして、モビールのいちばん低いところにさがっている、ヴィンテージのブルーバードのカッターをつついた。触れられてカッターは静かに揺れた。「金銭的価値は問題じゃないのかも。クラリスのヴィンテージカッターだと、なくなったことにすぐ気づかれると思ったとか」

マディーは人差し指で唇をたたいた。「可能性はもうひとつあるわ。盗まれたカッターは盗んだ人にとって何か意味のあるものだったのかも。もちろん、盗むことだけが目的で適当に盗んだってこともありうるけど」マディーは手にしたリストをざっと見た。「盗まれた形は、星、ティーポット、ニンジン、ヨット、パーティドレス、リンゴ――それとデューセンバーグか。犯人は男かもしれないし女かもしれない」彼女は肩をすくめ、リストをオリヴィアに返した。「あたしはシャーリーン・クリッチだと思う」

オリヴィアはここ何日かで初めて笑った。

「どうしてそれを聞いても驚かないのかしら。少なくともリストからはわたしの弟の名前は出てこないわ。もちろんデューセンバーグは別にしてだけど」

「ジェイソン以外のだれかに、デューセンバーグを盗む理由があったのよ」マディーは言った。「それがなんなのか見つけましょう。それで、このあとは何をすればいいの？　クッキーを作りながらできること？」

「そうしましょう。精神を集中させる必要があるから」オリヴィアは店の明かりを落とし、スパンキーの頭をさっとなでた。しっぽが一度だけ揺れる。「店を守っててね、スパンキー。マディーとわたしはやらなきゃならないことがあるから」スパンキーは耳をマッサージしてもらいながら目を閉じた。オリヴィアが放してやると、自分のベッドのまわりをぐるぐるまわってから、寝そべって目を閉じた。

「お疲れみたいね」マディーが言った。

「ゆうべは興奮したから」オリヴィアは先にたって厨房にはいり、明かりのスイッチを入れた。「さっきの質問に答えると、つぎはジェイソン以外の容疑者について話し合うのよ。それと、このあとのためにクッキーをいくらか作る必要があるわ」

「いいわね」マディーはたよりになるアルチザンシリーズのスタンドミキサーに手を伸ばしながら言った。「生地から作る時間はある？　それともフリーザーに何が残ってるか見てみる？」

「フリーザーを調べるほうがいいわ。今日はあとでヘザー・アーウィンに会いにいくから、クッキーが必要なの。もし彼女が職場に戻ってるようなら、アシスタントや図書館利用者たちのために多めにクッキーを持っていったほうがいいでしょ。フリーザーに本にまつわるクッキーがあるかどうか見てみましょう。顔を洗ったらすぐに戻って手伝うわ」オリヴィアは厨房の奥にあるせまいバスルームに閉じこもった。鏡のなかの自分を見て、薬棚にいくつか緊急用アイテムを常備しておいてよかったと思った。顔を洗ってから髪に取りかかった。日にさらされたせいで髪の赤褐色は色あせ、寝苦しい夜のせいで後頭部は盛りあがって、一方のサイドがつぶれてしまっている。オリヴィアは虚栄心こそないがプライドはあった。寝癖のついた髪で人まえに出るわけにはいかない。とくにデルのまえには。キャビネットにホテルの備品のシャンプーのミニボトルがあったので、シンクで髪を洗った。そして薄く色づく日焼け止めを塗った。ラジオでは今日も晴れて暑い日になると言っていた。流れないという謳《うた》い文句のマスカラを軽くつけて、準備はできた。

オリヴィアが厨房に戻ると、二ダースのクッキーが解凍のためにワイヤーラックに並べられていた。マディーはミキサーから顔を上げて言った。「よかった、髪を洗ったのね。言いたくなかったけど、あなたの髪、砂嵐《ダストボウル》被災者みたいだったわよ」

「それはありがと」

「どういたしまして」マディーは解凍中のクッキーのほうに腕をさっと動かした。「本関係の形のクッキーはこれだけあったわよ。本そのものの形のもいくつか見つけたわ。それとライオンと──古い大きな図書館の外によくライオン像がひとつふたつあるでしょ──チャタレーハイツ公立図書館の建物に似た形のジンジャーブレッドハウスもね。あとはAとかBとかCといった文字、ジンジャーブレットボーイとガール、猫が何匹か──」

「猫?」

「ほら、猫は書店とかミステリにつきものでしょ……さあ、手伝って、リヴィー」

「わかった。ちょっときいてみただけ。よさそうじゃない。今すぐミキサーを使う?」

「十分ほど想像力を飛躍させる時間が必要ね。アイシングの色を決めるまえに。どうして?」

「いくつか電話をかけたいところがあるの」オリヴィアは厨房の時計を見た。「七時半か。ちょうどいいころだわ。ところで、昨日バーサに電話したの。八時四十五分に来て、開店準備を手伝ってくれることになってる」

「それであなたは……?」

「運がよければ、留置場でわが弟から情報を搾り取る」

「手はじめに賄賂を使ったら?」つま先立ちで冷蔵庫の上からクッキーの箱を取りながら、マディーが言った。「ベビーシャワー用クッキーの残りが六個あるわ。実際は残りってわけじゃないけどね。数がわからなくなっちゃって、多めに作ったから。あたしは数字に弱いのよ。何か文句ある?」

「幸いにも、いつも多めの方向でまちがえてくれるみたいね。全部持っていかせてもらうわ、ありがとう」オリヴィアはペンとメモ帳を用意して、厨房の電話のまえに陣取った。受話器に手を置き、考えをまとめてから警察署の番号を押した。デルは最初の呼び出し音で出た。

「デル、わたしよ。ひとつお願いがあるの。ノーとは言わせないわ。弟と話がしたいの。ふたりだけで。あの子を傷つけないと約束するから」

デルは咳払いをしてためらった。いい兆候とはいえない。

「クッキーを持っていくつもりだってことは言ったかしら？」かすかにしのび笑いが聞こえた。いい兆候だ。

さらなる沈黙を経て、デルが言った。「考えてみよう。きみはジェイソンに質問をするつもりで、その答えをぼくに知られたくない。そうだね？　答えなくていい。おそらく彼は話さないだろうが、きみが説得してくれるなら……実は、時間が押しているんだよ、リヴィー。捜査中はジェイソンをここに留め置こうとしてきたんだが、州検事局が手続きのために彼を巡回裁判所に移送しろと言ってきている。できるだけ長く彼がここにいられるように努力はしているよ。でも、まえにも言ったように、自白がある場合は捜査がかなり早く進むんだ」

「わかってる」オリヴィアは絶望の涙をこらえた。「デル、お願い、あの子とふたりだけで話をさせて。わからせることができると思うの」

「いいだろう。でもまたミスター・ウィラードを連れてきてくれ。ジェイソンの弁護士が同席しているとなれば、州検事への説明責任なしに、蚊帳の外にいられる。いいか、たとえジェイソンが自白を撤回しても、裁判はおこなわれるかもしれないし、そうなればぼくは証人として呼ばれる。彼の容疑が晴れないかぎりはね」

「わかってるわ。ありがとう、デル」

「礼はいらない。ジェイソンに話をさせるんだ」

オリヴィアは電話を切り、つづけてミスター・ウィラードのオフィスにかけた。八時半に警察署で彼と落ち合い、ジェイソンを再訪することになった。話がまとまると、母の携帯電話にかけた。

「母さん、つかまってよかった。少し時間ある？　それともレッスンか何かに出かけるの？」

「レッスンや何かはずいぶんさぼってるの」エリーは言った。「ジェイソンのことでそれどころじゃなくて。こんなときにはヨガがいいのかもしれないけど、正直なところ、集中できないと思うわ。何かすてきな計画でもあるの？　わたしと話をするよう、ジェイソンを説得する方法があるとか？」

オリヴィアはいま一度涙をこらえなければならなかった。今度は母のための涙を。

「ベストを尽くすわ、母さん、約束する。電話したのは、頭のなかをさらっていくつか情報を見つけてほしいからなの。長いあいだボルティモアに住んでいたから、まだこの町のことがよくわかってなくて、母さんの知識が必要なのよ」

「なんでもするわ。わたしにできることなら」

「ありがとう、母さん。まず、ラウルはどこに住んでいるか知ってる？　この町のどこか？　それともよそから通ってるの？」

「ラウル？　彼ならスタジオの上に住んでるわよ。あの建物は以前ドレスショップで、オーナーはふたりの姉妹だったっていう話を覚えてる？　オーナー姉妹はあの建物を買ったとき、二階を寝室がふたつあるアパートメントにリフォームして、三十年以上もそこに住んでいたの。姉妹が一週間とあいだを空けずに亡くなったって知ってた？　それってすごく――」

「母さん……」

「ごめんなさい、ときどき幸せだったころに逃避したくなるみたいで」

「わかるわ、母さん。でももう少しがんばって。母さんはチャタレーハイツで起こったすべてのことを教えてくれる最高の情報提供者なんだから。それで、ダンススタジオのはいっている建物の今の所有者を知ってる？」

「ええ、でも、どうして……？　いいの、時間を無駄にしている場合じゃなかったわね。ダンススタジオの所有者は、〈チャタレーハイツ・マネージメント・アンド・レンタル・カンパニー〉よ。縮めて〈M&Rカンパニー〉と呼ばれてる。質問をつづけて」

母が話題を変えないようにこれほど努力しているということは、心配でいてもたってもいられないのだろう。「その会社はどこにあって、社長はだれなの？」

「タウンスクエアの西よ、アップルブロッサムロード。正確な住所はわからないわ」

「大丈夫。ノートパソコンで調べるから」

「その社長だけど、あなたの高校のクラスメートだったはずよ。今は離婚して旧姓に戻ってると思うわ、あなたと同じように。名前はたしかコン――」

「コンスタンス・オーヴァートン」オリヴィアは〈M&Rカンパニー〉のホームページを見

つけ、その存在をすっかり忘れていた女性の写真をじっと見ていた。「おやおや」

「何か問題があるの？」

「コンスタンスなら覚えてるわ。高校二年のとき、自分の恋人をわたしに取られたと思ってたのよ」

「あらリヴィー、きっと彼女はそんなことすっかり忘れて……待って、あなたが高校のとき、ほかの娘さんの恋人を取ったですって？」

「ちょっと、他人の恋人がわたしに惹かれるわけないって思ってるんでしょ。まあ、わたしが取ったっていうのは彼女の思いこみなんだけど。彼は気が弱すぎて、別れたいと彼女に言えないもんだから、言うまえにわたしをデートに誘うようになったのよ。公正を期するために言っておくと、コンスタンスはめちゃめちゃ怖かったんだから」

オリヴィアが覚えているコンスタンス・オーヴァートンは、背が高くて、ブロンドで、ほっそりしていて、チアリーダーで、頭がよくて、学園祭の女王になるべく運命づけられていた。人に指図ばかりしていて、みんなを自分の意のままにした。コンスタンスはオリヴィアに腹を立て、永遠の復讐を誓った。水に流すことができない性格なのだ。

「彼女は変わったと思うわよ、リヴィー。人生はいつも親切というわけじゃないから」エリーが言った。

オリヴィアは〈M&Rカンパニー〉のホームページに載っているコンスタンスの写真を見た。立派なデスクをまえにして座り、カメラ目線で微笑んでいる。相変わらずブロンドの髪はふさふさで、目鼻立ちは完璧、そして今では会社経営者だ。人生はコンスタンス・オーヴァートンに惜しみなく恩恵を与えつづけているらしい。「まあ、当たってみるしかないわね」

「ジェイソンに関係のあることなの？」エリーは必死のようだ。

「それがわからないの」オリヴィアは、ラウルと頰に傷痕のある女性が、ダンススタジオでワルツを踊っているのを見たことを母に話した。「その女性は殺人があったとき公園で踊っていたんじゃないかと思うの。彼女がだれだか、思い当たるふしはない？　ラウルは結婚してるの？　それか、つきあっている人はいる？」

「うーん、わからないわ。すごく魅力的な人だから、つきあっている人がいてもおかしくはないけど、プライベートなことはまったく話さないのよ。だれかといっしょにいるのを見たこともないし。だれも見てないのはたしかよ。うわさを聞いたことがないもの。でも、きいてまわってみるわ」

「お願い。ところで、彼のレッスンのスケジュールを知ってる？　町を離れることはあるのかしら……どこか別のところでも教えてるとか」

「ちょっと考えさせて」

記憶を検索している母の様子が目に浮かぶようだった。いつも落ちついていて動作のしなやかな母だが、動揺すると髪をもてあそぶ癖があった。オリヴィアの父が死に瀕していたとき、エリーはぼんやりと長い髪の下半分を編んだりほどいたりしていた。今も片手で髪を編もうとしているにちがいない。

「はっきりわかっているのは、ここでのラウルのレッスンのスケジュールだけね。月曜日から水曜日、それと土曜日は、午前九時から午後八時まで。フルタイムで働いている生徒さんもいるから、お昼も休みなしよ。ダンスが終わるまで食べないほうがいいんですって。金曜日も午前九時から午後五時まで教えてるわ。木曜日と日曜日は休み。これで役に立つ？」

「どうして木曜日が休みなの？」オリヴィアがきいた。

「それが謎なのよ。毎週木曜日は町を出て、夜まで帰ってこないと聞いたわ。日曜日が礼拝の日だってことはわかってるの。とっても敬虔《けいけん》なのよ。毎朝聖フランシス教会の早朝ミサに出ているし、何人かの友だちから聞いたわ。日曜日のミサにもね。友だちのジュリアの話では、金曜日の早朝ミサのあとはすぐ懺悔《ざんげ》をしにいくんですって。彼女、感心してた」

「完璧だわ」オリヴィアは言った。「ありがとう、母さん。すごく助かった」

「よかった。そのラウルのお友だちが、ジェイソンの容疑を晴らしてくれるかもしれないと思うの？」

「そうであってほしいと思ってる」オリヴィアはマディーを見た。クッキーに緑色のアイシングを絞り出しながら、電話の会話に耳を澄ましている。マディーは作業の手を止め、問いかけるように片方の眉を上げた。オリヴィアは彼女に親指を上げてみせた。

「リヴィー、気をつけてくれるわね？　わたし耐えられないわ、もしうちの子がふたりとも……」

母の指が髪をねじりまわしているのがわかった。「つねに気をつけるわ。母さん、ひとつお願いがあるの。ヨガのクラスに出て」

「やってみるわ」

オリヴィアが電話を切るやいなや、マディーがきいた。「ラウルのスケジュールって、いったいなんのこと？ ダンススタジオに押し入るつもり？ あのバレリーナは同棲中の彼の恋人だとか？ ひとりで行こうなんて考えるのもだめよ、オリヴィア・グレイソン。〈ジンジャーブレッドハウス〉は大好きだけど、あなたが楽しんでるときにお店なんてやってられないわ。わくわくすることが生き甲斐なんだから。あたしの命の血《ブラッド・オブ・マイ・ライフ》なのよ」

「命の血……？」

マディーはいらだたしげに肩をすくめて言った。「〝活力のもと《ライフス・ブラッド》〟なんて陳腐でしょ。あたしの質問に答えてよ」

「行くわ、あとでね。まずはミスター・ウィラードと警察署に行かなきゃ。ふたりでジェイソンの腕をねじりあげて、悲鳴をあげさせてやるわ。あの子のためだもの」

「ジェイソンは相変わらずきみたちに会うことを拒否している」デル保安官は腫れぼったい目で自分のコーヒーカップを見つめた。疲れすぎてまっすぐ座っていられないのか、肩が落ちている。

オリヴィアとミスター・ウィラードは目を見交わした。「デル、正直に言って」オリヴィアは言った。「自白なしでジェイソンを有罪にできるだけの証拠はそろったの？」

デルはため息をついてコーヒーカップを見つめつづけた。「現状はこうだ。もし自白がなくても、きみの弟は何人かの容疑者のうちのひとりということになる。それだけでは彼を起訴するわけにはいかないし、もちろん有罪にもできない。彼にはアリバイがないが、それはシャーリーンとチャーリーも同じことだ。そしてふたりとも動機がある。だが、そのふたりを逮捕できるだけの証拠もない。だからジェイソンはたいした理由もなしに自分の身を犠牲にしているんだ」

「わたしの弟はバカだってことが言いたいのね」オリヴィアが言った。

「わかっていないようでいて、周到なんだ。きみが警察の仕事に首をつっこみたがるのをよく思ってないのに、こんなことを言いたくはないんだが、正直言って、ぼくの手には負えなくなってきた」

「よろしいですか」ミスター・ウィラードが言った。「ジェイソンが無実だと信じる理由があるのでしょうか？」

デルは天井を見あげ、オフィスの椅子の肘掛けの上で指を小刻みに動かしていた。そしてようやく言った。「これまでのところ、州検事局が手続きをあと数日待つと言ってくれている。その理由は――ここだけの話だってことはわざわざ言わなくてもわかるよな――ジェイソンが凶器のことをよく知らないようだからだ。被害者が刺されたことは知っているが、だれかに聞いたか、推測しただけかもしれない。くわしい話になるとことばを濁すんだ。もちろん、自白内容を疑われないようにするためかもしれないが」

「うちの弟はそんなに賢くないわ、姉として言わせてもらえば」オリヴィアは言った。

ミスター・ウィラードが咳払いをした。「わたしもそんな気がしています。ジェイソンにはいつも驚かされますよ。狡猾《こうかつ》なところがまったくない若者なので」

デルは椅子をそっと揺すりながら、眉をひそめてデスクに目を落とした。少ししてからオリヴィアが言った。「わたしはいろいろと見たり聞いたりしたわ。ヘザー・アーウィンの納屋に盗品が隠してあるのを教えたでしょ、グウェンとハービーのベビーシャワーでマディーとわたしが耳にしたことも。ジェフリー・キングが高利貸しにおどされていたことも、彼がシャーリーンにプレッシャーをかけるのにそれをおどしとして利用したことも、レノーラ・タッカーと話すようにわたしが教えなかったら、あなたはわからなかったのよ」

デルは一瞬微笑んで言った。「彼女はかなり個性的な人だね。映画のワンシーンのように記憶を脚色してるんじゃないかと、ずっと気になっているんだが」

「でも役には立ったでしょ？」

「まあたしかに」

「それに凶器のナイフ……あれは〈ベジタブル・プレート〉の厨房にあったものよね？　シャーリーンのところにはナイフの四本セットがあって、柄の上にそれぞれちがった野菜の飾りがついていた。わたしはそのうちの一本を、トマトのを見たわ。ヘザーの納屋にあった盗品のなかに」

デルは彼女と目を合わせたが、何も言わなかった。

「残りの三本のうちの一本がキング殺しに使われた。そうなんでしょ？」

デルはため息をついてうなずいた。「だれにも言わないでくれよ」

「もちろん言わないわ。ジェイソンにも言わない。信じてくれていいわよ。供述を固めるためにそれを使われたら困るもの。デル、わたしたちの情報を合わせれば……じゃましようとしてるわけじゃないけど、まちがいなくやってないと言える罪で、ジェイソンが有罪になるのをおとなしく待っているなんてできない」ラウルが謎の女性と踊っていたのを見たことは言わなかった。デルが捜査令状を持ってダンススタジオに押しかけ、ラウルがパートナーともども消えてしまうかもしれないからだ。

「言いたいことをどうぞ」デルが言った。

彼をやりこめるために、オリヴィアはすかさず〈ジンジャーブレッドハウス〉から消えたクッキーカッターのことを話し、こう付け加えた。「ジェフリー・キングの死体を見つけたとき、彼の手に何か銀色に光るものを見たような気がしたの。クッキーカッターの縁みたいだった。そうなんでしょ？」

デルはポットを取ってきて、みんなのカップにコーヒーを注いでから、オリヴィアの問いかけに答えた。「ああ、そうだ、キングの手にはクッキーカッターがあった。どうしてそこにあったのかを示すものはない。犯人から奪ったのか、殺されたあとでそこに置かれたのか。指紋もキングのものだけだ。何を意味するのかわからなかったが、どうやらきみの言っているデューセンバーグのカッターのようだ」デルはコーヒーをひと口飲んだ。「それについては感謝する」

「それで、ジェフリー・キングを殺したナイフについては？」

デルは自分のコーヒーカップをしばらく見つめてから言った。「死体から数メートル離れたところに落ちていた。はっきりした指紋は残っていなかった。血も嵐で洗い流されていたが、分析できる程度には残っていた。キングのものだった」

「どんなナイフでしたか？」ミスター・ウィラードがきいた。「その点について知ることが重要なのです」

デルはうなずいた。「わかりましたよ。長さは柄の飾りを含めると二十センチ、そしてその飾りはどぎついオレンジのカボチャだった」

「ありがとう、デル。今ジェイソンに会える？　あの子が話すのを拒否していても？」

「きみたちをなかに入れて鍵をかけよう。あとはきみたちしだいだ」デルはフックから留置場の鍵を取ると、先にたって廊下を歩き、監房に向かった。「本来なら、殺人罪で逮捕された人間はプライバシーを要求できないんだ」

「あんたがジェフリー・キングを殺していないことはわかってる。自己犠牲的なヒーローを演じているだけなんでしょ」オリヴィアは言った。ジェイソンの骨は皮を突き破りそうだった。「ひどい姿だわ。ハンガーストライキをしてるわけじゃないわよね？　母さんを殺すつもりなの？」

「だれにも何もするつもりはないよ」ジェイソンは言った。

「はい」オリヴィアは彼に〈ジンジャーブレッドハウス〉の袋をわたした。「マディーがあんたにって。いろんな色と形のクッキー、全部おいしいわよ。あんたが愛する人たちにしたことを考えれば、わたしとしては飢え死にさせたいところだけど、マディーはやさしいの」

ジェイソンは寝台の自分の横に袋を放ったが、目は袋のほうにさまよっていった。手を伸ばしてピンクのウサギのクッキーを取り出し、耳をかじった。「マディーにありがとうと伝えて」クッキーのかけらが口にはいったまま、もごもごと言った。

「ねえ、ジェイソン。どうやってジェフリー・キングを殺したのか話して」オリヴィアは言った。

ジェイソンの無邪気な顔つきがいぶかしるようにこわばった。「なんで?」

「ほんとに彼を殺したと信じさせてくれるなら、もうあんたを悩ませないと約束する」

ジェイソンは深く考えこみながら、ジンジャーブレッドのテディベアを食べた。それがなくなると、ジェイソンは言った。「刺し殺した」

「そう。何で刺し殺したの?」

「ナイフで」

「どんなナイフ?」

「ナイフといえばナイフだよ。もう、おれから何をきき出そうっていうのさ?」

オリヴィアはクッキーの袋をつかんで、弟が手を出せないようにした。クッキーを奪われた悲しげな表情のジェイソンは、幼く、無防備で……おびえているように見えた。オリヴィアはなおも詰め寄った。「ナイフの説明をして。細かいところまで正確に。そして、それをどこで手に入れたのか話して」

ジェイソンの暗い色の巻き毛は脂ぎった束になり、ハシバミ色の目が必死で天井をうかがっている。オリヴィアは弟の細い肩を抱きしめてやりたかった。だが、心を鬼にしてもう一度きいた。「どこでナイフを手に入れたの？」

「シャーリーンの店の厨房で」

オリヴィアは頭に血がのぼるのを感じた。ジェイソンはそれらしい答えをでまかせに言っているだけだ。シャーリーンとは長いつきあいなのだから。だがそれでも……。

ミスター・ウィラードはオリヴィアの混乱を感じ取ったのだろう。面会者用のスツールをジェイソンの寝台のそばに引いてきて、彼の目を見て言った。

「それでは納得できません。〈ベジタブル・プレート〉にナイフはたくさんあります。あなたが選んだのは正確にはどんなタイプのナイフですか？　どんな形状の？」

「えっと……」ジェイソンの口は開いたままになった。ことばの発し方を忘れてしまったかのように。

ミスター・ウィラードはスツールをさらに近くに寄せた。「ジェイソン、これはむずかしい質問ではないはずです。シャーリーン・クリッチの厨房から持ってきたのは、どんなタイプのナイフでしたか？　わたしたちは答えを待っているんですよ」彼の声はいつもの遠慮がちな声ではなかった。

「大きい」ジェイソンはささやきに近い声で言った。「大きいやつだよ」

「どれくらい大きかったですか？　あなたは修理工ですよね。それなら工具の大きさを見積もることができるはずです。刃わたりはどれくらいでしたか？」

「三十センチくらい」

「それはたしかですか？」

「もっと大きかったかもしれないし、小さかったかもしれない。覚えてない」

「どっちですか、大きかった？　小さかった？」

「言っただろ、わからないよ。夜だったから暗かったし」

ミスター・ウィラードはきびしい顔できいた。「ミズ・クリッチの厨房が暗かったと言っているんですか？　そのとき彼女はどこにいました？　暗かったのなら、どこにナイフがあるかどうしてわかったんです？　ミズ・クリッチが見つけてくれたんですか？」

「ちがう！　シャーリーンは……そこにいなかった。彼女は何も悪くない」ジェイソンは混乱した少年から怒れる保護者に変身した。

「わかりました。それではその三十センチのナイフについて説明してください。わたしたちにわかるように」ミスター・ウィラードはおだやかな年配男性から……ペリー・メイスンに変身していた。

ジェイソンがオリヴィアを見て助けを求めることはなかった。彼はミスター・ウィラードの手の内にあった。弟をきびしく追及する役を専門家にたくしたことで、オリヴィアの体から不安と緊張が消えていった。

「言っただろ、どんなのだったか覚えてないんだよ」ジェイソンは疲労で弱っていた。「ただのナイフだよ。大きいナイフ記憶に残るようなところは何もなかったと思う」

「慎重に選んで人を刺し殺したナイフを覚えていないんですか？」

「えっと……うん」

「ミスター・キングは屈強な男性でした。自分はけがをせずに、どうやって彼を刺すことができたんですか？」

「不意打ちを食らわせたんだ……うしろから刺した」ジェイソンは自信がなさそうにミスター・ウィラードの顔からオリヴィアの顔へと目を移した。

ミスター・ウィラードはスツールを引いて立ちあがり、ジェイソンを見おろした。

「お若い方、あなたはうそをついています。あなたはナイフを盗んでいないし、ずっと主張しているように、ジェフリー・キングを刺し殺してもいません。いくつか助言させてください。今度殺人犯の身代わりになろうと思ったら、自白するまえに詳細をきちんと把握しておくことです」

ジェイソンが顔をくしゃくしゃにしたので、オリヴィアは驚き、安堵した。すねたような態度は消えて涙の筋が両頰を流れ、そのせいでいっそう、かつてオリヴィアがその誕生に腹を立てた、小さな男の子のように見えた。オリヴィアは寝台に座って彼の肩に腕をまわした。

「今回ばかりはやりそこなったわね、弟くん」

ミスター・ウィラードはふたたび温和で心配そうな顔に戻り、細長い体を折って小さなスツールに腰を下ろした。「真実を話さなくてはなりませんよ、ジェイソン。まずは殺人のあった夜のことから」

ジェイソンは盛大に洟をすすりあげた。オリヴィアはチノパンツのポケットからティッシュを取り出して、彼にわたした。弟が洟をかむと家具が揺れかねないのを知っていたので、じりじりと彼から離れた。ようやく弟が落ちつくと、オリヴィアは言った。

「ジェフリー・キングが殺された夜、〈ベジタブル・プレート〉を出たときのことから話して。最初に帰ったのはあなただったの？」

ジェイソンはうなずいた。「おれが何度もあくびをしたり舟をこいだりしてたから、シャーリーンがうちに帰って少し寝るようにって言ったんだ。チャーリーは自分がひと晩じゅういると言った。ジェフリーが押し入ろうとしたら聞こえるように、一階で見張ってるつもりだと。シャーリーンもいっしょにいたがったけど、二階に行って、そこに置いてあるエアマットレスで少し睡眠をとったほうがいいとチャーリーは言った。シャーリーンの携帯を借りて、トラブルの兆候があったらすぐに911に電話するからって。おれは見張りを手伝いたかったけど、シャーリーンがどうしてもって言うし、ほんとにすごく疲れてたんだ」

「店を出たのは何時でしたか？」ミスター・ウィラードがきいた。

「十一時。バッテリーが切れてないかたしかめるために、シャーリーンの携帯を見たから覚えてる。バッテリーは半分しかなかったから、チャーリーに充電しておくように言った。彼が充電器をさがしにいっているあいだに、おれは店を出た。もう一枚ティッシュをくれる、リヴィー?」

オリヴィアはティッシュを引っぱり出して言った。

「これで最後だからね。一度にかむんじゃないわよ」

ジェイソンはからかわれても笑えないほどしゅんとしている。

「いつものようにタウンスクエアを通って近道をした。雨が降りそうだったから急いだ。だれも見なかったし、何も見なかった。ほんとだよ。誓って……」ジェイソンは肩を落とした。

オリヴィアは、小さいころ喉頭炎にかかった弟に母がしていたように、ジェイソンの背中をさすった。「ひとつわからないことがあるの。チャーリーが店にひと晩じゅういたなら、どうしてあんたはわざわざ彼は何も見ていないはずだ、帰り道で公園のなかを通らないからなんて言ったの?」

「おれも混乱してたんだ」ジェイソンは言った。「つぎの朝、ジェフリーのことがみんなに知れると、おれが帰ったあとすぐチャーリーも帰したとシャーリーンは言った。チャーリーは帰りたくないと言ったけど、彼女は帰れと言い張ったらしい。チャーリーはいつもシャーリーンに言われたとおりにするんだ。彼女は弟を帰したあと、全部のドアに鍵をかけて、ドアノブの下に椅子をかませ、二階で眠っているあいだ携帯電話を手放さなかった。おれが知ってるのはそれで全部だよ」

オリヴィアはジェイソンの話が意味することについて考え、ありそうなことのような気がした……シャーリーン・クリッチが、ほかのみんなの睡眠時間をやたらと気にしていたという部分をのぞいては。彼女が店にひとりで残ることを選んだというのも疑わしい。もともとジェフリー・キングが現れたら、殺そうと計画していたのだとしたら？　チャーリーを巻きこみたくはないだろう。ではチャーリーのほうは？　彼には帰るところがなかったのだから、公園で寝ようとしたのかもしれない。野外音楽堂から〈ベジタブル・プレート〉を見張れると思ったのかもしれない。ジェフリー・キングに出くわしたときのために、店の厨房からナイフを取ったのはチャーリーだったのかもしれない。

ミスター・ウィラードは腕時計を見て立ちあがった。「あなたの弁護士として」彼はジェイソンに言った。「自分の犯していない罪を自白するのはやめるよう、強く勧めます。自白を撤回すると保安官に伝えますよ。よろしいですか？」

ジェイソンは同意してうなずいた。オリヴィアには、弟が昼寝の必要な男の子のように見えた。彼が隔離され、おびえながら、硬い寝台の上でまるくなっているのを想像すると悲しかった。

「最後の質問よ、ジェイソン。あんたが愚かにも……」大きく息を吸って、ゆっくりと吐くのよ、母さんみたいに。「ジェフリー・キングを殺したと自白したとき、あんたはシャーリーンだけを守ろうとしていたの？　それともシャーリーンとチャーリーの両方？」

ジェイソンは驚いて眉を吊りあげた。「姉貴はまさかチャーリーが――」

「まだ何も考えてないわ。質問に答えて」

「もちろんシャーリーンを守りたかったからだよ。だって、ジェフリーはひどいやつだし、最初にふたりを会わせたのはおれだから。責任を感じてたんだよ。わかるだろ？　当時はあんなやつだとは知らなかったけど、それでも……やつはシャーリーンにとてもひどい仕打ちをしたんだ。先週末、彼女を殴ったんだぜ。シャーリーンが殺したんだとしても、正当防衛になるはずだけど、すぐに警察に電話しなかったんだから、どっちみちまずいことになると思って」

ミスター・ウィラードは二回咳払いをした。「ジェイソン、あなたにきかなければならないことがあります。どうか隠さずに話してください。シャーリーンが正当防衛で元夫を殺したと信じる理由があるのですか？　もしそうなら、わたしは彼女の力になれますよ。すばらしい弁護士を見つけてさしあげますし、まったく拘束されずにすむかもしれません」

「おれが知ってるのは、今までに話したことだけだよ」

オリヴィアは弟のおでこにキスして、ねばつく髪をくしゃくしゃにした。

「なんとかしてここから出してあげる。だから自白内容を撤回して、無実だとはっきり言いなさい。何か思い出したら、弁護士に電話すること。それかわたしに」

ミスター・ウィラードと目を合わせると、彼はうなずいて、会話を記録していたノートを閉じた。ベルを鳴らしてデルかコーディに監房から出してもらうまえに、オリヴィアは弟のほうを見た。

「母さんにここに来てもらうから、ちゃんと話をしなさい。いいわね」それは質問ではなかった。

「うん」ジェイソンは言った。「すぐに来てもらって。いい？」

14

オリヴィアが〈ジンジャーブレッドハウス〉の厨房に飛びこむと、マディーがさっと顔を上げ、濃い青色のアイシングが作業台に飛び散った。「もう」マディーが言った。

「ごめん。スケジュールが押してるのよ。ヘザー用の図書館クッキーは進んでる？」

「なんとかかね。あなたがこれからも死体発見や殺人犯さがしをつづけるつもりなら、店の手伝いがもっと必要になるわ」マディーは本形クッキーの上の絞り出し袋にふたたび集中し、本の表紙に〝クッキーを読もう〟と書いた。「ジェイソンの様子は？」

「ましになった。シャワーを浴びる必要があるのと、かなり落ちこんでるのを勘定に入れなければね。母さんに会うことを承諾させたわ。うその自白をしたことも白状したし、もう自分が犯人だと言わないとも約束してくれた。それでもシャーリーン・クリッチにどうしようもなく恋してるみたい」

「それはいいニュースでもあり、悪いニュースでもあるわね」マディーは本の表紙を仕上げて、伸びをした。「町での探偵活動にあたしも混ぜてくれないかなあ。クッキーのデコレーションは楽しいけど、背中がまっすぐになるってことを忘れそう」

　オリヴィアは冷蔵庫に頭をつっこんで、ラップのかかったボウルを見つけた。「これ何？」

「あたしが作ったツナサラダ。クッキーの合間に口のなかをさっぱりさせようと思って。食べてみて。自分で言うのもなんだけど、あたしのツナサラダは絶品だから」マディーが言った。

「お腹がぺこぺこなの。今朝は朝食を食べそこねたのかも。自分でも覚えてないんだけど」オリヴィアはまだそれほど乾燥していないパンを見つけ、その上にツナサラダをのせた。「すごくおいしい。あなたが作れない料理ってあるの？」

「レバー・アンド・オニオン。レバーの部分をのぞけばできるけど。つぎの予定は何？」

「このクッキーをいくつかもらっていい？」オリヴィアはきいた。「つぎの情報提供者への賄賂に使いたいの」

　マディーは両腕を背後に伸ばしてしかめ面をした。「ああ、だいぶよくなった。つぎの情報提供者ってだれ？」

「コンスタンス・オーヴァートン」

「半ダースは持っていったほうがいいわよ。彼女、まだあなたに恨みを持ってると思うから。あれだけのことを乗り越えてきてもね」マディーは濃いブルーのアイシングがはいった絞り出し袋を選び、つぎの本形クッキーに取りかかった。

「あれだけのことを乗り越えてきたって、どういうこと？　やっぱりいいわ、今は時間がないから。あとで教えて」オリヴィアはアイシングが乾いているクッキーを六個選び、〈ジンジャーブレッドハウス〉の袋に入れた。「出かけるけど、そのまえに至急知っておくべきことはある？」

「だれがクッキーカッターを盗んでるか、バーサは知ってると思ってることぐらいかな」

「まさか。だれなの？」

「シャーリーン・クリッチ」

「ちょっとマディー、まさかバーサの頭にその考えを吹きこんだわけじゃないわよね？」

「もちろん、そんなことしてないわよ。あたしはバーサになくなったカッターのリストを見せて、単に置き場所が変わってるだけかもしれないから、気をつけて見ていてほしいってたのんだだけ。バーサはリストを読んであたしに言ったの。〝あのかわいそうなシャーリーンかもしれません〟って。どうしてそう思うのかってきいたら、〝見まちがいかもしれませんけど、収穫を祝うイベントのとき、少なくともこのなかの三つのカッターを、彼女が手にしているのを見たんです〟って言ってた。全部モビールについてたカッターだったから、シャーリーンが持ってるのはよく見えたはずよ。バーサの話では、悲しそうな顔つきだったって。それを見て何かを思い出してるような」

「それだけじゃ有罪の判決をくだせないわ」オリヴィアは裏の小路に出るドアに向かいながら言った。

「今はまだ」

〈チャタレーハイツ・マネージメント・アンド・レンタル・カンパニー〉は、リフォームされた二世帯用住宅の半分にはいっていた。もともとはクィーンアン様式の夏用別荘で、オリヴィアの家とよく似ていたが、もっと小さく、上階と下階ではなく左右で分かれている。外装は現在修復中で、ペンキも塗り直しているところだ。建物の右半分にはカイロプラクティックのクリニックがはいっており、左半分の玄関扉には〈M&Rカンパニー〉と書かれた看板が出ていた。きびきびとした活字体は、有能さと冷たさを感じさせた。

予約の電話は入れていなかった。いきなり訪ねるのが最善策に思えたのだ。今は、大人になったコンスタンス・オーヴァートンがどんな反応をするか、せめて少しでもわかればいいのにと思った。オリヴィアの時計は午前九時十五分。高校時代のトラウマに悩んでいる時間はない。ジェイソンは留置場に入れられていて、謎のバレリーナ――弁護側証人になりうる人物――を見つけられないかぎり、そこから出られそうにないのだ。コンスタンスを攻めるしかない。

〈M&Rカンパニー〉の入口をはいると、頭上でベルが鳴った。そこはせまい玄関ホールで、昔ながらのスタンドタイプのコート掛けと、小さなテーブルがあった。テーブルには銀の脚つきトレーがのっている。アンティークのことなら少しはわかる。このトレーはかつて、訪問者の名刺をその家のご婦人に届けるのに使われていたものだ。今は、〝チャタレーハイツ・マネージメント・アンド・レンタル・カンパニー、アップルブロッサムロード十九番地、チャタレーハイツ、メリーランドという住所のあとに、コンスタンス・オーヴァートン、経営学修士《MBA》、オーナーおよび経営者〟と書かれた仕事用の名刺がはいっていた。

オリヴィアがその名刺を一枚パンツのポケットにすべりこませたとき、廊下の奥のどこかにある部屋から威圧的な声がした。「右側の二番目のドアです。どうぞおはいりください」声はあまり変わっていなかったが、さらに低く、力強くなっていた。まあ、わたしもそうだけど。オリヴィアはいつも母にそうしろと言われているとおり背筋を伸ばし、姿の見えない声に向かって歩いていった。

コンスタンス・オーヴァートンは少しも変わっていなかった。少なくとも見た目は。豊かな金色の髪は色が濃くなり、今はショートにしてレイヤーを入れ、ブローで風になびいているように整えられていた。顔はふっくらとしていたが、依然としてきらめくような美しさを保っている。オリヴィアは一瞬立ち止まり、コンスタンスの顔が職業的歓待から相手に対する認識へと変わるのを見た。彼女は立ちあがらなかった。

「オリヴィア・グレイソン。おやまあ。町に戻ってきたそうね。なんだかとても……健康そうじゃない。座って、わたしに何をしてほしいのか話してちょうだい」彼女は立派なデスクのまえに半円形に並べられた、三脚のアンティークチェアを指し示した。

オリヴィアは、座部にやわらかな刺繍が施された、まんなかの椅子を選んだ。

「こんにちは、コンスタンス。ひとりで立派にやっているようね」平凡なコメントになってしまい、内心ひるみながら、オリヴィアは言った。「実は、ある情報を得るのに力になってもらえるかもしれないと思って」

コンスタンスは椅子の背にゆったりと寄りかかった。その椅子はオリヴィアが選んだものより高さがあるようだ。「それは興味をそそられるわ」コンスタンスは言った。「賃貸物件が必要なわけじゃないわよね。家を買って小さなクッキーの店をはじめたそうだから」

「実際はわたしとマディーよ——マディー・ブリッグズを覚えてるでしょ？　わたしたち、〈ジンジャーブレッドハウス〉を共同経営してるの。新作とヴィンテージのクッキーカッター専門店よ」コンスタンスが口をはさむつもりらしく息を吸いこんだので、オリヴィアは急いで言った。「ここに来たのは、あなたが〈チャタレーハイツ・ダンススタジオ〉のあるウィローロードの物件を管理してると聞いたからなの。入居者についての情報がほしいのよ。ただの好奇心できいてるんじゃないの。わたしの弟のジェイソンのことは聞いてるわよね？」

コンスタンスはひるんだ。「ごめんなさい、わたしっていつも仕事のことしか考えてなくて。すっかり忘れてたわ、あの男性の死体を見つけたのがあなたで……弟さんが殺人の容疑で逮捕されたってこと。わたしの記憶では、ジェイソンはいい子だったわ。頭はよくなかったと思うけど、分別がある子だった。それとダンススタジオの入居者とどういう関係があるの？」

「殺人事件を目撃した可能性のある人をさがしてるの」

オリヴィアはコンスタンスの態度の変化に安堵した——まだぶっきらぼうではあるが、感情移入がわずかに感じられる。ふたりとももう高校生ではないのだ。コンスタンスも、若き日のボーイフレンド横取り事件のことは水に流したのかもしれない。もしかしたら、覚えてもいなかったりして。

「それで、ダンス教師のラウルが目撃者かもしれないと思ってるの？」

「ある意味ね」

「どういう意味よ？　それに、どうしてわたしが自分の店子の個人情報を明かさなくちゃいけないの？」

「わたしは別にあなたが……」呼吸のことで母さんがいつも言っているのはなんだったっけ？　そうだ、呼吸をつづけることだ。「ラウルがあの建物にひとりで住んでるかどうか知ってる？」オリヴィアはきいた。

ペンシルで描かれたコンスタンスの眉が吊りあがった。「ひとりで住んでるって話だったけど。家賃には光熱費も含まれているの。もしいっしょに住んでる人がいるなら、家賃を上げなくちゃならないわ。それか、もうひとりの入居者に自分のぶんの家賃を払ってもらうか。そのへんはきっちりさせてるのよ。だれかがずっと彼と暮らしてるっていう証拠でもあるの？」

オリヴィアはクッキーがあればと強く思った。そして、自分がそれを持ってきたことを思い出した。でも、どこにいったのだろう？

「ちょっと待ってて、コンスタンス。廊下のテーブルに忘れ物をしてきちゃった」

コンスタンスの目尻が生え際まで上がったような気がしたが、立ち止まってたしかめたりはしなかった。急いで廊下のテーブルまで戻り、銀のカードトレーの上に袋を見つけた。オフィスに来いとコンスタンスに命令されたことで、思ったより動揺していたにちがいない。オリヴィアはクッキーを口に詰めこみたい衝動を抑えた。あごにクッキーのかけらをつけるはめになってはまずい。

オフィスに戻ると、コンスタンスは書類を読みながら、ペンでメモをとっていた。オリヴィアは自分が戻ってきたことを告げたい思いにかられた。が、こらえた。代わりに、きゃしゃな椅子に座り、コンスタンスのデスクにクッキーの袋を置いて、袋の口を開いた。レモンゼストとジンジャーの混ざった香りがただよい出た。ペンの動きがゆっくりになり、やがて止まった。コンスタンスは仕事の書類から目を上げた。ペンを置いて袋に手を伸ばす。オリヴィアは微笑むしかなかった。おいしいクッキーは、どんなに仕事熱心なビジネススクール修了生でも手なずけることができるのだ。

コンスタンスは何も言わずに袋に手を入れ、紫と黄色のストライプの服を着て顔をしかめたジンジャーブレッドボーイを取り出した。コンスタンスの口角がくいっと上がる。

「わたしを捨ててほかの女の子に走った、高校時代のボーイフレンドを思い出すわ。なんて名前だったかしら？　シェーン？」

「ショーンよ」オリヴィアが言った。

「そう、そいつよ」コンスタンスはジンジャーブレッドボーイの頭をかじり取った。

「よくわかってると思うけど、彼が走ったその女の子というのはわたしだった。あなたは永遠の復讐を誓った」オリヴィアは言った。

「永遠というのは長い時間だわ」コンスタンスはまだクッキーのはいった口でもぐもぐと言った。今度はジンジャーブレッドボーイの腕をかじり取って、クッキーの袋をオリヴィアの手が届かないところに寄せた。クッキーをすっかり食べおわると、コンスタンスは言った。「すばらしい品質だわ。作っているのはおもにマディーよね？」デスクの上のかけらをくずかごのなかに払い入れ、そして微笑んだ。「賄賂は受け取ったわ。永遠の復讐はひとまずお休みにしましょう。どうすればわたしにジェイソンを助けられるのか話して」

「ありがとう」オリヴィアは椅子を寄せて、両肘でデスクにもたれた。「まず、ラウルのラストネームを教えてもらえる？　町の人はだれも知らないみたいなんだけど、賃貸契約書には署名しないわけにはいかないでしょ」

「調べてみるわ」コンスタンスはそう言って、デスクの右側のファイル用引き出しを開けた。契約書らしきものを取り出す。「ああ、これだわ。彼の正式な名前はラウル・ラーセンよ」

「ラーセン？　ほんとに？」

「思い出した」コンスタンスは言った。「わたしも同じ反応をしたら、ラウルに運転免許証を見せられたの。有名なダンサーだった未亡人の母親に連れられて、小さいころアルゼンチンからわたってきたらしいわ。母親はダンスを教えることで母子ふたりの暮らしを支えていた。それで彼もダンスを覚えたの。ラウルが十三歳のとき、母親はスヴェン・ラーセンという名のスウェーデン移民二世と出会って結婚し、母と息子はその姓を名乗るようになったというわけ。それで納得がいった」

「存命の家族がいるような話はしてた？」

「家族についてはいつもいくつか質問するようにしてるの。彼みたいにひと月ごとの契約の場合でもね。若い子とか、いつ仲間を引き入れるかわからないでしょ。そうすると、ほかの入居者がよけいに光熱費を払うことになるし、新顔がどこから来たかによっては、もっと損害を被ることもあるかもしれない。たとえば、ムショ帰りだったりとかね。母親と継父は故人だし、妻とも死別したとラウルは言ってたわ。だからそれ以上はきかなかった。それじゃ、これがいったいどういうことなのか、教えてもらいましょうか」彼女の手がクッキーの袋にすべりこみ、ピンクのルタバガをつかんで出てきた。「わたしにぴったりの野菜だわ」

　オリヴィアはどこまでコンスタンスに明かすべきか考えた。

「わたしがラウルについて調べていることを、彼に知られないようにするのが重要なの。疑う理由はとくにないんだけど、ラウルはあることを、あるいはある人を知っているかもしれないのよ。それがなんなのかわからなくて……藁にすがるようなものかもしれないけど、今のところわかっているのはそれだけなの。ところで、彼の奥さんだった人の名前はわかる？」

　コンスタンスはオリヴィアに取り返されると思っているかのように、クッキーの袋を胸に抱えこんだ。「奥さんの話は出たけど、名前は尋ねなかった。わたしの仕事とは関係ないから」

「最後にもうひとつだけたのみがあるの。変なことを言うようだけど、わたしを信用してほしいのよ……過去に信用できないことがあったとしても」

「話して」

「信頼できる筋からの情報によると、ラウルは毎週木曜日に町を離れる。わたしはダンススタジオのなかにはいる必要があるの。違法なのはわかってるけど——」

「ほかにもだれかがあそこに住んでると思ってるのね？　わたしは数学が得意だから、二と二を足すことができるのよ。あなたが疑ってることがそれなら、わたしも協力できる。ラウルがだれかといっしょに住んでるなら、知っておきたいし。合鍵を貸すから、わたしのスパイとして行動してちょうだい。それなら違法じゃないわ。あなたはお返しに、同居人がいる証拠が見つかったかどうか、わたしに報告すること。さもないと、あなたを警察に突き出すわ。それでいい？」コンスタンスの手はファイル用引き出しのそばで止まっていた。

「いいわ。明日までには返せないかもしれないけど。午後は予定が詰まってるのよ」

「明日の午前中は新しい物件を見にいくことになってるから、午後でいいわ」コンスタンスはファイル用引き出しを開けて、鍵のはいったジッパー付きの袋を取り出した。ラベルに数字と文字の組み合わせが記された鍵をオリヴィアにわたす。それはクッキーカッターを識別するやり方を思わせた。「識別記号ね？」オリヴィアはきいた。

「当然でしょ。実際の住所が記された鍵をなくしたりしたら困るもの」

オリヴィアは立ちあがった。「ありがとう、コンスタンス。あなたがこれまでずっとわたしをこてんぱんにやっつける計画をたてていたわけじゃなくてうれしいわ。そのうち〈ジンジャーブレッドハウス〉に寄ってね」

背を向けたオリヴィアに、コンスタンスが言った。「テイクアウトのクッキーを注文しなくちゃならないでしょうね。わたしはあんまり出歩かないから」

オリヴィアが振り返ると、コンスタンスはデスクを押して体を引き、車輪を動かしてデスクをまわりこんできた。

「〈ジンジャーブレッドハウス〉が車椅子でもはいれるなら別だけど」オリヴィアのしまった、という顔を見て、コンスタンスは笑った。「自動車事故よ」彼女は言った。

車椅子は特注品だった。デスクの上に見えていた部分は、頭部にバラが彫りこまれ、背に刺繍が施された、保存状態のいいマホガニー製ロッキングチェアのように見えた。コンスタンスの膝に掛けられたやわらかなペイズリー柄の毛布を見て、あの長くてきれいなチアリーダーの脚がなくなっていることにオリヴィアは気づいた。

オリヴィアはマディーといっしょに〈ジンジャーブレッドハウス〉にいたかった。だが、急いでやらなければならないことがあった。今でこそデルはジェイソンが殺したとは思っていないかもしれないが、あの自白のせいで――もちろん手段と動機と機会もある――刑務所行きになる可能性はまだある。

早足で歩いたので、ダンススタジオに着くころには汗ばんでいた。人目を惹きたくなかったので、建物を通りすぎ、折り返して小路から裏口にまわった。

正面扉も裏口も開く鍵だとコンスタンスに言われていたが、そのとおりだった。オリヴィアはそっと建物のなかにはいって鍵をかけた。そこは真っ暗だった。目が慣れてくると、窓のない壁とカウンター、テーブルと椅子二脚が見えた。コンスタンスに間取りをきくことなど思いつきもしなかった。無計画もいいところだ。家に寄って、公園での暗い嵐の夜のあと購入した、新しい懐中電灯のひとつを持ってくることも思いつかなかった。ここはおそらくダンスフロアへとつづく小さな事務室だろう。床に沿って走るグレーの線が、つぎの間につづくドアの場所の手がかりをくれた。オリヴィアは椅子の脚につまずきながら、細い光に向かった。

ドアを開けると、通りに面した大きな窓から日光が射しこんでいるのが見え、反射的にまた閉めた。暗いスタジオのなかを通りからだれかが見ても、自分は見えないのだということを思い出した。たぶん見えないはずだ。マディーがそばにいて、気分を明るくしてくれればいいのにと思った。許可を得ているとはいえ、家宅侵入はクッキー作りほど心なごむものではない。もしラウルがなんらかの理由で早めに帰ってきたら、計画は台なしだ。彼は荷物をまとめて町を出ていってしまい、公園のダンサーを特定することはかなわないかもしれない。ジェイソンよ、ジェイソンのことを忘れちゃだめ。あのダンサーは弟にとって唯一のチャンスかもしれないのだから。

オリヴィアは小さなオフィスから出て、ダンスフロアを見わたした。正面入口以外にドアはない。またオフィスに戻ってドアを閉めた。壁をさぐって明かりのスイッチを見つけ、危険を承知でオンにした。通行人がスタジオのなかをのぞいて、ドアの下から明かりがもれているのを見たらどうするの？　母以外に、どれだけ多くの人たちが、木曜日に町を出るというラウルの習慣を知っているのと思うの？

明かりがもうひとつの閉じたドアを照らし出した。ありがたいことに、鍵はかかっていない。そのドアを開け、はいってすぐの壁に明かりのスイッチをふたつ見つけたので、両方つけた。オフィスの明かりを消し、頭上の明かりがつくと、せまい階段が見えた。期待をみなぎらせながら、オリヴィアは背後のドアを閉め、階段をのぼった。

二階は、中央に廊下がつづいていてその左右に部屋があるという、オリヴィア自身の住まいを思わせる造りだった。開いているドアからリビングルーム、ダイニングキッチン、バスルーム、書類が散らばった書斎らしき小さな部屋を、すばやく見てまわった。廊下の奥ではふたつのベッドルームが向かい合っていた。少なくとも、オリヴィアはどちらもベッドルームだろうと思った。左側の部屋は、整えていないベッドと二脚の椅子の上に、ダンスコスチュームを含むさまざまな男性用衣類が投げ出されていた。

右側のドアは閉まっていた。戸口の柱にチェーンのついた掛け金が取りつけられている。居住者がなかに人を入れることなく外をのぞくために、玄関ドアに設置するタイプのチェーンだ。ただ、この掛け金はドアの外についていた。お針子の姉妹が住んでいたころからあったものだろうか？　彼女たちはここで年老いていった。どちらかが認知症になって、夜間に徘徊するようになったのかもしれない。母にきいてみなければ。金属は古びていないようだが、鍵が使われたのは短いあいだだけだったのかもしれないし。

オリヴィアはドアノブに手をかけた。すんなりとまわった。胸を高鳴らせて、そっとドアを押し開け、なかを見た。部屋は投げ出された衣類で散らかっていたが、衣類はまちがいなく女性のものだった。その女性こそ公園のバレリーナ、ラウルの腕のなかでワルツを踊っていた女性だ。服の山をよけて部屋の奥に進みながら、マディーの短縮番号を押した。

「リヴィー、心配しないで、ヘザーのところに持っていくクッキーは仕上げたし、今のところ店は静かよ。だから全部話して」マディーは興奮して息をはずませていた。「ダンススタジオにはいったの？　コンスタンス・オーヴァートンはこれほど年月がたったあとでも復讐しようとした？」

「コンスタンスの話はあとにするわ。長くなるから。とにかく、彼女は鍵を貸してくれて、わたしは今われらが謎のバレリーナの寝室にいるの」オリヴィアはマディーの歓声がやむのを待った。「部屋の隅にある小さなデスクのまえよ。書類はない。ノートパソコンがあるだけ。三年か四年まえのものみたい」オリヴィアはノートパソコンを開いた。「電源が切られてる。残念」

「あたしを連れていってれば、すぐに起動できたのに。パスワードだってわかったかも」マディーが言った。

「でしょうね」オリヴィアはベッドルームのほかの場所に目を向けた。「この部屋の状態からすると、われらがお嬢さんは問題ありね。ハンガーというものを知らないみたい。それか、空いてるハンガーがもうないとか。クロゼットはぱんぱんよ。でもこんなに衣装持ちでうらやましいわ。それもスケスケの服ばっかり。ミシンが置いてある。古いシンガーのミシンよ。まえの住人が置いていったものでしょうね。それにきれいな布地が山ほど」

「あら、隠してあったのを見つけたのね」マディーが言った。「サディーおばさんがまえに言ってたんだけど、姉妹は屋根裏に大量の高級布地を隠してたんだって。それがどうなったのかおばさんはいつも気にしてた」

オリヴィアはベッドサイドテーブルにあった薬びんを手に取った。

「聞いて、マディー。われらがバレリーナは薬を飲んでる。ラベルには商標名じゃなくて、長ったらしい一般名が書いてあるわ。なんの薬なのかわからないけど。ちょっと待って」

電話を置いて、何か書くものはないかとポケットをさぐった。古いレシートがあった。生地に印をつけるチャコペンシルを使って、薬の名前を書き留めた。薬びんを元の場所に戻して、電話を取りあげた。

「マディー、あなたの気に入りそうなクロゼットよ。コスチュームがぎっしり詰まってる。ダンス用のドレスだけじゃなくて、ヘッドドレスつきの本物のコスチュームにケープに……わあ、ここにはトウシューズが二十足に、バレエシューズはもっとたくさんある。われらがダンサーはきっと本物のバレリーナなのね。顔の傷痕のせいでキャリアを棒に振り、情緒不安定になったのかも」

「インターネットで何かわかるかもしれない」マディーが言った。「わたしの得意分野よ」

「あとひとつ質問があるの、マディー、そのあとは切るわよ。サディーおばさんはまえにここを所有していた姉妹がどうなったかについて、何か言ってた？　どういう晩年だったの？」

「それが、悲しい話なの」マディーは言った。「お姉さんのほうがボケちゃって、妹は姉の面倒をみながら店を切り盛りしてたんだけど、ストレスがたまってたのね。ひどい心臓発作を起こしたの。サディーおばさんの話だと、週末に亡くなったらしくて、月曜日までだれも異変に気づかなかったらしいわ。警察が店に入って、興奮状態で歩きまわっている半裸の姉を見つけたんですって。妹はキッチンの床で死んでいたそうよ。どうしてそんなことききくの？」

「あとで話すわ。スケジュールが遅れてるの。またあとでね」

オリヴィアは携帯電話を閉じ、最後にもう一度部屋のなかを見まわした。クロゼットのなかのコスチュームはきっちり詰めこまれていたが、ざっと見ても問題はないだろう。オリヴィアの時計は十時二十分で、納屋で見つかった盗品について、ヘザー・アーウィンにきく時間は充分残っている。

オリヴィアはさっそく作業に取りかかり、両手をすべる高級なシルクやサテンを楽しみながら、コスチュームを一枚一枚見ていった。そういえば、子供のころバレリーナになりたかったんだっけ……初めて本物のトウシューズを履いて、つま先立ちで踊ろうとするまでは。あの木製の先端に全体重をかけてバランスをとると、オリヴィアのあわれなつま先はつぶれたのではないかと思うほど痛んだ。一週間ほどつづけたあと、乗馬に変更することにした。

乗馬も痛かったが、バレエほどではなかった。

　コスチュームのコレクションを四分の三ほど見たところで、何枚も重なった白い透ける生地でできたドレスが見つかった。あの夜オリヴィアとマディーが見た、公園で踊っていたバレリーナのコスチュームかもしれない。つぎのドレスも白で、同じようなものがさらにいくつもあった。オリヴィアは何をさがしているのかわからないまま、その全部を調べた。さらに三着のコスチュームを調べたあと、それを見つけた――身ごろからスカートにかけて、大きく裂けたドレスを。そのドレスをクロゼットから出して、ベッドサイドの明かりにかざした。裂け目はもみ合ったせいでできたということもありうる。

　オリヴィアはドレスをしぶしぶハンガーに戻した。デルは彼女が見つけたものをすべて知りたがるだろうが、白状するのはできるだけ先延ばしにしたかった。デルはオリヴィアを信じはじめている。少なくともそうであってほしいと彼女は思った。持ち主の許可なくその人の持ち物をさぐったと知ったら、デルはおもしろくないだろう。

　ダンスコスチュームの捜索がそろそろ終わろうかというころ、携帯電話が鳴った。母からだ。すぐに出た。

「リヴィー……すぐに来てちょうだい。どうしたらいいかわからないの」

「何があったの、母さん？　動転してるみたいだけど」

「動転するわよ。あなただってそうなるわ。彼らがジェイソンを連れていこうとしてるんだから」

「連れていく？　〝彼ら〟って？」

「警察に決まってるでしょ。ボルティモアだかハワード郡だかの警察よ、よくわからないけど。わかってるのは、あの子を殺人罪で起訴するために連れていこうとしてるってことだけ。デルが言うには、ジェイソンがジェフリー・キングを殺した証拠が見つかったそうよ」

15

チャタレーハイツ警察署にはいったオリヴィアは、母がジェーン・マープル役を演じる、舞台用に脚色されたアガサ・クリスティーの小説のなかに、うっかりはいってしまったような気がした。身長百五十センチのエリー・グレイソン＝マイヤーズは、たったひとりで制服姿の警察官ふたりと対決していた。彼らと息子のあいだに立ち、避けられないことを少しでも遅らせようと理屈をこねているらしい。ジェイソンの両手と両脚にはきつく枷《かせ》がはめられ、すり足でしか動けないようなのを見て、オリヴィアはひるんだ。彼は幼く、おびえているように見えた。髪をくしゃくしゃとなでて、安心させてやりたかった。弟のほうに向かうと、すぐにひとりの警察官に行く手をはばまれた。デルが彼女に軽く頭を振ってみせた。

「リヴィー、よかった、来てくれたのね」エリーが言った。「よりによってこんなときに、アランは町を離れているのよ。あなたがこの人たちと話してちょうだい」

「母さん、どういうことだか……」

「ジェイソンを連れていくことはできないと言ってやって。この子の自白はうそで、本人もそれを認めてるんだから」

デルが疲れた声で言った。「彼らには証拠があるんですよ、エリー」

「どんな証拠よ？」エリーが言った。「よっぽどのものじゃないと納得できないわ」彼女は腰にこぶしを当て、背筋を伸ばして警察官たちをにらんだ。まさにミス・マープルだわ、とオリヴィアは思った。ダーティ・ハリーもちょっとはいってるけど。

ふたりの警察官はすばやく目を合わせると、背の高いほうが言った。「血液です。鑑識が被害者のシャツから息子さんの血液を発見したんです。もう行かなくてはなりません。そこをどいてもらえませんか、奥さん」

「ちょっと待って」オリヴィアが母に近づいて言った。「ジェフリー・キングが殺された晩は嵐だったわ。わたしは知ってるのよ、死体を見つけたんだから。死体はびしょ濡れだった。鑑識はどうやってはっきり血液とわかるサンプルを検出したの？」

「いいですか、被害者はジャケットを着ていた。鑑識は乾いた血のしみを見つけた。わたしが知っているのはそれだけです。どうやって検出したかは彼らにきいてください」警察官は鼻を鳴らした。「そのうちのひとりをつかまえて、話をしてもらうことができたらね。やつらは、人手不足で息つく暇もないと文句を言いながら走りまわってるんですから」

オリヴィアは母に腕をまわした。その肩は石を彫って作ったようにこわばっていた。

「わたしだって専門家じゃありません、混乱してるだけなんです。そんなに忙しいなら、どうしてこんなに早くＤＮＡを検出できたんですか？　だって、ＤＮＡ検出には、テレビドラマでやってるよりもっとずっと時間がかかるはずでしょ」

ひとり目より背が低くて年上の警察官がにやりとした。「ＤＮＡ鑑定なんてしませんよ。とにかく、州検事は今のところ鑑識の結果で充分だと判断したようです。彼女はこの件を先に進めたがっています」

脇に離れて中立的な立場をとっていたデルが、オリヴィアとエリーのそばに来た。

「州検事は電話で、鑑識がジェイソンを示す証拠を見つけたと言っていた。どっちなんだ、合致したのか、それとも可能性があるというだけか？」

年上の警察官は胸のところで腕を組んだ。「両方だ。血液サンプルは収監者の血液型と合致した。それに自白が加われば、先に進めるのに充分だ。なあ、保安官、気持ちはわかるよ。ここはあんたの町だ。おそらくこの若者が子供のころから知っているんだろう。これまで問題など起こしたことのない、いい若者なのかもしれない。だが、そんなのはよく聞く話だ。何かで箍《たが》が外れて、人を殺した。よくあることだ。われわれは自分の仕事をしなくちゃならないし、ぐずぐず議論をしている暇はないんだ」

「血液型ですって」エリーのちいさな手がこぶしを作った。「ジェイソンはＲＨプラスのＯ型よ。もっともありふれた血液型だわ」

「そのとおりよ」オリヴィアも言った。「州検事はシャーリーンとチャーリー・クリッチの血液型のことも考えたの？　あのふたりだって容疑者なのよ。それにわたしは？　死体を発見したのはわたしで、わたしもＲＨプラスのＯ型よ」

背の高い警察官が肩をすくめた。「それで気がすむなら、あなたも逮捕できますよ」

デルは警察官たちに歩み寄って言った。「なあ、きみたち、引き止めるつもりはないんだが、こっちだっておもしろくないのはわかるだろう」彼の声は落ちついていておだやかだったが、首の筋肉が緊張していることにオリヴィアは気づいた。「ここに殺人を自供した若者がいる。彼はガールフレンドが暴力を振るう元夫を正当防衛で刺し、すぐに警察に通報しなかったのではと思って、自分がやったと言った。気高くも愚かな行為だ。こういうことは、みんなこれまでも見てきている。しかし、この若者はその自供を撤回している。彼を起訴するまえに、血液型以外にも証拠を見つけるべきなんじゃないか」背の高い警察官が眉をひそめ、返答しようと息を吸うと、デルはさらに言った。「そこで提案がある。ぼくが州検事に電話する。このことについて話し合って、彼女がなんと言うかたしかめさせてくれ。いいかな？　そのあいだ、きみたちは〈チャタレーカフェ〉で早めのランチをとるといい。こちらのおごりだ」デルは腕時計を見た。「ゆっくりしてきてくれ」

背の高い警察官はほんの一瞬ためらってから言った。「ああ、そうだな。昼飯もいいだろう。だがここに戻ってきたら、もうぐずぐずしないぞ。いいな？」

「ああ。問題ない。きっと〈チャタレーカフェ〉が気に入るよ。全部のせのルーベン・サンドイッチがお勧めだ」

ふたりの警察官が出ていって、警察署の入口ドアがバタンと閉まると、オリヴィアとエリーに両側から抱きつかれて、デルはよろけだした。オリヴィアは彼の両肩をつかんでまっすぐ立たせせた。「デル、立派だったわ。ありがとう！」

「それはどうも。でもあんまり期待しないでくれよ。ぼくは州検事を知っている。頭が切れる野心家だ。事件が長引くのを好まない。検事局が怠慢に見えるから、有権者の心証が悪くなると思っているんだ。でも、できるだけのことはやってみるよ」

エリーはオフィスの椅子をジェイソンのうしろに引いてきて、彼を座らせた。息子の細い肩に両手を置き、頭のてっぺんにキスをする。「女ひとりで座りこみをしてでも、ここから出してあげるからね」

「母ならやりかねないわ」オリヴィアはデルに言った。「一九六〇年代後半から七〇年代初頭にかけては過激派だったんだから」

「今でも過激派だよ」デルは軽く言った。「というわけで、電話をさせてくれ」彼は部屋の奥にいるコーディに合図して、ジェイソンを監房に戻させ、自分のオフィスに引っこんでドアを閉めた。

ジェイソンが連れていかれると、エリーは訪問者用の椅子にしょんぼりと座りこみ、背中をまるめた。オリヴィアは建物の外に出て、マディーの携帯に電話した。

「リヴィー、どうなってるの？　いろんなうわさがはいってきてるけど」

オリヴィアはジェイソンの状況と、ダンススタジオ訪問で得た情報の残りを報告した。

「ラウルと謎のダンスパートナーについてもっと情報がいるわね。クロゼットにあれだけコスチュームがあったことからすると、彼女はプロのバレリーナだったにちがいないわ」

「彼女は今も華麗に踊れる」マディーが言った。「傷痕の原因になったものは、運動能力やバレエ技術には影響をおよぼさなかったけど、トラウマがひどくて引退したのかも。もしそうなら、ネットで何か見つかるかもしれないわ。名前がわかればいいんだけど」

「それなんだけど」オリヴィアが言った。「ラウルのラストネームはコンスタンスから教えてもらったわ。それで思い出した。コンスタンスが車椅子に乗ってるって、どうしてだれも教えてくれなかったの？」

「知ってると思ったのよ。どうやら都会生活で、あなたのゴシップ収集能力は低下しちゃったみたいね。町に戻ってもう一年になるのよ。いつになったら追いつくの？　とにかく、店がまた混んできたわ。早くラウルのラストネームを教えて」

「ラウル・ラーセンよ」オリヴィアはマディーの笑いが収まるのを待ってからスペルを伝えた。「ネットで検索をかけてみて、何かわかったらすぐに電話して」

「あなたはこれから何をするの？」マディーがきいた。

「州検事の返事を聞くまでここにいる。彼女の判断がどうであれ、ジェイソンを危機から救うには、すばやく行動しなくちゃ。ヘザーのクッキーを取りに店に寄るわ。彼女が何か秘密を明かしてくれるといいんだけど。スパンキーの様子は？」

「店でいばり散らしてる。ヨークシャーテリアのクッキーカッターをもっと仕入れないとね。お客さんはあのちびちゃんを見ると、決まってすぐにそれを買うの」

「ええ、あの子は生まれながらの営業犬なのよ」オリヴィアは腕時計を見た。もう正午をすぎている。午後は〈ジンジャーブレッドハウス〉に戻っているはずだったのに。「今夜何か

調査をして、計画を立てなくちゃならないから」
ろそろおせっかいな友だちになるときかもしれない。「よかった。今夜はクッキーを焼いて、そ
マディーの声の微妙な変化で、ルーカスとのことはまだ解決していないのがわかった。そ
「なんにも」
予定はある？」

「お母さんは監房に戻ったジェイソンのところにいる」オリヴィアが戻るとデルが言った。
「少し待ってくれるよう州検事を説得したよ。彼女はシャーリーンとチャーリー・クリッチ
もRHプラスのO型だと認めたが、ジェイソンの自白は決定的だと思っている。ぼくは最近
彼女を襲った予算削減に同情し、ジェイソンを引っぱれば、過密状態の拘置所にもうひとり
未決囚を入れることになると指摘した。そして、彼女のためにさらなる地取り捜査をします
とね。だが、われわれが土曜日の朝までに何も提出できなければ、ジェイソンを移送するた
めの係官が送りこまれる。もう月曜日の朝に手続きがおこなわれると決まっているんだ」
「あと一日半か。ないよりはましだわ」オリヴィアは言った。
「それと、リヴィー、〝われわれ〟というのはぼくとコーディのことだ。今回はきみを巻き
こむつもりはない。ああ、きみが役に立つのはわかっているが、危険なことになるかもしれ
ない。だから手出しをしないでくれ」
「何を言っても無駄よ」

「リヴィー、いいか――」

「弟を助けるために危険に身を投げ出したいと思えば、わたしにはその権利があるのよ」

「マディーも危険な目にあわせることになるんだぞ。くそっ、このまえはスパンキーまで巻きこんだじゃないか」

「今回スパンキーは家から出さないわ」

警察署の入口ドアが開いて、満腹になって機嫌のいいふたりの警察官がはいってきた。デルはオリヴィアに顔を寄せ、声を低くして言った。「きみやほかのだれであれ、けがをするようなことになったら、ぼくは……ぼくは……」

かっとして言い返したい思いにかられたが、オリヴィアはそれをこらえ、くるりと向きを変えると、大股で警察署から蒸し暑いおもてに出ていった。

16

片手に〈ジンジャーブレッドハウス〉のクッキーの箱、もう片方の手にクッキーをひとつ持って武装したオリヴィアは、主任司書のヘザー・アーウィンとおしゃべりするために、チャタレーハイツ公立図書館へと出発した。図書館はタウンスクエアの反対側の隅にあるので、公園を抜けていくのがいちばん近道だ。やじうまたちもようやく殺人事件の手がかりをさがすのをあきらめたらしく、オリヴィアはほっとした。

自分の弟を助けようとするなというデルの命令のせいで、オリヴィアはいらだちとうしろめたさを同時に感じていた。なんといっても、デルは枷をつけて連れていかれようとしたジェイソンを救ってくれたのだ。そのことは感謝していた。その一方で、彼は事実上彼女をおどした。オリヴィアとしては腹を立てて立ち去るしかなかった。

気にすることないわ、リヴィー。どっちみちジェイソンはあなたを必要としているんだから。

芝生のやわらかな感触を楽しみながら、オリヴィアは木陰を選んでジグザグに歩いた。ぴりぴりした気分がやわらいできた。スミレ色の本の形のクッキーを食べながら歩いているせいもある。本のタイトルは〝華麗なる散文《パープル・プローズ》〟だ。

チャタレーハイツ公立図書館は、郵便局の隣の小さなレンガ造りの建物にはいっていた。入口ドアの近くの四角い窓には、植木箱が置かれている。最初に気づいたのは、ペチュニアが枯れていることだった。ヘザーが心配性の新米ママのように、つねに花に水をやっていたのに。彼女はかなり具合が悪いにちがいない。

図書館にはいると、ドアの上で鐘がカランと鳴った。大きな目をしたふたつの若い顔が向けられ、その顔に浮かんでいた期待が失望に変わった。おそらく、大学進学資金を稼ぐために夏のあいだアルバイトをしている女子高生だろう。彼女たちの失望の理由は、すぐにわかった。見わたすかぎり、棚にしまわれていない本がとてつもなく高く積みあげられて、ぐらぐらしている。だれもさわっていないのに、束のひとつがくずれて、何冊かの本がテーブルに落ちてきた。女の子のひとり、小柄な赤毛の子が、崩壊を食い止めようとして一冊の本を救出した。

「どうやら」オリヴィアは言った。「ヘザーはまだ家で寝こんでいるようね？」

もうひとりのアシスタント、やせたなで肩の子が、あいまいにうなずいた。疲労困憊しているせいでうなずくのすらおっくうなのだろう。「きっとすぐに戻ってくるわよ」オリヴィアは言った。それも少女たちのなぐさめにはならないようなので、クッキーの箱を開いた。「あなたたちには元気が出るものが必要ね」ふたりのまえに箱を差し出す。「クッキーをひとつずつどうぞ」

オリヴィアは空気が明るくなるのを感じた。これがマディーのクッキーの威力だ。少女たちは順番にひとつずつクッキーを取った。どちらも本の形のものを取らなかったことにオリヴィアは気づいた。「ヘザーの家に様子を見にいってみるわ」と言って、出口に向かった。クッキーはあと五つ残っていた。

ヘザー・アーウィンの農場は、オリヴィアが納屋のひとつで隠された盗品を見つけたときと同じくらい暗かった。ヘザーはベッドから出られない状態なのだろうかと思い、玄関ドアのまえで迷った。わずらわせるべきではないのかもしれない。それとも、早く病院に連れていくべきか。

玄関ベルを鳴らし、その音が家のなかに鳴り響くのを聞いた。人の声や、階段をおりてくる足音に耳を澄ませながら待った。ノブを回そうとしてみたが、ドアにはしっかりと鍵がかかっていた。もう一度、今度は長めにベルを鳴らした。腕時計を見て、待って、また時間を確認した。ひと粒の不安の種が根を張り、満開の不安の花が開いた。ヘザーはひどく具合が悪く、ベッドから出られないのかもしれない。もっとまずいことになっている可能性もある。デルに電話するべきだろうか。これは緊急事態かもしれないのだから。

しっかりしなさい、リヴィー。ヘザーは納屋にいて、馬たちや納屋に住みついている猫たちにえさをやっているのかもしれないでしょ。今ちょうど仕事に向かっている途中なのかもしれないし。でも、ここに来る途中でヘザーのトラックとすれちがっていたら気づいたはずだ。オリヴィアは車のまえの座席にクッキーの箱を置き、家の裏に歩いていった。ガレージのドアが開いていて、なかにヘザーの緑色のピックアップトラックが見えた。ボンネットに手で触れてみた。エンジンは冷たかった。

家は正面からと同様、裏から見ても暗かった。草刈りが必要な裏庭を突っ切って、大きな納屋に向かった。ドアには外側から掛け金が掛かっていた。掛け金を上げて、納屋のドアを引き開けた。それには全体重をかけなければならなかった。なかにはいってヘザーの名前を呼んだ。馬がヒヒーンと鳴き、猫たちがニャーと鳴いたが、お腹がすいて必死という鳴き方ではなかった。その証拠に、ドライタイプのキャットフードが半分残ったボウルがいくつか壁際にならんでいるのが見えた。小さな黒猫が一匹走りよってきて、足首にからみついたあと、えさのほうに向かっていった。

納屋のドアを閉めて、家の周囲を歩いた。階下にも階上にも明かりは見えなかった。唯一カーテンがかかっていない、キッチンの窓に鼻を押しつけた。キッチンは生活感にあふれており、シンクの横には汚れた皿が積みあげられ、テーブルに陶磁器のコーヒーマグが置かれていた。マグはオリヴィアが小さい納屋で見つけたのと同じデザインのようだ。

もしジェフリー・ピッキングが、めったに使われることのないヘザーの小さい納屋に隠れていたのだとしたら、ピッキングをして家にもはいり、マグを失敬したのかもしれない。もっとほかのものも。ヘザーが自宅のキッチンにはいっていき、勝手にマグにコーヒーを淹れているキングを見つけるのを想像して、オリヴィアの不安は増した。キングは暴力的な男だ。ヘザーは毎日図書館に病欠の連絡を入れているのだから、死んでいるわけでも死にそうなわけでもないだろうが、黒や青のあざを作っているのかもしれない。あざが治るまで、単に姿を見られないようにしているだけなのかもしれない。あるいはキングから身を隠しているのか。彼にもう傷つけられることはないのだとも知らずに……。

ちょっと待って。ひとつも筋が通らないわ……ヘザー・アーウィンはおとなしくて孤独かもしれないが、体は丈夫だし運動能力もある。それに賢い。ジェフリー・キングが死んだことはすでに知っているはずだ。納屋の重いドアを開けて動物たちにえさを与えることができるなら、寝たきりというわけでもない。ヘザーの秘密の恋人がジェフリー・キングだったとしたら？　ヘザーは内気だし、しばらくだれともつきあっていなかった。きっとキングは魅力的にもなれるのだろう。とくに自分の魅力に自信のない女性が相手だと。不意に、ヘザー親友でご近所さんのグウェン・タッカーを含め、だれもそのボーイフレンドを見ていないことに納得がいった。

ジェフリー・キングは身を隠し、夜間に行動していた。ヘザーの小さい納屋に盗品を隠したのは、彼女がめったにそこにはいってこないことを知っていたからかもしれない。でも、もし彼女が盗品を見つけてしまったとしたら？　オリヴィアはシャーリーン・クリッチの目のまわりの青あざを覚えていた。もしキングがヘザーに暴力をふるったのだとしたら、彼は自分の行動について用心していなかったということになる。ヘザーの顔は何があったかを物語ってしまう。そしてキングは殺された。

キッチンの窓から離れ、砂利敷きのドライブウェイを歩いて車に向かいながら、親指で警察署の番号を押した。最初の呼び出し音が終わるまえにデルが出た。「デル？ 聞いて、わたしもしかしたら――」

力強いエンジンのうなりが聞こえ、音のするほうを向いた。ヘザーの緑色のトラックがガレージから飛び出して、スピードを上げてこちらに向かってくる。オリヴィアは砂利敷きのドライブウェイから、芝生の上に跳びのいた。バランスをくずしたので、以前スキーのインストラクターに教わったように膝を抱えて倒れ、転がった。やり方は体が覚えていた。スキーには自信がないが、転ぶ練習をする時間はたっぷりあったから。

転がるスピードを落とし、上体を起こした。ヘザーの緑色のトラックはもう見えなくなっていた。オリヴィアは骨が折れていないか調べた。以前けがをした肩が痛んだが、全体としてはそれほど悪くない。小さな声が芝生から聞こえ、転んだときに携帯電話が手から飛ばされていたのに気づいた。少なくともまだ使えるようだ。声をたどって電話をつかむと、こう言った。「だれ？」

「オリヴィア？ 大丈夫か？ きみが電話してきたんじゃないか。忘れたのか？」

「デル、忘れてないわよ。わたしは大丈夫。ほんとよ、ちょっと振り回されただけ。でも、殺人事件の容疑者リストにひとり追加されたことを、よろこんで報告するわ」

17

「どうしてそんなに興奮してるの？」ときいて、マディーはオリヴィアがヘザー・アーウィンの農場に持っていったクッキーの箱を開けた。「これはわたしたちで食べちゃいましょう。ヘザーに轢かれるまえに車に入れておいてくれてよかった」

「わたしのことは心配してくれないのね」オリヴィアは箱に手を伸ばして言った。ピンクの地にもっと濃いピンクのシュガースプリンクルがかかった本形クッキーを取り出す。「読書は視野を広げるそうよ」

「そんなことはいいから」マディーはそう言って、図書館の形のクッキーから屋根をかじり取った。クッキーを食べながら、厨房のデスクにノートパソコンを取りにいく。「今日はそんなに忙しくなかったの。店にとってはよくないけど、調べものをするにはよかったわ」マディーはクッキーを皿に置き、ノートパソコンを開いた。「これはというものをブックマークに入れといた」ブックマークのリストが画面に現れると、マディーは椅子に足首を引っかけて、厨房のカウンターにいるオリヴィアの隣まで引いてきた。そして、ふたりのあいだにパソコンを置く。「ここまで来るのに、ずいぶんいろいろと調べなくちゃならなかったんだから、ちゃんと褒めてほしいわ」

オリヴィアは厨房のカウンターに手を伸ばし、マディーの食べかけの図書館形クッキーを取ると、それを彼女にわたした。「クッキーでも食べたら。あなたのクッキーはほんとに最高よ。これよりふさわしい褒めことばがある？」

マディーは箱をすべらせて、オリヴィアの手が届かないようにした。

「したたかなんだから。もうクッキーはおあずけよ。ちゃんと話を聞いて」

彼女はブックマークをクリックして、カナダのマニトバ州に拠点を置くロイヤル・ウィニペグ・バレエ団のホームページを開いた。

「マニトバかあ」オリヴィアが言った。「あんな薄っぺらいコスチュームで、どうやって暖をとるのかしら」

「もう、なんにも知らないんだから。バレエの動きは激しいのよ。まえのほうの席でバレエを観てみなさいって。ダンサーたちが汗をかいてるのがわかるから」

「おもしろそうだけど、遠慮しとく。それで、何を見つけたの？」

「待ちなさいよ、リヴィー、満足の笑みを浮かべさせてあげるから。最初はネットの情報がまちがってるのかと思ったの――だって、ありえない話なんだもの。でもすぐにわかった。まあ、そわそわしなさんなって、これから話してあげるから。プレゼンのしかたが大事なのよ。オーケー、まず何年か時間をさかのぼるわよ。それには熱狂的バレエおたくのブロガーを見つけなければならなかったんだけど、むずかしくはなかったわ。バレエははまりやすいから」

マディーがブックマークリストに目をすがめているあいだに、オリヴィアは手を伸ばせば届くところまで、じりじりとクッキーの箱に近づいた。マディーににらまれて、「脳に必要なのよ」と答える。

「これよ。その年のプリンシパルとソリストの名前を五十年ぶんも列記してる、このブロガーを見つけたの。ほぼバレエ団創設時からのね。全部の名前に目を通したわ。いいかげん目がちかちかしてきたとき、これが出てきたのよ」マディーは一九八〇年までカーソルを戻し、画面上の〝プリンシパル・プレーヤー〟という項目の下にある名前を爪でたたいた。

オリヴィアはその小さな文字を読もうと、画面に顔を近づけた。

「ララ・ラーセン。ひょっとして……？　ラストネームはラウルのと同じ綴りだけど、偶然なわけないわよね？」

「別のサイトに簡単な経歴が載ってて、ララはラテンダンサーと結婚していると書かれてた。ラーセンという名のラテンダンサーが同時代にどれだけいると思う？　ララは当時二十歳かそこらだったはずで、ラウルはいま五十代半ばぐらいでしょう。ぴったりだわ」

コンスタンス・オーヴァートンとの会話を思い起こして、オリヴィアは言った。

「ラウルはコンスタンスに、妻は死んだと言ったらしいけど、彼がそう言ってるだけの話よね。彼女は頬の傷痕にまつわることが原因で、身を隠しているのかもしれない」急いで計算した。「でも、わたしたちが公園で見たバレリーナは、ほんとにそんな年配なのかしら？

ララ・ラーセンは五十歳近くになっているはずよ。あんなふうに跳びはねられるものかしら？」

「可能性はあるわ」マディーは言った。「ダンスをつづけていて、大けがをしていなければ。問題はその理由よ。夜中に外でダンスする人なんている？」

オリヴィアは貸出カードのデコレーションがされた長方形のクッキーを選んだ。

「今でも自分を表現したいと思ってる人とか？　こういう芸術表現については何も知らないけど」

「でも、いいところをついてるかも。いつもどおり、微妙にではあるけど」

「それか、精神のバランスをくずしてるとか」オリヴィアが言った。

「それも芸術の世界では聞かないわけじゃないわ。彼女が日中姿を見せないことの説明にもなる」マディーは一九八二年にカーソルを進ませて、画面を指し示した。「若きララ・ラーセンのバレエ人生は短かったんじゃないかと思うの。まず、このリストを見て」

オリヴィアはマディーの横に椅子を移動させて、あらたなダンサーのリストを見た。

「一九八二年にはまだララ・ラーセンはプリンシパル・プレーヤーね」

「彼女がロイヤル・ウィニペグ・バレエ団に入団して二年後のことよ」マディーは別の画面を出した。「このリストを見ると、ララ・ラーセンは〈くるみ割り人形〉のクララ役に選ばれてる。若いバレリーナにはとても手が届かないような役よ。彼女をマーゴ・フォンテーン（イギリスの有名なバレエダンサー）の再来と呼んでいる公演評もあったわ」

「マーゴ・フォンテーンって……連続メロドラマのスターじゃなかった？」オリヴィアがきいた。

マディーはネットで発見したことに興奮するあまり、反応しなかった。

「ここからさらにおもしろくなるのよ」と言って、画面を指さす。「これは翌年の一九八三年のリスト」

「ララの名前がないわね」オリヴィアが言った。

「そのとおり。彼女は消えてしまい、二度と踊らなかった。少なくとも公式には。ララについてわかったのはこれだけよ。ネットをさがせば何か出てきそうなものなのに。これだけ波紋を呼んで、これだけ謎めいた消え方をしたんだから」

「死亡告知は検索したわよね？」

「もちろん」マディーは言った。「でも見つからなかった。それで、バレエ団の歴史をまとめてこのすばらしいホームページを作ったブロガーへの質問を書きこんだの。何か知ってるんじゃないかと思ったから。もう一度チェックしてみるわ、返信が来てるかどうか」

マディーの指がキーボードの上を跳ねまわり、それがオリヴィアにはバレエを踊る小さな脚のように思えた。待っているあいだに、立ちあがって食器洗浄機に食器を入れ、デルはヘザー・アーウィンと猛スピードで走り去った彼女の緑色のトラックを見つけただろうかと考えた。ヘザーが永遠に姿をくらますようなことはないだろう。自分の馬をとても愛しているので、世話をしないまま置いていくことなどできないはずだ。納屋にいる猫たちも、それぞれに名前をつけるほどかわいがっているのだから。

「やった《ユーリカ》！」マディーはしばらく黙って、質問に対するブロガーの答えを読んだ。「いい、リヴィー、スクープよ。ララは才能のあるダンサーだったけど、情報不安定で繊細な性質だった、とブロガーは言ってるわ。まあ、ネットの情報だから、まったくの事実から事実に基づかないでっち上げまでいろいろあるけどね。とにかく、ブロガーが言うには、ララは深刻な拒食症という問題を抱えていた。当時バレリーナはきゃしゃでなければならなくて、つねに体重を気にしていた。多くのバレリーナが拒食症や過食症に悩んでいた。今も問題になってるわ。悲しいことに」

「ララが結局どうなったかについての情報は？」オリヴィアがきいた。

「最後まで言わせてよ。ララは地上から姿を消したとブロガーは言ってる。調べがつかなかったってことでしょうね」

「心配することないわ、調査をつづけましょう」〈ジンジャーブレッドハウス〉のクッキーの箱にはあと二個クッキーがはいっていた。オリヴィアは青いドラジェの目がついた金色のライオンをマディーにわたした。そしてもうひとつの、明るい緑色のツタで飾られた図書館のクッキーをかじった。

「今夜は少しクッキーを型抜きして焼かなきゃ」マディーが言った。「冷凍庫に備蓄しておいたのはほとんど使っちゃったから。手伝いたい？」

「ええ。ピザでもつまみながらやる？」

マディーはパソコンの画面を見ながら言った。「今夜はルーカスとのディナーをオーケーしちゃったの」うれしそうな声ではなかった。「一時間で戻るわ」

「マディー？　何か話したいことがあるんじゃない？」

マディーはパソコンの画面に向かったまま首を振った。

「あとでならいい？」

マディーは肩をすくめて立ちあがった。「一時間で戻る。そしたらあなたの計画を話して。計画があることはわかってるのよ。名案だといいけどね。あなたの弟を救うための時間はあと三十六時間かそこらしかないんだから」

マディーが出かけたあと、オリヴィアは厨房の片づけを終え、その夜の作業に必要な材料を準備した。みんなに思われている半分でも、自分が有能ならよかったのに。オリヴィアはよく考えもせずに、ヘザーをジェフリー・キング殺しの容疑者リストに加えてしまった。公園の謎のダンサーを見つけたと思ったが、実際はまだ見つかっておらず、そのダンサーはジェフリー・キング殺しの目撃者かもしれないし、そうでないかもしれない。もし彼女が殺人を目撃していたとしても、精神的混乱をきたしていて証言できないかもしれないのだ。それに、まだ本命の容疑者がいる。シャーリーンとチャーリー・クリッチだ。

一時間もしないうちに、マディーは沈んだ様子で〈ジンジャーブレッドハウス〉に戻ってきた。彼女が暗記しているはずのデコレーションクッキーのレシピブックをぱらぱらめくりはじめると、オリヴィアはもうこれ以上の緊張感に耐えられなくなった。マディーには最高の状態でいてほしかった。悩みを抱えてふさぎこんでいるのではなく。「最近ルーカスはどう？」

マディーの目がぱっとオリヴィアを見あげ、また下を向いた。「元気よ」

「〝元気よ〟じゃ答えになってないわ」オリヴィアは言った。自分の声にいらだちが感じ取れたが、かまっていられなかった。「ルーカスとどうなってるのか話して。このあいだまで生涯の恋人だって言ってたくせに、急に……元気よ、としか言わなくなるなんて」

「ねえ、リヴィー、たいしたことじゃないの。そのうち落ちつくわ。そういうものよ」

「理由もなくそんなにすぐには落ちつかないわよ」オリヴィアはコーヒーメーカーに水を入れ、コーヒーの粉を適当に入れて、スイッチを押した。「マデリーン・ブリッグズ、わたしたち、話し合う必要があるわ」

「あなたはジェイソンの心配をしてるんだと思ったけど。あなたの弟よ、忘れたの？　急にわたしの恋愛問題が、自分の弟の現実の問題よりも重要になったの？」

「話題を変えないで。座ってよ」オリヴィアは椅子をつかみ、マディーが座らなければならなくなるまで、彼女の脚のうしろに椅子を押しつけた。

「ちょっと」マディーが言った。「いつからそんなボス風を吹かすようになったのよ？」

「わたしは第一子よ。生まれたときからボスなの」オリヴィアはふたつのカップにコーヒーを注ぎ、ひとつをマディーのまえに置いた。クリームと砂糖を持ってきて言った。「ねえ、マディー、あなたがいつものように元気いっぱいで前向きなふりをしていても、落ちこんでるのはわかってる。あなたが落ちこんでると、ここはあんまり楽しくないわ」

マディーはそばかすの散った顔をむっつりさせて、コーヒーを飲んだ。

「いいわ」オリヴィアは言った。「わたしの知ってることを言いましょうか。ルーカスはあなたに結婚を申しこんだのよね」

マディーのカップがソーサーの上でカチャリと音をたてた。「どうしてそれを——?」

「ルーカスはそうとう悩んでるみたいで、わたしに話してくれたの。彼は理解したがってる。そしてあなたを失うのを怖がってる。マディー、あなたは何年もルーカスに夢中だったじゃない。いったい何があったの?」

マディーは自分でコーヒーのお代わりを注ぎ、黙ってかき混ぜた。

オリヴィアはさらにやさしく言った。「ルーカスは立派な人だし、あなたを愛してるわ。それはわかるでしょ。急に彼に興味がなくなったなんて、わたしは信じないわよ。そんなのあなたらしくない。あなたは一途だもの。高校を卒業した夏、あなたはボビーに婚約を解消されたあと、立ち直るまでしばらくかかった。ルーカスはボビーよりはるかにいい人よ。待って、理由はそれなの? またボビーのときみたいになるのが怖いの?」

マディーは手と首を振って、その考えを否定した。進歩だ。

「じゃあ何?」

「ねえ、リヴィー、ほんとに、心底その話はしたくないの」

「わかるわ」オリヴィアはカップに残っていたコーヒーを飲み干した。舌の感覚がたしかなら、適量の二倍のコーヒーの粉を投入してしまったようだ。心拍数が一分あたり三十ばかり上がっていた。粉を少なくして、もう一度コーヒーをセットした。「あなたのご両親のことと関係があるのね？」

「なんですって？　どうして……？　もちろん関係ないわよ」

「努力は認めるわ」オリヴィアは言った。「でもわたしはあなたを知りすぎてる。あなたはご両親のことを絶対に話したがらない。マディー、親を失うことがどんなにつらいかは、わたしにもわかるわ。しかもあなたはごく幼いときにふた親とも失ったんだものね。でも、それだけじゃないんでしょ？」マディーが何も言わないので、オリヴィアはさらにつづけた。「母さんはあの事故のまえの数カ月に何度か、あなたのお母さんに会ったそうなの。ひどく悲しそうに見えたと言ってたわ。口数が少なくなって、やせていくばかりだったって」

マディーは厨房のドアのほうを見つめて一度洟をすすった。涙があふれだして頬を伝う。

オリヴィアはそばに行って彼女の肩に腕をまわした。マディーが言った。「この話、大嫌い」

「でしょうね、わかるわ。きっと今はわたしのことも大嫌いでしょ」

「まあね」マディーはペーパータオルを引きちぎって洟をかんだ。「せめてクッキー作りをはじめるまで待ってくれたらよかったのに」

「そうね。そのせいでわたしはまちがいなく地獄で朽ち果てることになるわ」

「それなら許す」マディーはもう一枚ペーパータオルを取って、また洟をかんだ。「痛い。

買い物リストにティッシュも入れといて」

「わかった。ご両親に何があったのか話してくれない？　あなたの気分がよくなれば、わたしの気分もよくなって、クッキー作りに取りかかれるし、たぶんわたしの弟の命を救うことにも……」

マディーは半笑いになった。「もう、わかったわよ。短いバージョンのほうね。母さんはうつ病だった。それでお酒を飲みはじめたんだと思う。とにかく、当時の様子を思い返してみると、そんな気がする。事故にあった日、運転していたのは母さんなの。どうしてかはわからない。いつもかならず父さんが運転してたのに。母さんが運転してたってことは、カレッジを卒業するまでだれも教えてくれなかった。あるときサディーおばさんが口をすべらせたの。それで知ったわけ」

「そう……点と点がつながらないから、長いほうのバージョンを聞きたいかも。ルーカスと結婚したら、あなたが大酒飲みになるんじゃないかと心配してるの？」

マディーは大きなため息をついた。「どうしてもこの話をさせるつもりなら、わたしはクッキー作りをする必要があるんだけど」

「わたしはいいわよ。見てのとおり、材料は並べておいたから。バターは室温になってるし。あなたはミキサーを回すだけでいいのよ」オリヴィアは手を振って、きちんと並んだ小麦粉と砂糖とエッセンス類を示した。

マディーは早くもミキサーの隣に置いてあったボウルに小麦粉と塩を入れ、かき混ぜていた。

「母さんはうつ病だった。それはたしかよ。母さんの友だちのひとりがそのことばを使ってるのを聞いて、どういう意味かって母さんにきいたのを覚えてるから。ちょっと悲しい気分なだけだから、心配いらないって言われたわ。父さんは仕事でしょっちゅう家を空けてた。わからないけど、たぶん母さんは淋しかったんだと思う。母さんと父さんはとても仲がよかったの。あの最後の数カ月のまえまではね。父さんはいつだって家にいないみたいだったし、母さんはずいぶんやせてたから食事をしてなかったんだと思う」

「お母さんは重い病気だったとか？」オリヴィアは小麦粉をどけて、ふたりのカップにコーヒーのお代わりを注いだ。

「ちがうと思う。それならサディーおばさんが話してくれたはずよ。やっぱり父さんが浮気してたんじゃないかな。おばさんからどうしても引き出せないのがそのことなの。あたしがまだ十歳のいたいけな子供だと思ってるのよ」

「あなたを愛してるのよ」

「うん、わかってる」マディーはペーパータオルのロールからまた一枚破りとった。彼女の鼻は、粗い紙のせいで赤くなっていた。

マディーが手を洗っているあいだに、オリヴィアは厨房の備蓄品キャビネットから、トイレットペーパーをひと巻き取り出した。包み紙をはがして、ひと巻きまるごとマディーの横のテーブルに置く。

「でも、皮肉なものよね」マディーはボウルに砂糖を量り入れながら言った。「バターを取ってくれる？」

「皮肉？」

マディーは包装を開き、やわらかくなったバターをこそげながら砂糖のボウルに入れた。

「母さんと父さんは週末旅行に出かけた日に亡くなったの。車で山岳地帯に向かって、ハネムーンで行った場所に泊まるつもりで」

「仲直りをするつもりだったとか？」

「あたしが鮮明に覚えてるのは、母さんが行ってきますのキスをしようとかがんだとき、香水のにおいがしたこと。母さんの笑顔を見たのはほんとうに久しぶりだった。でも、それが母さんを見た最後だった」マディーはミキサーのスイッチを入れて、両親の話が終わったことを示すように、回転するブレードをボウルの砂糖とバターのなかに入れた。

オリヴィアはトイレットペーパーに手を伸ばした。

マディーが厨房で騒々しい作業をしているあいだに、オリヴィアは携帯電話を持って、厨房のドアに向かった。「デルに電話して、ヘザーがどうなったかきいてみる」マディーはうなずいてから作業に戻った。

スパンキーは大きな正面窓の近くにある、アンティークチェアの詰め物をした座部の上でまるくなっていた。オリヴィアを見て顔をあげる。

「ヘイ、怠け者くん」抱きあげられると、スパンキーはふさふさのしっぽを振って、オリヴィアの顔をなめようとした。ブロケード張りの座部に座ったオリヴィアの膝の上でまわってから、またまるくなった。オリヴィアはスパンキーの目の上に落ちかかるやわらかい毛に指をからませた。そろそろトリミングが必要だ。窓の外の公園を見ながら、耳のあたりをもんでやると、スパンキーは心地よさそうにため息をついた。窓に吸盤で吊るされた銅製のクッキーカッターの集団に、夕日が暖かな輝きを添えていた。ときどき本物のジンジャーブレッドハウスに住んでいるような気分になる……もちろん、オーブンを使うのはクッキーを焼くときだけということをのぞけば。こんなふうに瞑想にふけることは、これからしばらくないかもしれないという気がした。

空いている手で携帯電話を開き、デルにかけた。彼はすぐに出た。

「リヴィー、大丈夫か？」

「ええ、デル、わたしは無事よ。ヘザーは本気でトラックをわたしにぶつけようとしてたわけじゃないと思うの。彼女は見つかった？」

「ああ、たいした手柄にはならないけどね。トラックは農場からほんの数キロのところに停まっていたから。飛び出しそうな目をして運転席に縮こまっていたよ。ちゃんとものが言えるようになるまでしばらくかかった。署に向かうあいだも事情聴取でもほとんど泣き通しでね」

「わたしは正しかったの？　彼女は容疑者なの？」

「ああ、われわれは容疑者とみている」

オリヴィアは気持ちが高ぶって体が動いてしまい、スパンキーが膝から転がり落ちた。

「ジェイソンにとってはいい知らせだ」デルは言った。「ヘザーには動機があって、アリバイがない。きみが納屋のなかで見つけた盗品のなかに、殺人の凶器に似たナイフがあったから、同じセットの別のナイフを手に入れることはできたはずだ。あれは一般家庭で食事に使われるものじゃない」

「なるほど」スパンキーはオリヴィアの膝にまえ肢をかけ、もう一度のぼる機会をうかがっていた。オリヴィアが自分の腿をたたくと、彼はそこに跳びのった。「ヘザーは納屋の盗品のことを知っていたの?」

「すべて否定したよ。だれかがあそこにいたなんて知らなかった、あの納屋にはめったにはいらないからと言って」

「彼女の言うとおりかも」オリヴィアは言った。「あそこには馬も猫もいないし……ヘザーは動物好きなの。世話をする動物もいないのに、わざわざ荒れ果てた納屋に行く理由はないわ。でも……」

「なんだい?」

「折りたたみ椅子の状態を確認しようとして、なかにあるものを見てる可能性はあると思う。グウェンの話では、ベビーシャワーに折りたたみ椅子を持ってくると、ヘザーが申し出ていたらしいの。だからわたしはあそこにいたのよ。その椅子を取ってくるために」

「ありがとう。その線を当たってみるよ。でもひとまず、ヘザーは釈放しなくちゃならなかった。彼女とキング殺しをつなぐ証拠がない。でも、事件の夜のアリバイはないから、容疑者リストには載ってるよ。あとはぼくにまかせてほしいというのは高望みかな？」

オリヴィアは軽く笑って言った。「望むのは自由よ。ところで、ひとつお願いがあるの。殺人事件とは関係ないことよ。忙しいのはわかってるけど、マディーのご両親が亡くなった自動車事故についての情報は手にはいるかしら？　亡くなったときの住所はクラークスヴィルだけど、詳しいことを調べられる人をだれか知らない？　マディーは自分では調べないと思うの。知りたがってないから」

「でも、きみは知るべきだと思うんだね？」

「これにはいろいろとわけがあるのよ、デル。マディーは人生のつぎのステージに進むまえに、いくつかのことを乗り越える必要があるとだけ言っておくわ。わたしはその手助けがしたいの」

「何ができるか調べてみるよ。ところで、明日の夜の約束はまだ生きてるのかな？」

「明日？　金曜日？」

「そう、明日は金曜日だ。ディナーはどうする？」

「あ、いっけない。デル、ごめんなさい。わたし……」

「忘れてたんだね。わかってるよ」デルは言った。声にほんの少しとげがある。「何か別の用事があるの？」

「実は……明日〈ジンジャーブレッドハウス〉で特別なイベントをするから、閉店時間が遅くなりそうなの」

「特別なイベント？　それってまさか、ゲストが急に鈍器で殴られたりするイベントのこと？」

「デル、あなたってほんとに疑り深いのね。まあ、警察官だからわからないでもないけど。それに、いいところをついてるかもしれないわ。わたしたちにはあまり時間がない。自分で思っている以上のことを知ってる人がいるような気がしてしかたがないの。それで、できるだけ早くその情報を手に入れる方法をさがしてるところ。うまくいかないかもしれないけど」

「そうか、警備が必要なら言ってくれ。それまでにコーディにブリッグズ夫妻の自動車事故のことを調べさせておくよ」

「実は、もうひとつお願いがあるの」オリヴィアはためらい、うまい言い方をさがした。が、思い浮かばなかったので、単刀直入に言った。「明日の夜、ジェイソンにここにいてもらいたいの。お願い、最後まで聞いて、デル。あなたとコーディでずっとジェイソンを見張れるわ、さりげなくしてくれるなら」

いらいらとため息をついて、デルがきいた。「このとんでもないアイディアが、実はいいアイディアだときみが考える理由を、教えてくれる気はあるのか？」

「もちろんよ」オリヴィアは言った。「ジェイソンの容疑が晴れたとみんなに思わせたいの」

「で、その理由は？」

「もちろんあの子の容疑を晴らしたいからよ。ありがとう、あなたって最高」オリヴィアはデルが返事をするまえに電話を切った。

オリヴィアが電話を切ってすぐ、マディーが厨房のドアから飛びこんできた。

「リヴィー、例の元夫から電話よ。あなたは奴隷として売られたって言ってやったけど、無視された。あいつ、いっつもあたしを無視するんだから。悪いけど電話に出て」マディーは返事を待たずに厨房に消えた。

「ごめんね、スパンキー。またひとりになっちゃうわね」オリヴィアは彼を膝から抱きあげ、椅子のもといた場所に戻した。彼はオリヴィアが座っていた温かい場所にまるくなった。

厨房にはいると、マディーが可能なかぎり受話器に近づいてミキサーを使っていた。なめらかな生地にするためにミキサーのブレードが材料を混ぜる、ベチャッ、ベチャッ、というリズミカルな音がしている。マディーはミキサーをすべらせて少し電話から離したが、オリヴィアが受話器を取っても、スイッチは止めなかった。

「ライアン？」

「なんだこの騒音は？　マディーはどこか別の場所でそれをできないのか？　こっちは電話してるんだぞ」

「ここは〈ジンジャーブレッドハウス〉の厨房なのよ、ライアン」だが、オリヴィアが懇願するような視線を向けると、ミキサーが止まった。

「これでましになった。リヴィー、聞いてくれ。すごいニュースがあるんだ。クリニックの計画は予想しえなかったほど早く進んでいる。あとひと月以内に開業できるかもしれない。そのことで、できるだけ早くきみと話す必要があるんだ。明日の夜そっちに行くよ。どこかにディナーを食べにいこう。そんな小さな町じゃたいした店はないだろうから、町を出てもっといいところを見つけるべきだろうな。七時に迎えにいくよ。話すことがたくさん——」

「ライアン、止めて。息を吸ってちょうだい。クリニックの計画が順調なのはうれしいけど、明日はわたしにとって大事な日なの。別の計画があるのよ」

「キャンセルしろ。こっちは重要なんだ」

「わたしの計画だって重要よ。失礼しちゃうわ——」

「なあ、リヴィー、言い争ってる時間はないんだよ。今夜ぼくは後援者に会うことになっていて、遅れるわけにはいかないんだ。きみととても重要なことを話し合わなければならないし、もうこれ以上待てない。だからきみに会って——」

「ライアン、明日はここに来ないで。聞こえてる？　ライアン？」オリヴィアは受話器を架台にたたきつけた。「あいつ、電話を切ったわ。信じられる？」

「ええ」マディーが言った。「信じられるわ。あいつが現れたら、鼻に一発お見舞いしていい？　それとももっと敏感なところがいい？」

「今はライアンのことなんか心配していられないわ」オリヴィアは椅子に座りこんだ。「あと一日で考えなくちゃならないのよ。なんでもいいから、ジェイソンがジェフリー・キング殺しの罪で起訴されないための方法を。考えなくちゃ」

「何か手伝おうか？　おとなしくしてることもできるけど。もしそのほうがよければ」マディーは冷蔵庫の上から箱をおろし、ふたをねじって開けた。マディーがテーブルにクッキーカッターを並べているのにオリヴィアが気づくには、少し時間がかかった。

「それ、新しいカッター？」オリヴィアは椅子をテーブルに近づけた。

「あのバレリーナのことが頭から離れなくて」マディーは言った。「見つけられるかぎりのバレエ関連のクッキーカッターを注文しちゃった。これでばれたわね。あたしはクッキーカッター依存症なの。すごく楽しいし、癒されるし……リヴィー？」

「ん？」オリヴィアは跳躍するバレリーナのクッキーカッターを手にしていた。「このステップには名前があるの？」

「ジュテ――足を蹴りあげる跳躍の一種よ」マディーが言った。

「フランス語ね」

「ほんと？　やるじゃない、あたしも」マディーはまるめて冷蔵庫で冷やしておいたクッキー生地を麺棒で伸ばし、広げた。しばらく無言で作業に没頭したあと、マディーがオリヴィアを見ると、彼女はまだ跳躍するバレリーナのカッターを見つめていた。「リヴィー、妙な顔つきになってるわよ。どうかした？」

オリヴィアはバレエ関係のカッターをマディーのほうにすべらせた。

「明日の夜のイベントには、ここにあるカッターだけを使いましょう」

「別にいいけど」マディーが言った。

「明日の朝はどれくらい早く起きられる？」

マディーは半分伸ばした生地から顔を上げた。

「だれにきいてるのよ？　あたしはひと晩じゅうだって起きていられるのよ。でもなんで？」

オリヴィアはこわばった肩にさらに力を入れた。ジェイソンの心配をすることが、体に応えはじめていた。だが、夜ぐっすり眠れるのはまだ先だ。「コンスタンスに鍵を返していないの。まだダンススタジオにはいれるわ」

「ラウルが出かけるのは木曜日だけだと思ったけど」マディーが言った。

「うわさによると、平日の早朝ミサに出ていて、金曜日のミサのあとには懺悔をしにいくそうよ。懺悔にはどれくらいかかるか知ってる？」

マディーは額に落ちた巻き毛の房を手の甲で押しあげて、小麦粉の筋を残した。

「カトリックの友だちによると、懺悔室にはいる目的は、天使祝詞と主の祈りを何回か唱えることらしいけど、何かほんとにうしろめたいことがあるときは、懺悔に十五分ぐらいかかることもあるみたい。でもそういうときはたいてい予約を入れるんだって。ラウルがミサのあとで懺悔室に行くとすると、列に並ばなきゃならないかも」

「それなら、その時間を有効に使わなきゃね」オリヴィアが言った。「公園のバレリーナを見つける必要があるの。ラウルとミサには行かないと思う」

マディーはバレエシューーズのクッキーカッターに小麦粉をまぶし、伸ばした生地の上に置いた。「もし家にいるところをわたしたちに見つかったら、ラウルに言うんじゃない？」

「それはないと思う」オリヴィアはアラベスク（片足で立ち、他方の足をうしろに伸ばす、バレエの基本ポーズのひとつ）のポーズをとるバレリーナのカッターを選んで言った。カッターに小麦粉をまぶし、マディーにわたす。「どっちみち、ラウルが出かけているあいだ、彼女は意識を失ってると思うから。彼女のベッドのそばで見つけた薬について調べてみたの。強力な睡眠薬だった。ラウルは彼女に薬を飲ませてるんだと思う。ぜひその理由を知りたいわ」

マディーはエメラルド色の目をきらきらさせて、クッキーの型抜き作業から顔を上げた。「ワオ。彼女に薬を飲ませてるのは、キング殺しと何か関係があると思う？　ラウルがなんらかの理由で、彼女を人目に触れさせないようにしてるとか？　キングはギャングと関わりがあったのかも。ラウルとバレリーナは彼を見たから、証人保護プログラムを適用されてるとか」

「それはないわよ」オリヴィアが言った。「証人保護プログラムを適用されてたら、ラウルはダンスをつづけられないわ。目立ちすぎるから、すぐに見つかっちゃう」

「ダンスをあきらめなくちゃならないの？」マディーはピルエットをするバレリーナのクッキーカッターを手のひらにのせた。「なんて悲しいのかしら。ギャング殺しの目撃者にはならないようにしなきゃ」

「そうしてちょうだい。ところで、ラウルについてはひとつ仮説があるの。問題は、まったく証拠がないことよ」

「仮説って何？　教えて！」

「仮説というほどのものじゃないんだけど、踊る幽霊についてのアイダの話が頭から離れないのよ」

オーブンのタイマーが鳴った。マディーがオーブンの扉を開けてのぞくと、オレンジとナツメグの甘くスパイシーな香りがただよい出た。「完璧」彼女は言った。「天板もう一枚ぶん焼いたら、焼くのはおしまい。アイダの頭はちょっとばかりあっちに行っちゃってるのよ」

「たしかにそんな感じだったけど、彼女の話の細かいところは完全に無視するというわけにはいかないかも」

「たとえばどんなところ？」

「悪霊がダンサーに襲いかかったっていうくだりとか。アイダはその様子を詳しく語ってくれたんだけど、わたしはまえ身ごろが裂けてるドレスを見つけたのよ。ダンサーは悪霊を蹴って逃げたらしいの。アイダはダンサーの威勢のよさをすっかり気に入ってるみたいだったから、わたしは空想上の話だろうと思って重要視しなかった。小競り合いのことを警察に通報しなかったと知ってからはとくにね。でももし事実だったら？　わたしたちはそのダンサーのことを、失われたプリマバレリーナ時代を追体験しようとしている年配の女性だと思ってる……顔に傷を負って、だれも接触できないように守られる必要がある人物だと」

クッキーが焼けるあいだに、マディーはロイヤルアイシングを作って、色をつけるためにふたつきの容器に分け入れた。ひとつの容器にミディアムピンクの食用着色料を三滴加え、アイシングをかき混ぜる。「もしアイダが幻覚を見ていたんじゃないとすれば、われらがバレリーナは強靭な娘さんという感じね。戦士だわ」

「そして若い。アイダの説明によると、その小競り合いはよくある強盗とはちがうみたいだった。考えてもみてよ、悪霊はダンサーをつかんで、足が地面から離れるほど持ちあげたのよ」

「じゃあ、あの女性はラウルの奥さんじゃないかもしれないと思うの？　でもリヴィー、あなたが説明してくれたコスチュームは、全部ララがロイヤル・ウィニペグ・バレエ団時代に踊った役のものよ」

「それはそうだと思う」オリヴィアは言った。「でも……母親似の娘がいたとしたら？」

「ラウルとララの娘か……なるほどね。妊娠したんだとすると、ララのキャリアが断ち切られたことの説明がつくわ」マディーはかき混ぜていたアイシングの容器のふたを閉め、ノートパソコンのまえに座った。「ネットの世界にはたくさんのバレエおたくがいるの。そのなかのひとりが、ララに娘がいたという事実を暴露してないなんて信じられないわ。その娘はバレリーナになるべく教育されたにちがいないもの。ララの経歴をもう一度見てみるわね」

彼女はララ・ラーセンと打ちこみ、ウィキペディアを選んだ。短い経歴に目を通したあと、マディーは言った。「不完全ね。彼女の熱狂的ファンがもっと詳しく書きこんでないなんて驚きだけど、そういうことはよくあるわ」

「そうね」オリヴィアが言った。「インターネットの情報はまちがっていることもあるし、穴だらけのこともある。出生証明書や医療記録を手に入れるためには、公的書類や個人の記録を見つけなきゃならない。新聞の死亡記事みたいな公的な告知がなければ、死んでいることを調べるのだってかなり骨が折れる。ララがプロとして踊ったのはたったの二年間よ。熱狂的なバレエファンでも、彼女にあまり興味を示さなかったのかもしれない」

「それもそうね。インターネットは神ってわけじゃないんだから。例のダンサーはララとラウルの娘かもしれないけど、それがわたしたちをどこに導いてくれるの？　ラウルがダンススタジオを離れるときはいつもその娘に薬を飲ませているんだとしたら、彼女と話をすることはできないわよ。やたらと危険な上に、得るものは少ないような気がする」マディーが言った。

オリヴィアは不意にめまいを感じ、呼吸亢進《こきゅうこうしん》を起こしていたことに気づいた。ラウルの住まいへの侵入はもうやりとげていたが、あのときはまる一日時間があったし、家にはだれもいなかった。今度はだれかが家にいる可能性が高いし、時間もあまり取れない。マディーを危険に引き入れることにもなる。見つかってしまうかもしれないし、逮捕されるかもしれない。デルは許してくれないだろう。そこでオリヴィアは、枷をはめられて連行され、殺人罪で法廷に立つことになる、若い弟のジェイソンのことを考えた。マディーに何も言わなければよかったと思った。だが幸い、もう一度ダンススタジオに潜入したいほんとうの理由は明かしていない——二階にあるラウルの小さな書斎。そのどこかに、書類や文書があるのはまちがいない。

「あなたの言うとおりね。大きな危険を冒すことになるのに、得るものはほんのわずかか、まったくないか。鍵は明日コンスタンスに返すわ。このクッキーを仕上げたら、とりあえずゆっくり眠りましょう」オリヴィアは言った。

金曜日の午前二時に作業を終えた。オリヴィアはマディーを家に帰し、散らかった厨房をそのままにして、店の戸締まりを確認した。眠そうに胸にもたれるヨークシャーテリアを抱き、重い足取りで住まいにつづく階段をのぼった。やっぱりマディーを巻きこむのはよそう。役に立つ書類が見つかったとしても、ラウルの書類に目を通す時間はあまりないだろうが、できることをやるまでだ。見つかったときは、観念するしかない。弟には危険を冒すだけの価値があるのだから。

18

三時間にも満たない断続的な眠りのあと、金曜日の朝五時四十五分ちょうどに、オリヴィアはスパンキーに時間外のえさを与えて抱きしめた。悲しげに鳴くペットを残して住まいのドアに鍵をかける。

階段を半分おりたところで、玄関ホールの様子がおかしいのに気づいた。〈ジンジャーブレッドハウス〉の入口から光が射しこんでいるのが見えたのだ。そうでなくても緊張しているのに、店に不法侵入されるのはもっとも避けたいことだ。どんな災難が待っているにしろ、心の準備をしながらゆっくりと階段をおりた。店のなかから、だれかがディスプレーテーブルにぶつかったような、ドスン、ガタガタという音がした。オリヴィアは階段の下から五段目で足を止め、携帯電話がはいっているジーンズのポケットに手を入れた。

「その足音をしのばせた歩き方はリヴィーね」マディーの顔が戸口からのぞいた。「あたしたち、似た者同士じゃない？」

彼女はブラックジーンズに黒のTシャツ姿だった。あざやかな赤い髪は大きなベレー帽のなかに隠されている。ベレー帽も当然黒だ。

「あたし抜きでこっそり冒険に出かけられると思った？　冗談じゃないわ。これだけ長いつきあいなんだから、気が変わったふりをしたあなたの下手な芝居にだまされるわけないでしょ。ひとりで行くと決めた瞬間だってわかったわよ。ほら、行くわよ、ラウルがミサに出かけるのを、ダンススタジオの外で隠れて見届けなくちゃならないんだから。そうしないと、彼がいなくなったことを確認できないでしょ」

オリヴィアは芝居がかったため息をついた。「ああ、マディー、マディー、マディー。あなたはわたしの親友だわ。そして完全にどうかしてる」

「それがあたしにしてやられたと認めるあなたなりの言い方なら、謝罪を受け入れるわ。さあ、出かけるわよ」

マディーは店の明かりを消し、オリヴィアは正面のドアから顔を突き出した。一台の車をのぞいて、タウンスクエアは閑散としていた。この状態がいつまでもつづくわけではない。六時をすぎれば、商店主たちがいつ現れはじめてもおかしくない。とくに七時に開店するレストラン二軒はそうだ。

「裏にまわりましょう。もっとよく考えておくべきだったけど、昨日の夜は死ぬほど疲れてたのよね」オリヴィアは言った。

「心配いらないわ」マディーが言った。「あたしはぶっつけ本番が得意だから。鍵は持ってきた？」

オリヴィアはポケットに触れて鍵の形をたしかめた。「あるわ。確認した。ここまでは計画どおりよ」

ふたりは人けのない〈ジンジャーブレッドハウス〉の裏の小路に出た。「ごみの日じゃなくてよかった」オリヴィアは声をひそめて言った。「ウィローロードを通っていくのはやめて、店舗の裏を抜けていきましょう。それから小さい公園を突っ切れば、通りをはさんで向かい側がダンススタジオよ」

「いい考えね。あの公園を利用する人はあんまりいないし、木がたくさんある。早朝の散歩に出てきたふりをするのよ。度を越して仕事熱心な商店主が、在庫確認か何かのために早めに出勤してくるかもしれないし。何があるかわからないでしょ」マディーが言った。

オリヴィアとマディーは、タウンスクエアの東側に並ぶ店舗の裏を、さりげなくきびきびと歩いた。だれにも出会うことなく、ヒッコリーロードからウィローロードまで一ブロックぶんつづく公園に着いた。実際のところ、木の密生した区域は公園というわけではなく、二十年まえに二軒の小さな家が焼け落ちたあと、荒れるがままになっている広い空き地にすぎなかった。

隠れる場所を決め、ミサに出かけるラウルにを待ちかまえていると、マディーがきいた。

「彼が裏口から出たらどうするの?」

「それはないわ。コンスタンスの話だと、彼が通っているのは聖フランシス教会で、パークストリートの南よ。それより、彼がこの森を突っ切るかもしれないことのほうが危険だわ」

「それは心が休まるわね」

「だからわたしたちは北の端にいるんでしょ」ダンスフロア越しに、スタジオの奥にあるオフィスで明かりがぱっとついたのがわかった。オリヴィアはマディーを引っぱって反射的に木の陰に隠れた。

「もう」マディーがささやき声で言った。「肩が脱臼しちゃう」

「ごめん。見て、ラウルが奥にあるあの小さな部屋にいるわ」何秒もしないうちに明かりが消えた。しばらくのあいだ、ダンスフロアには何も見えなかった。オリヴィアはもっとよく見ようと木の陰から出た。「彼は裏口から出たみたい」過信した自分を呪いながら言った。

「ちがうわ。彼が見える」マディーが言った。「玄関ドアが開いてるの」今度は彼女がオリヴィアを力ずくで隠れさせた。

明るいグレーのスーツを着たラウルは、異国風のハンサムに見えた。彼は通りの左右を確認してから芝生を横切り、スタジオの北側に向かって歩いていった。マディーはうめいた。

「ああもう、今度は何？　南に向かうんじゃなかったの？」

オリヴィアは隠れる木を何度か替えながら、スタジオの北側をよく見た。ラウルは立ち止まって、スタジオの上階を見あげた。「われらがバレリーナの部屋の窓を確認してるみたい。きっと彼女が歩いていく彼を窓から見たりせずに、眠っているかどうかたしかめたいのね」

「彼女の部屋の鍵はかかってないと思う？」マディーがきいた。「彼女と話せるかもしれないわよ」

「また歩きだした。きっとわたしがベッドの横で見つけたあの薬を、彼女がちゃんと飲まなかったんじゃないかと心配してたのね。さあ、ラウルは見えなくなったわ。ルンバの時間よ」オリヴィアはウィローロードの左右を確認した。「車は来てない。ありがたいことに、ここは静かな区域よ。ブロックの端まで戻って、スタジオの裏手の小路にはいりましょう」

「わかった。でも急いだほうがいいわ」マディーの強靭な脚が、すばやく木々のあいだを抜けていく。森から出ると、何台かの車が行きすぎたときにはとくに、さりげないふうを装った。スタジオの裏口にたどり着くころには、オリヴィアは緊張しすぎて、うまく鍵穴に鍵を入れることができなかった。

「リヴィー、大丈夫？　手が震えてるけど」

「興奮してるだけよ」オリヴィアは言った。「昨日はもっと時間があったから、ずっと落ちついてたんだけど。オーケー、はいるわよ」深呼吸をすると、心拍数が下がった。ジェイソンの運命がかかっているのだから、緊張している場合ではない。なかにはいってドアをロックし、唇に人差し指を当てて階段を指し示した。「われらがダンサーはたぶん二階よ」ささやき声で言った。「眠ってるにしろ、起きてるにしろ」

マディーはうなずいた。「あたしがベッドルームを確認する。どうせあなたはまっすぐ書斎に行きたいんでしょ」

「ありがとう」オリヴィアは先にたって階段をのぼった。二階に着くと、マディーにベッドルームのほうを示した。「わたしはあそこにいるわ」とささやき声で言って、書斎のほうにあごをしゃくる。「気をつけてね」マディーが国際スパイごっこをしている子供のようににやりとし、それを見たオリヴィアはいやな予感がした。マディーは信頼できる……たいていの場合は、と自分に言い聞かせた。ここぞというときは。どっちみち、今となってはもう遅い。

散らかったせまい書斎で、オリヴィアはすぐに気づいた。ラウルはダンサーとしてはきちょうめんで細部まで気を配るが、書類のこととなると整理したいという気にならないらしい。引き出しがふたつついた木製のデスクに向かった。古いデスクで、アンティークというよりは使い古されたもののように見える。デスク、椅子、本棚の上はどれも書類でおおわれていた。書類は床の上にもあり、分類して束にしようとした形跡はなかった。オリヴィアは途方に暮れた。これだけの書類を整理するにあたって、ラウルも同じ気持ちになったのだろうか。

デスクの上をざっと見ると、書類は大量の請求書だった。医療関係のものらしく、その多くに〝延滞〟とスタンプが押してある。巡回ダンス教師は健康保険にはいる余裕があるのだろうか？　そもそもこんなに多額の医療費を払えるのか？

日付を調べると、あるパターンが見つかった。いちばん古い書類は床の上にあり、それより少し新しいものは本棚の上にあり、いちばん新しいものはデスクをおおっていた。混沌としたデスクの上から手紙を一通取りあげた。患者の治療の経過について短い説明があり、ワシントンDCにあるワシントン精神医学会の精神科医の署名があった。うしろめたさを感じながら手紙に目を通していると、背後で床がきしむ音がした。オリヴィアはドアのほうをさっと振り返った。

「もう、あたしだってば」マディーがささやき声で言った。「驚くのはあたしが何を見つけたか聞いてからにしてよ。どうかした？　気絶しそうに見えるけど？」

「興奮するとこうなるのよ。これを読んでみて」オリヴィアは手紙をマディーにわたした。

「ワオ」マディーが言った。「〝患者は悪化しており……体重は四十キロから三十八キロまで落ち……また襲われるという幻覚を見ているらしく……トラウマを追体験……〟手紙の消印は昨日よ。ラウルが毎週木曜日に行く先はそこにちがいないわ」

「わたしもそうだと思う」オリヴィアが言った。「どうやらあの小競り合いは幻覚じゃなかったみたいね」

「じゃあ、アイダが言っていたことはほんとうだったんだ」マディーは部屋のなかをよく見た。「彼、散らかし屋なのね」

「たぶん動揺してるのよ」

「この患者」マディーは書類を見つめて言った。「どこかに名前はないのかしら？　ところで、彼女は廊下の先の部屋にいるわ。ぐっすり眠ってる」

「ベッドルームのドアが開いてたの？　彼女に聞こえちゃうかも」

「それはないわ」マディーは言った。「ドアは外からチェーンの掛け金を掛けてあるから。でも大事なのはそこじゃないの。ドアにおおいつきののぞき穴があるのよ。そこからちょうどベッドが見えるの。最初彼女は向こう側を向いて、小さな女の子みたいにまるくなってた。そのうち寝返りを打って……心臓が止まりそうになったわ。でも顔はよく見えた。そしてあなたの言うとおりだった。すごくやせてるからぱっと見は老けて見えるけど、実際は若いわ。ラウルの娘だっていう気がしてきた。この書類のどれかに名前さえ書いてあれば……これを書いた人は〝この患者〟とか〝その患者〟以外にことばを知らないのかしら？」

「あなたが持ってるのは医師の診断書みたいね」オリヴィアが言った。「てことは、請求書に患者の名前があるはずよ」デスクの上の書類をあさった。「あった。これだわ！ 彼女の名前はヴァレンティーナよ。ヴァレンティーナ・ラーセン」

「やった！」マディーはとっさに手で口をふさいだ。「ごめん」とささやく。「うれしいとつい大騒ぎしちゃうのよね。このあとはどうする？」

オリヴィアは腕時計を見た。「もうあまり時間がないわ。わたしがどうしても知りたいのは、ヴァレンティーナがタウンスクエアで踊っていて、そこで見たことを、精神科医に話したかどうかよ。幻覚だと医者が思ったとしても、詳細を記録しているかもしれないわ」

「どこからはじめる？」

「デスクの上。いちばん最近の書類があるから」オリヴィアはすでに書類を調べはじめていた。書類の山を乱しながら、ラウルは書類が動かされたことに気づかないに決まっている、と自分に言い聞かせた。

マディーはウィローロードに面した窓の外を見た。

「外の世界が目覚めはじめてる。急いだほうがいいわ」

ヴァレンティーナの夜のダンスについて書かれたものをさがして書類をあさるあいだ、貴重な時間がすぎた。オリヴィアは弟の容疑を晴らせるかもしれない証拠をなんとしても見つけようと、とり憑かれたようになっていた。今度はマディーが神経をすり減らす番だった。書類さがしの手伝いもそこそこに、窓や廊下をチェックしにいった。一度など、ヴァレンティーナがまだ部屋で眠っているかを確認するために、書斎から姿を消した。

オリヴィアは集中力の衰えを感じ、絶望のあまり不安になってきた。精神科医はヴァレンティーナが何を言っても、傷ついた精神が作りあげたことだとして、問題視していないようだ。「精神科医なんか大嫌い」彼女はつぶやいた。マディーは返事をしなかった。また姿を消していたのだ。ラウルが隠れていないかどうか、シャワー室を調べにいったのだろう。そろそろ時間切れだ。これ以上長居すればやっかいなことになる。それはわかっていた。あと数枚だけ、と自分に言い聞かせた。この最後の調べていない診断書のなかに、証拠があるかもしれないでしょ?

マディーが書斎の戸口に戻ってきた音がしたが、オリヴィアは顔を上げなかった。一枚の書類を取りあげ、最初の段落に目を通すと、オリヴィアの手が震えた。「あった」

「あれは何?」マディーがきいた。

「証拠よ」オリヴィアはそう言って、書類に目を走らせた。「これだわ」

「ちがうわよ、聞いて」マディーがひそひそ声で言った。「あの音は何?」

オリヴィアの体が硬直した。

「一階でドアが開いた音よ」マディーは顔色を失い、目を見開いてオリヴィアを見つめた。

「時間切れね」

オリヴィアが窓に走り寄ると、ちょうどラウルが正面玄関を出て、芝生から新聞を拾いあげ、ダンススタジオに戻るところだった。オリヴィアは全速力で頭を働かせた。ラウルが娘の様子を見に二階にあがってくるまえに、マディーとふたりで裏口から出なければならない。たとえマディーの脚がまったく音をたてずにすごい速さで動けたとしても無理だ。だいたいそんなことできるわけがない。

口笛の音がかすかに二階まで聞こえてきた。ラウルは家のなかにいる。口笛はだんだん大きくなっている。階段をのぼっているにちがいない。戸口で凍りついていたマディーが、よろけながら書斎にはいってきた。オリヴィアはとっさに脱出の方法をいくつも思い浮かべたが、どれも見つかって究極の恥をさらすことになるものばかりだった。だが、このままここにいても、やはりやっかいなことになる。ラウルは二階の部屋をのぞくか、なかにはいるかするだろう。それがどの部屋で、いつそうするかは予測がつかない。

「どうするのよ?」マディーがオリヴィアの耳元でささやいた。

「この部屋にいるしかないわ」オリヴィアがささやき返す。「ほかに道はないもの」ふたりがやってきたとき、ドアはわずかに開いていた。ドアの陰に隠れて壁に張りついていれば、ラウルが書斎にはいってきても見つからないだろう。いや、彼が仕事をするためにここにとどまれば、ふたりがいることに気づかれてしまう。オリヴィアは別のアイディアを求めて部屋のなかを見まわした。そして、もうひとつのドアを見つけた。やはり少し開いている。そっと開けてみると、物置兼クロゼットだった。多少の衣類をしまう程度の大きさはある……あるいは成人女性ふたりを。

すぐ近くで口笛が聞こえた。ラウルは二階の廊下にいる。オリヴィアはマディーの上腕をつかみ、クロゼットのなかに引きこんで、ドアは少し開けたままにした。

口笛がやんだ。オリヴィアにはラウルが書斎の戸口に立っているのが感じられた。彼が部屋の状態を見ているところを想像する。書類が元の場所にないのに気づかれたかもしれない。

ラウルはまた口笛を吹きはじめた。今度はさっきと別の曲で、かすかに聞き覚えがある。母のダンスレッスンのときに聞いた曲。ルンバだ。彼は部屋のなかにいる。オリヴィアは自分がまだ精神科医の診断書を持っていることに気づいた。見つけたことでひどく興奮した診断書だ。口笛がやんだ。書類が音をたてるかもしれないので、オリヴィアは動けなかった。できるのはラウルがこの書類をさがしていませんようにと祈ることだけだった。

沈黙がつづいているということは安心するべきなのかもしれないが、オリヴィアの頭のなかは、怒ったラウルが911に電話しながら、クロゼットのドアをさっと開けるのではないかという不安でいっぱいだった。マディーがわずかに体を動かした。ドアの隙間に近いところにいるので、部屋の様子をうかがおうとしているのだ。何も起こらなかった。マディーはドアをさらに押し開け、部屋のなかに頭を突き出した。そしてクロゼットのなかに頭を戻して言った。

「ヴァレンティーナのドアの掛け金をはずしてる音が聞こえる。この隙に逃げられるかも」

マディーはつま先立ちで書斎のドアに向かった。

「危険すぎるわ」オリヴィアが言った。「もし娘が眠っていれば、ラウルはすぐに出てくる。うまくここから出られても、階段をおりる足音を聞かれてしまうわ」

マディーは廊下をうかがってから、急いで安全なクロゼットに戻ってきた。

「当たりよ。ラウルの片足がベッドルームから出るのが見えた。足音がこっちに向かってる」

オリヴィアの額に汗が浮かび、軽くおろした前髪が波打っているのがわかった。このぶんでは、お客を迎えるまえにもう一度シャワーを浴びなければならない。

「よかった、階段のほうに行ったわ」マディーがクロゼットのドアを細く開けて耳を澄ました。この機会にオリヴィアは、持っていた紙をまるめてジーンズのポケットに突っこんだ。

「何も聞こえない」マディーが言った。「たぶんラウルは一階よ。レッスンは九時にはじまるのよね？」彼女は腕時計を見た。「うわ、もう八時四十分だわ。なんでこうなっちゃうわけ？ラウルが生徒といっしょにスタジオにはいるまで脱出するチャンスはないわね。あたしたちはあと二十分で店を開けなきゃならないのに。呪われてる」

「かもね。でも開店が遅れることはないわ。昨日の夜、バーサと母さんに電話しておいたから」オリヴィアがささやき声で言った。

「へえ。まえもって考えておくっていうのも悪くないわね」マディーが言った。「ラウルは一階でレッスンの準備をしてるにちがいないわ。ここにいたら窒息しそう」彼女はすり抜けられる程度にクロゼットのドアを開け、廊下を確認して言った。「だれもいない」

オリヴィアはクロゼットを出てまっすぐ窓のところに行った。

「建物のまえに車は一台も停まっていないわ。チャタレーハイツに住んでいる人なら、歩いてレッスンに来るだろうけど」

「シーッ。何か聞こえる」マディーが言った。

「音楽だわ」とオリヴィア。「一階から聞こえてる。つまりラウルはオフィスにいるか、ダンスフロアに出てるってことね」可能な脱出方法がいくつか頭に浮かんできたが、どれもオフィスを通りぬける必要があった。「どうすればラウルがダンススタジオにいることをたしかめられる?」

「それを知る方法はひとつしかないわ」マディーが言った。そしてオリヴィアが止めるまえに、ドアを大きく開けたまま廊下に出た。こっそりおりる準備をするかのように、階段のほうをうかがう。だが、階段に向かう代わりに、九十度向きを変えた。そして石のように固まった。オリヴィアは頭のなかに心臓の鼓動を響かせながら、開いたドア口に急いだ。

マディーのあごがゆっくりと落ちた。「リヴィー、こっちに来たほうがいいわ」

オリヴィアは廊下に出てマディーのそばに行った。薄暗い廊下に、バレリーナのベッドルームの開いたドア口から明かりがこぼれている。幾重にも重なったピンクのシフォンをまとった、この世のものとは思えない生き物が、こちらを眺めていた。その体はとてもきゃしゃで、オリヴィアは一瞬幻覚かと思った。だがその顔は本物で、頬に傷痕があるのは見誤りようがなかった。ライトブラウンの目は、とくに興味もない様子でおだやかにオリヴィアとマディーを見つめていた。

オリヴィアは名前をささやいた。「ヴァレンティーナ」

「そうよ」ヴァレンティーナは言った。「でもパパはわたしをおちびちゃん《タイニー》と呼ぶの。あなたたちがだれだか知ってるわ。きれいなクッキーを作る人たちね。公園で踊ってるわたしを見たんでしょ。パパが言ってたわ」小さな体と子供っぽいしゃべり方にもかかわらず、ヴァレンティーナは二十代半ばのようだ。

「わたしたち、バレリーナクッキーを作ったのよ」オリヴィアは言った。「あなたに敬意を表してね。とてもすばらしいダンスだったから」

ヴァレンティーナの口元にかすかな笑みが浮かんだ。「そのクッキーを見たいわ。パパはもっと食べなきゃいけないって言うの。あなたたちがここにいること、パパは知らないんでしょ？　もし知っていれば、わたしを部屋に閉じこめて守ろうとするはずだもの」

「わたしたち、あなたに会いたかったのよ、ヴァレンティーナ。あなたにききたい大事なことがあるの」オリヴィアが言った。

「パパがいいとは言わないわ。見つかるまえに出ていったほうがいいわよ」ヴァレンティーナは耳を澄ますように小首をかしげた。まっすぐな白金色の髪が大量に顔に落ちて、頬の傷痕がほとんど見えなくなった。この娘はかなり美しかったのだ、とオリヴィアは気づいた。

「パパはこれからダンスフロアに行くわ。レッスンをはじめるまえにウォーミングアップをするの。裏口から出るといいわ。静かにしていれば、パパはあなたたちを見ることも、音を聞くこともない。踊ってるときは別世界にいるから」

オリヴィアは懇願するように手を差し伸べた。「お願い、ヴァレンティーナ、ひとつだけ質問させて。わたしと家族にとってはすごく大事なことなのよ。わたしにはジェイソンという弟がいるの。彼が困ったことになってる。警察は弟が悪い男を殺したと思ってるけど、弟がやってないことはわかってる。わたしが知りたいのは、あなたが何日かまえの夜に……火曜日の、嵐の夜よ、その日に公園で踊っていたかどうかなの。もし踊っていたなら、何か見なかった？　あるいはだれかを」

もともと小さいヴァレンティーナが、さらに小さく縮こまってしまった。ベッドルームのほうに顔を向けたが、逃げこみはしなかったので、オリヴィアは希望を感じたが、けげんにも思った。精神科医の診断書によると、彼女は精神的ダメージが大きく、まともに考えたり行動したりできない、か弱い生き物とされていたからだ。確かにヴァレンティーナは自分だけの世界で生きているようだ。だが、繊細で傷ついてはいても、いま目のまえに立っているヴァレンティーナなら、有望な証人になれるかもしれない。

ヴァレンティーナはオリヴィアに顔を向けた。目に涙がたまっている。まばたきをすると、涙がはじけて顔を伝い、左頬の傷痕をたどった。「嵐のなかでは踊りたくなかったの」彼女は言った。

「その嵐のまえのことだけど」オリヴィアは自分の声の必死さに気づき、落ちつくために深呼吸をした。「あの夜何も、だれも見なかった？」

ヴァレンティーナのひ弱な体が震えだした。頬に手を伸ばして傷痕をたどる。

「お願い、ヴァレンティーナ。ジェイソンはわたしのかわいい弟なの。こんな目にあういわれはないわ。弟があの男を殺していないのはわかってる。あなただけが弟のたのみの綱なのよ」圧力をかけすぎた。言ってしまってからすぐにそれがわかった。ヴァレンティーナは苦しげに顔をゆがめて、ベッドルームに逃げこんだ。錠がまわる音が聞こえた。

「ここから出ないと」マディーが言った。「早く！」彼女はオリヴィアの腕をつかみ、階段のほうに引きずっていった。オリヴィアは抗《あらが》わなかった。チャンスは消えてしまったが、別のチャンスを見つけよう。なんとしてでも。

マディーが先に足音をしのばせて階段をおりた。キッチンのなかをのぞいて、敵はいないと合図する。むずかしいのはその先だ。キッチンからダンススタジオにつづくドアは開け放たれていた。おなじみのワルツがＣＤプレーヤーから流れている。

マディーはオリヴィアの上腕をつかんで引っぱった。「あと三分で九時だし、ワルツももうすぐ終わる」オリヴィアの耳元でささやく。「ラウルは生徒用の音楽をセットするためにキッチンにはいってくるわ」

オリヴィアはうなずき、もうひとつのドアノブに手を伸ばした。回らない。ラウルに疑いを持たせないために、内側から錠をおろしたのを思い出した。あのときはいい考えだと思ったのだ。

オリヴィアはマディーの耳元でささやいた。「錠を回す音がまぎれるくらい、音楽が大きくないと」

マディーはうなずいた。そして片手でドアノブをつかみ、もう片方の手で錠をつまんだ。オリヴィアは息を止めた。音楽がクレッシェンドにはいるまえに、マディーの筋肉がほんのわずか引きつった。完璧なタイミングだった。錠がかちりとまわってドアが開き、オリヴィアはドアをすり抜けた。すぐにマディーがつづいた。そっとドアを閉める。

「鍵をかけるべきかしら？」

オリヴィアは首を振った。「いいから、ここから離れるのよ」

小路を北に向かいながら、オリヴィアは立ち止まって振り返った。二階のヴァレンティーナの部屋の窓が見えた。ピンクに身を包んだ小さな姿が、ふたりの脱出を見守っていた。自分でもわからない理由で、オリヴィアは一瞬希望を感じた。

19

オリヴィアがシャワーから出たとたんに電話が鳴りはじめ、受話器に手を伸ばすと呼び出し音は途中で止まった。ダンススタジオから走って帰ってきたあとで、まだ暑かった。手持ちのなかでいちばん軽い服、可能なかぎり薄い生地の、濃灰褐色のパンツとそれに合うブラウスを身につけても、ウールのように肌に重く感じられた。だが、ビキニを着て仕事をするわけにもいかない。

汗まみれのジーンズとTシャツを洗濯かごに放りこみ、すぐうしろにスパンキーを従えてキッチンに向かった。ひと切れの冷たくなったピザにかぶりついたとき、電話がまた鳴った。

「リヴィー？　母さんよ。何か食べてるみたいだから、しゃべらなくていいわ。店のほうは万事順調だけど、ヘザー・アーウィンが厨房にいて、泣きじゃくってるの。コーヒーを出して、バッグにはいってたティッシュをわたしといたわ」

オリヴィアはピザを飲みこんだ。「よかった。彼女はリストにはいってるから」

「リスト？　いえ、いいわ。聞きたくない」

「すぐおりていくわ」

スパンキーが足首のまわりをくるくる回った。いつもとちがう朝のスケジュール——散歩は含まれていない——に動揺しているのだ。「行くわよ、ちびちゃん。バーサがしばらくあなたの面倒をみてくれるわ」スパンキーはそれを聞いてうれしそうではなかったが、おまけのおやつが役に立った。

〈ジンジャーブレッドハウス〉にはいると、暑さよりも空気の重さが感じられるような気がした。母はお客にハンドメイドのエプロンの、エレガントな刺繍を見せていた。岩でいっぱいのリュックサックを背負っているかのように、肩がまえに傾《かし》いで猫背になっている。オリヴィアには母の気持ちがわかった。こちらを見たエリーに、投げキスをして厨房のほうを指し示した。

ヘザー・アーウィンは厨房のテーブルにかがみこみ、両腕のなかに顔を埋めていた。ドアが開いた音を聞いて顔を上げる。目は縁が赤くなって充血し、唇にはかんだあとがあった。

「ああ、リヴィー、ほんとになんともない？」

オリヴィアは自分のためにコーヒーを注ぎ、ヘザーのカップにお代わりを注いでから、彼女の向かいに座った。「大丈夫よ。最近どうしていたのか話してくれない？」

ヘザーはゆっくりとうなずいたが、口を開かない。

オリヴィアはバレリーナクッキーのトレーに手を伸ばし、ラズベリー色のラメ入りアイシングがかかったクラシックなトウシューズを選んで、ヘザーに差し出した。「クッキーを食べると頭が働くわよ」

その動作はヘザーから悲しげな笑みを引き出し、大量の涙がそれにつづいた。

「どうして……どうしてわたしにやさしくできるの？　わたしは……もう少しであなたを轢き殺すところだったのよ。もちろんそんなつもりはなくて、ただ……ちょっと……」彼女はトウシューズの先をかじった。

「あなたのトラックがわたしをねらってたんじゃないことはわかってるわ。じゃなかったら轢かれてたもの」真実とは言えないが、非難したところで時間が無駄になるだけだ。

「でも、許されないことだわ」ヘザーは洟をすすった。「デル保安官は無謀運転でわたしを起訴するとか言ってる。「〝永遠に憎む〟たぐいのことは避けるようにしてるの」オリヴィアはヘザーのまえにクッキーの皿をすべらせて言った。「でも、わたしが許して忘れる過程をスピードアップさせたいなら、あなたにしてもらいたいことがある」

「なんでも言って」

「ジェフリー・キングについて知っていることを全部話して。つらい話題なのはわかるけど、わたしは弟を留置場から救い出そうとしていて、時間があまりないのよ」

ヘザーはアラベスクのポーズをとるバレリーナのクッキーを取った。暗い笑みを浮かべ、クッキーをナプキンに置いて言った。「当然よね。わたしとしては恥ずかしいことだけど、あなたには大事なことだもの。彼についてはいろいろと知ってるわ。図書館司書にうそをつくなんて大まちがいよ。わたしを内気でだまされやすいと思ってる人もいるけど、わたししたち司書は人の知られたくない秘密をあばく方法を知ってるから」ヘザーはまばたきで涙をこらえ、バレリーナのペールブルーのつま先をかじった。

オリヴィアはふたつのカップにコーヒーを注ぎ足した。かぎられた時間を気にするあまり、肩がこわばるのを感じた。ヘザーには貸しがあるので、思い切ってぶつけてもいいだろう。

「キングに殴られたのね？」オリヴィアはヘザーのファンデーションの下の肌が、ほのかに黄色くなっているのに気づいていた。

「ええ」ヘザーは言った。「あんなに屈辱的で、あんなに腹が立ったことはなかったわ。だれにも殴られたことなんてなかったのに。殺してやりたかった……」そう言って、バレリーナのすねをかじった。

「そう思っていたのはあなただけじゃないわ」オリヴィアは言った。「彼は理由があって殴ったの？」

ヘザーは震える手で上唇からクッキーのかけらをぬぐった。

「わたしの友だちに会いたがらないし、わたしと人前にも出たがらないから、変だなとは思っていたの。そのうちキッチン用品がいくつかなくなっているのに気づいて、新しいｉＰｈｏｎｅも見つからなくなって。財布から百ドルがなくなったとき、ジェフが盗んでいることに気づいたの。そういうものに近づけたのは、彼以外にいなかった」

「それで、問いただしたら殴られたの？」

ゆがんだ笑みを浮かべてヘザーは言った。「いいえ、そういうわけじゃない。まずインターネットで彼のことを調べたの。彼はジェフリー・ロードと名乗っていたんだけど、その名前で検索してもヒットしなかった。でも、ジェフリー・デュークという人について討論しているブログを見つけて、思いつくかぎりの高貴な名前を試してみたら、本名はキングだってことがわかったの。ジェフは魅力的でずる賢いけど、独創性があるわけじゃなかった」

「ワーオ。図書館司書を侮るべからずね」

「そうよ」ヘザーの丸顔から力みが抜けて、いつものやさしくて遠慮がちな表情になった。「わたしはジェフがガールフレンドから盗みつづけてきたことをつきとめた。よそで盗んだものをガールフレンドに贈ったりもしていたわ。恥ずかしがって警察に通報できないような、内気な女性ばかりを選んでいた。そんな女性たちでも、ネット上にはぶちまけていた。彼は最初こそ魅力的だけど、そのうち要求が激しくなり、口うるさくなって、たいてい暴力をふるうようになると、みんな口をそろえて言っていた」

「そのなかに、ジェフリーが武器を使うと言ってる人はいた？」

ヘザーはうなずいた。「何人かの女性が、ナイフでおどされたと明かしてたわ。ある女性なんて、あごを二針縫わなくちゃならなかったそうよ。わたしにはナイフは使わなかった。というのも……、鋭利な道具を全部隠して鍵をかけてから、キッチンのものを盗んだでしょうと責めたから。彼はよく引き出しを開けてあさったりしていて、そういうものがどこにあるか知っていたの。わたしが隠したと知って、彼は逆上した。わたしは顔を殴られて倒れた。殺されると思った。でも彼は微笑んだだけで出ていった。念のために鍵を全部取り替えたわ」

オリヴィアの頭にはひとつの目的しかなかった――弟の殺人容疑を晴らすこと――そのための時間はあと二十四時間もない。ヘザー・アーウィンをなだめて質問に答えさせるには一時間以上かかったが、時間をかけただけの価値はあった。オリヴィアはヘザーがジェフリー・キングを殺していないことを願った。だが、彼女には強い動機があり、アリバイもない。それに利口《スマート・クッキー》な人でもある。

好奇心にかられていつもの金曜日より大勢のお客が来た場合に備えて、店はマディーとバーサと母にまかせてあった。オリヴィアはコーヒーの残りをごくりと飲んで、冷蔵庫から取り出したものを〈ジンジャーブレッドハウス〉の袋に入れ、裏の小路に出た。

最初の目的地はお隣の〈ベジタブル・プレート〉だ。クッキーの袋に見えるものを持って、砂糖恐怖症のシャーリーンの店にはいっていくところを見られたくなかったので、小路を進んで裏口に向かった。たぶんシャーリーンは厨房にいるだろう。彼女は売り場をほとんどアルバイトにまかせているので、ヘルシーなレシピを考案することができるのだ。

オリヴィアは小さな窓から厨房をのぞいた。ついていた。シャーリーンは弟のチャーリーといっしょに作業台のまえに座り、頭を寄せ合って話をしていた。ノックをすれば、ふたりは消えてしまうかもしれない。そこでドアノブに手を掛けた。すんなり回った。すばやく体をすべりこませたので、クリッチ姉弟には椅子をうしろに引く時間もなかった。

「ふたりともここにいてくれてよかったわ」オリヴィアは裏口のドアを閉めて言った。「話があるの」

「いったいなんの……」シャーリーンは体をよじって立ちあがった。「文明人ならノックをするものよ。ここが押しこみにあったことを思い出してほしいわね」

「そうね、でも押しこみの犯人は殺されたのよね？　だから裏口に鍵をかけずにいるほど安心してるんでしょ？」

チャーリーが姉のこわばった肩に片腕をまわした。「大丈夫だよ、姉さん。ぼくがいるから、だれにも姉さんを傷つけさせたりしない」

「その心配はないわよ」オリヴィアは袋を掲げた。「和解のしるしに贈り物を持ってきたんだから」シャーリーンが悪魔の砂糖についてわめきだすまえに、オリヴィアは言い添えた。「野菜の形の型抜きで抜いたサンドイッチよ。こんな袋でごめんなさいね、これしか見つからなくて」彼女はテーブルのシャーリーンとチャーリーのあいだに贈り物を置いた。椅子を引きながらオリヴィアは言った。「座ってもらえるかしら。突然なのはわかってるけど、あまり時間がないの」

シャーリーンはすばやく弟と目を合わせた。「ジェイソンが釈放されるとうわさで聞いたわ」

うわさのもとであり、それを友人や親族たちにたのんで広めてもらった張本人であるオリヴィアは言った。「そうよ……とりあえずね。でもまだ重要参考人だから、容疑を晴らしたいの」

「たしかにジェイソンはぼくの仲間だ」チャーリーが言った。「でも姉さんとぼくも容疑者なのに、どうしてあなたの力にならないといけないのかな？」

「あなたたちがほんとにやったなら、たぶんわたしの力になるべきじゃないんでしょうね。あるいはうそをついているのなら。でもジェフリー・キングを殺してないなら、わたしの質問に答えるのに問題はないはずよ。わたしは警察じゃない。真犯人を見つけてジェイソンを自由にするのに役立つのでないかぎり、あなたたちの秘密に興味はないわ」オリヴィアはサンドイッチの袋を開けた。「自分で言うのもなんだけど、なかなか芸術的にできたのよ」

シャーリーンはボタンのような鼻をうごめかした。「キュウリのにおいがする」

「ええ、切りたてよ」

「わたしはオーガニックの野菜しか食べないの」

オリヴィアはシャーリーンのほうに袋を押しやった。「この野菜はすべてオーガニックよ。全粒粉パンもね」

「それをわたしに信じろと？」

「全部わたしの母が昨日の午後〈ベジタブル・プレート〉で買ったものだからよ」

シャーリーンは袋の縁に人差し指をかけて、なかをのぞいた。眉をひそめて言う。

「マスタードを使ってるわね。市販のサンドイッチ・スプレッドは食べないの。砂糖がはいってるから」

オリヴィアはため息をつきたいという強い衝動をこらえて、ぐるりと目をまわした。

「母が乾燥させて挽いたオーガニックのマスタードシードから作ったマスタードよ。水も純粋な湧き水を使ってるわ」

チャーリーがシンクの横の戸棚を開けてガラスの大皿を取り出し、水洗いして拭いてからテーブルに置いた。「あの、リヴィー」彼は言った。「ぼくたちもジェイソンのことは心配してるんです。でもどうしてぼくらが力になれるのかわからない。ぼくらはジェフを殺してない。誓ってほんとです」

シャーリーンは型抜きサンドイッチをひとつずつガラス皿に並べはじめた。「きれいね」湾曲したバナナの形のサンドイッチに、レタスの形のサンドイッチを立てかけながら言った。

「マディーが作ったの?」

「わたしが作ったのよ」

「そう」シャーリーンはラディッシュの形のサンドイッチを取り、てっぺんの葉っぱ部分をかじった。「ほんとにラディッシュがはいってる」

「最善をつくすようにしてるの」オリヴィアは言った。今は叫ぶときじゃないと、爆発しそうな本心をなだめながら。

シャーリーンはラディッシュのサンドイッチを食べおえ、オリヴィアと目を合わせた。

「それで? わたしから何を聞き出したいの?」

「ぼくからも」と言って、チャーリーはトマトのサンドイッチをまるごと口に放りこんだ。

「ふたりとも、ジェイソンのためにありがとう。いま思えば、日曜日の朝、〈ジンジャーブレッドハウス〉の前庭の芝生にあのチラシをばらまいたのはジェフリー・キングだったのね。そうでしょう、シャーリーン？」

シャーリーンは引き締めた口元をゆるめ、冷笑を浮かべた。「ええ、そうよ、あれはジェフのしわざ。わたしがまぬけに見えると思って、彼はご満悦だったでしょうね。彼はわたしが口外しないことを知っていた。彼がずっとわたしの人生の一部だったと認めることになるから」

「どうして彼はあんな妙なことをしたの？」

シャーリーンはセロリの形のサンドイッチを取り、片側のパンをつまんだ。テーブルの上にパンの残骸の小さな山ができていた。「ジェフは自分が世界中のだれよりもずっと頭がいいことを示すためなら、なんでもやるの。うちのチラシをおたくの芝生にばらまいて、わたしをご近所トラブルに巻きこもうとしたのよ——そして、自分はいつでも好きなときにわたしのところに来られることを示そうとした」得意げな笑みを浮かべて、シャーリーンは付け加えた。「掃除をするあなたとマディーを窓から眺めるなんてばかなことをしたけどね。ビニーが撮ったあの写真を保安官に見せられたわ」

「それでも彼だと認めなかったの？」

「認めればもっとまずいことになってたわ」シャーリーンはちらっと弟を見た。オリヴィアは心配そうなその目を見て、彼女はだんまりをつづけることでだれを守ろうとしているのだろうと思った。

「なるほどね」オリヴィアは言った。「あといくつか質問させて。火曜日の夜、あなたたちふたりとジェイソンがいた場所のことがまだわからないの。警察は教えてくれないけど、ほかにも容疑者がいるんじゃないかと思う。犯行時刻にどこにいたのか明らかにしたほうがあなたたちのためよ」

シャーリーンは淡いローズ色の爪の傷を調べた。「容疑者って？」

「あなた、ジェフリー・キングと言い合いをしたそうね。彼を追っている高利貸しのことで」

「だれに聞いたの？」

オリヴィアは肩をすくめた。「ほんとうなのね？」

シャーリーンは椅子の背に寄りかかった。「もう答えを知ってるのに、どうしてきくの？ ええ、わたしは野菜のナイフでジェフから身を守ろうとしたわ。だからといって、同じセットのナイフで彼を刺したことにはならないでしょ」

「あなたがやったとは言ってないわ。でも、あの夜どこにいたか、あなたが正直に話しているとは思えない」

「わたしはうそつきじゃないわ」哀れっぽい言い方のせいで、シャーリーンの否定は的外れに聞こえた。

オリヴィアはチャーリーに注意を向けた。「あなたはお姉さんを守るために、ひと晩じゅう店にいたんでしょ？　お姉さんをひとりにして帰るわけがないわ。店に火をつけてやるとキングにおどされていたんだから。それに、あなたには帰る場所がないこともたまたま知ってるの。部屋から追い出されたのよね」

チャーリーは力なく椅子にもたれ、天井を見あげた。「帰ったと言え、と姉に言われたんだ」彼は姉の腕をぽんとたたいた。「大丈夫だよ、姉さん。うそをつくのも、ずっと隠れているのも、もううんざりなんだ。わかるよね、ジェフ殺しで訴えられたら、正当防衛だったと言えばいいと姉は考えた。でもぼくは彼と何度も口論をしていた。姉を傷つけたら殺してやるとおどしてもした。最悪なのは、ジェフが……その、ぼくをゆすっていたことだ。あいつは信託財産から出るぼくの月々の手当と給料のすべてを取りあげ、もっとよこせと言った。あいつを殺したかったよ、心から。でもぼくはやってない」

「何をネタにゆすられてたの？」

「それはあなたには関係のないことよ」シャーリーンがいきなり立ちあがった。「帰ってちょうだい。今すぐ」

「いや、姉さん、いいんだよ」チャーリーは彼女の手首をつかんだ。「はっきりさせてしまおう」姉が座ると、彼は話しはじめた。「ぼくは未成年のとき、車を盗んでつかまったことがあるんだ。記録は封印されていたはずなのに、どういうわけかジェフは写しを手に入れて、ストラッツに見せるとおどした。そうなったらぼくは仕事を失い、もう二度と整備工場で働けなくなる。ぼくは車の仕事が何よりも好きなんだ。どうやってあの記録を手に入れたのか知らないが、あいつは手に入れた」

シャーリーンはあまりレディらしくないやり方で鼻を鳴らした。

「おそらくバカな女役人を甘いことばでたらしこんで、言いなりにさせたのよ」

「それはありうるわね」オリヴィアは励ましているように聞こえることを願って言った。

「で……それでもまだ、あの夜はあなたより先にチャーリーが店を出たと言うつもり？」

「いいえ！」シャーリーンは弟のそばに寄った。「実際は、ふたりとも店を出なかった。計画したとおり、ひと晩じゅういたのよ……ジェフから店を守るために。あの男は悪魔よ。わたしの大事な〈ベジタブル・プレート〉を全焼させる以上のことをやりかねないわ、なかにわたしがいてもね」シャーリーンの両手が大皿に伸びて、サンドイッチを四つつかんだ。それで心が休まるかのように、片手にふたつずつサンドイッチをささげ持っている。

「ふたりでいっしょにいたの？　店のなかでってことだけど」オリヴィアが尋ねた。

「ええ」シャーリーンが言った。

「ちがう」チャーリーがぼさぼさの茶色い巻き毛に指をからませた。「まずい状況なのはわかるけど、ぼくを守るためにうそをつくのはもうやめないと」彼はテーブルに肘をつき、懇願するような目でオリヴィアのほうに身を乗り出した。「姉は二階で眠っていた。簡易ベッドが置いてあるんだ。部屋を追い出されてから、ぼくはそこで寝ている。あの夜ぼくは眠らずに一階で見張りをし、姉はひと晩じゅうおりてこなかった。ぼくはこっそり抜け出してジェフを殺すこともできただろうけど、誓ってやっていない」

「キングが殺された時刻に、何も見たり聞いたりしていないと言うの?」

シャーリーンの小さなこぶしがテーブルをたたき、サンドイッチの皿ががたんと音をたてた。「弟はもう充分あなたの質問に答えたわ。わたしたちはこの店を守りたかっただけなの。チャーリーにはジェフを殺す必要なんてなかったのよ」

「どうして?」

「わたしがやってないのと同じ理由よ——わたしはいつでも好きなときにあの人を刑務所送りにできた。まあ……たしかにいやな思いをすることにはなったでしょうけど、わたしはちゃんとそうしたと思うわ。最後にジェフに殴られたとき、そうしてやると彼に言ったの。わたしたちから離れてくれないなら、知っていることを警察に話すって」シャーリーンの下唇が震えた。

「警察に何を話すの?」オリヴィアの声には内心の必死さが表れていた。「キングの何をつかんでいたの? この厨房でわたしに見つかったとき、彼はその証拠をさがしていたんでしょう?」

シャーリーンはいきなり立ちあがり、そのせいで椅子がぐらついた。チャーリーが倒れるまえに椅子をつかんだ。

「売り子たちの様子を見にいかないと」シャーリーンは言った。「話は終わりよ」チャーリーの上腕をつかみ、椅子から引きあげた。

だが、オリヴィアのほうはまだ終わっていなかった。クリッチ姉弟のあとを追って厨房のドアを抜け、店に出た。シャーリーンは店内を歩きまわるオリヴィアを無視して、ふたりの若い女性店員と話し合っていた。オリヴィアは何をさがすべきなのかわかっていた——シャーリーンが手にしているのを見たと、バーサから報告があったクッキーカッターだ。運がよければディスプレーのなかにあるかもしれない。

料理本コーナーからはじめるのがよさそうだ。クッキーカッターは棚のかわいい飾りになる。そこにはなかったので、つぎはあちこちにあるランプを調べた。引きひもにクッキーカッターはぶらさがっていなかった。さらに、ぴかぴか光る刃物類をさがして店内を見まわした。カッターを置くには理にかなった場所だ。レジのそばの日の当たる場所にそのディスプレーを見つけた。レジにはふたりの店員とお客がひとりとシャーリーンがいた。

熱心な店員が、どんな用途にも使える完璧なスライス用具をおさがしですかと声をかけてきたが、オリヴィアは〝見ているだけだから〟と手を振った。わたしの所有物をね……そしてやはりあった。〈ジンジャーブレッドハウス〉から消えたカッターたちが。ごちゃ混ぜに置かれたナイフ、野菜の皮むき器、ガーリックつぶし、そのほかのスライス用具一式に、クッキーカッターが芸術的なはなやかさを添えているのは、認めないわけにいかなかった。返してくれと言うのがはばかられるほどだ。

オリヴィアはクッキーカッターを六個まで見つけた。ニンジンとリンゴは、さまざまな形の皮むき器を入れたびんに引っかけられていた。ヨットは魚の骨を取るナイフの隣、パーティドレスはレモンやオレンジの皮をおろすゼスターに囲まれている。ティーポットはゼスターの横にあった。そしてディスプレー全体の上に、星形のカッターが吊られていた。デューセンバーグの形をした、ヴィンテージのブリキのカッターは見当たらなかった。

「どうして驚いてるの？」

オリヴィアはシャーリーンの声がしたほうを向いた。「驚いてるように見えた？」

「クッキーカッターはかならずしも砂糖とつながりがあるわけじゃないわ。あなたがあの野菜形サンドイッチを持ってきてくれるまえから、そう思ってた」

「それはわかるわ」オリヴィアは言った。「驚いたわけじゃないの。ただ、あなたにクッキーカッターを売った覚えはなかったから」

シャーリーンは完璧に整えた眉をかしげてみせた。「あら、このクッキーカッターはわたしが買ったものじゃないの。チャーリーが買ってきてくれたのよ」手を伸ばしてヨットのカッターに触れると、シャーリーンの表情がやわらいだ。「子供のころ、チャーリーとわたしは夏の別荘がある湖で、よく自家用ヨットに乗ったの。探検家になったつもりで、何時間も湖をただよったわ。どの形もわたしにとって特別な意味があるの。チャーリーはそれを知っているのよ。ときどきそういうかわいいことをしてくれるの」

「そう。わたしもこれと同じものを持ってるわ」オリヴィアが言った。

シャーリーンはほんの一瞬オリヴィアと目を合わせて言った。「ジェイソンはいい人よ。彼の容疑が晴れることを願ってるわ」

「わたしもよ」

オリヴィアはチャーリーが〈ジンジャーブレッドハウス〉からこれらのカッターを盗んだことをほぼ確信したが、口には出さなかった。デューセンバーグのカッターを盗んだのも彼だろう。彼はあれをジェイソンにわたしたのだろうか？　ジェフリー・キングともみ合っている最中に、チャーリーかジェイソンのポケットから落ちたのだろうか？　もしそうなら、デューセンバーグは犯人を示す、キングのダイイングメッセージだったのかもしれない……そしてその場合、どちらかの姉が弟を失うことになるのだ。

20

〈ベジタブル・プレート〉から〈ジンジャーブレッドハウス〉までの短い距離を歩くあいだ、オリヴィアの頭のなかではさまざまな考えが、暴風のなかのクッキーカッターモビールのようにのたうちまわっていた。どれもそそられたが、まだ心を決めかねていた。シャーリーン・クリッチが元夫を殺したいほど嫌っていたのは明らかだ。自分と愛する弟をしつこくおどし、ゆすり、金を搾り取っていた男なのだから。さらに、チャーリー・クリッチが〈ジンジャーブレッドハウス〉からなくなった七個のクッキーカッターのうち、少なくとも六個を盗んでいたこともわかった。死んだジェフリー・キングの手のなかで見つかったデューセンバーグのカッターも、チャーリーが盗んだのはまちがいないだろう。あのカッターをほしがっていたジェイソンにあげるつもりだったのだろうか？　キングが殺されるまえに、実際にジェイソンにわたしたのだろうか？

ヘザー・アーウィンは、トラックでオリヴィアを轢きそうになったことを心から悔いているようだ。盗みのことで問いつめたらキングに殴られた、と彼女は言っていた。ヘザーは表面上、内気でおとなしそうに見える。だが実際は、利口で意志が強くて勇敢だ。宿題をきちんとやるタイプだし、まえもって計画も立てる。復讐に燃える人物にとっては願ってもない性質ばかりだ。

ヘザーは興味深い情報をひとつ提供してくれていた。ジェフリー・キングはナイフを使うのを好み、相手の顔にナイフを向けるのを習慣にしていたらしい。キング自身、ナイフによる傷で命を落としている。ヴァレンティーナ・ラーセンのきれいな顔は、ナイフの傷のせいで損なわれてしまった。たぶんキングはもう片方の頬も切ってやるとおどしたのだろう。アイダの記憶が正しければ、ヴァレンティーナは公園でキングと、暴力的で悪夢のような遭遇をした——そしてひどく過保護な父親。すべてはひとつづきの偶然かもしれない……だが、何かが引っかかる。

「いつになったらなかにはいるつもり？」〈ジンジャーブレッドハウス〉の開いた脇窓から、マディーの問いかける声が聞こえた。「ずっとそこに突っ立って、考えこんでるんだもの」

「そうだった？　ごめん」マディーの顔を見たオリヴィアは、何かがおかしいことに気づいた。肌が青白いせいで、そばかすがいつもより濃く見える。

「なかにはいってほしい感じなんだけど」マディーが言った。「どうしても」

「何があったの？　ジェイソンのこと？」

「間接的にではあるけどね」マディーが言った。「自分でたしかめてよ。裏口からはいってきて」

オリヴィアが小路に面した裏口に着くと、開いた戸口でマディーが待っていた。オリヴィアをなかに入れ、ドアをロックすると、マディーは無言で厨房のノートパソコンを開けた。

「なんだかすごくいやな予感がする」スクリーンに現れたビニー・スローンのブログを見て、オリヴィアは言った。

「これを読んだらもっといやな気分になるわよ。少なくとも、写真は一枚も載ってないけど」厨房の電話が鳴った。

「死の電話だ」マディーが受話器に手を伸ばしながら言った。「身柄拘束の日程を交渉しなくちゃ。あなたは読んでて」

オリヴィアは深呼吸を二回してから読んだ。


恐れを知らないわれらが探偵ガールズ、オリヴィア・グレイソンとマディー・ブリッグズがまたやってくれた。弟のジェイソンが殺人容疑をかけられたため、オリヴィアは自身も法を破ることで、彼の容疑を晴らす証拠をさがし出そうと（あるいは作り出そうと）しているのだ。弊紙〈ザ・ウィークリー・チャター〉は、今朝早くオリヴィアとマディーが〈チャタレーハイツ・ダンススタジオ〉に不法侵入したとの目撃証言を独占入手した。そのあいだハンサムでミステリアスなわれらがラテンダンス教師ラウルは、聖フランシス教会で祈っていたという。いつもいっしょの探偵ガールズは、証拠をさがしていたのだろうか……それとも偽の証拠を仕込んでいたのか？　ふたりはだまされやすい子供さながらに児童書の〈ボブシーきょうだい探偵団〉シリーズを読んでいるにちがいない。何年も都会で暮らしたあとでチャタレーハイツに戻ってきてから、オリヴィアは平均的商店主にしては犯罪に巻きこまれすぎている。だからわたしたちはつい考えてしまうのだ……今度は何？　と。わが町のナンシー・ドルーとその助手ジョージの悪ふざけについては、毎日更新している〈ザ・ウィークリー・チャター〉のブログをごらんください。情報提供歓迎、写真提供には謝礼をさしあげます。

もう一度記事を読むうちに、オリヴィアの不安は消えはじめた。アイディアを思いついたのだ。少なくともアイディアのかけらを。しばらく目を閉じて、それを頭のなかでかみ砕いた。

「こんなときによく居眠りなんかできるわね」鳴っている電話を無視して、マディーがどすんと椅子に座った。「もう四本の電話がかかってきたわ。壁から電話線を引き抜いてやろうかしら」ノートパソコンのスクリーンには、まだビニーのブログの記事が出ていた。マディーはパソコンを閉じてそれを見えなくした。

「リヴィー・グレイソン、あたしたちはあなたの弟を刑務所に送り出すことになりそうよ。そしてあなたは……何にやにやしてるのよ。説明しなさいよ」

オリヴィアはノートパソコンを開いて、画面を指さした。

「この報道めかしたたわごとは名誉毀損ものだわ。でもわたしたちにとっては渡りに船よ」また電話が鳴りだした。「これでかなり時間を節約できるわ」

「あるいは無駄になるか」マディーが急いで立ちあがり、鳴っている電話の受話器を取って、すぐに切った。そしてまた鳴りだすまえに、受話器をテーブルに置いた。「ルーカスのところの従業員がこのブログを見て、すぐに知らせてくれたの。携帯電話でブログを見てたら、この記事が現れたんですって。なんでビニーはこんなことをしたのかしら？」

オリヴィアは立ちあがって受話器を戻した。「電話はわたしが受けるわ。あなたは携帯電話のメッセージに注意してて。すべては計画の一部よ」

「なんの計画よ？」マディーはヒステリーを起こす寸前だ。

電話が鳴り、オリヴィアはすぐに受話器を取った。

断固とした力強い声が言った。「リヴィー、コンスタンス・オーヴァートンよ。警告しておこうと思って。保安官に電話して、あれは不法侵入じゃなかった、ダンススタジオで調べてもらいたいことがあったから、わたしが鍵をわたしたと言っておいたわ。彼は解せない様子だった。わたしが車椅子という切り札を出すまではね——ほら、かわいそうなわたしは階段をのぼれなくて、とかそういうこと。クッキー何ダースぶんの貸しにするかはあとで知らせるわ」

「バターまるまる半キロぶんの価値はあるわ」オリヴィアは言った。「それに、あなたがふっくらしていくのを見るのは楽しそうだし」

「そうはならないわよ」コンスタンスは言った。「わたしの代謝機能はまだわたしがバスケットボールをしてると思いこんでるから。今回あなたとマディーが何にはまりこんでるのか知らないけど、幸運を祈るわ。ところで、鍵はいつ返してくれる？」

「明日まで待ってくれるなら、クッキーといっしょに届けるわ」オリヴィアは言った。

「わかった」

オリヴィアは電話を切って、マディーを見た。彼女は下唇を吸いこみながら、メッセージをチェックしていた。「コンスタンスがわたしたちの不法侵入容疑を晴らしてくれたわ」オリヴィアは言った。「かなりの借りができちゃった。クッキーといえば、バレエ関連のクッキーはどれくらいある？」

「少なくとも六ダース、もしかしたらもっとある」マディーが言った。「見てのとおり、いらいらをまぎらわすために仕事をしてたから」手を振って厨房のなかを示す。オリヴィアは目のまえの危機に集中するあまり、汚れた焼き型や道具類の山に気づいていなかった。マディーは冷蔵庫の扉を開けて、重ねられたふたつきのケーキ型を見せた。「こうすればアイシングがもっと早く固まると思って」

「すばらしいわ」オリヴィアは言った。「ビニーのブログにコメントをつける方法をわたしに教えたら、すぐに半分を売り場のあちこちに置いて。あ、それと、母さんに話があるから、接客が終わりしだい、わたしのところに来るように言ってもらえる？」

「これから何がはじまるのか、あたしに話したらどう？」マディーの頰に色が戻ってきた。

「それもそうね」オリヴィアは言った。「今夜、閉店したらすぐ、祝賀会を開くの。招待客は選ばれた何人かの人たち。デルにはジェイソンをここに連れてきてほしいとたのんであるけど、もし彼が拒否してもわたしたちはやるわ。ジェフリー・キングを殺した人物は招待客のなかにいるとわたしは確信してるから」

「でも、犯人が町を出て姿を消すのを止められる?」

「ビニーの最新の書きこみのあとで? それじゃ背中に〝わたしがやりました〟と書くようなものだわ。犯人が他の人に嫌疑をかけようとするほうがありうるわよ」

「うそうそ、冗談よ。じゃあまずブログにコメントをつける方法からね。ビニーの目のあいだに一発お見舞いしてやって」マディーはノートパソコンを開き、コメントを送る方法をオリヴィアに示した。「あなたが何を書くにしろ、何分もしないうちに町じゅうに広まるわよ。みんなこのブログに釘づけだから。見て、また二件のコメントが届いたわ」彼女はコメントに目をやった。「すごい、ある高校生は、以前の物理の先生こそ〝ダウンスクエアの惨殺の犯人だと訴えてる。この子、物理の期末試験のまえに勉強しなかったのね」マディーは立ちあがった。「好きにやってちょうだい」彼女はトレーにバレエクッキーを並べて売り場に向かった。

ビニーのブログへのオリヴィアのコメントは簡潔だった。警察が新しい証拠を入手したためジェイソンが釈放されたこと、真犯人はまもなく逮捕される見こみであることを書きこんだのだ。〈ジンジャーブレッドハウス〉では、六時の閉店までバレリーナのデコレーションクッキーを提供するということも。

「おじゃましていいかしら、リヴィー?」エリーのおだやかな顔が、厨房のドアからのぞいた。「マディーの話では、わたしに加わってほしい計画があるそうだけど。ジェイソンを救うことにつながるなら、なんでもやるわよ」

「わかってるわ、母さん。これをうまくやれるのは母さんだけかもしれない。今日の閉店後、シャーリーンとチャーリーを〈ジンジャーブレッドハウス〉に来させてほしいのよ。デルがジェイソンをここに連れてきてくれるはずなの。あの子が釈放されたという話をわたしが町じゅうに広めてるから」

エリーはひとつかみの髪を肩からまえに持ってきて、その下半分を三つ編みにしはじめた。

「あなたが何をするつもりなのかはわかってるわ、リヴィー。でもそれは危険なことよ。探偵が容疑者たちをひとつの部屋に集めて疑いを投げかけるのは、アガサ・クリスティーの小説のなかならうまくいくでしょうけど、ここは現実の世界なのよ。傷つく人だっているかもしれない。ああ、アランが町を離れていなければよかったのに」

「明日の朝、ジェイソンは手続きのために巡回裁判所に送られるのよ。容疑者ひとりひとりから情報を引き出してる時間はないの。全員からすばやく供述を取らなくちゃならない。そのために思いついた方法はこれしかないの」

オリヴィアは母が編んだ髪をほどいてまた編みはじめるあいだ、辛抱強く待った。ようやくエリーは髪を背中に払って言った。「わかったわ。シャーリーンとチャーリーをここに来させる方法ならわかってる」

「そうなの？　どうやって来させるつもり？」オリヴィアはきいた。

「シャーリーンの健康食生活クラブの最初の集まりに、だれも来なかったことに気づいた？」

「そのことはすっかり忘れてたわ」オリヴィアは言った。「で、母さんが言いたいのは……？」

「クラブの世話人を買って出るわ。わたしって、友だちを作るのがうまいでしょ。シャーリーンがわたしに感謝して信用しているあいだに、チャーリーを連れてジェイソンの釈放祝いに来てくれとたのんでみる。チャーリーはシャーリーンに言われればなんでもするから」

「賢いわね。犠牲を払ってくれて感謝するわ」

「あら、犠牲だなんて思ってないわよ、リヴィー。あなたとマディーもわたしといっしょに健康食生活クラブの会合に出席するんだから。あなたたちといっしょにすごせるなんて、すごくうれしいわ」オリヴィアの額に母親らしくキスをして、エリーは言った。「今からシャーリーンとチャーリーに話しにいくわね。すぐに戻るわ」

オリヴィアはブルーのアイシングが渦巻く海を思い描いてから、ヘザー・アーウィンに電話した。閉店後におこなわれるジェイソンの釈放祝いに来てくれるよう、ヘザーを説得するのは簡単だった。トラックでオリヴィアを轢きそうになったあとなので、ヘザーは善意を示す機会に一も二もなく飛びついた。

つぎに電話したのはコンスタンス・オーヴァートンだ。

「リヴィー」コンスタンスは言った。「ちょうどあなたのことを考えていたのよ。それとわたしがもらえるクッキーのこと……」

「よかった。あなたにあげるクッキーがさらに多くなったことを伝えたくて電話したの。この先十年間あなたにクッキーを提供するわ」

「おいしい話ね。何が望みなの？」

「今日の閉店後、ラウル・ラーセンにここに来てもらいたいの。彼には娘のヴァレンティーナも連れてきてもらいたい」

「彼の娘？　娘がいるなんて聞いてないわよ——」

「時間がないのよ、コンスタンス」オリヴィアはダンススタジオで発見したことを、手短にかいつまんで話した。「少なくとも、ヴァレンティーナはキング殺しの目撃者かもしれないの」

「そうね、悪役を演じてあげてもいいわ」コンスタンスは言った。「賃貸契約違反で出ていってもらうつもりだったけど、そうしないでくれとあなたに説得されたとラウルに話す。娘のぶんをあなたが払うと申し出たことにしてもいいわね。そして、今夜あなたを訪問して、感謝の意を示すべきだと強く提案する。こんなところでどうかしら」

「わたしが考えたどんなアイディアよりもいいわ。もしふたりが現れなかったら、こっちから出向かなきゃならないけどね。ありがとう、コンスタンス」

「いいのよ。ただ、交換条件としてはクッキー以上のものがほしいわね。あなた最近かなりの遺産がはいったんですって？」

「わたしの遺産がほしいの？」

「まさか」コンスタンスは言った。「わたしは年に十万ドル稼いでるのよ。そうじゃなくて、〈ジンジャーブレッドハウス〉を車椅子利用可にしてほしいの」

「まかせて」

「それと、町のほかの店舗もそうするよう説得して」

「引き受けたわ」

21

六時に〈ジンジャーブレッドハウス〉の入口ドアに施錠すると、オリヴィアの心臓はのどに向かってせりあがりはじめた。今になって、弟の無実を証明しようという自分の計画が、取るに足らないばかげたもののように思えてきた。もっとよく考える時間がありさえすれば……。

「神経質になってるみたいね」背後にいたエリーに言われ、オリヴィアは飛びあがった。エリーは笑った。「今夜のことを考え直そうとしているのはわかるけど、ほかに手はないでしょ？」

「母さんはわたしの自信を高める方法をよく知ってるわ」オリヴィアは言った。

「自信がありすぎるのも危険なのよ」心配そうな眉間のしわに、懸念が表れていた。「五分あれば精神を集中できるわ」

母はゆっくりと料理本コーナーのほうに歩いていき、オリヴィアは背筋を伸ばして厨房に向かった。ドアを開けるとバーサの声が聞こえた。「自分の腕を切り落としてしまいますよ」親が子に言うような強硬な言い方だ。

マディーがむっとして言った。「撃ち殺されるほうがいいっていうの？……リスみたいに？」彼女は片手に包丁を持ち、もう片方の手にキュウリを持っていた。髪は山火事のようだ。

オリヴィアはふたりのきびしい顔を交互に見て尋ねた。「わたし、何か見逃した？」

「いいわ、あなたが決めて」マディーは包丁を空中で振りながら言った。「わたしたちは閉店した店内に、殺人の容疑者たちを招いた。ミステリ映画では安全かもしれないけど、現実世界では面倒なことになるかもしれない。それに危険だわ。武装するべきだと思う」

「そんなことをしても、もっと危険な状況になるだけだと、わたしは思うんですよ」バーサがまえよりほっそりしてきたけれどまだふくよかな腰にこぶしを当てて言った。

もしこれがジェイソンのためにやっているのでなかったら……。

「正直に言うわ」オリヴィアは言った。「今はあなたたちがどちらも怖い。迎える側が武装してたら、ゲストたちはしっぽを巻いて帰ってしまうわ。わたしもそのひとりかも」

「でも、援護部隊はどこにいるのよ？　わたしたちだけでやるつもり？」マディーはオリヴィアとバーサに包丁を向けて強調した。

「マディー、お願いだからその包丁を置いて。寿命が何年か縮んだわ。わたしはバーサに賛成よ。武装したところでいいことはないと思う。デルとコーディがもうすぐ来るわよ。来るのはわかってるの」というか、来るのを願ってるんだけど。

マディーは厨房の時計を見た。「六時十五分よ。殺人事件の容疑者たちはあと十五分でやってくる。わたしたちは何をすればいいの？　バレリーナクッキーでも投げつける？」

「それにはまず彼らに来てもらわないと」バーサが言った。

オリヴィアの背後で厨房のドアが開き、エリーのやけに落ちついた声がした。

「あらためて精神集中したから、この状態を保つようにしなきゃ。詳しく説明してほしい？」三人の観客は控えめに同調して首を振った。「よろしい」エリーは言った。「ところで、裏口の外で物音がしてるわよ。援護部隊が到着したようね」

オリヴィアは最初のノックでさっとドアを開けた。まずはいってきたのはミスター・ウィラードだ。彼に微笑みかけられたバーサが、駆け寄ってその腕のなかに飛びこんだ。彼が倒れなかったのは、細身ながら強靭な肉体のおかげだった。「ああ、最愛の人、うちにはいられませんでしたよ。今夜のことにあなたひとりを立ち向かわせるわけにはいきませんから。弁護士が必要になるかもしれませんし」

つづいて、デル保安官とコーディ保安官助手が、両側からジェイソンの上腕をつかんではいってきた。エリーは平静さをかなぐり捨てて、息子に駆け寄った。

最後はルーカス・アシュフォードだ。ジーンズにこざっぱりしたブルーのTシャツ姿で、よく発達した筋肉があらわになっている。マディーを見ると、不安そうな顔がやわらぎ、ためらいがちな、はにかんだ笑みを浮かべた。

「どうも」マディーが言った。

「よかった、きみに会えて」ルーカスは込み合った厨房を抜けて、ゆっくり彼女に近づいた。

「心配になってね」

「当然よ」マディーは彼に身を寄せた。「それで」デルとコーディのほうを見ながら言う。「あなたたち、武器は持ってきてくれた？」

デルが大きなため息をついて言った。「ライフルはうちに置いてくることにしたが、リボルバーは携帯してるよ。ジェイソンはまだ自由の身になったわけじゃないからね」

「ああ」マディーが言った。「ごめんね、ジェイソン。でも心配しないで。わたしたちが真犯人をあばいてみせるから」

ジェイソンはやせて疲れた様子で、希望にあふれているようには見えなかった。うなだれた弟を見て、オリヴィアは胸が締めつけられるのを感じた。同時に決意が強まった。「そろそろショータイムよ」と静かに言った。

十分で売り場のあちこちにクッキーのトレーが置かれ、紅茶とコーヒーの準備が整った。六時四十五分になっても、だれも現れなかった。七時になっても結果は同じだった。

「希望を失っちゃだめよ」エリーが言った。「この試みはうまくいくと強く感じるの」

オリヴィアは容疑者たちにしたいと思っている質問を、何度もおさらいした。別の切り口が必要だ。

「デル、レノーラ・タッカーが言ってた、ジェフリー・キングが借金をしている高利貸しを怖がっていたという話は調べてみた？」

「ああ、キングの仮釈放保護司に連絡して調べてもらった。キングの話はうそではなかったようだ。きちんと借金を返しつづけていたこと以外は。彼が高価なものばかり盗んでいたのなら、それも説明がつくな。仕事はつづかなかっただろうから」

「それに、チャーリー・クリッチをゆすっていた。ほかにも犠牲になっていた人がいるはずよ」

そのとき、正面入口のベルが鳴った。バーサが跳ねるように立ちあがってヘザー・アーウィンを迎え、つづいてシャーリーンとチャーリー・クリッチがはいってきた。シャーリーンは焼きたての全粒粉パン一斤を抱えており、それをオリヴィアに放ってから、ジェイソンの首に腕をまわした。

「ああ、ジェイソン、あなたが無事でほんとによかった」

ジェイソンはシャーリーンをきつく抱きしめ、彼女の肩に顔を埋めた。チャーリーはそのそばに立って、赤ワインのボトルに結んだリボンをいじっていた。

バーサがまたベルに応えて開けたドアから、ラウル・ラーセンがはいってきた。白いシャツにジーンズ姿で、たくましい脚と広い肩が強調されている。だが、彼を建設作業員とまちがえる人はひとりもいないだろう、とオリヴィアは思った。黒っぽい目が店内を見まわすうちに、エリーに留まった。

「やあ、わたしのお気に入りの生徒さんだ」彼は言った。オリヴィアがあいさつすると、彼はすばやくお辞儀をして、彼女にチリ産のカベルネ・ソーヴィニヨンのボトルをわたした。高価なものではないが、申し分のない選択だ。「あなたの弟さんの釈放をお祝いするために、これをお持ちしました。あなたのご親切に感謝するためにも。ミズ・オーヴァートンから聞きましたよ。わたしが……娘と同居しているのを言い忘れたことを、見逃してほしいとたのんでくださったそうで」

「それはどうもご丁寧に」オリヴィアは言った。

「ミズ・オーヴァートンのお話だと、あなたは追加分の家賃を払うとおっしゃったそうですが、そこまでしていただくわけにはいきませんし、その必要もありません。これはあくまでわたしの落ち度です。それにもう自分で対処しましたから」

エリーがオリヴィアの手からボトルを取った。「おいしそうなワインね、ラウル。いっしょに一杯いかが？　今夜のレッスンはないんでしょ？　あなたとおしゃべりするチャンスがほしかったのよ。今度はどんなレッスンをはじめるつもり？」エリーは手際よくコルクを抜き、三つのグラスにワインを注いだ。

ラウルはワインを受け取って、ほんの少し飲んだ。

「これをお伝えするのは気が引けるんですが、親愛なるエリー、わたしたちはもうすぐこの町を離れます。別の場所で教える手はずになっているんです。先方はすぐにはじめてもらいたがっているので、ここでのレッスンはもうおしまいということに……」

「あら、だめよ！」エリーが言った。「あなたのお嬢さんに会うのをとても楽しみにしていたのよ。聞いたところによると、すばらしいバレリーナだそうじゃないの。リヴィーは彼女のダンスを見てるのよ」

「それにわたしは娘さんと話がしたいの」オリヴィアが言った。「彼女は公園で、ジェイソンの容疑が晴れるようなことを何か見てるかもしれないのよ」

ラウルは疑わしそうに目をすがめた。「でも、弟さんの……容疑は晴れたとうかがいましたが」

「混乱されるのはわかります」オリヴィアは言った。「ジェイソンが釈放されたのは、ほかの容疑者よりも疑わしいとする証拠はないと、警察が判断したからです」彼女は反対側にいるシャーリーンとチャーリー・クリッチのほうをわざとらしく見た。姉弟はジェイソン、バーサ、ミスター・ウィラードとしゃべっていた。

ラウルはワインをふた口飲んでから言った。「娘をこちらにうかがわせる時間はないと思います。新しい仕事をすぐにもはじめなければならないので」優雅に肩をすくめて遺憾と謝罪を表した。

「わたしが会いにいってもいいわ」オリヴィアが言った。「店のほうは手伝ってくれる人がいるし。明日の朝、ちょっとうかがいます。そうね、九時ごろでどうかしら？　荷造りを手伝うわ」

ラウルは空のワイングラスをテーブルに置いた。

「それは無理です。娘はもういないでしょう、わたしがそのように手配しました。あの子には静養が必要なんです。あの……事故以来、娘はひどくもろくなっていまして。どっちみち話をしても無駄ですよ。記憶があいまいなことも多いですから。もう娘のところに戻りませんと」

ラウルがあとずさるまえに、エリーが彼の腕をつかまえた。

「ラウル、これがあなたに会える最後の機会なら、そんなに早く帰すわけにはいかないわ。そのおいしいワインをもう一杯飲んで、息子のジェイソンに会ってちょうだい。リヴィー、お願いできる……？」

彼女がワインボトルに向かってあごをしゃくり、それを受けてオリヴィアはラウルの空になったグラスにワインを満たした。エリーはジェイソンを囲む小さな輪のなかにさりげなくラウルを追いこみ、オリヴィアはその母のうしろにさっとまわった。

オリヴィアはこっそりデルの横にすり寄った。そして、みんなに聞こえるように大きな声で言った。

「ラウルが娘さんへのお土産にできるように、バレリーナクッキーをお持ち帰り用にするから、お皿を持っていてくれない？」

デルは彼女のあとについてクッキーを盛ったトレーのところに行った。オリヴィアは厚手の紙皿をデルにわたし、その上にトウシューズやバレエシューズやさまざまなポーズをとるバレリーナのクッキーをならべた。「ラウルは必死でわたしやほかの人たちに娘と話をさせまいとしてるわ。ここを出たらすぐに彼女をよそへやるはずよ。まちがいない」

デルはオリヴィアに身を寄せた。「そしてきみの考えでは明らかに……」

「ヴァレンティーナはキング殺しについて何か知っている。ラウルは娘を巻きこみたくないのよ。彼に言わせると、もろくなってるから。ただ、どうしても考えちゃうのよね……デル、今夜ちょっとある実験をするつもりなんだけど、それにはあなたの助けがいるの」

デルはため息をついた。

「ため息はもうたくさん。いい？　あなたがわたしを巻きこみたくないのはわかってるけど、わたしはもう巻きこまれてる。うんと言ってくれないなら……というか、うんと言うしかないのよ」オリヴィアは皿をラップでおおった。「わたしに話を合わせて。シャーリーンがキングのどんな弱みをにぎってるのか知りたいの。彼女には彼をそれほど恐れなくてもいい理由があったらしいから」

「はったりかもしれないぞ」デルが言った。

「そうかもしれないけど、わたしはそうは思わない」オリヴィアは彼の目を見た。そこには不安があった。「怖くないわ」彼女はからかうような笑みを浮かべて言った。「あなたには銃があるもの」

デルに手伝ってもらって、オリヴィアはクッキーのトレーと、野菜の型抜きサンドイッチのトレーを、黙りこんでいる面々のもとに運んだ。

「これはあなた用よ、シャーリーン」

オリヴィアはそう言って、手の届くところに型抜きサンドイッチを置いた。シャーリーンは彼女に微笑みかけさえした。平和なひとときがすぎたあと、オリヴィアは言った。

「ねえ、シャーリーン、すごく気になってることがあるの。わたしが〈ベジタブル・プレート〉をのぞいて、店を荒らしているジェフリー・キングを見つけたとき、〝彼女を殺してやる〟みたいなことを言うのが聞こえたの。ジェフリーが何か特別なもの、彼にとってとても重要なものをさがしているような印象を受けたんだけど」

シャーリーンはトマトサンドイッチの赤い汁がこぼれたあごをぬぐった。

「なんのことか想像もつかないわ」

「ジェフリーはすごく暴力的だったのに、あとであなたが彼のことは怖くないって言ってたから、不思議に思ったのよね」

シャーリーンは肩をすくめ、ニンジン形のサンドイッチを取った。

「もしかしたら彼がさがしていたのは、きみがそうとは知らずに持っているものだったのかもしれない」デルが言った。「それがなんなのか考えてもらえると、警察としては助かるんだが」

「見当もつかないわ」シャーリーンは椅子をジェイソンに近づけ、ジェイソンは彼女の空いているほうの手を取った。

「ジェフリー・キングがいなくて淋しいなんてことは絶対ないね」チャーリーが言った。

「ぼくは殺してないけど、もうやつに悩まされないとわかってうれしかったよ」

「ああ、チャーリー、わたしが守ってあげられるのはわかってたでしょ」シャーリーンが言った。

「どうやって？　ジェフリー・キングに勝てる証拠でもにぎってるの？」オリヴィアがきく。

どこまでもやさしく母親らしい声でエリーが言った。「ここにいるのはみんな友だちよ、シャーリーン。胸に秘めていることを打ち明ければ楽になれるわ。思っているほど恥ずかしいことじゃないってわかるわよ」

シャーリーンはおざなりに肩をすくめて言った。「あら、別に恥ずかしいわけじゃないわ。どうしても必要なとき以外は、この情報を明かさないことに決めたの。今は必要なときじゃないでしょ。だけど法廷でも通用するものよ。署名やなんかもそろってるし」

「それは、これまでキングが告訴されなかったことと関係があるのか？」デルがきいた。

「友だちがわたしだけに話してくれたのよ。わたしが力になると言っても、彼女は告訴したがらなかった。わたしたちの言うことなんて、だれにも信じてもらえないだろうからって。それですべてを書面にして、わたしがそれを保管するというアイディアを思いついたの」

「まだその証拠書類を全部持ってるってこと？　キングには取られなかったの？」オリヴィアがきいた。

シャーリーンはくすくす笑って言った。「ジェフは自分で思ってるほど賢くなかったわ。あの人はわたしがそれを店に隠すほどバカだと考えて、店を荒らした。銀行の貸金庫のなかにあるのに。いつか燃やすつもりよ」

「その友だちというのはだれなんだ、シャーリーン？」デルが彼女に詰め寄って、強い口調できいた。「名前は？」

「彼女の秘密は絶対に明かせないわ」シャーリーンは優美なあごをつんと上げて言った。

「彼女にはプライバシーを守る権利があるもの」

「でもジェフリー・キングは殺されたんだぞ」デルは言った。「犯人はまだ……」

「ワインのお代わりがほしい人は？」両手に一本ずつボトルを持ってエリーがきいた。「さあ、今日はお祝いなんだから」

雰囲気が落ちつくと、オリヴィアはデルに向かって言った。

「ところで、わたしのデューセンバーグはいつ返してくれるの？」

「きみのなんだって？」

「デューセンバーグよ、あの――」

「クラシックカーだろ、知ってるよ」

「ブリキのクッキーカッターのことよ。あれを釈放祝いにジェイソンにあげたいの」

「あれのことはすっかり忘れてたよ」ジェイソンが微笑むと、ほんの数日まえの彼のような興味津々の子供の顔になった。「どうしてデルがあれを持ってるの？」

「最初はそうとは知らずに持っていたんだ。あのクッキーカッターの形にどんな意味があるのか、きみかマディーに尋ねればよかったんだが、口外したくなかった。でも、そうするまでもなかったけどね。ありがとう、リヴィー」デルが言った。

「いいのよ。どうしてあれが死んだ人の手のなかにあったのか、何か考えはある？」

オリヴィアは聞き手たちの反応を注意して見守った。バーサ、ミスター・ウィラード、コーディは用心深く沈黙を保っている。ヘザー・アーウィンは心の重荷をおろしたかのように見える。エリーはいつものように、おだやかに微笑んでいる。ラウルは考えこむような顔で、じっと耳を澄ましている。シャーリーンは退屈そうな様子で、チャーリーは床を見ている。そんなチャーリーを見て、ジェイソンが眉をひそめている。

「チャーリー？　まさか……おまえじゃないよな？　ちゃんと話し合っただろ。おまえはもうやめたと言ったよな」ジェイソンが言った。

「わかってる、わかってるよ」チャーリーの若々しい顔が今にも泣きだしそうにゆがんだ。「きみにと思ったんだよ、ジェイソン。きみがあれを勝ち取れなくて、気の毒になったんだ。ほしそうにしてたから。でもわたせばばれると思って……盗んだことが。こっそりここに返すつもりだったんだけど、その機会がなくて」

「チャーリー！」シャーリーンは弟にこぶしを振りあげたが、そのこぶしで椅子の肘掛けをたたいた。「わたしにくれたあのクッキーカッターも、盗んだものだったのね？　なんてことをしてくれたの。またやっかいなことに巻きこまれちゃったじゃないの。あなたは刑務所に入れられるのよ、チャーリー。わたし、そんなの耐えられない」

ジェイソンがシャーリーンのこわばった肩に腕をまわした。

「大丈夫だよ、シャーリーン。カッターの代金はぼくが払う。チャーリーは……ジェフにゆすられてるときとか、プレッシャーに押しつぶされそうになると、ときどきものを盗んでしまうんだ。愛する人たちをよろこばせるためだけに」

オリヴィアは一瞬遅れてはっとした。わたしの弟のふりをしている、この思慮深い大人はいったいだれ？　「問題はそれだけじゃないのよ、ジェイソン。デューセンバーグのクッキーカッターはジェフリー・キングの手のなかにあったことを思い出して。犯人のポケットから落ちたのか、それとも犯人か別の人物が、だれかほかの人を陥れるために手のなかに置いたのか。それを考えなくちゃならないでしょ」

「だれも信じてくれないと思うけど」チャーリーがうなだれながら言った。「ぼくはあれをなくしたんだ。わかってるのは消えたということだけ。〈ジンジャーブレッドハウス〉に返そうと思って、あらゆる場所をさがしてみたんだけど」

「それはまた都合のいい話だな」デルはそう言ってコーディに合図をした。コーディは逮捕に備えてシャーリーンの椅子のうしろに立った。

「やめて！」シャーリーンは弟に腕をからませた。「チャーリーは何も関係ないわ。わたしがあのブリキをジェフの手に持たせたの。あなたがあれを盗んだなんて思いもしなかったのよ、チャーリー。もし知ってたらあんなこと……ああ、何を考えてたかなんてわからないわ。チャーリーがわたしを守るためにジェフを殺したと思われないように、警察を混乱させたかったただけなのよ」

「ちょっと待ってよ」オリヴィアが言った。頭のなかがぐるぐるまわっている。「どうしてキングが死んでるってわかったの？」

「殺されるところを見てたから――少なくともその一部をね。わたしは店の二階にいたの。目が覚めて公園に面した窓を見たら、男の人がかがみこんでいたわ。野外音楽堂の街灯の光で、芝生の上に死体のようなものがあるのも見えた。かがみこんでいた男は何かを拾って放り投げた。そして走り去ったの」

「どっちに？」デルがきいた。

「わからないわ。すごく暗かったから。とにかく、急いで階下《した》に行ったらチャーリーがいなかったから、怖くなって……あのろくでもないクッキーカッターがレジの下の棚にあったから、それをつかんで外に走り出たの」シャーリーンは身震いした。「死んでいるのはジェフだとすぐにわかった。チャーリーが殺したんじゃないかと思って不安でたまらなくなった。あたりを見まわして、芝生の上にナイフを見つけた。わたしの野菜のナイフの一本だったわ。どうすればいいかわからなかった。雷が聞こえて、思ったの。雨がナイフをきれいにしてくれるだろうって。だからそのままにした。バカなことをしたわ」シャーリーンは不安そうにジェイソンを見た。

オリヴィアはきいた。「あのナイフはセットのなかの一本だったんでしょ、シャーリーン？」

シャーリーンはうなずいた。「ジェフはわたしがあれを気に入っているのを知ってたから、一本ずつ盗んだの。たぶんもう取り戻すことはできないわ。取り戻したくもないし」

「あなたの納屋で見つかったのは、あのナイフよね、ヘザー？」オリヴィアがきいた。

いつも開けっぴろげなヘザーの顔が、用心深くなった。

「あなたが言ってるのは、ジェフが盗んでうちの小さい納屋に隠したもののことよね。でもわたしはどれも見てないの。あの納屋の近くにはめったに行かないのよ。でも、死んだジェフの手にクッキーカッターをにぎらせたっていうシャーリーンの話は初耳だわ」

やっぱり図書館司書は侮れない。

「わたしは別に……」シャーリーンは哀願するような口調になっていた。「だから説明したでしょ。みんなを混乱させるために、ジェフの手にクッキーカッターを置いただけよ」

「たしかに目的は果たしたね。きみはチャーリーとオリヴィアとジェイソンとマディーに疑いが向くようにした。そしてぼくが思いつくであろうほかの人たちに」デルが言った。

「ちがう、チャーリーはやってないわ。わたしは走って〈ベジタブル・プレート〉に戻った。外にいたのは五分か六分程度で、そのあいだチャーリーは店のなかにいたのよ。本棚のうしろでぐっすり眠ってた。わたしはそこをさがそうなんて思いつかなかったの。あの子は外に出ていない。靴とズボンの脚は完全に乾いてたから。それは確認ずみよ」シャーリーンは言った。

「きみが店のなかを走りまわったり、ズボンを確認したりするあいだ、彼は目を覚まさなかったのか?」デルがきいた。

「チャーリーを起こすには爆弾が必要なのよ」シャーリーンはいつもの皮肉っぽい口調で言った。「わたしはあの子を寝かせたままにして、二階に戻ったの」

デルは信じていない様子だった。シャーリーンにのぼせあがっている弟までが、生涯の恋人をけげんそうに見ている。守勢にまわったシャーリーンを、オリヴィアはさらに攻めることにした。

「あなたは思ったより長い時間外にいたのかもしれないわ。チャーリーはこっそり裏口からはいって服を着替え、眠ったふりをしていたのかも」

「ちがうわ！」シャーリーンは助けを求めてジェイソンを見たが、彼の顔に疑念を読み取ったらしい。「うそじゃない。言ったとおりのことが起こったのよ。とにかく、これだけは言わせてもらうわ。チャーリーはジェフを怖がる必要なんてなかったの。だってわたしは――」

「あなたはチャーリーを守れる。ずっとそう言ってるわね」オリヴィアは手のひらを上にして両手をシャーリーンに向けた。「でも、あなたが弟を守るために、デューセンバーグのクッキーカッターのことでうそをついてるわけじゃないって、どうすればわかるの？　チャーリーは自分が盗んだと認めたのよ。彼がキングを殺して、そのときポケットからカッターが落ちたと考えるほうが簡単だわ。あるいは、もしチャーリーがやってないなら、あなたがやって、容疑がジェイソンにかかるようにしたということも考えられる。ジェイソンがあのカッターを気に入っていたことは、みんなが知ってたんだから」

「でも――」シャーリーンは取り乱して、勢いよく椅子から立ちあがった。紙皿が落ちて、ニンジンのサンドイッチの残りが床に散らばった。デルがリボルバーに手をやりながら立ちあがり、コーディとルーカスが距離を詰めた。シャーリーンがすがりつくようにジェイソンに手を伸ばす。ジェイソンは崩壊寸前のように見えた。

オリヴィアはいやな気分だったが、これしか方法がなかった。「シャーリーン」彼女はさらにやさしく言った。

「あなたとチャーリーが無実だと信じてもいいわ。あなたがにぎっているというキングの不利になる証拠が、強力なものならね。あなたが彼に殴られ、店を荒らされたことはみんな知ってるから、そうとう強固なものじゃないとだめよ」

「ええ、強力よ。月曜日に銀行が開いたら、すぐに持ってきてあげるわ」

「わたしが同行しよう」デルが言った。「だがそのまえに、貸金庫で何を見つけることになるのか話してくれ」

「わかってくれるわよね、シャーリーン」オリヴィアは言った。「ジェイソンはまだ危険な状態にあって、わたしはあの子のことが何よりも心配なの。あなたとチャーリーにキングを殺す理由がないことをわたしたちに証明できないなら、あなたがうそをついているとみなすわ」

シャーリーンはすとんとまた椅子に座った。「もう、わかったわよ。あのころのことをだれにも知られたくなかっただけよ。すごく屈辱的なことだから。それでわたしはジェフに殴られるままになっていたの。あの人を刑務所送りにすることができるにもかかわらず。でも、それももうどうでもいいことね」

ジェイソンがシャーリーンと指をからませると、彼女の肩から力が抜けた。

「婚姻が無効になったあと、わたしはしばらく入院していたの。それが初めてじゃなかった」シャーリーンは高校時代の親友であるジェイソンを見据えた。「わたしはそこでジェフを知っている人に出会った。彼にひどく痛めつけられた人に。快復に向かっている入院患者だった。ジェフはそんなことばかりやっていたわ――しょっちゅう女性を痛めつけていた。とにかく、その女性とわたしは友だちになったの。少なくともわたしが退院するまではね。彼女は告訴したがらなかった。その後は一度も会わなかったけど、彼女はジェフに何をされたかをつづった署名つきの手記をくれたの。もし彼から身を守る必要ができたら、この手記を使ってほしいと言って。たとえそれが警察にわたすことを意味するのだとしても」

視野の隅で、オリヴィアはデルが立ちあがって伸びをするのを見た。話に満足して帰ろうとしているかのように。コーディは携帯電話をチェックし、ラウルはグラスにワインを注ぎ足した。オリヴィアは疲労の波に襲われるのを感じたが、これで終わりにしたくはなかった。もっと何かあるはずだ。それは確信を持って言えた。

「あなたに手記をたくしたその女性ってだれ？　名前は？」

シャーリーンは疲れた様子でため息をついた。「ああリヴィー、ほんとうにその必要がある？　わたしたちのプライバシーに立ち入らないで」

「どうしてあなたたちふたりは入院してたの？　何科の病院だったの？」

「恥ずかしがる理由はないんだよ、シャーリーン」ジェイソンが言った。「話してやってくれ」

シャーリーンは下唇を突き出しはじめたが、ジェイソンをひと目見てもとに戻した。そして、「わたしたち、拒食症の治療を受けていたのよ」と言った。

オリヴィアはデルと目を合わせようとしたが、彼はメールを打っていた。

「そしてその友だちというのは、ひょっとして頬を切り裂かれた痕のある、若くてきれいなバレリーナだったんじゃない――?」

隣の椅子がうしろにひっくり返り、オリヴィアは脇に跳びのいた。今の今までデルが座っていた椅子だ。デルはラウルに飛びかかり、ラウルはデルの目に向かってワイングラスを投げた。ねらいは完璧だった。デルはほんの一瞬ひるみ、視界をはっきりさせようと、袖で目をぬぐった。

コーディは離れたところにいて助けにいけなかったので、リボルバーをラウルに向けた。「武器はだめだ」と叫んで、デルはディスプレーテーブルを倒しながら売り場を走り抜け、ラウルと正面入口のあいだにはいった。そのままラウルに組みつこうと、前のめりの闘うかまえをとった。

まるで何カ月も予行練習をしてきたかのように、ラウルは短い助走のあとでガゼルのように宙に跳んだ。デルは驚いて身を引いた。ラウルは長い脚を伸ばしてデルの背中を飛び越し、入口のドアに迫った。ラウルがドアに手を伸ばしたとき、ドアがひとりでに開いた。

ドア口に立っていたのは、オリヴィアの元夫のライアンだった。

「やっと着いたよ、リヴィー」凍りついたように動けずにいるラウルとデルを無視して、ライアンは言った。「遅れてごめんよ。あんまり小さい町だから、もう少しで見落とすところだった」ラウルがライアンを押しのけようとしたが、ライアンは知らない人間に押されるのに慣れていなかった。「おい、きみ、気をつけたまえ」デルが接近するなか、ラウルはたくましい肩でライアンの胸を突いた。ライアンの顔が赤かぶのように真っ赤になった。デルとコーディはラウルをつかまえられる距離にいた。ライアンががんこでかんしゃく持ちなことを知っているオリヴィアは叫んだ。「ライアン、どいて。警察にまかせて」

ライアンは無視した。元夫はラウルの腹にこぶしを打ちこみ、手の痛みに悲鳴をあげた。ラウルはうしろにいたデルとコーディに倒れこみ、三人はバランスをくずして、床の上に重なり合って倒れた。最初にわれに返ったのはデルだった。彼は起きあがって膝立ちになり、ラウルの手首をしっかとつかんで、コーディがその手に手錠をはめた。ラウルはもがくのをやめた。そして泣きだしたので、オリヴィアは驚いた。

「なんなんだ、これは？　開拓時代の西部か？」ライアンは痛む右手を左の手のひらでそっと包んだ。「手の骨が折れたみたいだ。おまえたちの責任だぞ」と息を切らしている三人の男たちに言う。「もしこれで外科医としてのぼくのキャリアに影響が出たら、おまえたちを訴えるからな」

オリヴィアはくすくす笑いをこらえた。神経質になっているだけだと自分に言い聞かせながら。手の骨が折れていたら、ライアンにとってとんだとばっちりだ。でも、ちょっといい気味かも……。〈ジンジャーブレッドハウス〉の店内はひどいありさまだった。テーブルは横倒しになり、貴重なクッキーカッターのディスプレーが床じゅうに散らばっていた。モビ具類は無事だったが。

ールのいくつかは、引っぱられたツタのようにだらしなく傾いていた。少なくとも高価な道

ライアンは売り場の向こうにいるオリヴィアを見つけた。

「リヴィー、こっちに来るんだ。今すぐきみを連れてこの……この野蛮な田舎から出ていく」

オリヴィアは彼を無視した。

「オリヴィア・グレイソン、聞こえているのか？」

デルがオリヴィアのほうをちらりと見た。マディーは彼女のそばに寄った。オリヴィアは落ち着き払って、散らかった床の向こうにいる元夫を見据えた。

「病院で手を診てもらったほうがいいわ、ライアン。ここは田舎だから小さな病院しかないけど、レントゲンはあると思う。ここがすみしだい、デルかコーディがよろこんで送ってくれるわよ」そして返事を待たずに、クッキーカッターをよけながら、ワインとグラスが奇跡的に無事に置かれたままのテーブルに向かった。ふたつのグラスにワインを注ぎ、ひとつをマディーにわたす。「〈ジンジャーブレッドハウス〉に」と言って、マディーとグラスを合わせた。

「長つづきすることを願って」と言ったマディーは、ほんの少し涙声だった。

22

平和な気分でぐっすり眠ってもよさそうなものなのに、オリヴィアの頭は休むことなく働いていた。スパンキーがお腹によじのぼって、飼い主の顔を見た。

「スパンキー、ごめんね、落ちつかなくて。まだ混乱してるのよ」

手を伸ばしてベッドサイドの明かりをつけた。携帯電話を見ると十一時二十七分だった。ベッドにはいったのが早すぎたのかもしれないが、くたくたに疲れてもいた。オリヴィアとマディーは売り場の床掃除の指揮をとり、掃除はほとんどお客たちがしてくれた。シャーリーンとチャーリーまでが残って手伝った。そのあと、みんなでワインを飲み干し――もちろんシャーリーンはお茶を飲んだ――それぞれの家とベッドにのろのろと帰っていった。

あるひとつのことがらが、オリヴィアの混乱した頭のなかから出てこようとしていた。デルが報告してくれたラウルの涙ながらの告白を思い起こす。ラウルはジェフリー・キングが娘のヴァレンティーナに暴力をふるい、傷を負わせたことを認めた。彼女は将来性があるものの、内気で自信のないバレリーナで、同じように内気で自信のない母親のララから個人レッスンを受けていた。ララは拒食症のため健康面に問題があり、ヴァレンティーナがロイヤル・ウィニペグ・バレエ団の入団試験を受けようとしていたときに亡くなった。ラウルによれば、妻よりむしろ娘のほうが才能はあったらしい。ヴァレンティーナは踊るために生きている、と彼は言った。娘が成功して自信が持てるようになるのを願っていた。

だが、ララの死ですべてが変わってしまった。母の助言と励ましを失ったヴァレンティーナは、自信喪失と完璧主義の流砂にのみこまれ、すぐに拒食症とうつ病に陥った。ジェフリー・キングが彼女の人生に登場したのはそのころだった。ジェフはヴァレンティーナの転落を完全なものにし、顔を傷つけることで、二度と人まえに姿を現せないようにした。

公園のダンサーのうわさを聞いたとき、ラウルはヴァレンティーナが与えられた睡眠薬を飲んでいないことに気づいた。そしてキングがこの町にいて娘をまたおどしていると知って、抑えがきかなくなったのだという。キングがヴァレンティーナを待っていると考えてこっそり公園に向かい、彼を刺した。ラウルがキングを殺したとき、娘はすでに走り去ったあとだったと断言した。

たしかに筋は通る。オリヴィアはラウルに同情を覚え、判事と陪審員が温情を示してくれればいいと思ったが、殺人は殺人だ。だが、何かが引っかかっていた。それがわかりさえすれば……ヴァレンティーナはワシントンDCの精神科医に無事保護されている、とラウルはデルに話した。〈ジンジャーブレッドハウス〉でおこなわれるジェイソンの釈放祝いに出席するようにと、コンスタンス・オーヴァートンに言われたとき、彼はもうおしまいだとさとったらしい。ラウルにとって、それは警察がさらなる証拠を手にしたことを意味していた。

オリヴィアは上体を起こして枕にもたれた。スパンキーがベッドから飛びおり、ベッドルームのドアまで歩いていって、ちょこんとお座りした。「あなたも眠れないのね」オリヴィアは言った。「夜食にしましょうか」

キッチンでスパンキーが犬用おやつをぽりぽり食べるあいだ、オリヴィアは温かいチョコレートミルクを飲みながら、デコレーションクッキーをひとつ食べることにした。一足の真っ赤なトウシューズ形クッキーだ。それはヴァレンティーナを思い出させた。スパンキーに聞き手になってもらって、考えを口に出して整理した。

「記憶ちがいでなければ、わたしがヴァレンティーナと話すことも会いにいくこともできない理由について、ラウルが言ったことは矛盾している。ダンス教師の新しい口があると最初に話したときは、ヴァレンティーナもいっしょに行くかのように、〝わたしたち〟はもうすぐこの町を離れると言った。だけど、公園で何か見ているかもしれないから彼女と話をしたいと母とわたしが言うと、ラウルの話は変わりはじめた。たしか最初は、すぐにここを去るつもりなので時間がないと言った。それから、ヴァレンティーナはとてももろいから安静にしていなければならないと言い、ここから送り出す手配をしたので、朝にはいなくなっているると言った……そして供述では、娘はもうＤＣの精神科医のもとに送り出したとデルに話している」

スパンキーはおやつを食べおえ、期待をこめて飼い主を見つめた。

「どう思う、スパンキー？　デルが誤った解釈をするなんてありうるかしら？」スパンキーはキャンキャン鳴いて、おやつの棚に歩いていった。「もちろんそうよね。彼がそんなまちがいをするはずないわ」オリヴィアはキッチンの壁の時計を見あげた。そろそろ十二時三十分だ。なんでもないかもしれないことのために、デルを起こしたくはなかった。「でも、ラウルがほんとうに、朝だれかにヴァレンティーナを迎えにきてもらうよう、手配したのだとしたら？ ヴァレンティーナは今ひとりでダンススタジオにいて、父親の帰りを待っているのだとしたら？ ちょっと行ってみなくちゃ」とオリヴィアが言うと、スパンキーはキャンキャン鳴いてしっぽを振った。「ひとりでね」と付け加える。「あなたは安全で心地いいベッドでお留守番よ」

ジーンズと黒いTシャツに着替えてドアに向かったところで、鍵束を忘れたことに気づいた。鍵束をさがし当てると、住まいの玄関のロックをはずしてから、思い出して携帯電話を取りに戻った。階段を半分おりたあたりで、ヴァレンティーナがひとりでおびえている場合に備えて、バレリーナクッキーを少し持っていくことにした。

「目的地に着くころには夜が明けちゃうわ」とつぶやきながら、〈ジンジャーブレッドハウス〉の箱にクッキーを詰めた。はいったときに店の戸締まりを忘れていたので、あたりに注意を払いながら、外に出てしっかりドアに鍵をかけた。

車でウィローロードまで行き、ブロックの北の端に車を停め、ダンススタジオの玄関ドアまで歩いた。一階は真っ暗だったが、ヴァレンティーナのベッドルームの窓をおおうカーテン越しに、ほのかな光が見えた。

オリヴィアはコンスタンス・オーヴァートンに借りたスタジオの鍵をまだ持っていた。玄関の鍵を開け、そっとなかにはいった。静かにドアを閉め、暗闇のなかに立って、目が慣れるのを待った。ダンスフロアの奥のオフィスで、明かりがついた。背後から光を受けて、ほっそりした人影がドア口に現れた。ヴァレンティーナはしばらくためらってから、声をあげた。

「パパ、ずいぶん遅かったのね」空気のように軽く、ダンスフロアをすべるようにオリヴィアに近づいてくる。暗闇のなかの人影が父親のものではないとわかると、不意に足を止めた。

「ヴァレンティーナ、お願いだから怖がらないで。オリヴィア・グレイソンよ。覚えてるでしょ？　友だちといっしょにクッキーを焼いてる」オリヴィアは箱を差し出した。「バレエのクッキーを持ってきたわ――バレリーナやトウシューズやバレエシューズの形の……」

ヴァレンティーナは箱を見てあとずさった。

「パパはどこ？」

彼女が身につけているものは、すべて淡いブルーだった。レオタードも、タイツも、バレエシューズも、ブルーのシルクでできたギャザースカートも。腰まであるホワイトブロンドの髪が、だらりと肩にたれている。彼女の繊細な美しさをそこねているのは、頬の傷痕よりも過剰なまでの体の細さであることに、オリヴィアは気づいた。張りつめた皮膚の下に肩の関節が浮き出ていた。

「お父さんは……遅くなりそうなの」オリヴィアは言った。「それでわたしが、ここに来てあなたを安心させてほしいとたのまれたのよ。お父さんから聞いたけど、このところ気分がよくないんですって？　わたしで力になれることはある？」ヴァレンティーナが返事をしないので、オリヴィアはつづけた。「お父さんはかなり遅くなるかもしれないから、しばらくあなたといっしょにいてほしいと言われたの」

ヴァレンティーナはゆっくりと首を振った。

「パパがそんなことを言うはずないわ。わたしは病院に戻されることになってるんだもの。スーツケースに荷物を詰めろと言われたわ。だれかがわたしを迎えにくるの」

「わかった」ヴァレンティーナに裏をかかれ、オリヴィアは必死で考えた。「ワシントンDCの病院よね。わたしが送っていってあげる」

ヴァレンティーナはすばやく何歩か軽やかにあとずさった。「いいえ、タクシーが迎えにくるの。パパが手配したのよ」そう言うと、向きを変えてオフィスに走りこんだ。

オリヴィアが追いかけていくと、ヴァレンティーナが窓から暗い小路を見つめていたのでほっとした。おそらく父親が現れると思っているのだろう。

「そのほうがよければ、わたしがタクシーを呼んであげるわ」オリヴィアはジーンズのポケットから携帯電話を出して言った。「今すぐ電話するわね」

「やめて！」ヴァレンティーナがくるりと振り返った。携帯電話を見て、目をまるくする。「わたしをパパから引き離すためにだれかに電話するつもりなんでしょ。パパに用心しろって言われたわ。電話はだめ！」

「わかった、わかった」オリヴィアは携帯電話をカウンターの上に置いた。「これでいい？だれにも電話はしないわ」

するとヴァレンティーナが目にも留まらぬ速さで動き、電話をひったくって階段を駆けあがった。スパンキーと走っているおかげで足腰は鍛えられていたが、バレリーナに追いつけるほどではなかった。二階に着くと、廊下に人影はなかった。開いたドアから明かりがもれているヴァレンティーナの部屋に行くと、彼女は脚を組んでベッドの上に座っていた。横には荷造りしたスーツケースが置かれている。「パパは戻ってこないのね？」彼女は尋ねた。

「さあ……わからないわ」オリヴィアは言った。

「パパはいつもわたしの安全に気を配っていた」ヴァレンティーナは言った。「わたしを守る計画を立てたけど、パパの計画はいつもうまくいくわけじゃなかった。だからわたしはときどき、自分で計画を立てなくちゃならなかった」

ヴァレンティーナが組んでいた脚を戻して立ちあがる姿は、太陽に向かって咲くブルーベルの花を思わせた。そして、オリヴィアは彼女の優雅さに気を取られていた自分を呪うことになった。ヴァレンティーナが目にも留まらぬ速さで部屋から出て、バタンとドアを閉めたのだ。ドアの外でチェーンの掛け金がかけられる音がして、オリヴィアは部屋に閉じこめられた。携帯電話はヴァレンティーナに奪われたままだ。部屋のなかに向き直って電話をさがした。なかった。窓を開けようとしてみたが、ペンキで塗りこめられていた。オリヴィアはドアをたたきはじめた。それしかできることはなかった。

視野の隅にヴァレンティーナのベッドサイドテーブルが見えた。前日に調べたときはいっぱいだった薬のびんがからっぽになり、横倒しになっている。水が半分はいったグラスがその横に置いてあった。

オリヴィアは部屋のなかを行ったり来たりして、考えをまとめようとした。ヴァレンティーナが薬の過剰摂取で倒れるまであとどれくらいだろう？　命の危険は？　いらだちと絶望からドアを蹴った。やがて、ヴァレンティーナが言ったことを思い出して蹴るのをやめた。彼女はあのか弱さで、どうやって公園でキングに応戦したのか……　〝だからわたしはときどき、自分で計画を立てなくちゃならなかった〟。

ベッドの上のヴァレンティーナのスーツケースは閉じられていたが、鍵はかかっていなかった。中身を出して引っかきまわした。コスチューム。スーツケースには母親のバレエ用コスチュームから選んだ何着か以外、何もはいっていなかった。オリヴィアは震える手で一着ずつコスチュームを調べた。すると、きちんとたたまれずに、まるめられているものがあった。オリヴィアはそれをベッドの上に広げた。白いレオタードに、薄いふんわりした白いサテンの膝丈スカートが縫いつけられたコスチュームだ。レオタードの腕と身ごろ、そしてスカートの前面が、乾いて茶色くなった血でひどく汚れていた。血を洗い落とそうとした様子はなかった。まるでジェフリー・キングを刺した記憶を保存しておきたかったかのように。もしヴァレンティーナにほんとうに罪の意識がないのなら、だれかに見つけてもらえるように証拠を残しておいた理由はひとつしか思いつかない。父親の容疑を晴らすためだ。

そのとき、ベッドルームの窓の外でドアをたたく音がした。だれかが玄関からなかにはいろうとしているようだ。オリヴィアはクロゼットにあったヴァレンティーナのトウシューズをつかみ、つま先の木の部分を窓にたたきつけた。窓ガラスにひびがはいりはじめた。窓ガラスの古さが幸いした。少なくともデルの注意を惹くだけの音をたてることはできた。彼は歩道に立ち、オリヴィアに向かって叫んでいた。何かを空中で振りながら、玄関ドアを指し示している。振り回しているのが野球のバットだとわかると、オリヴィアはくすっと笑った。血で汚れたヴァレンティーナの服をミシンのテーブルの上に置き、ベッドに座って待った。ほどなくして、チェーンの掛け金がすべって開く音が聞こえ、ベッドルームのドアが開いた。

「ヴァレンティーナが」オリヴィアはデルを見るなり言った。「薬を飲んだの。彼女を見つけた？」

「キッチンでね。ぐったりしてるけど意識はある。もうすぐ救急車が来るよ。ほら、サイレンが聞こえてきた」

「いったいどうしてわたしがここにいるってわかったの？」

「ロジックさ、親愛なるグレイソン」デルは言った。「あとはマディーとスパンキーのおかげだ」

「スパンキー？」

「朝まで待ってくれ。七時に〈チャタレーカフェ〉だ。マディーとルーカスも来るよ。コーディとわたしはきみが無事だとふたりに知らせてくる。きみは少し眠ったほうがいい。疲れきった顔をしているよ」

オリヴィアは足に力がはいらなくてふらふらし、デルの腕のなかに倒れこんでしまった。

「ずっと嘆きの乙女を救出したいと思っていたんだ」デルはそうささやいて、彼女の髪に顔をうずめた。

「野球のバットもあなたのファンタジーの一部だったの?」オリヴィアは体を離して彼の顔を見ながらきいた。

デルは笑った。「いや、そうじゃない。空想ではいつも素手で戦うんだけど、ゆうべきみの元夫を見たあとだから、もっとたよりになるものを持ってくることにしたんだ」

土曜日の朝、〈チャタレーカフェ〉が開店したとき、オリヴィア、マディー、デル、そしてルーカスは、列の先頭に並んでいた。悲惨な経験をして四時間しか寝ていない割には、オリヴィアは驚くほど元気だった。ジェイソンが無事に子供時代のベッドルームで眠り、エリーに見守られ、そしてもっと大事なことに食事を与えられていると思うと、さらによく眠れた。ジェイソンに力をつけさせようと、野菜バーガーと果物を差し入れるシャーリーンの思いやりも、認めないわけにはいかなかった。ジェイソンは食べ物もちやほやされるのも大歓迎のようだった。

「スパンキーもここにいるべきなのにね」全員が席についたところでマディーが言った。

「あの子がいなかったら、かわいそうなヴァレンティーナがキッチンで死にかけているあいだ、リヴィーは彼女のベッドルームに閉じこめられたまま、ひと晩すごしてたかもしれないんだから」

「あら、わたしだって必要とあらばドアぐらい蹴って開けられるわよ」オリヴィアは言った。「でも、スパンキーの逃亡技術にはあらためて感服したわ。あの子はゆうべ、わたしが上の空だったのをいいことに、携帯電話を取りに戻ったとき、二階のドアの陰に隠れていて、わたしがクッキーを箱詰めしているあいだに店までおりてきていたのよ。厳重に注意してやらなきゃ」

「ご褒美のおやつもね。ちびくんはよくやったよ」デルが言った。

「あたしも手伝ったんだからね」とマディーが言ったところで、朝食が来た。「搾りたてのオレンジジュースって最高。実はどうにも寝つけなかったから、クッキーを焼くことにしたの。それで、スパンキーが店のなかを走りまわってて、リヴィーがどこにもいないのに気づいて、デルに電話したのよ」

「どうしてわたしの居場所がわかったの?」オリヴィアはソーセージ入りのオムレツをフォークですくってきいた。

「それはぼくの手柄さ。きみがまだ調査を終えていないような気がしたし、きみの車がなくなっているとマディーに聞いたから、気になってさがしはじめたんだ。きみが出没しそうな場所付近では車が見当たらなくて、あちこちの通りを行ったり来たりしたよ。でもチャタレーハイツはそれほど大きな町じゃないからね。ダンススタジオの近くに車が停まっているのを見て、すぐにぴんときた」デルが言った。

「ヴァレンティーナは気の毒だったわね」マディーが言った。

「ラウルも」オリヴィアはローストポテトをフォークで刺し、しばし見とれた。「彼は釈放されたのよね？」

デルはうなずいた。「でも娘と同じ監房にいると言い張っている。責任を感じているんだろう。ヴァレンティーナがこっそり外に出たことにもっと早く気づいていれば、そもそもこの事件自体を防げたかもしれないとね。もしキングにおどされたりしなかったら、ヴァレンティーナはキングからナイフを奪って、それで刺したりしなかっただろうから」

「彼女はどうなるの？」

「わからないよ、リヴィー。でも、キング殺しを隠していたとはいえ、法廷は寛大な措置をとるだろう。事件が明るみに出て、ボルティモアとDC地区の何人かの女性が、キングに暴力を振るわれ、金品を盗まれたと供述しているんだ。彼女たちの話の裏づけがとれたら、ヴァレンティーナは正当防衛を主張できるかもしれない。おそらく病院に送り返されることになるだろう」

「彼女は踊るために生きている……」オリヴィアはつぶやいた。「ラウルはゆうべ、ヴァレンティーナのことをそう言っていたんでしょ。自由に踊れなくなるのは、あの娘にとって処刑と同じことかもしれない」

「ダンスセラピーがあるじゃない」マディーが言った。「ねえ、ルーカス、そのベーコン食べないの？」

マディーがルーカスの皿に手を伸ばしたとき、緑色のものがきらめいたのをオリヴィアは目に留めた。「ちょっと、それ何よ？」オリヴィアはマディーの手をつかんだ。「エメラルドよね？」

マディーは小さく笑って言った。「わあ、さすがね。なんでわかったの、緑色だから？　わたしの目の色と同じなのよ。少なくともルーカスはそう言ってくれたわ」

オリヴィアは友だちが急に赤くなったのに気づいて言った。

「じらすなんてフェアじゃないわよ。わたしはさんざんな夜をすごしたんだから。それって婚約指輪なの、それともちがうの？」

「ちがうわ」マディーは言った。「それに近いものではあるけど。〝考えると約束する〟指輪よ。昨日の夜、ルーカスと長いこと話し合ったの。彼は聞き上手でね。わたし、なんとかやってみる……あなたと話し合ったことをね、リヴィー」

「ぼくが口を出すことではないかもしれないけど」デルが言った。「その件については、ぼくもリヴィーのせいでちょっとだけ絡んでいてね。きみのご両親の事故のことだよ、マディー」

マディーの目がデルからオリヴィアへ、そしてまたデルへと動いたが、かんしゃくは起こさなかった。走り去りもしなかった。「どんなこと？」

「あれはほんとうに事故だった」デルはおだやかに言った。「コーディとぼくで少し調べてみたんだ。ご両親の体内からは、アルコールもどんな種類のドラッグも検出されなかった。きみのおばさんがこのことを何も話してくれなかったのは、そのほうがいいと思ったからだ。お母さんは若年性の更年期障害からくるうつ病で治療を受けていた。薬を飲むと気分が悪くなるので、飲むのをやめたところ、かなり気分がよくなってきた。お父さんは彼女がいかに苦しんでいたかに気づき、そばにいるために仕事の量を減らした。事故についてなんだが……目撃者がひとりいた。その証言はどの記事にも載らなかったがね。理由はわからないが、おそらく老齢の女性だったからだろう。彼女の話によると、きみのご両親の車のまえを一匹の猫が横切って、お母さんは猫をよけようとハンドルを切ったそうだ。それが衝突につながった。意図してのことではなかった」

「ああ、それって……」マディーの頬を涙が流れおちた。ルーカスが彼女の手を取り、オリヴィアがもう片方の手を取った。「すごく母らしいわ」マディーは洟をすすった。「だれかティッシュを持ってない？」

そのあとマディーは口数が少なくなったが、オリヴィアは心配していなかった。マディーは指輪をはずさなかった。これはいい兆候だ。マディーとルーカスが手をつないで出ていったあと、オリヴィアとデルは静かに最後のコーヒーを飲んだ。オリヴィアは心地よさと気恥ずかしさを同時に感じていた。

「ねえ、デル」ようやく彼女は言った。「あなたはまずまずの人だわ」落ちついて、リヴィー。

「こぶしでドアをたたけないような弱虫でも?」

「すてきなこぶしだもの。骨が折れたりしたらいやだわ」

デルは彼女の手を取って、互いの指をからませた。

「リヴィー・グレイソン、そろそろきみとぼくはじっくり話し合うべきだ。早ければ早いほどいい」

オリヴィアは彼の指をにぎりしめた。「今夜はどう?」

訳者あとがき

クッキーカッター探偵、オリヴィア・グレイソンが活躍するシリーズ第二弾、『野菜クッキーの意外な宿敵』をお届けします。

第一作から四カ月ほどたったメリーランド州チャタレーハイツ。助言者にして友人でもあったクラリス・チェンバレンから遺産がはいり、ローンの借り換えや設備投資が可能になって、オリヴィアが親友マディーと営むクッキーカッターショップ〈ジンジャーブレッドハウス〉も少し経済的余裕が出てきたかな？　と思った矢先、奇妙な出来事が起こります。〈ジンジャーブレッドハウス〉がはいっている建物、オリヴィアの住まいでもあるヴィクトリア朝様式の家の前庭に、大量のまるめたチラシがばらまかれていたのです。それは砂糖の害を声高に叫ぶ内容のチラシ。アイシングでデコレーションしたクッキーを呼び物にしているオリヴィアたちに対するいやがらせとしか思えません。もしかしてお隣に自然食品の店をかまえるベジタリアンのシャーリーン・クリッチのしわざ？　さっそくシャーリーンの店〈ベジタブル・プレート〉をのぞいてみたところ、野菜を中心としたヘルシーな食品を売る店内は荒らされ、ひとりの男が逃げていくところでした。ただの押しこみ強盗にしてはレジは手つかずだし、店の荒らされ方や男の捨てゼリフから、シャーリーンに個人的な恨みを持つ者のしわざではないかと疑うオリヴィアの見解を、シャーリーンは全否定。それにしては何かを隠しているようでもあります。

とところがある嵐の夜、タウンスクエアで男性の他殺死体が発見されます。どうやらシャーリーンの店から逃げていった男らしく、その手にはなぜかクッキーカッターらしきものがにぎられていました。そしてなんと、オリヴィアの弟のジェイソンが、男を殺害したと警察に自首！　ジェイソンは高校時代からシャーリーンに首っ丈で、明らかに彼女をかばっているようなのですが……バカな弟のためになんとしてでも真犯人を見つけなければと意気込むオリヴィア。マディーの作るデコレーションクッキーを武器に、さっそく探偵活動開始です。

今回も〝収穫を祝う〟イベントやベビーシャワー、アガサ・クリスティーの小説に出てくる探偵のように容疑者を集めて真犯人をあぶりだすための会など、機会ごとにたくさんのデコレーションクッキーが登場します。関係者の協力をとりつけたり重い口を開かせるのにも、デコレーションクッキーは大活躍。野菜や果物の形のクッキーはもちろん、乗り物関連、バレエ関連、本関連と、用途に合わせてどんなクッキーでも作ることができるのは、クッキーカッターが豊富にそろっている〈ジンジャーブレッドハウス〉ならではですね。クッキーを型で抜いて焼くまでは楽だけど、アイシングでデコレーションするのはかなり手間なうえ、乾くのに時間がかかるので、マディーはつねにクッキー作りをしている印象が……たまにはオリヴィアといっしょに「冒険」したくなるのもわかります。クッキーカッターが事件の鍵をにぎっていたり（文字通り被害者の手ににぎられていますし）、クッキーカッターを使ってクイズ大会をしたりと、クッキーカッターそのものがストーリーを動かしていくのもこのシリーズの特徴です。

砂糖を悪魔と決めつけて、オリヴィアを目の敵《かたき》にするシャーリーン・クリッチや、オリヴィアの元宿敵コンスタンス・オーヴァートンなど、個性的な新キャラクターも登場して、小さな町はますますにぎやかに。ダンスシーン（?）もふんだんにあるし、オリヴィアのかわいい相棒、ヨークシャーテリアのスパンキーも活躍してくれますし（愛するオリヴィアを守ろうとする姿がいじらしい！）、予測のつかない元夫ライアンの行動や、オリヴィアとマディーのそれぞれの恋の行方も気になるところです。

さて、三作目の *When the Cookie Crumbles* は、チャタレーハイツの町が誕生して二百五十年になるのを祝うイベントをめぐるお話。チャタレーハイツって、かなり古い町だったのですね。町の創設者は、これまでも銅像の姿で何度か登場しているフレデリック・P・チャタレー。彼の子孫は現在ひとりも残っていないので、空き家だったチャタレー邸を町の持ち物として修復し、二百五十周年記念イベントで一般公開することになったのですが、そこにチャタレー一族の末裔だという人物がやってきて大騒ぎになります。チャタレー家に眠るアンティークのクッキーカッターはどんな秘密を語ってくれるのでしょうか？　マディーがデコレーションクッキーで作るお菓子の家もなかなかのものですよ。邦訳版は今冬にはお届けできると思いますので、どうぞお楽しみに。

二〇一三年　二月

コージーブックス

クッキーと名推理《めいすいり》②

野菜《やさい》クッキーの意外《いがい》な宿敵《しゅくてき》

著者　ヴァージニア・ローウェル
訳者　上條《かみじょう》ひろみ

2013年　3月20日　初版第1刷発行

発行人　成瀬雅人
発行所　株式会社　原書房
〒160-0022 東京都新宿区新宿1-25-13
電話・代表　03-3354-0685
振替・00150-6-151594
http://www.harashobo.co.jp
ブックデザイン　川村哲司(atmosphere ltd.)
印刷所　中央精版印刷株式会社

落丁・乱丁本はお取り替えいたします。
定価は、カバーに表示してあります。
 ISBN978-4-562-06013-9 Printed in Japan